HEYNE BÜCHER

Das Buch

Mit »Wintersturm« gelang der Bestseller-Autorin Mary Higgins Clark der internationale Durchbruch: Ray und Nancy Eldredge wohnen in einem kleinen Ort an der amerikanischen Ostküste. Doch Nancy lebt in ständiger Angst vor ihrer alptraumhaften Vergangenheit, die sie eines Tages einholt: Ihre Kinder werden von einem neurotischen Mörder entführt, und wieder wird Nancy verdächtigt, in ein brutales Verbrechen verwickelt zu sein ...

Auch in dem Psychothriller »Das Anastasia-Syndrom« geht es um die Dämonen verdrängter Erinnerung: Als sich Judith Chase, erfolgreiche Schriftstellerin und Verlobte des britischen Premiers, einem ehrgeizigen Psychiater anvertraut, gerät sie in das Labyrinth einer Vergangenheit, in der sich historische Schrecken mit dem Horror ihrer frühen Kindheit vermischen ...

Die Autorin

Mary Higgins Clark zählt heute zu den bedeutendsten Bestseller-Autorinnen Amerikas. Seit ihr 1975 mit »Wintersturm« der internationale Durchbruch gelang, wird sie von der Kritik als »Königin der Spannung« gefeiert.

Als Heyne-Taschenbücher liegen außerdem vor: *Schrei in der Nacht* (01/6826); *Das Haus am Potomac* (01/7602); *Die Gnadenfrist* (01/7734); *Schlangen im Paradies* (01/7969); *Doppelschatten* (01/8053); *Wo waren Sie, Dr. Highley?* (01/8391); *Schlaf wohl, mein süßes Kind* (01/8434); *Tödliche Fesseln* (01/8622); *Träum süß, kleine Schwester* (01/8738); *Schrei in der Nacht/Schlangen im Paradies* (01/8827); *Schwesterlein, komm tanz mit mir* (01/8869); *Daß du ewig denkst an mich* (01/9096); *Fürchte dich nicht* (01/9406).

MARY HIGGINS CLARK

WINTERSTURM

DAS ANASTASIA-SYNDROM

Zwei Psychothriller in einem Band

WILHELM HEYNE VERLAG
MÜNCHEN

HEYNE ALLGEMEINE REIHE
Nr. 01/9578

Printed in Germany 1995
Quellenverzeichnis: s. Anhang
Umschlagillustration: Gerd Weissing
Umschlaggestaltung: Atelier Ingrid Schütz, München
Gesamtherstellung: Elsnerdruck, Berlin

ISBN 3-453-08894-8

WINTERSTURM

Zur Erinnerung an meine Mutter,
Nora C. Higgins, in Liebe,
Bewunderung und Dankbarkeit

Prolog

Er spürte, wie durch die Ritzen um die Fensterscheiben die Kälte hereindrang. Schwerfällig stand er auf und schleppte sich zum Fenster hinüber. Er langte nach einem der dicken Handtücher, die er immer zur Hand hatte, und stopfte es um den faulenden Rahmen.

Der hereindringende Luftzug zischelte leise in dem Handtuch. Es war ein Ton, der ihm eigentümlich angenehm war. Er blickte hinaus in den verhangenen Himmel und beobachtete die Schaumkronen in dem aufgewühlten Wasser. Von dieser Seite des Hauses aus war es oft möglich, Provincetown zu sehen, drüben, auf dem gegenüberliegenden Ufer der Bucht von Cape Cod.

Er haßte das Kap. Er haßte seine Öde an einem Novembertag wie diesem; das trostlose Grau des Wassers; die gleichmütigen Menschen, die nicht viel sagten, einen aber mit den Augen musterten. Er hatte es auch in dem einen Sommer gehaßt, den er hier verbracht hatte – die Massen von Touristen, die sich da an den Stränden lümmelten; die steile Uferstraße zu diesem Haus heraufkletterten; mit blöden Gesichtern in die unteren Fenster glotzten und die Hände über den Augen zusammenlegten, um hineinzuspähen.

Er haßte die großen Schilder ZU VERKAUFEN, die Ray Eldredge auf der Vorder- und Rückseite des großen Hauses aufgestellt hatte, und die Tatsache, daß Ray und diese Frau, die da für ihn arbeitete, jetzt angefangen hatten, Leute zur Besichtigung hereinzuschleppen. Im vergangenen Monat war es nur Zufall, daß er gerade daherkam, als sie durchs Haus wollten, und nur Dusel, daß er vor ihnen ins Obergeschoß gelangte und das Teleskop noch forträumen konnte.

Die Zeit ging allmählich zu Ende. Irgend jemand würde dieses Haus kaufen, und er könnte es dann nicht noch einmal mieten. Das war der Grund, weshalb er den Artikel an die Zeitung geschickt hatte. Er wollte noch hier sein und seinen Spaß daran haben, wenn sie vor diesen Leuten als das angeprangert wurde, was sie war... jetzt, wo sie bestimmt gerade angefangen hatte, sich in Sicherheit zu wiegen.

Es gab da noch etwas, was er tun mußte, aber die Gelegenheit dazu hatte sich bisher noch nicht ergeben. Sie paßte immer so scharf auf die Kinder auf. Doch er konnte es sich nicht leisten, noch länger zu warten. Morgen...

Ruhelos lief er im Zimmer auf und ab. Das Schlafzimmer in der Obergeschoßwohnung war geräumig. Das ganze Haus war geräumig. Es war das entstellte Gebilde eines alten Kapitänshauses. Begonnen im siebzehnten Jahrhundert auf einem Felsrücken, der das Panorama der ganzen Bucht beherrschte, war es ein prätentiöses Monument menschlichen Verlangens, immer und ewig auf der Hut zu sein.

Das Leben war nicht so. Es zeigte sich nur stückchenweise, wie Eisberge, von denen man nur die Spitze sieht. Er wußte Bescheid. Er rieb sich mit der Hand über das Gesicht. Ihm war heiß und unbehaglich, obgleich es im Zimmer kalt war. Seit sechs Jahren hatte er das Haus im späten Sommer und Herbst gemietet. Es war noch fast im gleichen Zustand wie damals, als er es zum ersten Mal betreten hatte. Nur ein paar Dinge waren anders: das Teleskop im Vorderzimmer; die Kleidungsstücke für die besonderen Anlässe; die Schirmmütze, die er sich ins Gesicht zog und die es so gut abschattete.

Im übrigen war die Wohnung unverändert: das altmodische Sofa, die Tische aus Kiefernholz und der gehäkelte Vorleger im Wohnzimmer. Das Haus und die Wohnung waren für seine Absichten ideal gewesen, bis Ray Eldredge ihm in diesem Herbst mitteilte, daß er sich ernsthaft bemühe, das Anwesen als Restaurant zu verkaufen und es nur unter der Voraussetzung vermietete, daß es nach telefonischer Anmeldung besichtigt werden konnte.

Raynor Eldredge. Er lächelte bei dem Gedanken an diesen Mann. Was würde Ray morgen denken, wenn er den Zeitungsbericht las? Hatte Nancy Ray je gesagt, wer sie war? Vielleicht nicht. Frauen konnten durchtrieben sein. Wenn Ray nicht Bescheid wüßte, wäre es sogar noch besser. Wie herrlich wäre es, Rays Gesichtsausdruck tatsächlich beobachten zu können, wenn er die Zeitung aufschlug! Sie wurde morgens kurz nach zehn zugestellt. Ray würde in seinem Büro sein. Einige Zeit lang würde er sie vielleicht nicht einmal beachten.

Voll nervöser Ungeduld wandte er sich vom Fenster ab. Die abgetragene schwarze Hose spannte sich um seine dicken, stämmigen Beine. Er würde froh sein, wenn er etwas abnehmen konnte. Es würde zwar bedeuten, daß diese schreckliche Hungerei wieder anfinge, aber er könnte es schaffen. Er hatte es schon früher geschafft, wenn es notwendig gewesen war. Unruhig strich er sich mit der Hand über den Schädel, der ein wenig juckte. Er würde froh sein, wenn er das Haar wieder natürlich wachsen lassen konnte. An den Seiten war es immer sehr dicht gewesen. Wahrscheinlich war es jetzt fast grau.

Er strich mit einer Hand langsam am Hosenbein entlang, dann stapfte er unruhig in der Wohnung hin und her und blieb schließlich vor dem Teleskop im Wohnzimmer stehen. Es war ein besonders starkes Teleskop – ein Gerät, das man in dieser Art im allgemeinen nicht kaufen konnte. Sogar viele Polizeidienststellen hatten so eines noch nicht. Aber irgendwie gab es immer eine Möglichkeit, an die Dinge zu kommen, die man brauchte. Er beugte sich nach vorn und linste hinein, ein Auge zugekniffen.

Es war ein dunkler Tag, und in der Küche brannte Licht. So war es leicht, Nancy deutlich zu erkennen. Sie stand hinter dem Küchenfenster, dem Fenster über dem Spülbecken. Vielleicht war sie gerade dabei, etwas fürs Abendessen vorzubereiten, um es anschließend in den Ofen zu stellen. Aber sie hatte eine warme Jacke an, wahrscheinlich wollte sie ausgehen. Sie stand ganz ruhig da und blickte einfach nur zum Wasser hinüber. Woran dachte sie gerade? An wen dachte sie? Die Kinder – Peter ... Lisa ...? Er hätte es zu gern gewußt.

Er spürte, wie sein Mund trocken wurde. Nervös fuhr er sich mit der Zunge über die Lippen. Sie sah heute sehr jung aus. Ihr Haar war zurückgekämmt. Sie färbte es dunkelbraun. Wenn sie es in seiner natürlichen rotgoldenen Tönung behalten hätte, wäre sie bestimmt von jemandem erkannt worden. Morgen würde sie zweiunddreißig. Man sah ihr das Alter immer noch nicht an. Sie wirkte verführerisch jung, zart, frisch und weich.

Er schluckte nervös. Er spürte eine fiebrige Trockenheit in seinem Mund, während seine Hände und Achselhöhlen feucht und heiß waren. Er würgte und schluckte noch einmal, und der Laut ging in ein tiefes Glucksen über. Sein ganzer Körper erbebte vor Vergnügen und ließ das Teleskop erzittern. Nancys Bild verschwamm, aber er hatte keine Lust, die Linse scharf einzustellen. Er hatte kein Interesse mehr daran, sie heute noch länger zu beobachten.

Morgen! Er konnte sich schon genau vorstellen, welchen Gesichtsausdruck sie morgen um diese Zeit haben würde. Vor der ganzen Welt entlarvt als das, was sie war; wie betäubt und starr vor Schmerz und Furcht, wenn sie versuchte, auf die Frage zu antworten ... auf die gleiche Frage, die ihr die Polizei vor sieben Jahren immer und immer wieder entgegengeschleudert hatte.

›Kommen Sie schon, Nancy‹, würde die Polizei wieder sagen. ›Machen Sie reinen Tisch. Sagen Sie die Wahrheit. Sie müßten doch eigentlich wissen, daß Sie damit nicht davonkommen. Sagen Sie es uns, Nancy – wo sind die Kinder?‹

1

17. November

Ray kam die Treppe herunter und zog den Knoten seiner Krawatte fest. Nancy saß am Tisch, Missy, noch schlaftrunken, auf ihrem Schoß. Michael aß in seiner bedächtigen, nachdenklichen Art sein Frühstück.

Ray zauste Mikes Haare und beugte sich nach vorn, um Missy einen Kuß zu geben. Nancy lächelte zu ihm hinauf. Sie war so verdammt hübsch. Sie hatte feine Fältchen um ihre blauen Augen, aber noch immer würde sie keiner für zweiunddreißig halten. Sie war nur ein paar Jahre jünger als Ray, doch er hatte immer das Gefühl, er wäre unendlich viel älter als sie. Vielleicht war es diese schreckliche Empfindlichkeit. An den Wurzeln ihres dunklen Haares bemerkte er Spuren von Rot. Ein dutzendmal hatte er sie im letzten Jahr darum bitten wollen, ihr Haar auswachsen zu lassen, aber er hatte es nicht gewagt.

»Herzliche Glückwünsche zum Geburtstag, Liebling«, sagte er sanft.

Er bemerkte, wie die Farbe aus ihrem Gesicht wich.

Michael blickte überrascht auf. »Mami hat heute Geburtstag? Das hast du mir gar nicht gesagt.«

Missy richtete sich auf. »Mami hat Geburtstag?« Es klang sehr erfreut.

»Ja«, bestätigte Ray. Nancy starrte vor sich auf den Tisch. »Und heute abend wird gefeiert. Heute abend bringe ich einen großen Geburtstagskuchen mit und ein Geschenk, und wir laden Tante Dorothy ein, zum Abendessen herzukommen. Einverstanden, Mami?

»Ray… nein.« Nancys Stimme klang leise und beschwörend.

»Doch. Erinnere dich nur. Im vergangenen Jahr hast du versprochen, daß wir dieses Jahr...«

Feiern war nicht das richtige Wort. Das konnte er nicht sagen. Aber er war sich seit langem darüber klar, daß sie eines Tages beginnen mußten, ihren Geburtstag auf eine andere Weise zu begehen. Anfangs hatte sie sich immer ganz von ihm zurückgezogen, war um das Haus gegangen oder am Strand entlanggewandert wie ein stummer Geist, in einer Welt für sich.

Aber im vergangenen Jahr hatte sie schließlich angefangen, über sie zu sprechen... über die beiden anderen Kinder. Sie hatte gesagt: »Sie wären jetzt schon so groß – zehn und elf. Ich versuche mir vorzustellen, wie sie heute aussehen würden, aber anscheinend kann ich mir nicht einmal vorstellen, wie... Alles, was jene Zeit betrifft, ist so verschwommen. Wie ein Alptraum, als hätte ich es nur geträumt.«

»Das ist wohl immer so«, hatte Ray zu ihr gesagt. »Laß das alles hinter dir, Liebling. Denk nicht mehr an das, was geschehen ist.«

Die Erinnerung daran bestärkte ihn in seinem Entschluß. Er beugte sich über Nancy, und mit einer gleichermaßen beschützenden wie sanften Gebärde strich er ihr über das Haar.

Nancy blickte zu ihm auf. Der beschwörende Ausdruck in ihrem Gesicht wurde schwächer. »Ich glaube nicht –«

Michael unterbrach sie. »Wie alt bist du, Mami?« fragte er sachlich.

Nancy lächelte – ein echtes Lächeln, das wunderbarerweise die Spannung löste. »Das geht dich nichts an«, antwortete sie ihm.

Ray nahm schnell einen Schluck von ihrem Kaffee. »Brav, mein Schatz«, sagte er. »Hör mal, Mike. Ich hole dich heute nachmittag nach der Schule ab, und wir kümmern uns dann um ein Geschenk für Mami. Ich glaube, es wird Zeit, daß ich mich auf den Weg mache. Heute kommt jemand, um das Hunt-Haus zu besichtigen. Ich möchte noch die Akte zusammenstellen.«

»Ist es nicht vermietet?« fragte Nancy.

»Ja. Dieser Parrish, der es schon öfter gemietet hat, ist wieder drin. Aber er weiß, daß wir das Recht haben, es jederzeit zu besichtigen. Für ein Restaurant hat es eine einzigartige Lage, und es wäre kein Problem, es umzubauen. Wenn ich es verkaufe, bringt es eine ganz hübsche Provision ein.«

Nancy nahm Missy vom Schoß und begleitete ihn zur Tür. Er gab ihr einen leichten Kuß und fühlte, wie ihre Lippen unter seinen zitterten. Wie sehr hatte er sie durch das Geburtstagsgerede aus der Fassung gebracht? Instinktiv drängte es ihn zu sagen: *Wir wollen nicht bis heute abend warten. Ich bleibe zu Hause, und wir nehmen die Kinder und fahren heute nach Boston.*

Statt dessen stieg er ins Auto, winkte, setzte den Wagen zurück und steuerte in den engen Feldweg hinein, der sich durch einen kleinen Wald schlängelte und schließlich in die Überlandstraße zum Kap mündete. Von hier gelangte er ins Zentrum von Adams Port und zu seinem Büro.

Ray hatte recht, dachte Nancy, als sie langsam zum Tisch zurückging. Einmal kam die Zeit, da man aufhören mußte, den Mustern der Vergangenheit zu folgen, und immer wieder zurückzudenken, eine Zeit, wo man nur noch in die Zukunft blicken durfte. Sie wußte, etwas in ihr war immer noch wie erstarrt. Sie wußte, daß die menschliche Psyche einen schützenden Vorhang über schmerzliche Erinnerungen herabließ – aber es war mehr als das.

Es war so, als ob ihr Leben mit Carl nur eine nebelhafte Erinnerung wäre... die ganze Zeit mit ihm. Es fiel ihr schwer, sich an das Fakultätsgebäude auf dem Universitätsgelände zu erinnern, an Carls gedämpfte Stimme... an Peter und Lisa. Wie hatten sie ausgesehen? Dunkles Haar, alle beide, wie das von Carl, und viel zu still... zu gehorsam... von ihrer Unsicherheit angesteckt... und dann verschwunden – alle beide.

»Mami, warum siehst du so traurig aus?« Michael blickte sie mit Rays offenem Gesichtsausdruck an, und er sprach auch mit der gleichen Direktheit.

Sieben Jahre, dachte Nancy. Das Leben war eine Reihe von Sieben-Jahr-Zyklen. Carl hatte immer gesagt, daß sich in dieser Zeit der ganze Mensch veränderte. Jede Zelle erneuere sich. Es wurde jetzt wirklich Zeit für sie, nach vorn zu sehen... zu vergessen.

Sie ließ ihren Blick durch die geräumige, freundliche Küche wandern mit dem alten Ziegelkamin, den breiten Eichendielen, den roten Vorhängen und den Volants, die die Sicht über den Hafen nicht behinderten. Und dann sah sie Michael und Missy an...

»Ich bin nicht traurig, Schatz«, sagte sie. »Ganz bestimmt nicht.«

Sie nahm Missy auf den Arm fühlte ihre Wärme und süße Klebrigkeit. »Ich habe über dein Geschenk nachgedacht«, sagte Missy. Ihr langes rotblondes Haar fiel ihr in Locken über die Ohren und in die Stirn. Die Leute fragten manchmal, woher sie nur das schöne Haar habe – wer war denn nun der Rotschopf in der Familie?

»Großartig«, erwiderte Nancy. »Du kannst draußen weiter darüber nachdenken. Es wäre besser, ihr ginget jetzt bald an die frische Luft. Später soll es regnen und sehr kalt werden.«

Als die Kinder sich angezogen hatten, half sie ihnen in ihre Windjacken und setzte ihnen ihre Mützen auf. »Da ist mein Dollar«, sagte Michael mit Genugtuung in der Stimme, als er in die Brusttasche seiner Jacke langte. »Ich war ganz sicher, daß ich ihn da drin gelassen hatte. Jetzt kann ich dir ein Geschenk kaufen.«

»Ich habe auch Geld.« Missy hielt stolz eine Handvoll Pennys empor.

»Oh, hört mal, ihr solltet euer Geld aber nicht mit nach

draußen nehmen«, sagte Nancy zu ihnen. »Ihr werdet es nur verlieren. Kommt, ich hebe es für euch auf.«

Michael schüttelte den Kopf. »Wenn ich es dir gebe, vergesse ich es vielleicht, wenn ich mit Vati einkaufen gehe.«

»Ich verspreche dir, ich passe auf, daß du es nicht vergißt.«

»Meine Tasche hat einen Reißverschluß. Siehst du? Ich stecke es da hinein, und ich kann auch Missys Geld darin aufbewahren.«

»Schön...« Nancy zuckte die Schultern und gab auf. Sie wußte nur zu gut, daß Michael den Dollar nicht verlieren würde. Er war wie Ray, sehr zuverlässig. »Hör mal, Mike. Ich werde jetzt aufräumen. Paß du auf, daß du bei Missy bleibst.«

»Okay«, sagte Michael vergnügt. »Los, komm, Missy. Zuerst gehen wir auf die Schaukel.«

Ray hatte den Kindern eine Schaukel gebaut. Sie hing an einem Ast der riesigen Eiche am Waldrand hinter ihrem Haus.

Nancy zog Missy die Fausthandschuhe über die Hände. Sie waren hellrot und hatten auf den Außenseiten Lachgesichter, die mit flauschiger Angorawolle aufgestickt waren. »Laß sie an«, befahl sie ihr, »sonst bekommst du kalte Hände. Es wird wirklich schon ungemütlich kühl. Ich weiß gar nicht, ob ihr überhaupt nach draußen gehen solltet.«

»Oh, bitte!« Missys Lippen begannen zu zucken.

»Schon gut, schon gut. Nur kein Theater«, beeilte sich Nancy zu sagen. »Aber höchstens eine halbe Stunde.«

Sie öffnete die Hintertür und ließ sie hinaus. Als der kalte Wind hereinblies, fröstelte sie, schloß schnell die Tür und begann die Treppe hinaufzusteigen. Es war ein echtes altes Kap-Haus, und die Treppe war nahezu senkrecht. Ray meinte, daß die alten Siedler etwas von Schneeziegen an sich gehabt haben mußten, so wie sie ihre Treppen gebaut hatten. Aber Nancy liebte alles an diesem Haus.

Sie erinnerte sich noch gut an das Gefühl von Ruhe und Geborgenheit, das sie empfunden hatte, als sie es zum ersten Mal sah, damals, vor mehr als sechs Jahren. Sie war ans Kap gekommen, nachdem das Urteil für ungültig erklärt worden war. Der Bezirksstaatsanwalt hatte nicht auf einen neuen Prozeß gedrängt, weil Rob Legler, sein wichtigster Belastungszeuge, verschwunden war.

Sie war hierher geflüchtet, quer über den ganzen Kontinent von Kalifornien weg, so weit wie möglich; weit weg von den Menschen, die sie gekannt hatte, der Umgebung, in der sie gewohnt hatte, und dem College dort und der ganzen akademischen Gesellschaft. Sie wollte sie nie wiedersehen – die Freunde, die sich nicht als Freunde erwiesen hatten, sondern als feindliche Fremde, die von dem ›armen Carl‹ sprachen, weil sie ihr auch an seinem Selbstmord die Schuld gaben.

Sie war nach Cape Cod gekommen, weil sie immer gehört hatte, daß die Neu-Engländer und die Menschen am Kap schweigsam und zurückhaltend waren und mit Fremden nichts zu tun haben wollten, und das war gut so. Sie brauchte einen Winkel, in dem sie sich verbergen, in dem sie wieder zu sich selbst finden konnte, um mit allem fertig zu werden und um all das, was geschehen war, zu überdenken und zu versuchen, ins Leben zurückzufinden.

Sie hatte sich ihr Haar abgeschnitten und es dunkelbraun gefärbt, und das genügte, um sie völlig anders aussehen zu lassen als auf den Bildern, die während des Prozesses überall im Land auf den Titelseiten der Zeitungen erschienen waren.

Sie war überzeugt, daß es eine Fügung des Schicksals war, als sie sich für Rays Maklerbüro entschieden hatte, damals, als sie ein Haus zu mieten suchte. Eigentlich hatte sie sogar noch eine Verabredung mit einem anderen Immobilienmakler getroffen, aber, einem plötzlichen Impuls folgend, hatte sie Rays Büro betreten, um zuerst mit ihm zu verhandeln, weil ihr sein handgedrucktes Firmenschild und die mit gelben und champagnerfarbenen Chrysanthemen gefüllten Blumenkästen am Fenster gefielen.

Sie hatte gewartet, bis er einen anderen Kunden bedient hatte – einen alten Mann mit einem Gesicht wie Leder und dichtem, lockigem Haar, und sie hatte es bewundert, wie Ray dem Mann empfohlen hatte, an seinem Besitz festzuhalten, und wie er ihm versprochen hatte, daß er sich bemühen werde, für das Apartment in dem Haus einen Mieter zu finden, um die Unkosten zu decken.

Nachdem der alte Mann gegangen war, sagte sie: »Vielleicht komme ich gerade zum rechten Zeitpunkt. Ich möchte ein Haus mieten.«

Er wollte ihr das alte Hunt-Haus aber nicht einmal zeigen.

»›Der Ausguck‹ ist zu groß, zu einsam und zu windig für Sie«, sagte er. »Doch ich habe gerade einen Vermieterauftrag für ein echtes Kap-Haus hereinbekommen, das in hervorragendem Zustand ist und voll möbliert. Wenn Sie Wert darauf legen, könnten Sie es vielleicht sogar kaufen. Wie viele Zimmer benötigen Sie, Miß ... Mrs. ...?«

»Miß Kiernan«, entgegnete sie. »Nancy Kiernan.« Instinktiv gab sie den Mädchennamen ihrer Mutter an. »Nicht viele, eigentlich. Ich werde sicherlich keine Gäste oder Besucher haben.«

Es gefiel ihr, daß er keine Fragen stellte und sie nicht einmal neugierig anblickte. »Das Kap ist die richtige Umgebung für jemanden, der allein sein möchte«, sagte er. »Man kann sich da gar nicht einsam fühlen, wenn man am Strand entlangwandert oder den Sonnenuntergang beobachtet oder am Morgen einfach aus dem Fenster schaut.«

Dann hatte Ray sie hierhergebracht, und sie hatte sofort gewußt, daß sie bleiben würde. Der alte Salon, der einst den Mittelpunkt des Hauses gebildet hatte, war in ein kombiniertes Wohn- und Eßzimmer umgestaltet worden. Sie liebte den Schaukelstuhl vor dem offenen Kamin und die Art und Weise, wie der Tisch vor das Fenster gestellt war, so daß man beim Essen über den Hafen und die Bucht blicken konnte.

Sie hatte sofort einziehen können. Sollte sich Ray darüber gewundert haben, daß sie nichts hatte als die beiden Koffer, mit denen sie aus dem Bus gestiegen war – gezeigt hatte er es nicht. Sie hatte gesagt, daß ihre Mutter gestorben sei und daß sie ihr Haus in Ohio verkauft und beschlossen habe, sich an der Ostküste niederzulassen. Sie hatte es einfach vermieden, über die sechs Jahre zu sprechen, die dazwischen gelegen hatten.

Damals, zum ersten Mal seit Monaten, hatte sie die ganze Nacht fest durchgeschlafen – einen tiefen, traumlosen Schlaf, in dem sie nicht hörte, wie Peter und Lisa nach ihr riefen, in dem sie nicht in einem Gerichtssaal saß und erlebte, wie Carl sie verdammte.

An jenem ersten Morgen hier hatte sie Kaffee gekocht und danach am Fenster gesessen. Es war ein klarer, heller Tag gewesen – purpurblau der wolkenlose Himmel; ruhig und still die Bucht; die einzige Bewegung ein Schwarm von Seemöwen, der in der Nähe der Fischerboote schwebte.

Ihre Hände hatten die Kaffeetasse umschlossen, und sie hatte an dem Kaffee genippt und hinausgeschaut. Die Wärme des Kaffees war durch sie hindurchgeströmt. Die Sonnenstrahlen hatten ihr Gesicht erwärmt. Die heitere Stille des Bildes hatte das Empfinden innerer Ausgeglichenheit, das schon nach dem langen, traumlosen Schlaf in sie eingekehrt war, noch verstärkt.

Frieden ... gib mir Frieden. Das war ihr Gebet gewesen während des Prozesses und im Gefängnis. *Ich muß lernen, es hinzunehmen.* Vor sieben Jahren ...

Nancy holte tief Luft, als sie bemerkte, daß sie noch immer auf der untersten Treppenstufe stand. Es war so leicht, sich in Erinnerungen zu verlieren. Deshalb hatte sie sich so angestrengt, jeden Tag bewußt zu leben... und nicht in die Vergangenheit und auch nicht in die Zukunft zu schauen.

Langsam stieg sie die Treppe hinauf. Wie konnte es je Frieden für sie geben, wo sie wußte, daß man sie erneut als Mörderin vor Gericht stellen würde, wenn Rob Legler je wieder auftauchen sollte. Daß man sie von Ray und Missy und Michael trennen würde! Einen Moment lang legte sie ihr Gesicht in die Hände. *Nicht daran denken*, sagte sie sich. *Es hat keinen Zweck.*

Oben auf dem Treppenabsatz angelangt, schüttelte sie entschlossen den Kopf und ging schnell ins Schlafzimmer. Sie riß die Fenster auf und fröstelte, als der Wind ihr die Vorhänge entgegenwehte. Wolken zogen auf, und auf dem aufgewühlten Wasser in der Bucht hatten sich Schaumkronen gebildet. Die Temperatur sank sehr schnell, und Nancy lebte nun schon lange genug am Kap, um zu wissen, daß ein so kalter Wind wie dieser bald in einen Sturm umschlagen würde.

Aber eigentlich war es noch klar genug, um die Kinder draußen zu lassen. Sie hatte es gern, wenn sie morgens möglichst lange an der frischen Luft waren. Nach dem Essen hielt Missy einen Mittagsschlaf, und Michael ging in den Kindergarten.

Sie wollte gerade die Bettücher von dem großen Doppelbett abziehen, als sie einhielt. Gestern war Missys Nase gelaufen. Sollte sie hinuntergehen und ihr einschärfen, bloß nicht den Jackenkragen zu öffnen? Das war eine ihrer beliebten kleinen Unarten. Missy beklagte sich immer darüber, daß ihre Sachen am Hals zu eng wären.

Nancy zögerte und überlegte einen Augenblick, dann schlug sie die Laken ganz zurück und zog sie ab. Missy hatte einen Rollkragenpullover an. Selbst wenn sie die Knöpfe öffnete, wäre ihr Hals bedeckt. Außerdem dauerte es höchstens zehn oder fünfzehn Minuten, bis sie das

Bettzeug abgezogen, gewechselt und in die Waschmaschine gesteckt hätte.

Höchstens zehn Minuten, nahm sie sich vor, um die quälende Unruhe zu unterdrücken, die sie unentwegt drängte, nach draußen zu den Kindern zu gehen, auf der Stelle.

2

Manchmal ging Jonathan Knowles morgens zu Fuß zum Drugstore, um seine Morgenzeitung zu holen. An den übrigen Tagen fuhr er mit dem Fahrrad. Sein Ausflug führte ihn immer an dem alten Nickerson-Haus vorbei, dem Haus, das Ray Eldredge gekauft hatte, als er die hübsche Kleine heiratete, die da zur Miete wohnte.

Als das Haus noch dem alten Sam Nickerson gehörte, war es langsam verfallen. Jetzt aber sah es sauber und solide aus. Ray hatte das Dach neu gedeckt und das Holz gestrichen, und seine Frau verstand wirklich etwas von Gartenarbeit. Die gelben und orangefarbenen Chrysanthemen in den Blumenkästen gaben selbst dem trübsten Tag ein wenig Wärme und Freundlichkeit.

Bei schönem Wetter war Nancy Eldredge oft schon frühmorgens draußen bei ihrer Gartenarbeit. Sie hatte stets einen freundlichen Gruß für ihn und wandte sich dann wieder ihrer Arbeit zu. Jonathan hatte einen solchen Zug an einer Frau immer bewundert. Er hatte Rays Familie schon gekannt, als er und Emily hier oben noch Sommergäste waren. Natürlich – die Eldredges waren schon bei der Besiedlung des Kaps dabeigewesen. Rays Vater hatte Jonathan den ganzen Stammbaum der Familie aufgezählt – bis zu dem Mann zurück, der mit der *Mayflower* herübergekommen war.

Die Tatsache, daß Rays Liebe zum Kap so groß war, daß

Nancy Harmon. Sie war in Kalifornien geboren und in Ohio aufgewachsen. Na gut, damit war die Möglichkeit, daß sie eine nahe Verwandte von Nancy Eldredge war, völlig ausgeschlossen. Die Familie von Rays Frau hatte in der Nachbarschaft von Dorothy Prentiss in Virginia gewohnt.

Dorothy Prentiss. Er spürte, wie ihn bei dem Gedanken an die hübsche Frau, die bei Ray arbeitete, ein Freudenstrahl durchzuckte. So um fünf Uhr herum, wenn er den Boston *Globe*, seine Abendzeitung, holte, hielt Jonathan oft vor ihrem Büro an. Ray hatte ihm ein paar interessante Tips für Kapitalanlagen in Grundbesitz gegeben und sie hatten sich alle als sehr gut erwiesen. Er hatte Jonathan auch dazu überredet, in der Stadt aktiv zu werden, und darüber waren sie schließlich gute Freunde geworden.

Dennoch war sich Jonathan durchaus bewußt, daß er Rays Büro öfter als notwendig aufsuchte. Ray sagte immer: »Sie kommen gerade im richtigen Augenblick für einen Schluck zum Büroschluß.« Und dann rief er Dorothy und forderte sie auf, sich zu ihnen zu gesellen.

Emily hatte gerne Daiquiris getrunken. Dorothy gab Jonathans Lieblingsgetränk – einem Rob Roy mit Schuß – den Vorzug. Zu dritt saßen sie dann immer noch ungefähr eine halbe Stunde in Rays Büro.

Dorothy hatte einen hintergründigen Humor, der ihm sehr gefiel. Ihre Familie war im Showgeschäft tätig gewesen, und sie konnte unzählige herrliche Geschichten über die Reisen erzählen, die sie mit ihrer Familie gemacht hatte. Sie hatte auch an eine eigene Karriere gedacht, aber nach drei kleinen Rollen in der Provinz hatte sie geheiratet und sich in Virginia niedergelassen. Nach dem Tode ihres Mannes war sie zum Kap heraufgekommen, zunächst in der Absicht, sich als Innenarchitektin niederzulassen, dann aber hatte sie angefangen, für Ray zu arbeiten. Ray war der Meinung, daß sie eine fantastisch gute Immobilienmaklerin war. Sie verstand es wie kein anderer, den er sich sogar entschloß, sich hier eine berufliche Existenz zu gründen, war in Jonathans Augen besonders bemerkenswert. Das Kap hatte Seen und Weiher und die Bucht und den Ozean. Es hatte Wälder, in denen man wandern konnte, und Land, auf dem sich die Leute ausbreiten konnten. Es war der richtige Ort für ein junges Paar, um Kinder aufzuziehen, und es war die richtige Umgebung für Leute, die sich zur Ruhe setzen und hier ihren Lebensabend verbringen wollten. Jonathan und Emily hatten hier immer ihren Urlaub verlebt und sich schon auf die Zeit gefreut, in der sie hier für immer wohnen würden. Sie hatten es auch schon fast geschafft. Emily hatte es aber leider nicht mehr erlebt.

Jonathan holte tief Luft. Er war ein kräftiger Mann mit dichtem weißem Haar, einem breiten Gesicht und dem Ansatz zu einem Doppelkinn. Er war Rechtsanwalt und jetzt im Ruhestand, doch die Untätigkeit bedrückte ihn. Im Winter konnte man nicht angeln gehen, und in den Antiquitätenläden herumzustöbern und Möbel aufzuarbeiten, machte auch nicht mehr so viel Spaß wie damals, als Emily noch bei ihm war. Inzwischen war mehr als ein Jahr vergangen, seitdem er sich endgültig am Kap niedergelassen hatte, und er hatte jetzt angefangen, ein Buch zu schreiben.

Zunächst war es nur ein Hobby gewesen. Doch inzwischen war daraus eine Betätigung geworden, die ihn Tag für Tag ganz ausfüllte. Einer seiner Freunde, ein Verleger, hatte an einem Wochenende ein paar Kapitel davon gelesen und ihm sofort einen Vertrag geschickt. Das Buch sollte eine Fallstudie berühmter Mordprozesse werden. Jonathan arbeitete jeden Tag fünf Stunden daran, sieben Tage pro Woche, und er begann pünktlich morgens um halb zehn.

Der Wind blies ihm scharf entgegen, und er zog seinen Schal fester zusammen. Die Sonnenstrahlen verkündeten Regen, doch als er zur Bucht hinüberblickte, tat es ihm wohl, sie auf seinem Gesicht zu spüren. Die Büsche und Sträucher hatten ihr Laub verloren, und man konnte durch sie hindurch bis zum Wasser sehen. Nur das alte Hunt-Haus auf seiner hohen Klippe ragte in sein Blickfeld – das Haus, das sie ›Der Ausguck‹ nannten.

Wenn er bei seiner Wanderung an dieser Stelle ankam, blieb er immer stehen, um einen Blick auf die Bucht zu werfen. Auch an diesem Morgen. Aber als er den Kopf zur Seite wandte, mußte er blinzeln. Verärgert blickte er wieder auf die Straße zurück. Die stürmischen, aufgewühlten Wellenkämme hatte er kaum wahrgenommen. Dieser Kerl, der das Haus da gemietet hatte, mußte irgend etwas Metallisches hinter dem Fenster haben, dachte er. Ein verdammter Unfug. Er hatte nicht übel Lust, Ray zu bitten, es diesem Kerl zu sagen. Doch ein wenig kleinlaut schob er den Gedanken dann beiseite. Der Mieter schlug vielleicht einfach vor, Jonathan möge doch gefälligst die Bucht an einer anderen Stelle des Weges inspizieren.

Unwillkürlich zuckte er mit den Schultern. Er befand sich direkt vor dem Haus der Familie Eldredge. Nancy saß gerade am Frühstückstisch beim Fenster und sprach mit dem kleinen Jungen. Das Mädchen saß auf ihrem Schoß. Jonathan blickte schnell weg, denn er fühlte sich wie ein Eindringling und wollte ihrem Blick nicht begegnen. Na schön, er würde die Zeitung holen, sich ein Frühstück bereiten und sich danach an den Schreibtisch setzen. Heute wollte er sich den Mordfall Harmon vornehmen, von dem er vermutete, daß er zum interessantesten Kapitel des Buches werden könnte.

3

Ray stieß die Tür zu seinem Büro auf. Er war nicht imstande, die quälende innere Unruhe abzuschütteln, die wie ein undefinierbarer Schmerz in ihm pochte. Was war los? Es war nicht allein, daß er Nancy dazu gebracht hatte, sich zu ihrem Geburtstag zu bekennen und er das Risiko eingegangen war, alte Erinnerungen in ihr wachzurufen. Tatsächlich war sie ja sehr ruhig geblieben. Er kannte sie gut genug, um es sofort zu spüren, wenn sich in ihr die nervöse Spannung wegen ihres früheren Lebens wieder verstärkte.

Diese Spannung konnte durch alles mögliche hervorgerufen werden, beispielsweise durch einen dunkelhaarigen Jungen, den sie mit einem Mädchen zusammen sah, besonders wenn beide etwa im Alter ihrer anderen Kinder waren, oder durch die Diskussion über den Mord an diesem kleinen Mädchen, das man im vergangenen Jahr in Cohasset tot aufgefunden hatte. Aber heute morgen war mit Nancy alles in Ordnung gewesen. Es war etwas anderes, was ihn beunruhigte – eine Vorahnung von Unheil.

»Nanu! Was hat das denn zu bedeuten?«

Ray blickte verdutzt auf. Dorothy saß an ihrem Schreibtisch. Ihr Haar, eher grau als braun, umrahmte locker ihr schmales hübsches Gesicht. Ihr schlichter beiger Pullover und ihr brauner Tweedrock verrieten eine fast gewollte Lässigkeit und ließen erkennen, daß ihre Trägerin keinen Sinn für modischen Firlefanz besaß.

Als Ray damals sein Geschäft eröffnete, war Dorothy seine erste Kundin gewesen. Das Mädchen, das er eingestellt hatte, war nicht erschienen, und Dorothy hatte sich bereit erklärt, ein paar Tage auszuhelfen. Von da an war sie bei ihm geblieben.

»Merken Sie nicht, daß Sie die ganze Zeit den Kopf schütteln und die Stirn runzeln?« fragte sie ihn.

Ray lächelte verlegen. »Ach, vermutlich ist das nur ein kleiner Morgentatterich. Wie geht es Ihnen?«

Dorothy wurde sofort sachlich. »Danke. Ich habe die Akte über den ›Ausguck‹ zusammengestellt. Wann erwarten Sie diesen Mann, der das Haus besichtigen möchte?«

»Gegen zwei«, erwiderte Ray. Er beugte sich über ihren Tisch.

»Wo in aller Welt haben Sie denn diese Pläne ausgegraben?«

»Sie waren bei den Akten in der Bibliothek. Sie wissen ja, daß das Haus sechzehnhundertneunzig begonnen wurde. Es würde ein herrliches Restaurant abgeben. Wenn jemand bereit ist, Geld für die Renovierung auszugeben, kann es ein Schmuckstück werden. Die Lage am Wasser ist einzigartig.«

»Mr. Kragopoulos und seine Frau haben schon eine Reihe von Restaurants eingerichtet und wieder verkauft, und ich denke, sie werden kaum etwas dagegen haben, ihre Dollars anzulegen, damit alles so wird, wie es sein sollte.«

»Ich habe noch nie einen Griechen kennengelernt, der nicht imstande gewesen wäre, ein Restaurant in Schwung zu bringen«, bemerkte Dorothy, als sie die Akte schloß.

»Und alle Engländer sind schwul, und kein Deutscher hat Humor, und die meisten Puertoricaner – ich meine Spics – leben von der Wohlfahrt... Mein Gott, wie ist es mir zuwider, jemandem ein Etikett anzuhängen!« Ray zog seine Pfeife aus der Brusttasche und klemmte sie sich zwischen die Zähne.

»Wie bitte?« Dorothy blickte bestürzt zu ihm auf. »Ich wollte bestimmt niemandem ein Etikett anhängen – das heißt, ich meine, vielleicht habe ich es getan, aber nicht so, wie Sie es aufgefaßt haben.« Sie wandte ihm den Rücken zu und stellte die Akte weg, während Ray in sein eigenes Büro ging und die Tür hinter sich schloß.

Er hatte sie gekränkt. Ohne Gefühl und ohne Grund. Was zum Teufel war nur mit ihm los? Dorothy war der anständigste, gerechteste und unvoreingenommenste Mensch, den er kannte. Wie gemein, so etwas zu ihr zu sagen. Er holte tief Luft, langte nach der Tabakdose auf dem Tisch und stopfte seine Pfeife. Eine Viertelstunde lang paffte er nachdenklich vor sich hin, dann nahm er den Hörer auf und wählte Dorothys Nummer.

»Ja.« Ihre Stimme klang förmlich, als sie den Hörer aufnahm.

»Sind die Mädchen schon da?«

»Ja.«

»Der Kaffee schon fertig?«

»Ja.« Dorothy erkundigte sich nicht, ob er schon welchen haben wollte.

»Könnten Sie mit Ihrem Kaffee zu mir herüberkommen und mir auch eine Tasse mitbringen? Und bitten Sie die Mädchen, eine Viertelstunde lang keine Anrufe durchzustellen.«

»In Ordnung.« Dorothy legte auf.

Ray stand auf, um ihr die Tür zu öffnen, und als sie mit den dampfenden Tassen hereinkam, schloß er sie leise wieder.

»Frieden«, sagte er zerknirscht. »Es tut mir schrecklich leid.«

»Das glaube ich«, sagte Dorothy, »ist schon gut. Aber was ist bloß los?«

»Bitte setzen Sie sich doch.« Ray deutete auf den rostfarbenen Ledersessel an seinem Schreibtisch. Er nahm seinen Kaffee zum Fenster hinüber und starrte trübsinnig in die sich verdüsternde Landschaft hinaus.

»Hätten Sie Lust, heute abend zum Abendessen zu uns zu kommen?« fragte er. »Wir wollen Nancys Geburtstag feiern.«

Er hörte, wie sie tief Luft holte, und fuhr herum. »Meinen Sie, das ist ein Fehler?«

Dorothy war die einzige am Kap, die alles über Nancy wußte. Nancy hatte es ihr selbst erzählt und sie um Rat gefragt, ehe sie einwilligte, Ray zu heiraten.

Als Dorothy antwortete, blickte sie nachdenklich vor sich hin, und ihre Stimme klang zögernd. »Ich weiß es nicht genau, Ray. Welche Überlegung steckt hinter dieser Feier?«

»Es ist die Überlegung, daß man nicht so tun kann, als hätte Nancy nie Geburtstag! Natürlich ist es mehr als nur das. Es bedeutet auch, daß Nancy mit ihrer Vergangenheit brechen muß, daß sie aufhören muß, sich zu verstecken.«

»*Kann* sie denn mit ihrer Vergangenheit brechen? *Kann* sie denn überhaupt aufhören, sich zu verstecken, wenn ihr die Angst vor einem Mordprozeß dauernd im Nacken sitzt?«

»Aber das ist es doch gerade. Die *Angst* davor. Dorothy, bedenken Sie doch, daß man von dem Kerl, der gegen sie ausgesagt hat, seit über sechs Jahren nichts mehr gesehen oder gehört hat! Weiß der Himmel, wo der steckt, ob er überhaupt noch lebt. Nach allem, was wir wissen, ist er heimlich und unter einem anderen Namen ins Land zurückgekehrt. Er ist genauso daran interessiert wie Nancy, daß die ganze Geschichte nicht wieder aufgerollt wird. Vergessen Sie nicht, daß er offiziell ein Fahnenflüchtiger ist. Und wenn er geschnappt wird, muß er schon mit einer ziemlich saftigen Strafe rechnen.«

»Das ist vielleicht richtig«, stimmte Dorothy zu.

»Das *ist* richtig. Und gehen wir noch einen Schritt weiter. Einverstanden? Was denken die Leute hier in der Stadt von Nancy – und damit meine ich auch die Mädchen hier in meinem Büro?«

Dorothy zögerte. »Sie denken, sie ist sehr hübsch ... sie bewundern die Art, wie sie sich kleidet ... sie sagen, sie ist immer sehr freundlich ... und sie denken, daß sie sehr zurückgezogen lebt.«

»Das ist sehr nett ausgedrückt. Ich habe gehört, wie

über meine Frau gestichelt wurde, daß sie wohl glaube, sie sei zu gut für die Leute hier in der Gegend. Im Klub werde ich immer öfter gehänselt, warum ich nur die Mitgliedschaft für den Golfklub erworben hätte und warum ich nicht mal meine hübsche Frau mit herüberbrächte. In der vergangenen Woche rief jemand von Michaels Schule an und erkundigte sich, ob Nancy bereit wäre, in irgendeinem Komitee mitzuarbeiten. Unnötig zu sagen, daß sie abgelehnt hat. Im letzten Monat habe ich sie soweit gebracht, daß sie mit mir zu einem Empfang der Grundstücksmakler gegangen ist, aber als dann ein Gruppenbild gemacht wurde, war sie auf der Toilette.«

»Sie hat Angst, erkannt zu werden.«

»Das verstehe ich ja. Aber sehen Sie denn nicht ein, daß die Wahrscheinlichkeit, im Lauf der Zeit erkannt zu werden, immer geringer wird? Und selbst wenn jemand zu ihr sagte: ›Sie haben eine unwahrscheinliche Ähnlichkeit mit der jungen Frau in Kalifornien, die da angeklagt war wegen…‹ Sie verstehen schon, was ich meine, Dorothy. Für die meisten Leute wäre die Sache damit erledigt. Eine Ähnlichkeit. Punkt. Schluß. Du lieber Himmel. Denken Sie doch bloß an diesen Burschen, der da immer auftrat und für Whisky und Banken Reklame machte, diesen Doppelgänger von Lyndon Johnson. Ich war mit seinem Neffen bei der Armee. Manche Menschen sehen sich eben sehr ähnlich. So einfach ist das. Und wenn es je wieder einen Prozeß gibt, dann möchte ich, daß Nancy bei den Menschen hier Wurzeln geschlagen hat. Ich möchte, daß die Leute hier das Gefühl haben, Nancy ist eine von ihnen, damit sie Stimmung für sie machen. Denn wenn sie freigesprochen ist, wird sie hierher zurückkommen müssen und das alte Leben wieder aufnehmen. Das gilt für uns alle.«

»Und wenn es zum Prozeß kommt und sie *nicht* freigesprochen wird?«

»Diese Möglichkeit möchte ich einfach nicht in Betracht

ziehen«, sagte Ray entschieden. »Nun, wie steht's. Sind wir für heute abend verabredet?«

»Ich würde wirklich sehr gern kommen«, sagte Dorothy. »Und im großen und ganzen stimme ich auch mit dem, was Sie gesagt haben, überein.«

»Im großen und ganzen?«

»Ja.« Sie blickte ihn fest an. »Ich glaube, Sie werden sich selbst fragen müssen, inwieweit Sie diesen plötzlichen Wunsch, ein normales Leben führen zu wollen, Nancys wegen verspüren oder inwieweit ihm andere Motive zugrunde liegen.«

»Das heißt?«

»Ray, ich war dabei, als der Staatssekretär von Massachusetts Sie drängte, in die Politik zu gehen, weil das Kap junge Männer von Ihrem Format als Repräsentanten braucht. Ich habe gehört, wie er sagte, er würde Ihnen jede mögliche Hilfe und Unterstützung gewähren. Es ist schon ganz schön schwer, ihn hier nicht beim Wort nehmen zu können. Aber wie die Dinge liegen, können Sie das nicht. Und das wissen Sie auch.«

Dorothy verließ das Zimmer, ohne ihm eine Möglichkeit zu einer Antwort zu geben. Ray trank den Kaffee aus und ließ sich an seinem Schreibtisch nieder. Sein Ärger und seine Gereiztheit und die Spannung fielen von ihm ab, und er fühlte sich niedergeschlagen und schämte sich vor sich selber. Natürlich hatte sie recht. Er wollte auch nicht so tun, als ob da nicht eine Drohung auf ihnen lastete, als ob alles in bester Ordnung wäre. Aber er hatte auch verdammt starke Nerven. Er hatte genau gewußt, worauf er sich einließ, als er Nancy geheiratet hatte. Und sie hätte es ihm bestimmt klargemacht, wenn er es nicht ohnehin gewußt hätte. Sie hatte sich wirklich alle Mühe gegeben, ihn zu warnen.

Mit leerem Blick starrte Ray auf die Postsachen auf seinem Schreibtisch. Er dachte daran, daß er in den vergangenen Monaten auch Nancy ein paarmal so grundlos angeraunzt hatte wie Dorothy heute morgen. Wie er reagiert hatte, als sie ihm das Aquarell zeigte, das sie von ihrem Haus gemalt hatte. Sie müßte eigentlich Kunst studieren. Jetzt schon war sie so gut, daß sie auf lokaler Ebene ausstellen konnte. Er hatte gesagt: »Es ist hervorragend. Aber – in welchem Geheimzimmer wirst du es denn jetzt verstecken?«

Nancy hatte so verletzt ausgesehen, so hilflos. Er hätte sich am liebsten die Zunge abgebissen. Er hatte sich entschuldigt: »Liebling, es tut mir wirklich leid. Es ist doch nur deshalb, weil ich so stolz auf dich bin. Ich möchte, daß du es ausstellst.«

Wie viele dieser Ausbrüche wurden dadurch heraufbeschworen, daß er es leid war, seine und Nancys Unternehmungslust ständig zügeln zu müssen?

Er holte tief Luft und begann, die Post durchzusehen.

Genau um Viertel nach zehn riß Dorothy die Tür zu seinem Büro auf. Ihre normalerweise gesunde und rosige Gesichtsfarbe war einem kränklichen aschfahlen Ton gewichen. Er sprang auf und wollte ihr entgegengehen. Aber sie schüttelte den Kopf, stieß die Tür hinter sich zu und streckte ihm die Zeitung entgegen, die sie unter ihrem Arm verborgen hatte. Es war der wöchentlich erscheinende Lokalanzeiger von Cape Cod. Dorothy hatte den zweiten Teil aufgeschlagen, den Teil, der immer eine rührselige Geschichte brachte. Sie ließ die Zeitung auf seinen Schreibtisch fallen.

Wie erstarrt blickten beide auf das große Bild vor ihnen: unverkennbar für jedermann – Nancy. Es war ein Bild, das er nie zuvor gesehen hatte, in ihrem Tweedkostüm, das Haar zurückgekämmt und schon dunkel gefärbt. Die Bildunterschrift fragte: KANN DAS FÜR NANCY HARMON EIN GLÜCKLICHER GEBURTSTAG SEIN? Ein anderes Bild zeigte Nancy während des Prozesses beim Verlassen des Gerichtssaals, mit ausdruckslosem Gesicht und wie versteinert. Das Haar fiel ihr über die Schultern herab.

Ein drittes Bild war die Reproduktion eines Schnappschusses und zeigte Nancy, wie sie gerade ihre Arme um zwei kleine Kinder legte.

Die erste Zeile der Geschichte lautete: ›Irgendwo feiert Nancy Harmon heute ihren zweiunddreißigsten Geburtstag und den siebenten Todestag der Kinder, für deren Ermordung sie schuldig gesprochen wurde.‹

4

Es war alles Timing. Das ganze Universum konnte nur bestehen, weil alles auf Sekundenbruchteile aufeinander abgestimmt war. Nun, seine Zeitplanung würde perfekt sein. In großer Eile setzte er den Kombiwagen aus der Garage zurück. Der Tag war so düster, daß es schwer gewesen war, durch das Teleskop allzuviel zu sehen, aber er hatte erkennen können, daß sie den Kindern gerade die Mäntel anzog.

Er fühlte in seine Tasche. Die Spritzen waren da – gefüllt, gebrauchsfertig, um sofortige Bewußtlosigkeit herbeizuführen – einen tiefen, traumlosen Schlaf.

Er spürte, wie ihm unter den Armen und in der Leistengegend der Schweiß ausbrach, und auch auf der Stirn bildeten sich dicke Perlen und rannen ihm die Wangen hinab. Das war nicht gut so. Der Tag war kalt. Er durfte nicht aufgeregt oder nervös erscheinen.

Er opferte ein paar wertvolle Sekunden, um sich mit dem alten Handtuch, das er immer auf dem Vordersitz liegen hatte, das Gesicht abzutupfen. Gleichzeitig warf er einen kurzen Blick über die Schulter. Einen solchen Regenmantel aus Segeltuch hatten viele Kapbewohner in ihren Autos liegen, besonders in der Jahreszeit, in der geangelt wurde. Das gleiche galt für die Angelruten, die man am Rückfenster sehen konnte. Aber der Mantel war groß genug, um zwei kleine Kinder zu bedecken. Er kicherte aufgeregt und riß den Wagen herum in Richtung auf die Route 6 A.

An der Einmündung dieser Straße zur 6 A lag Wiggins' Market. Jedesmal wenn er am Kap war, kaufte er dort ein. Natürlich, wenn er länger bleiben wollte, brachte er die wichtigsten Sachen, die er brauchte, mit. Es war zu riskant, allzuoft auszugehen. Es gab immer die Möglichkeit, daß er plötzlich Nancy über den Weg lief und sie ihn erkannte, obwohl er sich äußerlich völlig verändert hatte. Vor vier Jahren wäre es fast passiert. Er war in einem Supermarkt in Hyannis Port gewesen und hatte ihre Stimme hinter sich gehört. Er langte gerade nach einer Dose Kaffee, da griff ihre Hand unmittelbar neben seiner hoch und nahm eine Dose aus demselben Regal. Sie sagte: »Warte mal einen Augenblick, Mike. Ich muß hier noch etwas mitnehmen«, und während er noch wie erstarrt dastand, streifte sie ihn leicht und murmelte: »Oh, Verzeihung.«

Er wagte nicht zu antworten – er stand einfach da –, und sie ging weiter. Er war ganz sicher, daß sie ihn nicht einmal angeblickt hatte. Aber danach hatte er nie wieder eine Begegnung mit ihr riskiert. Trotzdem hielt er es für erforderlich, es so einzurichten, daß er zwar nicht allzuoft, aber doch regelmäßig in Adams Port einkaufte, denn eines Tages könnte es noch wichtig für ihn sein, daß die Leute sein Kommen und Gehen als etwas Alltägliches abtaten. Aus diesem Grunde kaufte er morgens in Wiggins' Market immer Milch, Brot und Fleisch – stets um zehn Uhr. Nancy verließ das Haus nie vor elf, und selbst dann ging sie immer zu Lowery's Market, eine halbe Meile weiter die Straße hinab. Mr. und Mrs. Wiggins begrüßten ihn inzwischen schon wie einen alten Kunden. Na schön, in ein paar Minuten würde er dort sein, genau nach Plan.

Hier draußen war kein Spaziergänger zu sehen. Diejenigen, die vielleicht eine Neigung verspürt hatten, an die frische Luft zu gehen, waren wahrscheinlich durch den scharfen Wind entmutigt worden. Er war schon fast an der 6 A angelangt. Er nahm das Gas weg und hielt an.

Ein unglaubliches Glück. In beiden Fahrtrichtungen kein einziges Auto. Schnell gab er Gas, und der Kombiwagen schoß über die Hauptstraße in den Fahrweg, der hinten am Grundstück der Eldredges entlangführte. Kaltblütigkeit – nur darauf kam es an. Jeder Dummkopf konnte mit einem narrensicheren Plan daherkommen. Aber einen Plan zu haben, der so einfach war, daß er kaum noch als Plan bezeichnet werden konnte – einen Plan, der auf Bruchteile von Sekunden genau überlegt war –, das war echte Genialität. Bereitwillig den Fehlschlag mit einzukalkulieren – einen Drahtseilakt über einem Dutzend von Abgründen so auszuführen, daß niemand zu einem hinblickte, wenn die Tat vollbracht war – so machte man das.

Zehn vor zehn. Die Kinder waren jetzt vielleicht schon eine Minute draußen. Oh, er wußte genau, was alles passieren konnte. Eines von ihnen könnte vielleicht ins Haus zurückgekehrt sein, um ins Badezimmer zu gehen oder einen Schluck Wasser zu trinken. War aber unwahrscheinlich. Jeden Tag, einen ganzen Monat lang, hatte er sie beobachtet. Wenn es nicht gerade regnete, kamen sie zum Spielen nach draußen. Und Nancy kam immer erst zehn oder fünfzehn Minuten später heraus, um nach ihnen zu sehen. Und in diesen zehn oder fünfzehn Minuten gingen die Kinder nie ins Haus zurück.

Neun Minuten vor zehn. Er steuerte den Wagen in den Feldweg auf ihrem Grundstück. In ein paar Minuten würde die Lokalzeitung gebracht. Heute würde der Artikel erscheinen. Durchaus ein Anlaß für Nancy, mit einer Gewalttat zu reagieren ... sie ist entlarvt ... alle Menschen dieser Stadt sprechen darüber mit Entsetzen in der Stimme, gehen an diesem Haus vorbei, starren ...

Er fuhr den Wagen halb in den Wald hinein. Niemand konnte ihn von der Straße aus sehen. Und sie konnte ihn vom Haus aus nicht sehen. Er stieg schnell aus und eilte im Schutz der Bäume zum Spielplatz der Kinder. Die meisten Bäume hatten ihre Blätter ganz verloren, aber es gab genügend Fichten und Tannen, die ihn abschirmten.

Er hörte schon die Stimmen der Kinder, noch ehe er sie sah. Der Junge, seine Stimme keuchte ein wenig – er war wohl gerade dabei, das Mädchen zu schaukeln... »Wir werden Vati fragen, was wir für Mami kaufen sollen. Ich habe das Geld für uns beide.«

Das Mädchen lachte. »Schön, Mike, schön. Höher, Mike – bitte schaukel mich noch höher.«

Er schlich sich hinter den Jungen, der ihn in der allerletzten Sekunde hörte. Einen Augenblick lang sah er die erschrockenen blauen Augen und einen Mund, der sich vor Entsetzen zusammenzog, dann bedeckte er beides mit der einen Hand, während er mit der anderen die Nadel durch den wollenen Fausthandschuh stieß. Der Junge versuchte sich loszureißen, wurde dann steif und fiel lautlos zu Boden.

Die Schaukel kam zurück – das Mädchen rief: »Schubs doch, Mike – mach weiter, nicht aufhören.« Er fing die Schaukel an der rechten Kette auf, hielt sie an und umschlang den kleinen, sich windenden Körper, der gar nicht begriff, was mit ihm geschah. Sorgsam erstickte er den leisen Schrei und stieß die andere Nadel durch den roten Fausthandschuh, auf dessen Oberseite ein Lachgesicht eingesteppt war. Einen Augenblick später holte das Mädchen tief Luft und sackte gegen ihn.

Er bemerkte nicht, daß sich ein Fausthandschuh an der Schaukel festgehakt hatte und von der Hand abgezogen wurde. Mühelos nahm er beide Kinder unter die Arme und rannte mit ihnen zu seinem Wagen zurück.

Fünf Minuten vor zehn lagen sie zusammengekrümmt unter dem Regenmantel aus Segeltuch. Er setzte den Wagen auf dem Feldweg zurück bis zu der gepflasterten Landstraße hinter Nancys Grundstück. Er fluchte, als er eine kleine Dodge-Limousine auf sich zukommen sah. Sie fuhr ein wenig langsamer, damit er sich in die richtige Fahrspur einordnen konnte, und er wandte den Kopf zur Seite.

Verdammtes Pech. Im Vorbeifahren gelang ihm ein kurzer Seitenblick auf den Fahrer des anderen Wagens; unter einem verbeulten Hut zeichneten sich silhouettenhaft eine scharfe Nase und ein schmales Kinn ab. Der andere Fahrer schien aber nicht einmal seinen Kopf zur Seite zu drehen.

Ganz flüchtig hatte er das Gefühl, diesem Mann schon irgendwo begegnet zu sein: wahrscheinlich jemand vom Kap, der gar nicht bemerkt hatte, daß der Kombiwagen, für den er die Geschwindigkeit vermindert hatte, aus dem engen Feldweg vom Grundstück der Eldredges gekommen war. Die meisten Menschen waren nicht sehr aufmerksam. In ein paar Minuten würde sich dieser Mann wahrscheinlich kaum noch daran erinnern, daß er kurz das Gas weggenommen hatte, um einen anderen Wagen wenden zu lassen.

Er beobachtete den Dodge im Rückspiegel, bis er verschwunden war. Mit einem zufriedenen Grunzen stellte er den Spiegel so ein, daß er den Segeltuchmantel auf der Ladefläche hinten reflektierte. Man mußte den Eindruck haben, daß der Mantel nachlässig über Angelgerät geworfen war. Zufrieden klappte er den Spiegel zurück, ohne noch einmal hineinzublicken. Wenn er es getan hätte, wäre ihm wohl nicht entgangen, daß der Wagen, den er gerade noch beobachtet hatte, langsamer fuhr und zurücksetzte.

Vier Minuten nach zehn betrat er Wiggins' Market und brummte einen Gruß. Dann langte er ins Kühlfach nach einem halben Liter Milch.

5

Nancy stieg die steile Treppe herab. Schwankend versuchte sie Gleichgewicht zu halten, die Arme vollgepackt mit Handtüchern und Bettzeug, mit Pyjamas und Unterwäsche. Einer plötzlichen Regung folgend, hatte sie sich entschlossen zu waschen; die Wäsche konnte noch draußen trocknen, ehe der Sturm losbrach. Der Winter war jetzt da. Er hatte den Rand des Hofes erreicht und riß die letzten dürren Blätter von den Bäumen, und er legte sich auf den Feldweg, der jetzt so hart wie Beton geworden war. Die Farben der Bucht verwandelte er in ein rauchiges Graublau.

Draußen braute sich der Sturm zusammen. Hier aber schien noch ein wenig die Sonne, und das wollte sie ausnutzen. Sie liebte den Duft frischer Bettwäsche, die draußen getrocknet war, sie zog sie sich gern vors Gesicht, wenn sie langsam einschlief, mit dem leichten Aroma von Preiselbeeren und Kiefern und dem salzigen Duft des Meeres, einem Aroma, das so ganz anders war als der gemeine, naßkalt-dumpfige Geruch der Gefängniswäsche. Sie stieß den Gedanken von sich.

Als sie den Treppenfuß erreichte, wollte sie schon auf die Hintertür zugehen. Doch plötzlich hielt sie ein. Ach Dummheit! Mit den Kindern war alles in Ordnung. Sie waren doch erst seit einer Viertelstunde draußen. Sie mußte diese wahnsinnige Angst, die ihr ständiger Begleiter war, einfach überwinden. Schon jetzt hatte sie den Verdacht, daß Missy es ahnte und für ihre allzu große Fürsorge empfänglich war. Sie würde die Maschine anstellen und dann die Kinder hereinrufen. Während sie sich dann im Fernsehen die 10.30 Uhr-Sendung ansahen, konnte sie noch eine Tasse Kaffee trinken und einen Blick in den Lokalanzeiger von Cape Cod werfen. Jetzt, wo die Saison vorüber war, konnte man vielleicht günstig – nicht zu Touristenpreisen – ein paar Antiquitäten kaufen. Sie suchte nach einem altmodischen kleinen Sofa für die gute Stube – so eines mit einem hohen Rücken, das man im achtzehnten Jahrhundert Lehnbank genannt hatte.

In dem kleinen Waschraum, den man von der Küche aus erreichte, sortierte sie die Wäsche, warf das Bettzeug und die Handtücher in die Maschine, füllte Waschmittel und Bleichpulver ein und drückte schließlich auf den Knopf für den Waschgang.

Nun war es aber wirklich Zeit, die Kinder zu rufen. Doch an der Haustür machte sie noch einen kleinen Umweg. Soeben war die Zeitung gekommen. Der Zeitungsjunge verschwand gerade um die Straßenkurve. Sie hob die Zeitung auf, erschauerte vor dem aufkommenden Wind und eilte in die Küche. Sie stellte den Brenner unter der noch lauwarmen Kaffeekanne an und blätterte die Zeitung hastig bis zum zweiten Teil durch, begierig, einen Blick auf die Kleinanzeigen zu werfen.

Ihr Blick blieb erstarrt an der knalligen Überschrift und den Bildern hängen – all den Bildern von ihr und Carl und Rob Legler, einem von ihr mit Peter und Lisa ... so wie sie sich immer an sie gekuschelt hatten, zutraulich und anhänglich. Es toste ihr in den Ohren; sie erinnerte sich deutlich daran, wie sie für das Foto posiert hatten. Carl hatte das Foto gemacht.

»Kümmert euch nicht um mich«, hatte er gesagt, »tut so, als ob ich nicht da wäre.« Aber natürlich wußten sie, daß er da war. Die Kinder hatten sich fest an sie gedrückt, und sie hatte auf die beiden hinuntergeblickt, als er sie fotografierte. Ihre Hände lagen auf dem seidenweichen dunklen Haar der Kinder.

»Nein... nein... nein...!« Sie krümmte sich vor Schmerz. Sie schwankte und streckte ihre Hand aus, stieß dabei die Kaffeekanne um, schnappte sie noch auf und spürte kaum, wie ihr dabei kochend heiße Flüssigkeit über die Finger schwappte.

Sie mußte die Zeitung verbrennen. Michael und Missy

durften sie nicht zu Gesicht bekommen. Ja, sie würde die Zeitung verbrennen, damit sie niemand zu Gesicht bekam. Sie lief zum Kamin im Wohnzimmer.

Der Kamin... jetzt war er nicht mehr anheimelnd, er strahlte keine Wärme und Geborgenheit mehr aus. Denn es gab keinen Hort der Geborgenheit für sie... für sie würde es niemals einen sicheren Hafen geben. Sie knüllte die Zeitung zusammen und griff zitternd nach der Streichholzschachtel auf dem Kaminsims. Erst ein Rauchfaden, dann eine Flamme, und die Zeitung brannte. Sie stopfte sie zwischen die Holzklötze.

Jeder am Kap las diese Zeitung. Sie würden es erfahren... alle würden es wissen. Auf dem einen Foto würde man sie bestimmt erkennen. Sie konnte sich nicht erinnern, daß jemand sie fotografiert hatte, seit sie ihr Haar kurz trug und es gefärbt hatte. Die Zeitung loderte jetzt hell auf. Sie sah zu, wie das Bild mit Peter und Lisa in Flammen aufging, wie es verkohlte und sich zusammenrollte. Tot, alle beide; am besten wäre es gewesen, wenn sie auch tot wäre. Es gab für sie keinen Ort, an dem sie sich verbergen... oder an dem sie Vergessen finden konnte. Ray konnte sich um Michael und Missy kümmern. Morgen würden die Kinder in Michaels Klasse hinter ihm herblicken, flüstern und mit Fingern auf ihn zeigen.

Die Kinder. Sie mußte die Kinder retten. Nein, sie *holen*. Richtig! Sie würden sich erkälten.

Sie stolperte zur Hoftür und riß sie auf. »Peter... Lisa...«, rief sie. Nein, nein! Es mußte Michael und Missy heißen. *Michael und Missy* waren ihre Kinder.

»Michael. Missy. Kommt herein. Kommt jetzt herein!« Ihr klagender Ruf ging in einen gellenden Schrei über. Wo waren sie? Sie stürzte in den Hinterhof hinaus, ohne auf die Kälte zu achten, die stechend durch ihren dünnen Pullover drang.

Die Schaukel. An der Schaukel waren sie nicht mehr. Wahrscheinlich steckten sie im Wald. »Michael, Missy.

Michael! Missy! Versteckt euch doch nicht! Kommt jetzt her!«

Die Schaukel bewegte sich noch. Sie schwang im Wind hin und her. Dann sah sie den Fausthandschuh. Missys Fausthandschuh, der sich in den Eisenringen der Schaukel verfangen hatte.

Von weit her hörte sie etwas. Was war das? Die Kinder.

Der See! Sie mußten am See sein. Sie hatte ihnen zwar verboten, dort hinzugehen, aber vielleicht hatten sie es doch getan. Man würde sie finden. Wie die anderen. Im Wasser. Die Gesichter naß und aufgedunsen und leblos.

Sie riß Missys Fausthandschuh an sich, den mit dem Lachgesicht darauf, und taumelte weiter in Richtung auf den See. Immer und immer wieder rief sie ihre Namen. Sie kämpfte sich durch den Wald und hinaus auf den Sandstrand.

Nicht weit vom Ufer schimmerte etwas unter der Oberfläche. War es etwas Rotes... noch ein Fausthandschuh... Missys Hand? Sie stürzte sich in das eisige Wasser, bis zu den Schultern, und griff tief nach unten. Aber da war nichts. Wie von Sinnen krallte sie ihre Finger zusammen, so daß sie ein Sieb bildeten, aber da war nichts – nur das schreckliche eisige Wasser. Sie blickte hinab, um auf den Grund zu sehen; sie beugte sich nach vorn, fiel hin. Das Wasser drang ihr in Nase und Mund, brannte auf ihrem Hals und ihrem Gesicht.

Schließlich torkelte sie wieder hoch und zurück, ehe ihre nasse Kleidung sie erneut hinabzog. Auf dem eisverkrusteten Sand sank sie nieder. Sie hatte Ohrensausen, und ein Schleier legte sich über ihre Augen. Durch den Nebel sah sie zum Wald hinüber und erblickte ihn – sein Gesicht... *Wessen* Gesicht?

Der Nebel senkte sich ganz auf ihre Augen herab, die Laute wurden schwächer: das traurige Schnattern einer Seemöwe... das Plätschern des Wassers... Schweigen.

An dieser Stelle wurde sie von Ray und Dorothy gefunden. Sie lag im Sand, von Schauern durchschüttelt, das Haar und die Kleider klebten an ihr, die Augen blickten leer und verständnislos. Auf der Hand, mit der sie einen kleinen roten Fausthandschuh an ihre Wange preßte, bildeten sich schmerzhafte Blasen.

6

Sorgfältig wusch und spülte Jonathan sein Frühstücksgeschirr ab, dann scheuerte er die kleine Bratpfanne aus und fegte die Küche. Auf eine natürliche und mühelose Art war Emily stets sehr ordentlich gewesen, und in den Jahren ihres Zusammenlebens hatte er das innere Wohlgefühl, das Ordnung und Sauberkeit in ihm auslösten, in zunehmendem Maße schätzen gelernt. Er hängte seine Kleidung stets in die Wandschränke, legte seine schmutzige Wäsche in den Wäschekorb im Bad und räumte nach seinen einsamen Mahlzeiten immer gleich auf. Er hatte sogar ein Auge für solche Kleinigkeiten, die der Aufwartefrau entgingen, und auch mittwochs, wenn sie gegangen war, verrichtete er gewöhnlich noch ein paar kleinere Arbeiten, putzte Dosen und Nippessachen und polierte jene Flächen, auf denen das Polierwachs noch nicht verrieben war.

In New York hatte er mit Emily am Sutton Place gewohnt, an der Südostecke der Fünfundfünfzigsten Straße. Ihr Mehrfamilienhaus hatte sich an der Franklin D. Roosevelt Chaussee entlang bis zum Ufer des East River erstreckt. Manchmal hatten sie auf ihrem Balkon im siebzehnten Stock gesessen und die Lichter der Brücken betrachtet, die den Fluß überspannten, und hatten sich über die Zukunft unterhalten, wenn sie sich zum Kap zurückziehen und dann hinaus auf den Maushop See blicken würden.

»Dann wirst du aber nicht mehr Berta im Hause haben, die alles in Ordnung hält«, hatte er sie geneckt.

»Wenn es soweit ist, daß wir da hinziehen, wird sich Berta zur Ruhe setzen, und ich werde dich als meinen Gehilfen einarbeiten. Das einzige, was wir dann brauchen, ist einmal in der Woche eine Reinemachefrau. Aber wie steht es denn mit dir? Wird dir dann nicht das Auto fehlen, das dich zu jeder Tageszeit vor der Tür abholt, wann immer es dir gefällt?«

Jonathan hatte erwidert, daß er die Absicht habe, sich ein Fahrrad zu kaufen. »Ich würde es schon jetzt machen«, hatte er Emily anvertraut, »aber ich fürchte, einige unserer Klienten wären wahrscheinlich ein wenig konsterniert, wenn es sich herumspräche, daß ich auf einem Stahlroß zur Arbeit komme.«

»Und dann wirst du anfangen zu schreiben«, hatte sie gestichelt. »Manchmal wünschte ich, du hättest schon früher dein Glück versucht und damit angefangen.«

»Konnte ich mir nicht erlauben. War ja mit dir verheiratet«, hatte er erwidert. »Dein einsamer Kampf gegen die Rezession. In der ganzen Fifth Avenue gehen die Lichter aus, wenn Mrs. Knowles einkaufen geht.«

»Das ist deine Schuld«, hatte sie ihm entgegengehalten. »Du hast mich immer dazu ermuntert, dein Geld auszugeben.«

»Es macht mir Spaß, es für dich auszugeben«, hatte er ihr geantwortet. »Und ich habe keine Klagen. Ich habe Glück gehabt.«

Wenn sie hier oben doch nur noch ein paar Jahre zusammen gehabt hätten... Jonathan seufzte und hängte das Geschirrtuch auf. Als er heute morgen Nancy Eldredge und ihre Kinder gesehen hatte, hinter dem Fenster wie in einem Rahmen, war er irgendwie bedrückt gewesen. Vielleicht war es das Wetter oder weil der lange Winter hereinbrach, aber er war unruhig und von bösen Vorahnungen ergriffen. Irgend etwas beunruhigte ihn. Es war so ein eigenartiges Kribbeln, wie es ihn immer überkommen hatte, wenn er ein Plädoyer vorbereitete und ein paar Dinge einfach nicht zusammenpaßten.

Na ja, er würde sich nun an die Arbeit machen. Ihm lag sehr viel daran, endlich mit dem Kapitel über den Fall Harmon zu beginnen.

Eigentlich hätte er auch schon früher in den Ruhestand treten können, dachte er, als er langsam in sein Arbeitszimmer ging. Dann aber fiel ihm ein, daß er das ja ohnehin schon getan hatte. Als Emily von ihm gegangen war, hatte er seine New Yorker Wohnung verkauft und sein Rücktrittsgesuch eingereicht, hatte Berta ausbezahlt und war wie ein Hund, der seine Wunden leckt, hierher in dieses Haus gekommen, das sie gemeinsam ausgesucht hatten. Nachdem der erste bittere Schmerz verflogen war, hatte er ein gewisses Maß an Zufriedenheit gefunden.

Dieses Buch nun zu schreiben, war ein faszinierendes Erlebnis, das ihn ganz in Anspruch nahm. Als ihm der Gedanke dazu gekommen war, hatte er Kevin Parks, einen überaus gewissenhaften frei schaffenden Wissenschaftler und alten Freund eingeladen und gebeten, zu ihm heraufzukommen und das Wochenende bei ihm zu verbringen. Dann hatte er ihm seinen Plan in großen Umrissen erklärt. Jonathan hatte zehn besonders umstrittene Kriminalfälle herausgesucht. Er hatte den Vorschlag gemacht, daß Kev es übernehmen sollte, alles Material zusammenzustellen, das über diese Prozesse zu bekommen war: Gerichtsprotokolle, eidesstattliche Erklärungen, Aussagen unter Eid, Zeitungsberichte, Bilder, Klatschspalten – alles was er finden konnte. Jonathan wollte dann jede Akte sorgfältig prüfen und erst danach entscheiden, wie er das Kapitel abfassen wollte – indem er dem Urteil entweder zustimmte oder es mit einer ausführlichen Begründung ablehnte. Er wollte das Buch ›Zweifelhafte Urteile‹ nennen.

Er hatte schon drei Kapitel abgeschlossen. Das erste behandelte den ›Sam Sheppard Prozeß‹. Seine Meinung:

nicht schuldig. Zu viele Fragezeichen; zu viel Beweismaterial unterdrückt. Jonathan stimmte mit Dorothy Kilgallens Auffassung überein, daß Sam Sheppard von den Geschworenen wegen Ehebruchs schuldig gesprochen worden war, nicht aber wegen Mord.

Das zweite Kapitel bildete ›Der Cappolino Prozeß‹. Nach seiner Meinung gehörten Marge Farger und ihr früherer Freund hinter Gitter.

Das Kapitel, das er gerade abgeschlossen hatte, war ›Der Edgar Smith Prozeß‹. In Jonathans Augen war Edgar Smith zwar schuldig, verdiente jedoch freigelassen zu werden. Vierzehn Jahre bedeuteten heute soviel wie lebenslänglich, und er hatte sich rehabilitiert, sich in der Zelle im Todestrakt weitergebildet.

Er setzte sich an seinen wuchtigen Schreibtisch und griff ins Aktenfach nach den Mappen mit den dicken Papphüllen, die einen Tag zuvor angekommen waren. Sie trugen die Aufschrift ›Der Fall Harmon‹.

Auf dem obersten Pappdeckel hatte Kevin eine Notiz geheftet. Sie lautete:

›Jon, ich habe so ein Gefühl, als ob es dir Spaß machen wird, dich hier so richtig ins Zeug zu legen. Die Angeklagte war eine leichte Beute für den Staatsanwalt; sogar ihr Mann kippte im Zeugenstand um und klagte sie praktisch vor den Geschworenen an. Sollte man den verschwundenen Zeugen der Anklage jemals wieder aufspüren und sie erneut vor Gericht stellen, täte sie gut daran, sich eine bessere Geschichte einfallen zu lassen als beim letzten Mal. Das Büro des Bezirksstaatsanwalts da drüben weiß, wo sie steckt, aber sie wollten es mir nicht verraten; irgendwo im Osten, ist das einzige, was ich herausbekommen konnte.‹

Jonathan öffnete die Akte. Sein Puls schlug ein wenig schneller, wie immer, wenn er sich einen spannenden neuen Fall vornahm.

Im allgemeinen gestattete er sich keine allzu weitgehenden Spekulationen, ehe er nicht alle Untersuchungsergebnisse beisammen hatte. Doch seine eigenen Erinnerungen an diesen Fall und die Gerichtsverhandlung vor sechs oder sieben Jahren machten ihn neugierig. Er erinnerte sich, daß für ihn schon damals beim Lesen der Zeugenaussagen zahlreiche Fragen offengeblieben waren... Fragen, auf die er sich jetzt konzentrieren wollte.

Er erinnerte sich noch, daß der Harmon-Prozeß in ihm den Gesamteindruck hinterlassen hatte, daß Nancy Harmon keineswegs alles gesagt hatte, was sie über das Verschwinden ihrer Kinder wußte.

Er griff in die Mappe und begann, die Artikel, die alle mit äußerster Sorgfalt beschriftet waren, vor sich auf dem Tisch auszubreiten. Es waren auch Bilder von Nancy Harmon darunter, aufgenommen während des Prozesses. Mit ihrem schulterlangen Haar war sie wirklich ein hübsches junges Ding. Wie die Zeitungen berichteten, war sie zum Zeitpunkt des Verbrechens fünfundzwanzig Jahre alt. Sie sah sogar noch jünger aus – nicht viel älter als ein Teenager. Die Kleider, die sie damals trug, waren noch ganz jugendlich... fast kindlich... sie verstärkten diesen Gesamteindruck noch. Vielleicht hatte ihr Rechtsanwalt ihr nahegelegt, so jung wie möglich auszusehen.

Es war komisch, aber seitdem er sich mit dem Gedanken trug, dieses Buch zu schreiben, hatte er immer das Gefühl, daß er dieser jungen Frau schon mal irgendwo begegnet war. Er starrte auf die Bilder, die da vor ihm lagen. Natürlich. Sie sah wie eine etwas jüngere Ausgabe von Ray Eldredges Frau aus. Jetzt war ihm klar, warum ihn ihr Anblick immer so beunruhigt hatte. Der Gesichtsausdruck war zwar völlig verschieden, aber wäre es nicht wirklich eine kleine Welt, wenn es da irgendwelche familiären Verbindungen gäbe?

Sein Blick fiel auf das erste Blatt. Es war mit der Schreibmaschine getippt und gab einen kurzen Lebensabriß von

Leuten eine Vorstellung davon zu geben, welche Möglichkeiten in einem Bau steckten, ganz gleich, wie heruntergekommen er auf den ersten Blick aussehen mochte.

Immer öfter hatte Jonathan in der letzten Zeit mit dem Gedanken gespielt, Dorothy einzuladen, mit ihr essen zu gehen. Die Sonntage waren lang, und in letzter Zeit hatte er sonntags nachmittags schon ein paarmal angefangen, ihre Nummer zu wählen, dann aber wieder aufgelegt. Er wollte mit jemandem, mit dem er ständig zu tun hatte, nicht zu schnell intim werden. Und er war sich einfach auch nicht sicher. Vielleicht war sie ihm auch ein wenig zu bestimmt. Emily war so ungeheuer weiblich gewesen, und nach all den vielen Jahren des Zusammenlebens mit ihr, war er irgendwie nicht darauf vorbereitet, sich im persönlichen Bereich auf eine so überaus unabhängige Frau einzustellen.

Du lieber Himmel, was war heute morgen bloß los mit ihm? Immer wieder geriet er ins Träumen. Warum ließ er sich bloß dauernd von diesem Harmon-Prozeß ablenken?

Entschlossen zündete er sich die Pfeife an, holte die Akte hervor und lehnte sich in seinem Sessel zurück. Bedächtig nahm er den ersten Stoß Zeitungen heraus.

Eineinviertel Stunden vergingen. Außer durch das Tikken der Uhr, die wachsende Heftigkeit, mit der draußen vor seinem Fenster der Wind durch die Fichten fuhr, und ein gelegentliches ungläubiges Schnauben Jonathans wurde die Stille nicht unterbrochen. Er las sehr konzentriert, und seine Stirn hatte sich in tiefe Falten gelegt. Schließlich legte er die Zeitungen beiseite. Langsam ging er zur Küche hinüber, um sich Kaffee zu kochen. Irgend etwas an dem ganzen Harmon-Prozeß war faul. Obwohl er bis jetzt erst einen Teil des Protokolls durchgelesen hatte, war es ganz offensichtlich, daß da etwas faul war... unter der Oberfläche war da etwas, das es ihm nicht erlaubte, die Tatumstände in einer vernünftigen und schlüssigen Weise miteinander zu verknüpfen.

Er betrat die makellos saubere Küche und ließ geistesabwesend den Kessel halbvoll laufen. Während er darauf wartete, daß das Wasser heiß wurde, ging er zur Haustür. Der *Lokalanzeiger* von *Cape Cod* lag schon auf der Veranda. Er steckte ihn unter den Arm, ging in die Küche zurück, tat einen gehäuften Teelöffel *Taster's Choice* in eine Tasse, gab kochendes Wasser zu, während er mit der anderen Hand die Seiten der Zeitung umblätterte und den Inhalt überflog.

Er hatte den Kaffee schon fast ausgetrunken, als er zum zweiten Teil kam. Seine Hand mit der Tasse verharrte mitten in der Luft, während seine Augen wie gebannt auf das Bild von Ray Eldredges Frau starrten.

Im ersten Augenblick der Erleuchtung hatte sich Jonathan mit zwei bitteren, aber unbestreitbaren Tatsachen abzufinden: Dorothy hatte ihn bewußt angelogen, als sie behauptete, sie habe Nancy als Kind in Virginia gekannt; und er selbst, im Ruhestand oder nicht, hätte genügend Jurist sein müssen, um sich auf sein Gespür zu verlassen. Im Unterbewußtsein hatte er doch immer schon den Verdacht gehabt, daß Nancy Harmon und Nancy Eldredge ein und dieselbe Person waren.

7

Es war so kalt. In ihrem Mund spürte und schmeckte sie Sand. Sand – wieso? Wo war sie?

Sie hörte, wie Ray nach ihr rief, fühlte, wie er sich über sie beugte, sie an sich zog. »Nancy, was ist denn passiert? Nancy, wo sind die Kinder?«

Sie hörte die Angst in seiner Stimme. Sie versuchte die Hand zu heben, spürte dann, wie sie ihr schlapp zur Seite herunterfiel. Sie versuchte zu sprechen, aber ihr kam kein Wort über die Lippen. Ray war da, aber sie konnte ihn nicht erreichen.

Sie hörte, wie Dorothy sagte: »Heben Sie sie auf, Ray. Bringen Sie sie ins Haus. Wir brauchen Hilfe, um die Kinder zu suchen.«

Die Kinder. Sie müssen sie finden. Nancy wollte Ray bitten, nach ihnen zu suchen. Sie spürte, wie ihre Lippen versuchten, Worte zu formen, aber sie brachte kein Wort heraus.

»Oh, mein Gott!« Sie hörte, wie Rays Stimme umschlug. Sie wollte sagen: »Kümmert euch nicht um mich; kümmert euch nicht um mich. Sucht die Kinder.« Aber sie konnte nicht sprechen. Sie spürte, wie er sie hochhob und an sich drückte. »Was ist mit ihr los, Dorothy?« fragte er. »Was ist mit ihr geschehen?«

»Ray, wir müssen die Polizei verständigen.«

»Die Polizei!« Ganz schwach hörte Nancy den Widerstand in seiner Stimme.

»Selbstverständlich. Wir brauchen Hilfe, um die Kinder zu suchen. Ray, beeilen Sie sich. Jeder Augenblick ist kostbar. Begreifen Sie das nicht? Sie können Nancy jetzt nicht heraushalten. Auf dem einen Bild erkennt sie sowieso jeder.«

Das Bild. Nancy spürte, daß sie getragen wurde. Ganz von fern merkte sie, daß sie zitterte. Aber das war es gar nicht, worüber sie nachdenken mußte. Es war das Bild von ihr in dem Tweedkostüm, das sie sich gekauft hatte, nachdem das Urteil aufgehoben worden war. Man hatte sie aus dem Gefängnis geholt und ins Gerichtsgebäude gebracht. Der Staatsanwalt hatte sie nicht wieder verhört. Carl war tot, und der Student, der gegen sie ausgesagt hatte, war verschwunden. Deshalb war sie freigelassen worden.

Der Anklagevertreter hatte zu ihr gesagt: »Glauben Sie ja nicht, daß jetzt alles für Sie vorbei ist. Und wenn ich den Rest meines Lebens damit zubringen müßte, – ich werde Mittel und Wege zu einem Schuldspruch finden, der unumstößlich ist.« Während diese Worte noch auf sie einhämmerten, hatte sie den Gerichtssaal verlassen.

Nach einiger Zeit, als sie die Genehmigung erhalten hatte, den Staat zu verlassen, hatte sie sich das Haar kurzgeschnitten und gefärbt und war einkaufen gegangen. Die Kleider, die sie auf Carls Wunsch getragen hatte, waren ihr immer zuwider gewesen, und sie hatte sich ein dreiteiliges Kostüm mit einem braunen Rollkragenpullover gekauft. Sie trug die Jacke noch immer und lockere Hosen dazu; sie hatte sie erst in der vergangenen Woche beim Einkaufen angehabt. Das war ein weiterer Grund, weshalb sie auf dem Bild so leicht zu erkennen war. Das Bild... es war am Autobusbahnhof gemacht worden; dort war es gewesen.

Es war ihr nicht aufgefallen, daß jemand ein Foto von ihr gemacht hatte. Sie war mit dem letzten Abendbus nach Boston gefahren. Am Busbahnhof waren nicht sehr viele Leute gewesen, und niemand hatte ihr besondere Aufmerksamkeit geschenkt. Sie hatte geglaubt, sie könnte sich heimlich davonmachen und dann versuchen, ein neues Leben zu beginnen. Aber jemand hatte die ganze Zeit über nur darauf gewartet, die ganze Geschichte wieder in Gang zu bringen.

Ich möchte sterben, dachte sie. *Ich möchte sterben.*

Ray machte große Schritte. Gleichzeitig versuchte er, sie mit seiner Jacke abzuschirmen. Der Wind biß durch ihre nassen Sachen hindurch. Er konnte sie nicht abschirmen; nicht einmal er konnte sie abschirmen. Es war zu spät... Vielleicht war es schon immer zu spät gewesen. Peter und Lisa und Michael und Missy. Alle waren verschwunden... Es war zu spät für sie alle.

Nein, nein, nein. Michael und Missy. Sie waren doch eben noch hier gewesen. Sie hatten gespielt. Sie waren draußen auf der Schaukel gewesen, und dann war da auch der Fausthandschuh. Michael würde Missy nicht allein lassen. Er paßte immer so gut auf sie auf. Es war wie beim letzten Mal. Wie beim letzten Mal. Und man würde sie genauso finden, wie man Peter und Lisa gefunden hatte, mit feuchtem Seegras und Plastikfetzen im Gesicht und im Haar, und mit geschwollenen Leibern.

Sie mußten am Hause angekommen sein. Dorothy öffnete die Tür und sagte: »Ich rufe die Polizei an, Ray.«

Nancy spürte, wie sich die Dunkelheit auf sie senkte. Langsam tauchte sie in sie ein, tief, weit weg... Nein... nein... nein...

8

Ha, dieser Wirbel. Wie die Ameisen rannten sie herum – und wie sie um das Haus und im Garten herumliefen! Er fuhr sich aufgeregt mit der Zunge über die Lippen. Sie waren ganz trocken, obwohl alles andere an ihm feucht war – seine Hände und Füße, seine Leisten und Achselhöhlen. Der Schweiß lief ihm in Strömen den Hals und den Rükken hinunter.

Nachdem er in das große Haus zurückgekehrt war, hatte er sofort die Kinder hereingetragen und sie gleich hinauf in das Zimmer mit dem Teleskop gebracht. Er konnte sie hier im Auge behalten und mit ihnen sprechen, wenn sie aufwachten, und sie befühlen.

Vielleicht würde er das kleine Mädchen baden und sie mit einem hübschen weichen Handtuch abtrocknen und sie mit Kinderpuder einreiben und sie küssen. Er konnte noch den ganzen Tag mit den Kindern zusammen sein. Den ganzen Tag; die Flut heute abend würde nicht vor sieben Uhr einsetzen. Bis dahin würde es dunkel sein, und keiner wäre in der Nähe, der etwas sehen oder hören konnte. Es konnte Tage dauern, bis sie an Land gespült wurden. Es würde genauso sein wie beim letzten Mal.

Er würde aber noch viel größere Lust haben, sie zu berühren und zu befühlen, wenn er wußte, daß ihre Mutter inzwischen schon verhört wurde. »Was haben Sie mit Ihren Kindern gemacht?« würde man sie fragen.

Er beobachtete, wie noch weitere Polizeifahrzeuge den Feldweg hinaufjagten und in den Hof hinter ihrem Haus einbogen. Aber einige fuhren an dem Haus vorbei. Warum fuhren so viele von ihnen zum Maushop See? Natürlich, die glaubten, sie hätte die Kinder dorthin geschleppt.

Er empfand eine wundervolle Befriedigung. Alles, was da passierte, konnte er ohne Risiko beobachten, völlig sicher und bequem. Er hätte gern gewußt, ob Nancy gerade weinte. Bei ihrem Prozeß hatte sie kein einziges Mal geweint, bis ganz zum Schluß – nachdem der Richter sie zur Gaskammer verurteilt hatte. Sie hatte zu schluchzen begonnen und das Gesicht in ihren Händen vergraben, um den Ton zu ersticken. Die Gerichtsdiener hatten Handschellen um ihre Handgelenke schnappen lassen. Ihr langes Haar war nach vorn gefallen und hatte das tränenüberströmte Gesicht bedeckt, das so verzweifelt in die feindseligen Gesichter blickte.

Er dachte daran zurück, wie er sie zum ersten Mal gesehen hatte. Sie war quer über das Hochschulgelände gegangen. Er hatte sich sofort zu ihr hingezogen gefühlt – wie der Wind ihr das rotblonde Haar um die Schultern wehte; mit ihren zarten Gesichtszügen, den kleinen, ebenmäßigen, weißen Zähnen; ihren bezaubernden runden blauen Augen, die so ernst unter den dichten schwarzen Augenbrauen und Wimpern hervorguckten.

Er hörte ein Schluchzen. Nancy? Ach, natürlich nicht. Es kam von dem Mädchen. Nancys Kind. Er trat vom Teleskop zurück und stierte unwillig hinüber. Aber sein Gesichtsausdruck ging in ein Schmunzeln über, als er sie genauer betrachtete. Die feuchten Löckchen auf der Stirn, das kleine gerade Näschen, die helle Haut... sie sah Nancy sehr ähnlich. Sie wimmerte leise, als sie langsam aufwachte. Nun ja, es war auch Zeit, daß die Wirkung der Droge nachließ; sie waren fast eine Stunde lang bewußtlos gewesen.

Nur ungern verließ er das Teleskop. Er hatte die Kinder an den entgegengesetzten Enden der modrig riechenden Velourscouch niedergelegt. Das kleine Mädchen weinte jetzt ernstlich. »Mami... Mami.« Seine Augen waren fest zusammengekniffen. Der Mund stand offen... Wie rosig ihre kleine Zunge war! Die Tränen liefen ihr die Wangen hinunter.

Er richtete sie auf und öffnete den Reißverschluß ihrer Jacke. Sie schrak vor ihm zurück. »Na, na, sei ruhig«, sagte er beschwichtigend. »Ist schon gut.«

Der Junge bewegte sich und wachte ebenfalls auf. Seine Augen blickten ihn erschrocken an. Genauso wie im Garten, als er ihn plötzlich hinter sich gesehen hatte. Jetzt richtete er sich langsam auf. »Wer sind Sie?« wollte er wissen. Er rieb sich die Augen, schüttelte den Kopf und schaute in die Runde. »Wo sind wir?«

Ein Kind, das sich auszudrücken wußte... das die richtigen Worte fand... seine Stimme klar und mit einem angenehmen Tonfall. Das war gut so. Gut erzogene Kinder ließen sich leichter lenken. Machten keine Umstände. Wenn ihnen beigebracht war, daß sie älteren Leuten Respekt entgegenzubringen hatten, waren sie meistens sehr gefügig. Wie die beiden anderen. Sie waren an jenem Tag so bereitwillig mit ihm gegangen. Als er ihnen erklärt hatte, daß sie Mami einen lustigen Streich spielen wollten, hatten sie sich in den Kofferraum des Autos gekniet, ohne zu fragen.

»Es ist ein Spiel«, sagte er zu Michael. »Ich bin ein alter Freund von deiner Mami, und sie möchte ein Geburtstagsspiel spielen. Wußtet ihr, daß sie heute Geburtstag hat?« Während er sprach, tätschelte er das kleine Mädchen. Sie fühlte sich so angenehm weich an.

Der Junge schien sich noch nicht ganz sicher zu sein.

»Ich mag dieses Spiel nicht«, sagte er fest. Schwankend stand er auf. Er stieß die Hände zur Seite, die auf Missy lagen, und streckte die Arme nach ihr aus. Sie klammerte sich an ihn. »Nicht weinen, Missy«, sagte er beruhigend. »Es ist nur ein dummes Spiel. Wir gehen jetzt nach Hause.«

Es war deutlich zu erkennen, daß man ihn nicht so leicht täuschen konnte. Der Junge hatte den offenen Gesichtsausdruck von Ray Eldredge. »Wir machen Ihre Spiele nicht mit«, sagte. »Wir möchte nach Hause gehen.«

Es gab eine wunderbare Möglichkeit, wie er den kleinen Jungen dazu bringen konnte, mitzumachen. »Laß deine Schwester los«, befahl er. »Hier, gib sie her.« Er zerrte sie von dem Jungen weg. Mit der anderen Hand faßte er Michael am Handgelenk und zog ihn zum Fenster hinüber. »Weißt du, was ein Teleskop ist?«

Michael nickte ein wenig unsicher. »Ja. Es ist so etwas wie das Fernglas, das mein Vater hat. Es macht alles größer.«

»Ganz richtig. Du bist ein kluger Junge. Jetzt schau mal hier durch.« Der Junge legte sein Auge ans Okular. »Jetzt sag mir, was du siehst... Nein, kneif das andere Auge zusammen.«

»Es guckt auf mein Haus.«

»Was siehst du da?«

»Da sind viele Autos... Polizeiautos. Was ist passiert?« Seine Stimme zitterte vor Angst.

Er blickte glücklich auf das verängstigte Gesicht hinab. Vom Fenster kam ein schwaches Kling-kling herüber. Es fing an zu graupeln. Der Wind fegte harte kleine Kügelchen gegen die Glasscheiben. Die Sicht würde bald sehr schlecht sein. Sogar mit dem Teleskop würde es kaum möglich sein, allzuviel zu sehen. Aber er konnte sich ja mit den Kindern amüsieren – den ganzen, langen Nachmittag. Und er wußte auch, wie er den Jungen dazu bringen konnte, zu gehorchen. »Weißt du, wie das ist, wenn man tot ist?« fragte er.

»Das bedeutet, daß man in den Himmel kommt«, erwiderte Michael.

Er nickte beifällig. »Das ist richtig. Und heute morgen ist deine Mutter in den Himmel gekommen. Das ist der Grund, weshalb die Polizeiautos da stehen. Dein Papi hat mich gebeten, eine Zeitlang auf euch aufzupassen. Er sagte, daß du schön artig sein mußt und mir helfen sollst, auf deine Schwester aufzupassen.«

Michael sah so aus, als wollte er auch anfangen zu weinen. Mit bebenden Lippen sagte er: »Wenn meine Mutter im Himmel ist, will ich auch dahin.«

Er ließ seine Finger durch Michaels Haar gleiten, während er die noch immer wimmernde Missy auf seinem Schoß hin und her schaukelte. »Das kannst du auch«, sagte er zu ihm. »Heute abend. Ich verspreche es.«

9

Am Mittag tickten die ersten Berichte über die Fernschreiber, früh genug, daß die Radiosender im ganzen Land es noch in ihre Nachrichtensendungen aufnehmen konnten. Sofort stürzten sich Nachrichtenredakteure darauf, die nach einer richtigen Story hungerten. Sie schickten Leute zum Recherchieren aus, die in die Archive hasteten und nach Berichten über den Mordprozeß Nancy Harmon suchten.

Verleger charterten Flugzeuge, um ihre besten Kriminalreporter nach Cape Cod zu schicken.

Als die Meldung in San Francisco durchkam, hörten zwei Stellvertretende Bezirksstaatsanwälte aufmerksam zu. Der eine sagte zu dem anderen: »Habe ich nicht immer gesagt, daß dieses Weibsstück so schuldig ist, als hätte ich selbst gesehen, wie sie die Kleinen umgebracht hat. Habe ich das nicht gesagt? So wahr mir Gott helfe, wenn man die jetzt nicht damit rankriegt, dann nehme ich Urlaub und suche höchstpersönlich den ganzen Erdball ab, bis ich den Legler, diesen Dreckfinken, gefunden und hierher geschleppt habe, damit er gegen sie aussagt.«

In Boston lehnte sich Dr. Lendon Miles gerade zurück, um seine Mittagspause zu genießen. Soeben war Mrs. Markley gegangen. Nach einem Jahr intensiver Therapie gelangte sie endlich zu einer gewissen Selbsterkenntnis. Vor ein paar Minuten hatte sie sogar eine lustige Bemerkung gemacht. Sie hatte gerade eine Episode aus der Zeit, als sie vierzehn Jahre alt war, analysiert und gesagt: »Sind Sie sich eigentlich bewußt, daß ich dank Ihrer werten Hilfe Jugendzeit und Wechseljahre gleichzeitig durchlebe? Eine teuflische Therapie!« Noch vor ein paar Monaten hatte sie nicht sehr viel Sinn für witzige Bemerkungen gehabt.

Lendon Miles war in seinem Beruf glücklich. Der menschliche Geist war für ihn ein empfindliches, kompliziertes Phänomen – ein Geheimnis, das nur durch eine Folge unendlich kleiner Entdeckungen enträtselt werden konnte... von denen eine langsam und geduldig zur nächsten führte. Er holte tief Luft. Sein Zehn-Uhr-Patient befand sich noch in einem frühen Studium der Analyse und hatte sich äußerst feindselig verhalten.

Er schaltete das Radio neben seinem Schreibtisch ein, um noch den letzten Teil der Mittagsnachrichten mitzubekommen. Er hörte gerade noch die Meldung.

Der Anflug eines weit zurückliegenden Kummers zuckte über sein Gesicht. Nancy Harmon... Priscillas Tochter. Nach vierzehn Jahren sah er Priscilla immer noch deutlich vor sich: die schlanke, elegante Figur; die Art, wie sie ihren Kopf hielt; das Lächeln, das wie Quecksilber kam.

Ein Jahr nach dem Tode ihres Mannes hatte sie angefangen, für ihn zu arbeiten. Sie war damals achtunddreißig

Jahre alt gewesen, zwei Jahre jünger als er. Er hatte fast sofort angefangen, sie zum Essen auszuführen, wenn sie Überstunden machten, und bald wurde er sich bewußt, daß ihm zum ersten Mal in seinem Leben der Gedanke an eine Ehe logisch und sogar lebenswichtig erschien. Bis er Priscilla kennenlernte, hatten ihm Arbeit, Studium, Freunde und Freiheit genügt; er hatte einfach nie jemanden kennengelernt, der ihn dazu gebracht hätte, seinen Status quo ändern zu wollen.

Im Laufe der Zeit hatte sie ihm von sich erzählt. Nach ihrem ersten Collegejahr hatte sie den Piloten einer Luftverkehrsgesellschaft geheiratet; sie hatte aus dieser Ehe ein Kind, eine Tochter. Sie waren offenbar glücklich verheiratet gewesen. Dann, bei einem Flug nach Indien, hatte sich ihr Mann eine Viruslungenentzündung geholt und war innerhalb von vierundzwanzig Stunden gestorben.

»Es war sehr schwer, damit fertig zu werden«, erzählte ihm Priscilla. »Dave war schon über eine Million Meilen geflogen. Er brachte die Boeing 707 selbst in Blizzards heil runter. Und dann etwas so völlig Unerwartetes... Ich hatte gar nicht gewußt, daß Menschen noch an Lungenentzündungen sterben konnten...«

Lendon hatte Priscillas Tochter nie kennengelernt. Kurz nachdem Priscilla bei ihm in der Praxis angefangen hatte, war Nancy nach San Francisco auf die Hochschule gegangen. Priscilla hatte ihm die Gründe, weshalb sie sie so weit wegschickte, sehr ausführlich dargelegt. Priscilla hatte sich Sorgen gemacht. »Sie lehnte sich allmählich zu eng an mich an«, sagte sie. »Sie ist mit Daves Tod so schwer fertig geworden. Ich möchte, daß sie glücklich und jung ist und daß sie aus dieser Atmosphäre von Kummer und Schmerz, die uns umgibt, herauskommt. Ich hatte Auberley besucht, und in dieser Zeit lernte ich Dave kennen. Bei späteren Treffen hat mich Nancy manchmal begleitet. Deshalb ist es nicht so, als wenn sie dort ganz fremd wäre.«

Im November hatte sich Priscilla ein paar Tage frei genommen, um Nancy auf dem College zu besuchen. Lendon hatte sie zum Flughafen gefahren. Ein paar Minuten hatten sie am Terminal zusammengestanden und darauf gewartet, daß ihr Flug ausgerufen wurde. »Du weißt doch, daß du mir schrecklich fehlen wirst«, hatte er gesagt.

Sie trug einen dunkelblauen Wildledermantel, der ihre vornehme blonde Schönheit noch betonte. »Das hoffe ich auch«, sagte sie, und ihre Augen umwölkten sich. »Ich mache mir große Sorgen«, bekannte sie ihm. »Nancys Briefe klingen seit kurzem so niedergeschlagen. Ich habe einfach schreckliche Angst. Hast du schon einmal das Gefühl gehabt, daß etwas Schreckliches drohend über dir schwebt?«

Dann aber, als sie ihn mit großen Augen anblickte, begannen sie beide zu lachen. »Jetzt verstehst du, weshalb ich mich nicht schon eher getraut habe, davon zu sprechen«, sagte sie. »Ich wußte, du würdest mich für verrückt halten.«

»Ganz im Gegenteil. Auf Grund meiner Erfahrungen habe ich gelernt, die Bedeutung von Vorahnungen sehr hoch anzusetzen. Nur – ich nenne das Intuition. Aber warum hast du mir nicht gesagt, daß du dir so große Sorgen machst? Vielleicht sollte ich dich doch begleiten. Ich wünschte nur, ich hätte Nancy noch kennengelernt, bevor sie wegzog.«

»Ach, was. Wahrscheinlich bin ich nur eine alte Glucke. Aber wie dem auch sei, wenn ich zurückkomme, werde ich dir die Würmer aus der Nase ziehen.« Bei diesem Gespräch hatten sich ihre Finger irgendwie ineinander verflochten.

»Mach dir keine Sorgen. Die Kinder kommen meistens schon zurecht, und falls es irgendwelche echten Probleme gibt und du mich brauchst, fliege ich am Wochenende hinüber.«

»Ich möchte dich nicht bemühen...«

Eine unpersönliche Stimme tönte über den Lautsprecher: »Passagiere des Fluges fünf-sechs-neun, Abflug nach San Francisco...«

»Priscilla, um Himmels willen, begreifst du denn nicht, daß ich dich liebe?«

»Ich freue mich... Ich meine... Ich weiß... Ich liebe dich auch.«

Ihr letzter Augenblick zusammen. Ein Anfang... ein Liebesversprechen.

Am folgenden Abend hatte sie angerufen. Um ihm mitzuteilen, daß sie sich große Sorgen mache und mit ihm sprechen müsse. Sie war mit Nancy zum Essen aus, wollte ihn aber sofort anrufen, wenn sie in ihr Hotel zurückkam. Ob er dann zu Hause sei?

Er wartete die ganze Nacht auf den Anruf. Aber der Anruf kam nicht. Sie kehrte nie mehr ins Hotel zurück. Am nächsten Tag erfuhr er von dem Unfall. An dem Auto, das sie gemietet hatte, hatte die Steuerung versagt. Der Wagen war von der Straße abgekommen und in einen Graben gefahren.

Vielleicht hätte er Nancy aufsuchen sollen. Er hatte versucht, sie anzurufen. Doch als er schließlich zu ihr durchkam, war Carl Harmon am Telefon, der Professor, der ihm mitteilte, daß er und Nancy die Absicht hatten zu heiraten. Es klang durchaus so, als wäre er berechtigt und bevollmächtigt, das zu sagen. Nancy habe nicht die Absicht, nach Ohio zurückzukehren. Sie hätten ihrer Mutter beim Essen von ihrem Vorhaben erzählt. Mrs. Kiernan sei beunruhigt gewesen, weil Nancy noch so jung war, aber das sei ja ganz natürlich. Sie werde da draußen, wo ihr Mann bestattet sei, beigesetzt werden. Schließlich sei die Familie seit drei Generationen, bis zu Nancys Kindheit, in Kalifornien ansässig gewesen. Nancy halte sich tapfer. Seiner Ansicht nach wäre es das beste, wenn sie sofort in aller Stille heiraten würden. Nancy dürfe jetzt nicht allein sein.

Lendon hatte da nichts unternehmen können. Was hätte er auch tun sollen? Nancy erzählen, daß ihre Mutter und er sich ineinander verliebt hatten? Mit großer Wahrscheinlichkeit hätte sie ihm das wohl einfach übelgenommen. Was dieser Professor Harmon sagte, klang doch ganz vernünftig, weil Nancy einen so entscheidenden Schritt schon mit knapp achtzehn Jahren machen wollte. Aber es gab bestimmt nichts, was er, Lendon, gegen diese Entscheidung unternehmen konnte.

Er hatte das Angebot, an der Universität von London zu lehren, gern angenommen. Deshalb war er nicht im Lande gewesen und hatte von dem Mordprozeß Harmon erst erfahren, als er vorüber war.

An der Universität London hatte er Allison kennengelernt. Sie war dort Lehrerin. Der Sinn für ein Leben zu zweit, den Priscilla in ihm geweckt hatte, hatte es ihm unmöglich gemacht, in sein wohlgeordnetes, egoistisches Leben zurückzukehren. Manchmal hatte er sich gefragt, wohin sich Nancy Harmon wohl geflüchtet haben mochte. In den letzten beiden Jahren hatte er in der Umgebung von Boston gewohnt – und sie nur eineinhalb Stunden entfernt. Vielleicht konnte er jetzt gutmachen, daß er Priscilla nicht beigestanden hatte.

Das Telefon läutete. Einen Augenblick später leuchtete das Zeichen der Gegensprechanlage an seinem Apparat auf. Er nahm den Hörer ab. »Mrs. Miles möchte Sie sprechen, Herr Doktor«, sagte seine Sekretärin.

Allisons Stimme klang sehr besorgt. »Liebling, hast du zufällig die Nachricht über die kleine Harmon gehört?«

»Ja.« Er hatte Allison von Priscilla erzählt.

»Was willst du jetzt tun?«

Ihre Frage ließ den Entschluß, den er im Unterbewußtsein bereits gefaßt hatte, feste Formen annehmen. »Was ich schon vor Jahren hätte tun sollen. Ich werde versuchen, dem Mädchen zu helfen. Sobald ich kann, rufe ich dich an.«

»Gott sei mit dir, Liebling.«

Lendon schaltete die Gegensprechanlage ein und sagte kurz und bestimmt zu seiner Sekretärin: »Bitten Sie doch Herrn Dr. Marcus, heute nachmittag meine Termine zu übernehmen. Sagen Sie ihm bitte, es sei ein dringender Fall. Und sagen Sie meinen Vier-Uhr-Kursus ab. Ich fahre sofort nach Cape Cod.«

10

»Wir haben gerade damit begonnen, den See mit dem Schleppnetz abzusuchen, Ray. Außerdem haben wir über Rundfunk und Fernsehen Meldungen herausgegeben. Alle verfügbaren Kräfte werden aufgeboten, um sich hier an der Suche zu beteiligen.« Der Chef der Polizei von Adams Port, Captain Jed Coffin, versuchte den beherzten Tonfall zu finden, den er gewöhnlich annahm, wenn zwei Kinder verschwunden waren.

Aber obgleich man Ray die Angst und das Entsetzen von den Augen ablesen konnte und er die aschfahle Blässe auf seinem Gesicht sah, fiel es Jed schwer, beruhigend und mitfühlend zu reden. Ray hatte ihn getäuscht. Er hatte ihn seiner Frau vorgestellt, und gesagt, daß sie aus Virginia stammt und Dorothy dort schon gekannt hätte. Er hatte ihm alles mögliche erzählt und nicht ein einziges Mal die Wahrheit gesagt. Und der Captain hatte es nicht geahnt – hatte nicht einmal Verdacht geschöpft. Das war es, was ihn eigentlich ärgerte. Kein einziges Mal hatte er Verdacht geschöpft.

Captain Coffin war sich über das, was da geschehen war, völlig im klaren. Dieses Weibsstück hatte in der Zeitung den Artikel über sich gesehen, hatte begriffen, daß jetzt jeder wissen würde, wer sie war, und war durchgedreht. Hatte mit diesen armen Kleinen das gleiche gemacht wie damals mit den anderen. Er blickte Ray prüfend an. Er vermutete, daß Ray so ziemlich das gleiche dachte wie er.

In dem Kamin lagen noch die verkohlten Reste der Morgenzeitung. Der Captain bemerkte, daß Ray dorthin blickte. An der gezackten Form der unverbrannten Teile war ganz leicht zu erkennen, daß sie von jemandem im Zustand höchster Erregung zerrissen worden war.

»Ist Doktor Smathers noch oben bei ihr?« In der Frage lag eine unbewußte Unhöflichkeit. Bisher hatte er Nancy stets ›Mrs. Eldredge‹ genannt.

»Ja, er will ihr gleich eine Spritze zur Beruhigung geben, die sie aber nicht außer Gefecht setzt. Wir müssen doch noch mit ihr sprechen. Oh, Gott!«

Ray setzte sich an den Eßzimmertisch und vergrub das Gesicht in den Händen. Erst vor ein paar Stunden hatte Nancy noch auf diesem Stuhl gesessen, Missy auf dem Arm, und Mike hatte gefragt: »Hast du heute Geburtstag, Mami?« Hatte er in ihr etwas ausgelöst, als er verlangte, daß sie den Geburtstag feiern sollten?... und dann dieser Artikel in der Zeitung... Hatte...?

»Nein!« Ray blickte auf, kniff die Augen halb zu und wandte sein Gesicht von dem Polizisten ab, der an der Hintertür stand.

»Was sagten Sie?« fragte Captain Coffin.

»Nancy ist gar nicht fähig, den Kindern etwas anzutun. Was auch geschehen sein mag, das ist es nicht.«

»Ihre Frau würde den Kindern bestimmt nichts antun, wenn sie ganz bei Sinnen ist, aber ich habe schon erlebt, wie Frauen völlig durchdrehten, und dann ist ja da auch noch die Geschichte...«

Ray stand auf. Seine Hände umklammerten den Rand des Tisches. Sein Blick ging an dem Captain vorbei – von dem war nichts zu erwarten. »Ich brauche Hilfe«, sagte er. »Echte Hilfe!«

Das Zimmer war ein einziges Durcheinander. Ehe die

Polizei sich auf die Umgebung konzentrierte, hatte sie das Haus kurz durchsucht. Ein Polizeifotograf machte noch immer Aufnahmen in der Küche, von der Stelle, wo der Kaffeetopf umgefallen war und der schwarze Kaffee sich auf den Ofen und den Boden ergossen hatte. Unaufhörlich klingelte das Telefon. »Der Chef wird später eine Erklärung abgeben«, beantwortete der Polizist alle Anrufe.

Der Polizist kam vom Telefon zum Tisch herüber. »Das war A. P.«, sagte er. »Jetzt haben die Nachrichtendienste Wind davon bekommen. In einer Stunde haben wir die Meute hier am Hals.«

Die Nachrichtendienste. Ray erinnerte sich noch an den gequälten Blick, der nur ganz langsam aus Nancys Gesicht gewichen war. Er dachte an das Bild in der heutigen Morgenzeitung, wie sie die Hände erhoben hatte, als ob sie versuchte, Schläge abzuwehren. Er drängte sich an Captain Coffin vorbei, stürzte die Treppe hinauf und öffnete die Tür zum Elternschlafzimmer. Der Doktor saß direkt neben Nancy und hielt ihre Hand. »Sie können mich hören, Nancy«, sagte er gerade. »Sie wissen, daß Sie mich hören können. Ray ist hier. Er macht sich große Sorgen um Sie. Sprechen Sie mit ihm, Nancy.«

Ihre Augen waren geschlossen. Dorothy hatte Ray dabei geholfen, ihr die nassen Sachen abzustreifen. Sie hatten ihr einen flauschigen Morgenrock übergezogen, aber sie sah darin eigentümlich klein und hinfällig aus – einem Kinde nicht unähnlich.

Ray beugte sich über sie. »Liebling, bitte, du mußt den Kindern helfen. Wir müssen sie doch finden. Sie brauchen dich. Versuch es, Nancy – bitte versuch es.«

»Ray, das würde ich nicht tun«, warnte Dr. Smathers. Sein durchfurchtes, feinnerviges Gesicht hatte sich in tiefe Falten gelegt. »Sie hat irgendeinen schweren Schock erlitten – vielleicht, als sie den Artikel las, vielleicht auch durch etwas anderes. Ihr Bewußtsein versucht, damit fertig zu werden.«

»Aber wir müssen doch wissen, was es war«, erwiderte Ray hartnäckig. »Vielleicht hat sie sogar gesehen, wie jemand die Kinder weggeholt hat. Nancy, ich weiß. Ich verstehe. Mit der Zeitung, das ist doch gar nicht so schlimm. Wir beide zusammen werden damit schon fertig werden. Aber Schatz, wo sind die Kinder? Du mußt uns helfen, sie zu finden. Glaubst du, daß sie zum See gegangen sind?«

Nancy erbebte. Ein erstickter Schrei brach irgendwo aus ihrer Kehle. Ihre Lippen formten Wörter: »Sucht sie... sucht sie.«

»Wir wollen sie suchen. Aber du mußt uns dabei helfen, bitte. Liebling, ich helfe dir jetzt, dich aufzurichten. Du schaffst es. Komm jetzt.«

Ray beugte sich nieder und stützte sie mit seinen Armen ab. Er sah die wundgeriebene Haut auf ihrem Gesicht, die vom Sand brannte. Noch immer klebte ihr feuchter Sand im Haar. Warum aber? Wenn nicht...

»Ich habe ihr eine Spritze gegeben«, sagte der Doktor, »damit sie ein bißchen die Angst verliert. Sie ist aber nicht sehr stark und kann sie nicht umwerfen.«

Sie fühlte sich so schwer und nebelhaft entrückt. Ganz genauso, wie sie sich damals lange gefühlt hatte – von der Nacht an, in der Mutter starb... oder vielleicht sogar schon davor – so wehrlos, so fügsam... so ohne Kraft, etwas zu wollen, oder sich zu rühren oder auch nur zu sprechen. Sie erinnerte sich, daß ihre Augen viele Nächte hindurch wie verriegelt gewesen waren – so schwer, so müde. Carl war mit ihr so geduldig gewesen. Er hatte alles für sie getan. Sie hatte sich immer eingeredet, daß sie stärker werden müsse, daß sie diese fürchterliche Lethargie überwinden müsse, aber sie hatte es nie geschafft.

Aber das lag so weit zurück. Sie dachte darüber nicht mehr nach – nicht über Carl; nicht über die Kinder; nicht über Rob Legler, den netten Studenten, der sie gern zu haben schien, der sie zum Lachen brachte. Die Kinder waren so lustig gewesen, wenn er da war, so glücklich. Sie hatte geglaubt, er wäre ein wahrer Freund – aber dann saß er auf der Zeugenbank und erklärte: »Sie sagte zu mir, daß die Kinder ersticken würden. Ganz genau das hat sie gesagt, vier Tage bevor sie verschwanden.«

»Nancy. Bitte. Nancy. Warum bist zu zum See gelaufen?«

Sie hörte den unterdrückten Laut, den sie ausstieß. Der See. Waren die Kinder dorthin gegangen? Sie mußte sie suchen gehen.

Sie fühlte, wie Ray sie aufrichtete, und sank gegen ihn zusammen, zwang sich dann aber, sich langsam gerade hinzusetzen. Es wäre soviel leichter gewesen, sich fallen zu lassen, in Schlaf zu sinken, so wie früher.

»So ist es richtig. Gut so, Nancy.« Ray blickte den Doktor an. »Glauben Sie, daß ihr eine Tasse Kaffee...?«

Der Doktor nickte. »Ich bitte Dorothy, Kaffee zu kochen.«

Kaffee. Sie hatte gerade Kaffee gekocht, als sie das Bild in der Zeitung sah. Nancy schlug die Augen auf. »Ray«, flüsterte sie. »Jetzt werden sie es alle erfahren. Alle werden sie es erfahren. Man kann sich nicht verstecken... man kann sich nicht verstecken.« Aber da war noch etwas. »Die Kinder.« Sie packte seinen Arm. »Ray, such sie – such meine Kleinen.«

»Ruhig, Liebling. Das ist es ja gerade, wozu wir dich brauchen. Du mußt jetzt sprechen. Über jede Einzelheit. Versuch jetzt nur ein paar Minuten lang, dich zurechtzufinden und zu erinnern.«

Dorothy kam herein. Sie hatte eine Tasse mit dampfendem Kaffee in der Hand. »Ich habe Pulverkaffee genommen. Wie geht es ihr?«

»Sie kommt gerade zu sich.«

»Captain Coffin liegt sehr viel daran, sie so bald wie möglich zu vernehmen.«

»Ray!« In panischem Schrecken ergriff Nancy Rays Arm.

»Liebling. Das ist doch nur deshalb, weil wir helfen müssen, die Kinder zu finden. Es ist alles in Ordnung.«

Sie schluckte den Kaffee hinunter. Sein stark gebrannter Geschmack und seine Wärme taten ihr gut. Wenn sie doch nur denken könnte... nur aufwachen... nur diese schreckliche Müdigkeit ablegen könnte.

Ihre Stimme. Sie konnte wieder sprechen. Ihre Lippen fühlten sich wie Gummi an, dick, schwammig. Aber sie mußte sprechen... mußte ihnen helfen, die Kinder zu finden. Sie wollte nach unten gehen. Sie durfte nicht hier bleiben... nicht wie beim letzten Mal in ihrem Zimmer warten... unfähig hinunterzugehen... und mit den Leuten unten sprechen... den Polizisten... den Frauen der Professoren... Haben Sie irgendwelche Verwandte? Sollen wir jemanden verständigen?... Nein, niemanden... niemanden... niemanden...

Sie stützte sich schwer auf Rays Arm und stand schwankend auf. Ray. Jetzt hatte sie seinen Arm, auf den sie sich stützen, an dem sie sich halten konnte. Und es waren seine Kinder. Seine Kinder.

»Ray... Ich habe ihnen nichts getan...«

»Natürlich nicht, Schatz.«

Die Stimme viel zu besänftigend... der erschrockene Tonfall. Natürlich, er war erschrocken. Er fragte sich, warum sie das überhaupt bestritt. Keiner guten Mutter käme doch nur der Gedanke, ihren Kindern etwas anzutun. Warum aber sagte sie...?

Mit äußerster Anstrengung tastete sie sich vorwärts zur Tür. Mit seinem Arm um ihre Hüfte ging sie etwas sicherer. Ihre Füße spürte sie gar nicht. Sie waren gar nicht da. Sie war gar nicht da. Es war wieder nur ein Alptraum. In ein paar Minuten würde sie aufwachen, wie in so vielen anderen Nächten, leise aus dem Bett schlüpfen und nach Missy und Michael sehen, sie zudecken und wieder zurück ins Bett gehen – leise, ganz behutsam, ohne Ray aufzuwecken. Aber im Schlaf würde er die Arme ausstrecken und sie dann eng an sich ziehen, und bei seinem warmen Körpergeruch würde sie sich beruhigen und wieder einschlafen.

Sie gingen jetzt gerade die Treppe hinunter. So viele Polizisten ... Alle schauten herauf ... merkwürdig still ... als wäre die Zeit angehalten worden.

Captain Coffin stand am Wohnzimmertisch. Sie spürte seine Feindseligkeit ... Es war wie beim letzten Mal.

»Mrs. Eldredge, wie fühlen Sie sich?«

Eine gewohnheitsmäßige Frage, ohne echtes Interesse. Wenn Ray nicht dabei gewesen wäre, hätte er sich wahrscheinlich nicht einmal die Mühe gemacht, danach zu fragen.

»Alles in Ordnung mit mir.« Sie hatte diesen Menschen nie gemocht.

»Wir suchen nach den Kindern, und wir sind ganz zuversichtlich, daß wir sie bald finden. Aber Sie müssen uns helfen. Wann haben Sie die Kinder zuletzt gesehen?«

»Ein paar Minuten vor zehn. Ich schickte sie zum Spielen nach draußen und ging nach oben, um die Betten zu machen.«

»Wie lange waren Sie oben?«

»Zehn Minuten ... höchstens fünfzehn.«

»Was haben Sie dann gemacht?«

»Ich ging nach unten. Ich wollte die Waschmaschine anstellen und dann die Kinder rufen. Aber nachdem ich die Waschmaschine in Gang gesetzt hatte, kam mir der Gedanke, den Kaffee aufzuwärmen. Dann sah ich, daß der Junge den Lokalanzeiger brachte.«

»Haben Sie mit ihm gesprochen?«

»Nein. Ich will damit nicht sagen, daß ich ihn wirklich gesehen habe. Ich wollte die Zeitung holen, und er verschwand gerade um die Kurve.«

»Ich verstehe. Was geschah dann?«

»Ich ging in die Küche zurück. Ich drehte den Brenner an – der Kaffee in der Kanne war noch ziemlich warm.

Dann begann ich, die Seiten der Zeitung durchzublättern.«

»Und Sie fanden den Artikel über sich.«

Nancy blickte starr vor sich hin und nickte mit dem Kopf.

»Wie reagierten Sie, als Sie den Artikel fanden?«

»Ich glaube, ich habe aufgeschrien... Ich weiß es nicht...«

»Was passierte mit der Kaffeekanne?«

»Ich stieß sie um... Der Kaffee schwappte über und verbrannte mir die Hand.«

»Wie kam das?«

»Ich weiß es nicht. Ich wollte es nicht. Es war nur so, daß ich fast außer mich geriet. Ich wußte, daß mich von jetzt an jeder wieder anstarren würde. Sie würden starren und flüstern. Sie würden sagen, ich hätte die Kinder umgebracht. Und Michael durfte das auf keinen Fall zu Gesicht bekommen. Ich schnappte die Zeitung und stopfte sie in den Kamin. Ich steckte ein Streichholz an, und sie brannte... sie fing an zu brennen... und ich wußte, daß ich Missy und Michael holen mußte – ich mußte sie verstecken. Aber es war so wie beim letzten Mal. Als die Kinder verschwunden waren. Ich lief nach draußen, um Michael und Missy zu holen. Ich hatte Angst.«

»Nun! Das ist wichtig. Haben Sie die Kinder gesehen?«

»Nein. Sie waren weg. Ich fing an zu rufen. Ich rannte zum See.«

»Mrs. Eldredge, das ist sehr wichtig: Warum rannten Sie zum See? Ihr Gatte sagte mir, daß die Kinder immer gehorcht hätten und kein einziges Mal zum See gegangen wären. Warum haben Sie nicht auf der Straße nach ihnen gesucht oder im Wald? Warum haben Sie nicht nachgesehen, ob die Kinder sich vielleicht entschlossen hatten, in die Stadt zu gehen, um Ihnen ein Geburtstagsgeschenk zu kaufen? Warum zum See?«

»Weil ich Angst hatte. Weil Peter und Lisa ertrunken

waren. Weil ich Michael und Missy finden mußte. Missys Fausthandschuh hatte sich an der Schaukel verhakt. Sie verliert immer einen Handschuh. Ich rannte zum See. Ich mußte die Kinder holen. Es wird genauso sein wie beim letzten Mal... ihre Gesichter ganz feucht und still... und sie werden nicht mit mir sprechen...« Ihre Stimme verlor sich.

Captain Coffin richtete sich gerade auf. Seine Stimme wurde förmlich. »Mrs. Eldredge«, sagte er, »es ist meine Pflicht, Sie davon in Kenntnis zu setzen, daß Sie einen Anspruch darauf haben, mit einem Rechtsberater zu sprechen, ehe Sie irgendwelche weiteren Fragen beantworten, und daß alles, was Sie sagen, gegen Sie verwendet werden kann.«

Ohne ihre Antwort abzuwarten, erhob er sich und stakste breitbeinig aus dem Zimmer zur Hintertür. Auf dem Fahrweg hinter dem Haus wartete auf ihn ein Auto mit einem Polizisten am Steuer. Als er aus der Tür trat, schlugen ihm feine, stechende Graupelkörnchen ins Gesicht und auf den Kopf. Er stieg in den Wagen, und der Wind knallte die Tür hinter ihm zu. Sie schlug noch gegen seinen Schuh, und er zuckte zusammen, als er den stechenden Schmerz an seinem Knöchel spürte. »Zum See«, brummte er.

Überhaupt keine Möglichkeit für sie, den See abzusuchen, wenn das Wetter noch ein bißchen schlechter würde. Schon am Mittag so dunkel, daß man glauben konnte, es wäre Nacht. Selbst unter den günstigsten Bedingungen war so ein Taucheinsatz ein elender Schlamassel. Der Maushop war einer der größten Seen am Kap, und einer der tiefsten und dazu äußerst tückisch. Das war die Erklärung, weshalb da Jahr für Jahr so viele ertrunken waren. Man konnte bis zur Hüfte hineinwaten, und plötzlich, beim nächsten Schritt hatte man zwölf Meter Wasser unter sich. Wenn die Kinder ertrunken waren, würde es wohl Frühling werden, ehe ihre Leichen an die Oberfläche kamen. So wie schon jetzt die Temperatur fiel, konnte man in ein paar Tagen auf dem See Schlittschuh laufen.

In dieser Jahreszeit hielt sich normalerweise kein Mensch am Seeufer auf, schon gar nicht bei solchem Wetter. Heute aber wimmelte es von Zuschauern, die sich in kleinen Gruppen zusammendrängten. Schweigend beobachteten sie den freien Platz, den die Polizei mit Seilen für die Taucher und ihre Apparate abgeschirmt hatte.

Captain Coffin sprang aus dem Streifenwagen und eilte zum Strand. Er ging geradewegs auf Pete Regan zu, den Leutnant, der den Einsatz überwachte. Petes beredtes Schulterzucken beantwortete seine noch unausgesprochene Frage.

Der Captain krümmte seine Schultern, und er stampfte mit den Füßen, als der Graupel schmolz und das Wasser in seine Schuhe lief. Er überlegte, ob dies die Stelle war, von der aus Nancy Eldredge ihre Kinder ins Wasser gezerrt hatte. Ihretwegen setzten die Männer jetzt ihr eigenes Leben aufs Spiel. Weiß Gott, wo und wann man diese armen Kleinen finden würde. Da sah man wieder, was passierte... Eine juristische Spitzfindigkeit... eine überführte und verurteilte Mörderin kommt davon, weil ein gerissener Schweinehund von Rechtsanwalt es fertigbringt, daß ein paar Richter, denen das Herz vor Mitleid blutet, den Prozeß wegen eines Verfahrensfehlers für ungültig erklären.

Zornig zischte er Petes Namen.

Pete wandte sich blitzschnell zu ihm. »Sir?«

»Wie lange wollen diese Kerls da noch weiter tauchen?«

»Sie sind zweimal unten gewesen, und nach dieser Besprechung wollen sie es noch einmal versuchen, dann eine Pause machen und sich anschließend einen anderen Standort aussuchen.« Er zeigte auf die Aufnahmegeräte des Fernsehens. »Sieht so aus, als würden wir heute abend Schlagzeilen machen. Wäre wohl gut, wenn Sie eine Erklärung bereithielten.«

Mit steifen Fingern faßte der Chef in seine Tasche. »Ich hab' schon eine aufgesetzt.« Er überflog sie. »Wir unternehmen massive Anstrengungen, um die Eldredge-Kinder zu finden. Freiwillige suchen Stück für Stück die unmittelbare Umgebung des Hauses und des benachbarten Waldgeländes ab. Hubschrauber führen aus der Luft Suchflüge durch. Da der Maushop See in unmittelbarer Nähe des Hauses der Familie Eldredge liegt, ist es selbstverständlich, daß er in unsere Nachforschungen einbezogen wurde.«

Doch einige Minuten später, als er diese Erklärung der ständig wachsenden Schar von Reportern übergab, fragte einer von ihnen: »Trifft es zu, daß Nancy Eldredge heute morgen nach dem Verschwinden ihrer Kinder in diesem Bereich des Sees hysterisch und völlig durchnäßt aufgefunden wurde?«

»Das ist zutreffend.«

Ein dünner Reporter mit scharfen Augen, von dem er wußte, daß er mit dem Nachrichtenteam von Kanal 5 des Senders Boston in Verbindung stand, fragte: »Erscheint angesichts dieser Tatsache und aufgrund der Vergangenheit von Mrs. Eldredge das Absuchen des Sees nicht in einem besonderen Licht?«

»Wir gehen allen Möglichkeiten nach.«

Jetzt kamen die Fragen knüppeldick, und die Reporter unterbrachen sich gegenseitig, um ihre Fragen an den Mann bringen zu können. »Müßte man, angesichts der damaligen Tragödie, das Verschwinden der Eldredge-Kinder nicht als äußerst verdächtig betrachten?«

»Eine Antwort auf diese Frage könnte die Rechte von Mrs. Eldredge beeinträchtigen.«

»Wann werden Sie sie wieder vernehmen?«

»Sobald wie möglich.«

»Ist Ihnen bekannt, ob Mrs. Eldredge den Artikel zu Gesicht bekommen hat, der heute morgen über sie erschien?«

»Ich glaube, ja!«
»Wie hat sie auf diesen Artikel reagiert?«
»Das kann ich nicht sagen.«
»Entspricht es den Tatsachen, daß die meisten, wenn nicht gar alle Bewohner dieser Stadt von der Vergangenheit von Mrs. Eldredge keine Kenntnis besaßen?«
»Das ist zutreffend.«
»Hatten Sie selbst Kenntnis von ihrer Identität?«
»Nein. Ich besaß keine Kenntnis davon.« Der Captain sprach mit aufeinandergebissenen Zähnen. »Keine weiteren Fragen.«

Dann, ehe er imstande war, ihnen zu entgehen, kam noch eine Frage. Ein Reporter vom *Boston Herald* versperrte ihm den Weg. Als sie die Frage ihres Kollegen hörten, versuchten die anderen Nachrichtenleute nicht mehr, an den Captain heranzukommen. »Sir, hat es am Kap und auf dem nahe gelegenen Festland in den vergangenen sechs Jahren nicht eine Anzahl ungeklärter Todesfälle von Kindern gegeben?«
»Das ist zutreffend.«
»Captain Coffin, seit wann lebt Nancy Eldredge am Kap?«
»Seit sechs Jahren, glaube ich.«
»Captain. Ich danke Ihnen.«

11

Jonathan Knowles bemerkte gar nicht, wie schnell die Zeit verstrich. Und er merkte auch nichts von der ganzen Aufregung in der Nähe des Maushop Sees. Im Unterbewußtsein hatte er zwar registriert, daß der Verkehr, der auf der Straße vor seinem Haus vorbeifloß, stärker als gewöhnlich war. Aber sein Arbeitszimmer lag auf der Rückseite des Hauses, und der größte Teil des Straßenlärms wurde verschluckt, ehe er überhaupt an sein Ohr drang.

Nach dem ersten Schreck darüber, daß Ray Eldredges Frau die berüchtigte Nancy Harmon war, hatte er sich noch eine Tasse Kaffee gekocht und war dann an seinen Schreibtisch zurückgekehrt. Er war fest entschlossen, sich von seinem Arbeitsplan nicht abbringen zu lassen – den Mordfall Harmon zu studieren, genau wie er es vorgehabt hatte. Sollte sich herausstellen, daß die persönliche Bekanntschaft mit Nancy Harmon seine Fähigkeit, über sie zu schreiben, in irgendeiner Weise beeinträchtigen könnte, würde er dieses Kapitel einfach auslassen.

Er begann das Studium des Falls, indem er zunächst sorgfältig den Sensationsartikel in der Kap-Zeitung las. Der Artikel war erbarmungslos bis ins Detail, und in heimtückischer Weise rief er im Leser ein Gefühl des Grauens hervor. Zunächst gab er einen Überblick über Nancy Harmons Lebensumstände als junge Frau eines Professors... zwei Kinder... ein Heim auf dem Hochschulgelände. Ideale Verhältnisse, bis zu dem Tag, an dem Professor Harmon einen Studenten in sein Haus schickte, der den Ölbrenner reparieren sollte. Der Student sah gut aus, war nicht auf den Mund gefallen und hatte Erfahrung mit Frauen. Und Nancy – selbst noch nicht ganz fünfundzwanzig – war ihm auf den Leim gegangen.

Jonathan las die in dem Artikel enthaltenen Auszüge der Zeugenaussagen aus dem Prozeß. Der Student Rob Legler stellte dar, wie er Nancy kennengelernt hatte. »Als Professor Harmon diesen Anruf von seiner Frau erhielt, daß der Ölbrenner nicht funktionierte, war ich gerade bei ihm im Büro. Es gibt einfach nichts Mechanisches, das ich nicht in Ordnung bringen kann. Deshalb bot ich mich an, hinüberzugehen. Er wollte erst nicht, daß ich das machte, aber er konnte keinen richtigen Wartungsdienst bekommen, und er mußte ja dafür sorgen, daß das Haus wieder warm wurde.«

»Gab er Ihnen irgendwelche besonderen Verhaltensmaßregeln, was seine Familie betraf?« fragte ein Bezirksstaatsanwalt.

»Ja. Er sagte, daß es seiner Frau nicht gutgehe und daß ich sie nicht stören solle; und wenn ich irgend etwas bräuchte oder über irgendwelche unerwarteten Schwierigkeiten mit ihm sprechen wolle, solle ich ihn anrufen.«

»Haben Sie Professor Harmons Anweisungen befolgt?«

»Ich wollte schon, Sir, aber ich konnte nicht verhindern, daß mir seine Frau wie ein kleines Hündchen überallhin folgte.«

»Einspruch! Einspruch!«

Aber der Anwalt der Verteidigung war zu spät gekommen. Die Aussage war bereits gemacht. Doch auch die weiteren Aussagen des Studenten waren in jeder Hinsicht belastend gewesen. Er wurde gefragt, ob er irgendwelchen Körperkontakt mit Mrs. Harmon gehabt habe.

Seine Antwort war eindeutig. »Ja, Sir.«

»Wie kam es dazu?«

»Ich zeigte ihr, wo sich an dem Ölbrenner der Notschalter befand. Es war eines dieser altmodischen Modelle mit Heißluft, und der Schalter hatte die Störung verursacht.«

»Hatte Professor Harmon Sie nicht angewiesen, Mrs. Harmon nicht mit Fragen oder Erklärungen zu belästigen?«

»Sie wollte es unbedingt wissen. Sie sagte, sie müsse lernen, mit den Dingen in ihrem Heim fertig zu werden. Deshalb zeigte ich es ihr. Dann lehnte sie sich irgendwie über mich, um den Schalter auszuprobieren, und ... nun, ich dachte, warum nicht? ... da habe ich es eben mal versucht.«

»Was tat Mrs. Harmon?«

»Sie hatte es gern. Das merkte ich.«

»Wollen Sie bitte genau erklären, was geschah?«

»Es war nicht so, daß wirklich etwas geschah. Denn es ist gar nichts groß passiert. Es war nur so, daß sie es gern hatte. Ich drehte sie irgendwie herum und schnappte sie und küßte sie – und nach einer Minute riß sie sich los und wollte nicht mehr.«

»Was geschah dann?«

»Ich sagte so etwas wie, daß das doch sehr schön sei.«

»Was erwiderte Mrs. Harmon?«

»Sie schaute mich nur an und sagte... fast so, als wenn sie gar nicht zu mir spräche... sie sagte: ›Ich muß weg von hier.‹

Ich dachte, daß ich auf keinen Fall irgendwelche Scherereien haben wollte. Ich will damit sagen, ich wollte nichts tun, weswegen man mich von der Schule werfen und schließlich zur Armee einziehen konnte. Das letztere war überhaupt der Grund für mein Gastspiel am College. Deshalb sagte ich ›Sehen Sie, Mrs. Harmon‹... doch dann kam ich zu dem Schluß, daß es an der Zeit sei, Nancy zu ihr zu sagen... deshalb sagte ich ›Schauen Sie, Nancy, das kann doch kein Problem sein. Wir können uns doch etwas einfallen lassen, damit wir zusammenkommen können, ohne daß überhaupt jemand etwas davon merkt. Sie können hier nicht alles stehen und liegen lassen und weggehen – Sie haben doch die Kinder.‹«

»Wie reagierte Mrs. Harmon auf diese Äußerung?«

»Nun, es ist seltsam. In diesem Augenblick kam gerade der Junge... Peter... die Treppe herab und suchte sie. Er war ein auffallend stilles Kind – erschreckte einen nicht mit ›Buh‹. Sie blickte wie von Sinnen und sagte: ›Die Kinder!‹ Dann lachte sie so komisch und sagte: ›Aber sie werden ersticken.‹«

»Mr. Legler, das ist ein ganz entscheidender Satz, den Sie da erwähnen. Sind Sie sicher, daß Sie Mrs. Harmons Formulierung genau wiedergeben?«

»Jawohl, Sir, ganz sicher. Mir wurde schon damals ganz unheimlich dabei. Das ist auch der Grund, weshalb ich so sicher bin. Aber man glaubt ja natürlich nicht, daß es jemand ernst meint, wenn er so etwas sagt.«

»An welchem Tag machte Nancy Harmon diese Äußerung?«

»Es war am dreizehnten November. Ich weiß das deshalb, weil Professor Harmon, als ich zur Schule zurückkehrte, darauf bestand, mir für die Reparatur des Brenners einen Scheck auszustellen.«

»Der dreizehnte November... und vier Tage später verschwanden die Harmon-Kinder aus dem Fahrzeug ihrer Mutter, ehe sie am Ende mit Plastiktüten über dem Kopf an das Ufer der Bucht von San Francisco gespült wurden, in der Tat erstickt.«

»Das ist richtig.«

Der Verteidiger hatte versucht, die Wirkung dieser Darstellung abzuschwächen. »Haben Sie Mrs. Harmon auch danach noch in die Arme genommen?«

»Nein. Sie ging mit dem Kind nach oben.«

»Somit haben wir nur Ihre Aussage, daß Mrs. Harmon es gern gehabt hatte, als Sie sie gewaltsam küßten.«

»Verlassen Sie sich darauf, wenn ich mit einer Puppe zusammen bin, merke ich schon, ob sie will oder nicht.«

Und dann Nancys beeidete Aussage, als sie über diesen Vorfall befragt wurde: »Ja, er hat mich geküßt. Ja, ich wußte wohl, daß er es tun würde. Ich ließ es zu.«

»Erinnern Sie sich auch, daß Sie erklärt haben, Ihre Kinder würden ersticken?«

»Ja.«

»Was wollten Sie damit sagen?«

Laut Artikel blickte Nancy nur an ihrem Anwalt vorbei und starrte, ohne etwas wahrzunehmen, über die Gesichter im Gerichtssaal hinweg. »Ich weiß es nicht«, sagte sie kaum hörbar.

Jonathan schüttelte den Kopf und fluchte innerlich. Man hätte nie zulassen dürfen, daß das Mädchen den Zeugenstand betritt. Sie schadete sich nur selbst. Er las weiter. Als er an die Stelle kam, wo die Entdeckung dieser bemitleidenswerten Kinder beschrieben wurde, zuckte er zusammen. Angespült beide, im Abstand von zwei Wochen, um 50 Meilen auseinander. Die Leiber schrecklich aufgetrieben, von Seetang verklebt, der Körper des kleinen Mädchens grausam verstümmelt – wahrscheinlich durch Haie. Wie durch ein Wunder waren die handgestrickten hellroten Pullover mit dem weißen Muster, die sie trugen, immer noch farbkräftig.

Nachdem er die Artikel zu Ende gelesen hatte, richtete Jonathan seine Aufmerksamkeit sofort auf das voluminöse Aktenbündel, das Kevin ihm geschickt hatte. Er lehnte sich in seinem Sessel zurück, um es durchzuarbeiten. Er begann mit dem ersten Zeitungsausschnitt. In einer Schlagzeile wurde gemeldet, daß die Harmon-Kinder aus dem Fahrzeug ihrer Mutter verschwunden waren, während sie Einkäufe machte. Vergrößerungen von unscharfen Fotos mit beiden Kindern; eine bis ins kleinste Detail gehende Beschreibung des Gewichts, ihrer Größe und ihrer Bekleidung. Jeder, der irgendeine Mitteilung dazu machen könne, möge bitte diese Sondernummer wählen. Sein Verstand und seine Augen waren hervorragend geschult. Deshalb kam Jonathan mit der Lektüre sehr schnell voran; Informationen wurden geordnet und miteinander verglichen, beweiskräftige Fakten, auf die er später Bezug nehmen wollte, wurden leicht unterstrichen. Als er anfing, das Verhandlungsprotokoll zu lesen, verstand er, warum Kevin Nancy Harmon als eine leichte Beute für den Staatsanwalt betrachtet hatte. Was die junge Frau da machte, hatte überhaupt keinen Sinn. Mit dem, was sie vorbrachte, hatte sie ausschließlich dem Staatsanwalt in die Hände gespielt – kampflos; ihre Unschuldsbeteuerungen klangen mechanisch und teilnahmslos.

Was war mit ihr los gewesen? Das hätte Jonathan gern gewußt. Es schien fast so, als wollte sie gar nicht freigesprochen werden. An einer Stelle hatte sie sogar zu ihrem Mann direkt von der Zeugenbank aus gesagt: »Oh, Carl, kannst du mir verzeihen?«

Die Falten gruben sich noch tiefer in Jonathans Stirn, als er sich daran erinnerte, daß er erst vor wenigen Stunden am Haus der Eldredges vorbeigekommen war. Die junge Familie hatte um den Frühstückstisch gesessen. Er hatte sie mit seinem eigenen Einsiedlerdasein verglichen und hatte sie beneidet. Jetzt war ihr Leben zerstört. Es war für sie unmöglich, in einer so geschlossenen Gemeinschaft wie der hier am Kap zu bleiben. Denn sie wußten, daß, ganz gleich, wohin sie gingen, die Leute auf sie zeigen und reden würden. Jeder würde Nancy sofort wiedererkennen. Selbst er erinnerte sich noch daran, daß sie dieses Tweedkostüm getragen hatte. Es war noch gar nicht so lange her.

Plötzlich entsann sich Jonathan, wann das gewesen war. In Lowery's Market. Er hatte Nancy zufällig getroffen, als er und sie ihre Einkäufe machten, und sie waren stehengeblieben und hatten sich ein paar Minuten lang unterhalten. Er hatte das Kostüm bewundert und ihr gesagt, daß es nichts Schöneres gebe als einen guten Tweed – und reine Wolle, naturlich. Der ganze synthetische Plunder sei dagegen ohne Tiefe und ohne Charakter.

Nancy hatte sehr hübsch ausgesehen. Ein gelbes Halstuch, mit einem saloppen Knoten am Hals, hatte den Gelbschimmer in dem überwiegend braunen und rostfarbenen Stoff noch verstärkt. Sie hatte gelächelt – ein warmes, entzückendes Lächeln, das einen gefangennahm. Die Kinder waren bei ihr – freundliche, höfliche Kinder, alle beide. Der Junge hatte dann gesagt: »Du, Mami, ich hole die Corn-flakes«, doch als er danach griff, hatte er eine Pyramide von Suppendosen umgestoßen.

Der Lärm bewirkte, daß alle im Laden herbeigerannt kamen, sogar Lowery selbst, ein mürrischer, unangenehmer Mensch. Vielen jungen Müttern wäre das vielleicht peinlich gewesen, und sie hätten das Kind ausgeschimpft. Jonathan hatte voller Bewunderung beobachtet, wie Nancy ganz gelassen sagte: »Entschuldigen Sie bitte, Mr. Lowery. Das war keine böse Absicht. Wir bringen das sofort wieder in Ordnung.«

Dann sagte sie zu dem kleinen Jungen, der ganz verschreckt und ängstlich aussah: »Keine Angst, Mike. Du wolltest das ja nicht. Komm! Wir stellen sie wieder auf.«

Auch Jonathan hatte geholfen, die Dosen wieder aufzustapeln, nachdem er vorher Lowery einen drohenden Blick zugeworfen hatte, der offenbar gerade eine Bemerkung machen wollte. Es war kaum zu glauben, daß die gleiche, rücksichtsvolle Frau heute vor sieben Jahren vorsätzlich ihre beiden anderen Kinder getötet hatte – Kinder, denen sie das Leben geschenkt hatte.

Aber Leidenschaft war ein starkes Motiv, und sie war sehr jung gewesen. Vielleicht war gerade ihre Teilnahmslosigkeit während des Prozesses ein Schuldbekenntnis gewesen, selbst wenn sie sich nicht dazu durchringen konnte, solch ein abscheuliches Verbrechen offen einzugestehen. Er hatte so etwas auch schon erlebt.

Es klingelte an der Tür. Jonathan erhob sich aus seinem Sessel. Er war überrascht. Es gab nur wenige Menschen am Kap, die unangemeldet zu Besuch kamen, und Hausieren war absolut verboten.

Als er zur Tür ging, merkte Jonathan, daß er vom Sitzen ganz steif geworden war. Er stellte erstaunt fest, daß sein Besucher ein Polizeibeamter war, ein junger Mann, dessen Gesicht er, wie er sich schwach erinnerte, irgendwann in einem Streifenwagen gesehen hatte. *Er will sicherlich irgendwelche Lose verkaufen*, war Jonathans erster Gedanke, aber er schob diese Überlegung sofort beiseite. Der junge Beamte folgte seiner Einladung und trat ein. In seinem Benehmen lag etwas Frisch-Forsches, doch zugleich auch Gewichtiges. »Sir, es tut mir leid, Sie stören zu müssen, aber wir stellen gerade Ermittlungen über das Verschwinden der Eldredge-Kinder an.«

Während Jonathan ihn noch fassungslos anstarrte, zog er ein Notizbuch heraus. Seine Blicke schossen in dem aufgeräumten Hause umher. »Sie wohnen doch allein hier, Sir, nicht wahr?« begann er die Befragung.

Ohne zu antworten, langte Jonathan an ihm vorbei und öffnete die schwere Haustür. Jetzt erst bemerkte er die unbekannten Fahrzeuge, die die Straße zum See hinabfuhren, und die Männer mit den verbissenen Gesichtern, die in ihrem schweren Regenzeug die Umgebung durchkämmten.

12

»Trinken Sie das, Nancy. Ihre Hände sind so kalt. Es tut Ihnen bestimmt gut. Sie müssen doch wieder zu Kräften kommen.« Dorothy versuchte, ihr gut zuzureden. Aber Nancy schüttelte den Kopf. Dorothy stellte die Tasse auf den Tisch und hoffte, daß das Aroma des frischen Gemüses, das in einer würzigen Tomatensuppe brodelte, Nancy doch noch verlocken wurde.

»Das habe ich gestern gekocht«, sagte Nancy mit ausdrucksloser Stimme, »zum Mittagessen für die Kinder. Die Kinder sind bestimmt hungrig.«

Ray saß dicht neben ihr. Er hatte seinen Arm schützend um die Lehne ihres Stuhls gelegt. Vor ihm stand ein Aschenbecher voller ausgedrückter Zigaretten.

»Quäl dich doch nicht selbst, Liebes«, sagte er ruhig.

Von draußen, durch das Klappern der Rolläden und Fensterscheiben hindurch, konnten sie das stakkatohafte Geräusch tief fliegender Hubschrauber hören.

Ray beantwortete die Frage, die er in Nancys Gesicht las. »Sie haben drei Hubschrauber eingesetzt, mit denen sie die Umgebung absuchen. Wenn die Kinder sich nur verlaufen haben, werden sie sie entdecken. Aus allen Städten hier am Kap sind jetzt Freiwillige hier. Über der Bucht und dem Sund suchen zwei Flugzeuge. Alle helfen.«

»Und im See sind Taucher«, sagte Nancy, »die nach den Leichen meiner Kinder suchen.« Ihre Stimme klang geistesabwesend und monoton.

Nachdem er den Nachrichtendiensten seine Erklärung abgegeben hatte, war Captain Coffin zur Polizeistation zurückgekehrt, um eine Reihe von Telefongesprächen zu führen. Als er damit fertig war, fuhr er zum Eldredge-Haus zurück. Er hörte gerade noch Nancys letzte Worte, als er das Zimmer betrat. Mit erfahrenem Blick bemerkte er den starren Ausdruck in Nancys Augen, die verdächtige Ruhe ihrer Hände und ihres Körpers und die Ausdruckslosigkeit ihrer Stimme und ihres Gesichtsausdrucks. Sie war kurz davor, in ihrem Schockzustand zurückzuverfallen. Wenn sie in einiger Zeit auch nur einen Mucks von sich gab, konnten sie von Glück reden.

Er blickte an ihr vorbei. Seine Augen suchten Bernie Mills, den Polizisten, den er von Amts wegen im Haus gelassen hatte. Bernie stand am Eingang zur Küche. Er hatte sich so postiert, daß er bei einem Anruf sofort den Hörer aufnehmen konnte. Bernies sandfarbenes Haar war ordentlich auf seinem knochigen Schädel verteilt. Seine vorstehenden Augen, von kurzen, blonden Wimpern umsäumt, bewegten sich waagrecht hin und her. Captain Coffin verstand die Botschaft, die ihm da signalisiert wurde, und blickte wieder zu den drei Personen hinüber, die um den Tisch saßen. Ray erhob sich, stellte sich hinter den Stuhl seiner Frau und legte seine Hände um ihre Schultern.

Zwanzig Jahre flogen an Jed Coffin vorüber. Er erinnerte sich an jene Nacht damals, als er noch Polizeianwärter in Boston war, und ihn ein Anruf im Präsidium erreichte, daß Delias Eltern verunglückt seien und daß sie wahrscheinlich nicht durchkämen.

Er war nach Hause gegangen. Sie hatte in Nachthemd und Bademantel in der Küche gesessen, eine Tasse von ihrem geliebten Schnellkakao geschlürft und die Zeitung gelesen. Sie hatte sich zu ihm umgewandt, überrascht, daß er schon so früh nach Hause kam, aber mit lächelndem Gesicht, und noch ehe er ein Wort sagte, hatte er genau das gleiche getan, was Ray Eldredge jetzt tat – er hatte seine Hände auf ihre Schultern gelegt und sie festgehalten.

Zum Teufel auch, war das nicht genau das, was die Stewardessen beim Abflug in den Maschinen runterleierten? »Im Falle einer Notlandung setzen Sie sich bitte aufrecht hin, stützen Sie sich auf die Armlehnen Ihres Sitzes, stemmen Sie Ihre Füße fest auf den Boden.« Was sie meinten, war: ›Lassen Sie beim Aufprall den Stoß durch sich hindurchgehen.‹

»Ray, kann ich Sie mal alleine sprechen?« fragte er kurz angebunden.

Als Nancy anfing zu zittern, lagen Rays Hände immer noch beruhigend auf ihren Schultern. »Haben Sie meine Kinder gefunden?« fragte sie. Ihre Stimme war beinahe ein Flüstern.

»Liebling, er würde es uns doch sagen, wenn er die Kinder gefunden hätte. Bleib hier sitzen. Ich bin gleich zurück.« Ray beugte sich hinab, und einen Augenblick lang berührten sich ihre Wangen. Er schien keine Antwort zu erwarten. Er richtete sich auf und führte den Captain durch das angrenzende Foyer in das geräumige Wohnzimmer.

Unwillkürlich empfand Jed Coffin Bewunderung für den hochgewachsenen jungen Mann, der sich jetzt an den offenen Kamin stellte und ihm dann das Gesicht zuwandte. Sogar in dieser Situation zeigte sich Ray von gelassener Selbstsicherheit. Jed fiel ein, daß sich Ray beim Kampfeinsatz in Vietnam durch hervorragende Führungsqualitäten ausgezeichnet hatte und noch an der Front zum Hauptmann befördert wurde.

Ray hatte Format, daran bestand kein Zweifel. Alles an ihm hatte Format – wie er sich gab, wie er sprach, wie er sich kleidete und sich bewegte; die festen Konturen seines Kinns und seines Mundes, die kräftige, wohlgeformte Hand, die da leicht auf dem Kaminsims ruhte.

Jed brauchte einige Zeit, um sich auf seine Aufgaben und die Autorität seines Amtes zu besinnen. Er blickte langsam im Zimmer umher. Die breiten Eichendielen glänzten matt unter den gehäkelten ovalen Vorlegern; zwischen den beiden Fenstern mit den bleigefaßten Scheiben stand ein trockenes Abflußbecken. Die zartgetönten cremefarbenen Wände waren von Gemälden bedeckt. Auf einmal bemerkte er, daß ihm die Szenerie darauf bekannt vorkam. Das große Gemälde über dem Kamin stellte Nancy Eldredges Steingarten dar. Die Szene mit dem Landfriedhof, über dem Klavier, zeigte den alten Kirchhof weiter unten an der Straße hinter der Kirche, die *Our Lady of the Cape Church* hieß. Das Gemälde in dem Kiefernholzrahmen über der Couch fing die anheimelnde Stimmung des Sesuit-Hafens bei Sonnenuntergang ein, wenn die Segelboote zurückkehrten. In dem Aquarell mit dem windgepeitschten Krannbeermoor war im Hintergrund, in schwachen Konturen, das alte Hunt-Haus – ›Der Ausguck‹ – angedeutet.

Jed hatte gelegentlich beobachtet, daß Nancy Eldredge in der Nähe der Stadt Skizzen anfertigte, doch er hätte sich nie träumen lassen, daß sie Talent hatte. Die meisten Frauen, die er kannte, landeten, wenn sie sich mit solchen Faxen abgaben, gewöhnlich an einem Punkt, an dem sie sich etwas einrahmten, das wie ein Stück vom Jahrmarkt aussah.

Eingebaute Bücherschränke rahmten den Kamin ein. Die Tische waren aus schwerem, altem, abgelagertem Kiefernholz gefertigt und glichen den Möbeln, die Delia nach dem Tode seiner Großmutter dem Wohltätigkeitsbasar der Kirche gestiftet hatte. Zinnlampen wie die von Großmutter standen auf den niedrigen Tischen vor dickgepolsterten Sesseln. Die Rückenlehne und das Kissen auf dem Schaukelstuhl neben dem Kamin waren handgestickt.

Er fühlte sich ein wenig unbehaglich, als er diesen Raum mit seinem eigenen, erst vor kurzem tapezierten Wohnzimmer verglich. Für die Couch und die Sessel hatte Delia schwarzes Vinyl ausgesucht; eine Tischplatte aus Glas auf Stahlfüßen; das ganze Zimmer mit Teppichware ausgelegt – ein dickes zotteliges Material, das an den Schuhen hängenblieb. Jeder Speicheltropfen und Urinflecken, den sein noch nicht stubenreiner Dackel darauf hinterließ, wurde getreulich konserviert und verewigt.

»Was wünschen Sie, Captain?« Rays Stimme war kalt und unfreundlich. Der Captain wußte, daß er in Rays Augen ein Feind war. Ray hatte seinen routinemäßigen Hinweis Nancy gegenüber, bezüglich ihrer Rechte, durchschaut. Ray wußte genau, was er dachte, und stellte sich zum Kampf. Nun gut, wenn er also Kampf wollte...

Aufgrund seiner Erfahrungen, die er bei zahllosen ähnlichen Gelegenheiten gesammelt hatte, bereitete es Jed Coffin keine Schwierigkeit, sofort Rays schwachen Punkt herauszufinden, und da hakte er ein: »Wer ist der Anwalt Ihrer Frau, Ray?« fragte er kurz.

Ein Anflug von Unsicherheit, eine Versteifung der Körperhaltung verriet die Antwort. Es war so, wie Jed erwartet hatte. Ray hatte den entscheidenden Schritt noch nicht unternommen. Versuchte immer noch, so zu tun, als sei seine Frau die tief verstörte Mutter von zwei verschwundenen Kindern. Du lieber Himmel, vielleicht wollte Ray sie heute abend in den Fernseh-Nachrichten auftreten lassen, – ein zerknülltes Taschentuch in den Händen, mit geschwollenen Augen und beschwörender Stimme: ›Gebt mir meine Kinder zurück.‹

Nun, Jed konnte Ray etwas erzählen! Dieses Schauspiel hatte seine reizende kleine Frau schon einmal aufgeführt. Jed konnte Kopien jenes sieben Jahre alten Films bekommen, den die Zeitungen ›einen rührenden Appell‹ genannt hatten. Vor nur einer halben Stunde, während ihres Telefongesprächs, hatte der Stellvertretende Bezirksstaatsanwalt in San Francisco nämlich ihm tatsächlich angeboten, eine Kopie zu beschaffen. »Dann kann es sich dieses Weibsstück ersparen, die gleiche Komödie noch einmal aufzuführen«, hatte er gesagt.

Ray sprach sehr ruhig, seine Stimme klang jetzt viel gedämpfter. »Wir haben noch keinen Anwalt verpflichtet«, sagte er. »Ich habe gehofft, daß vielleicht... wo alle noch suchen...«

»Wir werden die Suche schon bald zum größten Teil einstellen müssen«, sagte Jed platt heraus. »Bei diesem Wetter wird bald kein Mensch mehr in der Lage sein, etwas zu sehen. Außerdem muß ich Ihre Frau zum Verhör mit auf die Wache nehmen. Und wenn Sie sich bis jetzt noch nicht um einen Anwalt gekümmert haben, werde ich veranlassen, daß das Gericht einen für sie bestimmt.«

»Das können sie nicht tun!« brach es wütend aus Ray heraus. Aber sofort bemühte er sich, die Beherrschung wiederzuerlangen: »Ich will damit sagen, daß Sie Nancy umbringen würden, wenn Sie sie in die Atmosphäre eines Polizeireviers brächten. Jahrelang hatte sie Alpträume, und es waren immer die gleichen: daß sie sich auf einem Polizeirevier befand und verhört wurde, und daß man sie dann einen langen Korridor entlangführte zur Leichenhalle, damit sie ihre Kinder identifizierte. Mein Gott, Mann, sie steht ja jetzt im Augenblick noch unter einem tiefen Schock. Legen Sie es etwa darauf an, sie so weit zu bringen, daß sie am Ende wirklich nicht in der Lage ist, uns zu sagen, was sie möglicherweise gesehen hat?«

»Ray, es ist meine Aufgabe, dafür zu sorgen, daß Ihre Kinder wiedergefunden werden.«

»Ja, aber Sie sehen doch, was allein dieser verfluchte Artikel bei ihr angerichtet hat. Und was ist das überhaupt für ein Schweinehund, der den Artikel geschrieben hat? Jemand, der so infam ist, diese Geschichte auszugraben und zu veröffentlichen, ist auch fähig, die Kinder zu entführen.«

»Selbstverständlich gehen wir dieser Sache nach. Diese Berichte sind immer mit einem fingierten Namen aus der Redaktion signiert, aber in Wirklichkeit sind die Artikel Beiträge freier Mitarbeiter, die bei Annahme des Artikels ein Honorar von fünfundzwanzig Dollar erhalten.«

»Gut, aber wer ist nun der Verfasser?«

»Das eben haben wir herauszufinden versucht«, erwiderte Jed. Es klang zornig. »In dem Begleitbrief hieß es, daß der Artikel nur unter der Bedingung angeboten würde, daß ihn die Redaktion, wenn sie ihn annahm, nicht im geringsten veränderte, daß alle dazugehörigen Bilder veröffentlicht würden, und daß er genau am siebzehnten November zu erscheinen hätte – also heute. Der Redakteur sagte mir, daß er die Story nicht nur für gut geschrieben, sondern auch für spannend hielt. Offen gesagt, er hielt sie für so gut, daß er der Meinung war, der Verfasser sei ein Esel, weil er sie für lausige fünfundzwanzig Dollar überlassen habe. Aber das hat er ihm natürlich nicht gesagt. Er diktierte einen Brief, in dem er die Bedingungen akzeptierte und einen Scheck beifügte.«

Jed griff in seine Gesäßtasche nach seinem Notizbuch und klappte es auf. »Der Brief mit der Annahmebestätigung trägt das Datum vom achtundzwanzigsten Oktober. Die Redaktionssekretärin erinnert sich, daß am neunundzwanzigsten Oktober jemand telefonisch angefragt hat, ob über den Harmon-Artikel schon eine Entscheidung getroffen worden sei. Die Leitung war sehr gestört, und die Stimme so gedämpft, daß sie den Anrufer kaum hören konnte, aber sie sagte ihm – oder ihr –, daß in dem Brief ein Scheck sei, postlagernd Hauptpostamt Hyannis Port. Der Scheck wurde auf den Namen J. R. Penrose ausgestellt. Am nächsten Tag wurde er abgeholt.«

»Mann oder Frau?« fragte Ray sofort.

»Das wissen wir nicht. Sie wissen ja selbst, daß eine

Stadt wie Hyannis Port auch zu dieser Jahreszeit noch von einer beachtlichen Zahl von Touristen besucht wird. Jeder, der beim Hauptpostamt irgend etwas abholen möchte, braucht nur danach zu fragen. Kein Angestellter scheint sich an diesen Brief zu erinnern, und bis jetzt ist der Fünfundzwanzig-Dollar-Scheck auch noch nicht eingelöst worden. Wir können die Spur bis zu J. R. Penrose zurückverfolgen, wenn es den überhaupt gibt. Offen gesagt, es würde mich nicht sehr überraschen, wenn sich am Ende herausstellt, daß der Verfasser eine unserer kleinen Damen aus der Stadt ist. Sie sind nämlich unübertrefflich, wenn sie so in Klatsch und Tratsch herumwühlen können.«

Ray blickte unverwandt in den Kamin. »Es ist kühl hier drin«, sagte er. »Ein bißchen Wärme täte gut.« Sein Blick fiel auf die Kameen auf dem Kaminsims, die Nancy von Michael und Missy angefertigt hatte, als sie noch Babys waren. Er würgte an dem bitteren Kloß, der ihm plötzlich die Kehle zuschnürte.

»Ich glaube nicht, daß Sie jetzt wirklich ein Feuer brauchen, Ray«, sagte Jed ruhig. »Ich bat Sie lediglich, hier hereinzukommen, weil ich möchte, daß Sie Nancy dazu bewegen, sich anzuziehen und mit uns zur Polizeistation zu kommen.«

»Nein... nein... bitte...« Captain Coffin und Ray fuhren herum und blickten zu der Bogentür, die in das Zimmer führte. Nancy stand da. Mit einer Hand hielt sie sich an dem geschnitzten Türrahmen fest. Ihr Haar war getrocknet, und sie hatte es zu einem Knoten gebunden und diesen locker im Nacken befestigt. Die Anspannungen der verflossenen Stunden hatten ihre Hautfarbe in ein kalkiges Weiß verwandelt, das durch das dunkle Haar noch hervorgehoben wurde. Langsam trat ein fast entrückter Ausdruck in ihre Augen.

Dorothy stand hinter ihr. »Sie wollte hereinkommen.« Dorothys Worte klangen wie eine Rechtfertigung.

Sie spürte den Vorwurf in Rays Augen, als er zu ihnen herübereilte. »Ray, es tut mir leid. Sie ließ sich nicht zurückhalten.«

Ray zog Nancy an sich. »Es ist schon gut, Dorothy«, sagte er kurz. Seine Stimme schlug um und wurde zärtlich. »Liebling, beruhige dich nur. Niemand wird dir etwas tun.«

Dorothy spürte das Abweisende in seiner Stimme. Er hatte sich darauf verlassen, daß sie Nancy fernhalten würde, solange er mit dem Captain sprach. Nicht einmal dazu war sie imstande. Sie war hier zu nichts zu gebrauchen – zu nichts zu gebrauchen. »Ray«, sagte sie steif. »Ich weiß, es ist sehr unpassend, Sie jetzt damit zu belästigen, aber das Büro hat gerade angerufen und mich daran erinnert, daß Mr. Kragopoulos, der wegen des Huntschen Anwesens geschrieben hat, um zwei Uhr kommt und es sich ansehen möchte. Soll ich jemand anderes bitten, ihn dort hinaufzubringen?«

Ray blickte über Nancys Kopf hinweg, während er sie fest an sich drückte. »Das ist mir völlig gleich«, fauchte er. Dann fügte er schnell hinzu: »Entschuldigen Sie, Dorothy. Ich wäre Ihnen sehr dankbar, wenn Sie ihm das Anwesen zeigen würden. Sie kennen den ›Ausguck‹ und können ihn verkaufen, wenn echtes Interesse vorliegt. Der arme alte Mr. Hunt braucht das Geld.«

»Ich habe Mr. Parrish nichts davon gesagt, daß wir heute vielleicht mit Leuten kommen könnten.«

»Der Mietvertrag mit ihm legt eindeutig fest, daß wir das Recht haben, bei nur halbstündiger telefonischer Voranmeldung und zu jeder beliebigen Zeit jemandem das Haus zu zeigen. Aus diesem Grund hat er es ja so billig bekommen. Rufen Sie ihn vom Büro aus an und teilen Sie ihm mit, daß Sie kommen.«

»In Ordnung.« Dorothy wartete, unschlüssig, sie wollte noch nicht gehen. »Ray...«

Er blickte sie an, verstand ihren unausgesprochenen

Wunsch, aber er schickte sie fort. »Sie können hier im Augenblick doch nichts tun, Dorothy. Kommen Sie zurück, wenn Sie beim ›Ausguck‹ fertig sind.«

Sie nickte und wandte sich zum Gehen. Sie wollte sie nicht allein lassen; sie wollte bei ihnen bleiben, mit ihnen die Angst teilen. Seit dem ersten Tag, an dem sie Rays Büro zum ersten Mal betreten hatte, war er für sie wie ein Rettungsanker gewesen. Nachdem sie fast fünfundzwanzig Jahre lang ihr ganzes Leben mit Kenneth gemeinsam geplant oder sich zumindest an seinen Absichten orientiert hatte, war sie plötzlich wie ohne Wurzeln gewesen, und zum ersten Mal in ihrem Leben hatte sie Angst gehabt. Aber die Zusammenarbeit mit Ray, die Möglichkeit, ihm beim Aufbau seines Geschäfts zu helfen und ihre Kenntnisse auf dem Gebiete der Innenarchitektur nutzen zu können, Leute für den Kauf von Häusern zu begeistern und sie dazu zu bewegen, noch etwas für die Renovierung anzulegen, hatten allmählich die Leere ihres Daseins erfüllt. Ray war ein so feiner und anständiger Mensch. Er hatte mit ihr eine sehr großzügige Regelung über ihre Gewinnbeteiligung getroffen. Selbst wenn er ihr eigener Sohn gewesen wäre, hätte sie keine höhere Meinung von ihm haben können. Als Nancy gekommen war, war sie stolz gewesen, daß Nancy ihr Vertrauen schenkte. Dennoch legte sich Nancy eine gewisse Zurückhaltung auf, die keine Vertraulichkeit zuließ. Und jetzt fühlte sie sich wie ein überflüssiger Zuschauer. Wortlos verließ sie das Zimmer, nahm ihren Mantel und Schal und ging zur Haustür.

Sie stemmte sich gegen den Wind und den Graupelschauer, als sie die Tür öffnete. Sie hatte ihren Wagen auf halbem Wege um die halbkreisförmige hintere Einfahrt geparkt. Sie war froh, daß sie nicht zur vorderen Ausfahrt mußte. Eine der Sendeanstalten hatte einen Fernsehwagen vor dem Haus geparkt.

Als sie auf ihren Wagen zueilte, sah sie am Rande des

Grundstückes den Baum mit der Schaukel. Das war die Stelle, wo die Kinder gespielt hatten und wo Nancy den Handschuh gefunden hatte. Wie viele Male hatte sie hier selbst die Kinder geschaukelt? Michael und Missy... Die fürchterliche Möglichkeit, daß ihnen vielleicht etwas zugestoßen war – daß sie vielleicht tot waren – löste in ihr eine Beklemmung aus, so als ob sie ersticken müßte. *Oh, bitte nicht das... allmächtiger und gnädiger Gott, bitte nicht das...* Einmal hatte sie im Scherz gesagt, daß sie ihre Ersatzgroßmutter sei, doch da war in Nancys Gesicht ein so gequälter Ausdruck getreten, daß sich Dorothy am liebsten die Zunge abgebissen hätte. Es war schon sehr vermessen gewesen, so etwas zu sagen.

In Gedanken verloren starrte sie auf die Schaukel, ohne den feuchten Graupel zu beachten, der ihr ins Gesicht schlug. Immer wenn Nancy im Büro vorbeigekommen war, waren die Kinder schnurstracks zu ihrem Schreibtisch gelaufen. Sie hatte sich immer bemüht, eine Überraschung für sie bereitzuhalten. Noch gestern, als Nancy mit Missy hereingekommen war, hatte sie Spitzkuchen gehabt, die sie am Abend zuvor als besonderen Leckerbissen gebacken hatte. Nancy war unterwegs gewesen, um nach Vorhangstoffen zu suchen, und Dorothy hatte sich angeboten, auf Missy achtzugeben und Michael vom Kindergarten abzuholen. »Es ist doch schwer, Stoff auszusuchen, wenn man sich nicht richtig darauf konzentrieren kann«, hatte sie gesagt. »Und ich muß ohnehin beim Verwaltungsgericht noch ein paar Schriftsachen über die Untersuchung von Besitzansprüchen abholen. Und ich freue mich, wenn ich Gesellschaft habe, und auf dem Rückweg kaufen wir eine Portion Eis, wenn Sie einverstanden sind.« Das war erst vor vierundzwanzig Stunden...

»Dorothy.«

Erschrocken blickte sie auf. Jonathan mußte von seinem Haus aus quer durch den Wald gekommen sein. Sein Gesicht lag heute in tiefen Falten. Sie wußte, daß er fast sechzig Jahre alt sein mußte, und heute sah man ihm das wirklich an. »Ich habe gerade von dem Verschwinden der Eldredge-Kinder gehört«, sagte er. »Ich muß mit Ray sprechen. Vielleicht kann ich helfen.«

»Das ist sehr freundlich von Ihnen«, sagte Dorothy unsicher. Die Besorgnis in seiner Stimme hatte etwas seltsam Tröstendes. »Sie sind im Hause.«

»Bis jetzt noch keine Spur von den Kindern?«

»Nein.«

»Ich habe den Artikel in der Zeitung gesehen.«

Zu spät merkte Dorothy, daß das Mitgefühl nicht ihr galt. In Jonathans Stimme lag eine gewisse Kühle, ein Vorwurf, der sie deutlich daran erinnerte, daß sie ihn angelogen hatte, sie hätte Nancy schon in Virginia gekannt. Müde öffnete sie die Wagentür. »Ich habe eine Verabredung«, sagte sie abrupt. Ohne ihm Zeit zu einer Antwort zu lassen, stieg sie ein und ließ den Motor an. Erst als sich ihr Blick verschleierte, bemerkte sie, daß ihr Tränen in den Augen standen.

13

Der Krach von den Hubschraubern gefiel ihm. Er erinnerte ihn an das letzte Mal, als die Leute meilenweit um die Universität herum ausgeschwärmt waren, um nach den Kindern zu suchen. Er starrte aus dem Vorderfenster und blickte über die Bucht hinweg. An der Landungsbrücke war das graue Wasser von Eisschollen bedeckt. Schon vorher hatte das Radio Sturmwarnungen durchgegeben und Graupel oder Regen mit Schnee vermischt angekündigt. Diesmal wenigstens hatten die Meteorologen recht behalten. Der Wind peitschte die Bucht zu wütenden Schaumkronen hoch. Er beobachtete, wie ein Schwarm Möwen bei dem vergeblichen Versuch, gegen den Wind anzukommen, hin und her geweht wurde.

Sorgfältig studierte er das Innen- und Außen-Thermometer. Draußen war es jetzt zwei Grad minus – seit dem Vormittag ein Absinken um fast sieben Grad. Bei diesem Wetter konnten die Hubschrauber und Suchflugzeuge nicht mehr lange oben bleiben. Und auch auf dem Boden würden nicht mehr viele auf der Suche sein.

Hochwasser war heute abend um sieben Uhr. Zu diesem Zeitpunkt würde er die Kinder nach oben bringen, durch die Dachstube auf den äußersten Balkon, den sie den Witwensteg nannten. Bei Flut bedeckte das Wasser unten den Strand, schlug wütend gegen die Stützmauern und rollte, von einem gewaltigen Sog hinweggezogen, ins Meer zurück. Das wäre der richtige Zeitpunkt, die Kinder hinunterfallen zu lassen... hinüber... hinab... Wahrscheinlich würde es Wochen dauern, ehe sie angeschwemmt würden... Aber selbst für den Fall, daß man sie schon nach einigen Tagen fand, hatte er Vorsorge getroffen. Er hatte ihnen nur Milch und Kekse gegeben. Er würde doch nicht so dumm sein, ihnen etwas zu essen zu geben, was die Polizei auf den Gedanken bringen mußte, daß ihnen nach dem Frühstück mit Nancy noch jemand eine richtige Mahlzeit gegeben hatte. Natürlich hoffte er, daß man sie nicht mehr obduzieren konnte, wenn sie gefunden würden.

Er lachte in sich hinein. Bis dahin hatte er noch fünf Stunden Zeit: fünf lange Stunden, in denen er das Flutlicht betrachten konnte, das gerade in der Nähe von Nancys Haus und am See aufgerichtet wurde; fünf Stunden mit den Kindern allein. Wenn man es genau betrachtete, war sogar der Junge ein schönes Kind... eine so weiche Haut, und diese vollkommene Figur.

Aber ihn interessierte das kleine Mädchen. Es sah Nancy so sehr ähnlich... das seidige, schöne Haar und die kleinen wohlgeformten Öhrchen. Jäh wandte er sich vom Fenster ab. Die Kinder lagen nebeneinander auf der

Couch. Durch das Beruhigungsmittel, das er ihnen in die Milch gegeben hatte, waren beide eingeschlafen. Der Arm des Jungen lag schützend auf seiner Schwester. Aber der Junge rührte sich nicht einmal, als er das kleine Mädchen hochhob. Er wollte es nur aufs Bett legen und ausziehen. Es gab keinen Ton von sich, als er es vorsichtig ins Schlafzimmer trug und niederlegte. Er ging ins Badezimmer, drehte die Wasserhähne über der Wanne auf und prüfte das herausströmende Wasser, bis es die erwünschte Temperatur erreichte. Als die Wanne vollgelaufen war, prüfte er das Wasser noch einmal mit dem Ellenbogen. Etwas heißer als es sein sollte, aber es ging schon. In ein paar Minuten würde es sich abkühlen.

Er zog den Atem ein. Er vergeudete seine Zeit. Eilig öffnete er die Tür des Medizinschränkchens und nahm eine Dose mit Kinderpuder heraus, die er heute morgen in Wiggin's Market unauffällig in seine Manteltasche gesteckt hatte. Er wollte schon die Tür schließen, als er die kleine Gummiente bemerkte, die er hinter die Rasiercreme gestopft hatte. Er hatte sie schon ganz vergessen... immerhin, sie war beim letzten Mal gebraucht worden... das paßte sehr gut. Er lachte leise und holte die Ente heraus; spülte sie unter kaltem Wasser ab, fühlte, daß sie nicht mehr elastisch und das Gummi rissig war; und stieß sie dann in die Wanne. Es war kein schlechter Gedanke, Kinder bisweilen ein wenig abzulenken.

Er riß den Puder an sich und rannte ins Schlafzimmer zurück. Rasch knöpfte er mit den Fingern Missys Jacke auf und zog sie ihr aus. Ohne Mühe streifte er ihr den Rollkragenpullover über den Kopf. Das Unterhemd zog er ihr dabei gleich mit aus. Er holte tief Luft – ein anhaltendes, ächzendes Stöhnen – und hob das kleine Mädchen empor und drückte ihren schlaffen Körper fest an sich. Drei Jahre alt. Ein zu schönes Alter. Sie bewegte sich und versuchte die Augen zu öffnen. »Mami, Mami...« Es war ein schwacher, schläfriger Ruf – so lieb, so köstlich.

Das Telefon läutete.

In seinem Ärger faßte er das Kind etwas heftiger an, und es begann zu wimmern – ein hoffnungsloses, benommenes Weinen.

Er würde das Telefon klingeln lassen. Nie, nie empfing er Telefonanrufe. Warum ausgerechnet jetzt? Seine Augen zogen sich zusammen. Es könnte ein Anruf aus der Stadt sein mit der Bitte, sich an der Suche zu beteiligen. Es wäre besser, sich zu melden. Es könnte vielleicht doch verdächtig sein, wenn er nicht ans Telefon ging. Er warf Missy aufs Bett zurück und machte die Schlafzimmertür fest zu, ehe er im Wohnzimmer den Hörer aufnahm. »Ja.« Seine Stimme sollte förmlich und kalt klingen.

»Mr. Parrish, ich hoffe, ich habe Sie nicht gestört. Hier spricht Dorothy Prentiss vom Maklerbüro Eldredge. Es tut mir leid, daß ich Ihnen nur so kurzfristig Bescheid geben kann, aber in zwanzig Minuten werde ich mit einem potentiellen Käufer für das Haus hinüberkommen. Werden Sie zu Hause sein, oder soll ich meinen Hauptschlüssel benutzen, um Ihr Apartment zu besichtigen?«

14

Lendon Miles bog von der Route 6 A nach rechts in den Paddock Pfad ein. Den ganzen Weg auf der Fahrt von Boston herüber hatte er sein Radio auf einen Nachrichtensender eingestellt: Der größte Teil der Nachrichten beschäftigte sich mit Nancy Eldredge und den verschollenen Kindern.

Den Meldungen zufolge war der Maushop See in Sektionen aufgeteilt worden, doch die Taucher brauchten mindestens drei Tage, um ihn gründlich abzusuchen. Der Maushop-See war unter Wasser voller Sandbänke. Captain Coffin von Port Adams wurde zitiert: Er erläuterte, daß es an einer Stelle möglich war, bis zur Hälfte in den See hinauszulaufen, ohne daß einem das Wasser höher als bis zur Hüfte ging, während ein paar Meter weiter, nur zwei Meter vom Ufer entfernt, das Wasser eine Tiefe von über zwölf Metern erreichte. An den Riffen unter Wasser blieben Gegenstände hängen und wurden dort festgehalten, so daß die Suche riskant und dem Zufall unterworfen war...

Die Meldungen verkündeten, daß sich Hubschrauber, kleine Wasserflugzeuge und Bodensuchtruppen an der Suche beteiligt hätten, daß aber eine Sturmwarnung für das Kap ausgegeben war und die Suche aus der Luft abgebrochen werden müsse.

Bei der Meldung, daß Nancy Eldredge zur Vernehmung ins Polizeipräsidium gebracht werden sollte, gab er unbewußt Gas. Er empfand ein unbändiges Bedürfnis, so schnell wie möglich zu Nancy zu gelangen. Aber er merkte sehr bald, daß er langsamer fahren mußte. Der Graupel vereiste die Windschutzscheibe so schnell, daß der Entfroster Mühe hatte, das verkrustete Eis aufzuschmelzen.

Als er schließlich in den Paddock Pfad abbog, war es nicht mehr schwierig, das Eldredge-Haus zu finden. Der Mittelpunkt des Trubels war nicht zu verfehlen. Auf halbem Wege die Straße hinauf parkte vor einem Haus, an dessen Vorderseite zwei Polizeiwagen standen, ein Übertragungswagen vom Fernsehen quer zur Straße. In der Nähe des Übertragungswagens säumten Privatfahrzeuge die Straße. Viele trugen Sonderausweise der Presse.

Die Zufahrt zum halbkreisförmigen Fahrweg war von einem der Polizeiwagen versperrt. Lendon hielt an und wartete, daß einer der Polizisten herüberkäme. Als sich schließlich einer näherte, war dessen Ton ziemlich barsch: »Was wünschen Sie hier?«

Lendon hatte diese Frage vorausgesehen und war gerüstet. Er reichte ihm eine Visitenkarte hinaus, auf die er eine Mitteilung gekritzelt hatte: ›Bitte übergeben Sie das Mrs. Eldredge.‹

Der Polizist wurde unsicher: »Wenn Sie hier warten wollen, Doktor... Ich muß das überprüfen.« Er kehrte sofort zurück, eine Spur weniger feindselig. »Ich fahre den Streifenwagen zur Seite. Parken Sie auf dem Fahrweg und gehen Sie ins Haus, Sir.«

Von der anderen Straßenseite hatten die Reporter diese Nebenhandlung verfolgt. Jetzt kamen sie herübergeeilt. als Lendon aus dem Wagen stieg, hielt ihm einer von ihnen ein Mikrofon vors Gesicht.

»Dr. Miles, dürfen wir Ihnen ein paar Fragen stellen?«

Ohne eine Antwort abzuwarten, fuhr er schnell fort: »Sir, Sie sind ein berühmter Psychiater und Professor an der Medizinischen Fakultät der Harvard Universität. Hat die Familie Eldredge Sie kommen lassen?«

»Niemand hat mich kommen lassen«, erwiderte Lendon in scharfem Ton. »Ich bin ein Freund – war ein Freund – von Mrs. Eldredges Mutter. Ich bin aus persönlicher Freundschaft hierher gekommen, und nur deshalb.«

Er versuchte vorbeizukommen, aber der Reporter mit dem Mikrofon versperrte ihm den Weg. »Sie sagen, daß Sie ein Freund von Mrs. Eldredges Mutter waren. Würden Sie uns bitte folgende Frage beantworten: War Nancy Harmon Eldredge jemals bei Ihnen in Behandlung?«

»Absolut nicht!« Lendon schob und drängte sich buchstäblich durch die Reporter zur Veranda. Die Haustür wurde von einem anderen Polizisten offengehalten. »Dort hinein«, sagte er und deutete auf das Zimmer zur Rechten.

Nancy Eldredge stand am Kamin neben einem hochgewachsenen jungen Mann, bestimmt Ray Eldredge. Lendon hätte sie überall erkannt. Die fein geformte Nase, die großen mitternachtsblauen Augen, die offen und gerade unter den dichten Wimpern hervorblickten, der tiefe keilförmige Haaransatz, das Profil, das Priscillas so ähnlich war...

Ohne den offen feindseligen Blick des Polizeicaptains und die prüfenden Blicke des Mannes mit dem kantigen Gesicht am Fenster zu beachten, ging er direkt auf Nancy zu. »Ich hätte früher kommen sollen«, sagte er.

In den Augen der jungen Frau lag eine gewisse Starre, aber sie verstand, was er meinte. »Ich glaubte damals, daß Sie kommen würden«, erwiderte sie ihm, »als Mutter starb. Ich war so sicher, daß Sie kommen würden. Aber Sie kamen nicht.«

Mit dem Blick des Fachmanns schätzte Lendon die Schocksymptome ab, die er wahrnehmen konnte: die vergrößerten Pupillen, die steife Körperhaltung, die leise, monotone Art zu sprechen. Er wandte sich Ray zu. »Wenn ich irgend kann, möchte ich helfen«, sagte er.

Ray musterte ihn aufmerksam, und unwillkürlich war ihm das, was er sah, sympathisch. »Dann versuchen Sie als Arzt den Captain davon zu überzeugen, daß es eine Katastrophe wäre, Nancy zur Polizeistation zu bringen«, sagte er ohne Umschweife.

Nancy blickte Lendon starr ins Gesicht. Sie fühlte sich so weit weg. Ihr war, als wenn sie sich von Minute zu Minute immer weiter entfernte. Aber dieser Dr. Miles hatte irgend etwas an sich. Mutter hatte ihn sehr gern gehabt; Mutters Briefe hatten so glücklich geklungen; sein Name war in ihnen immer häufiger aufgetaucht.

Als ihre Mutter zu ihr herübergekommen war, um sie am College zu besuchen, hatte sie sich nach dem Doktor erkundigt; eine wie wichtige Rolle spielte er? Aber Carl war bei ihnen, und Mutter wollte da anscheinend nicht über ihn sprechen. Sie lächelte nur und sagte: »Oh, eine sehr wichtige Rolle, mein Schatz, aber ich werde dir später alles genau erklären.«

Sie konnte sich ganz deutlich daran erinnern. Sie hatte

gewünscht, Dr. Miles kennenzulernen. Irgendwie war sie fest überzeugt gewesen, er würde sie anrufen, wenn er von Mutters Unfall erfuhr. Sie hatte jemanden gebraucht, der Mutter ebenfalls liebte und mit dem sie hätte sprechen können...

»Sie haben Mutter doch geliebt, nicht wahr?« Es war ihre Stimme, die diese Frage stellte. Sie war sich nicht einmal bewußt, daß sie die Absicht gehabt hatte, das zu fragen.

»Ja. Sehr sogar. Ich wußte nicht, daß sie mit Ihnen über mich gesprochen hatte. Ich hatte angenommen, daß Sie mich vielleicht nicht mochten. Ich hätte versuchen sollen, Ihnen zu helfen.«

»Helfen Sie mir jetzt!«

Er umschloß ihre Hände, ihre schrecklich kalten Hände. »Ich werde es versuchen, Nancy. Ich verspreche es.« Sie sackte in sich zusammen, und ihr Mann legte seine Arme um sie.

Ray Eldredges Erscheinung gefiel Lendon. Das Gesicht des jüngeren Mannes war grau vor Angst, aber er hielt sich gut. Seiner Frau gegenüber zeigte er sich sehr behutsam. Seine eigenen Gefühle hatte er offensichtlich gut unter Kontrolle. Lendon bemerkte das kleine eingerahmte Bild auf dem Tisch neben dem Sofa. Es war ein Schnappschuß im Freien, wie Ray einen kleinen Jungen und ein Mädchen an der Hand hielt... Die vermißten Kinder. Natürlich. Welch eine prachtvolle Familie. Auffallend, daß er nirgendwo ein Bild von Nancy sah. Er fragte sich, ob sie sich überhaupt jemals fotografieren ließ.

»Nancy. Komm, Liebling. Du mußt dich jetzt ausruhen.« Sachte ließ Ray Nancy auf das Sofa niedergleiten und legte ihre Füße hoch. »So, das ist schon besser.« Gehorsam lehnte sie sich zurück. Lendon bemerkte, wie ihre Augen auf den Schnappschuß mit Ray und den Kindern fielen und sich dann vor Schmerz schlossen. Sie erbebte am ganzen Körper.

»Ich glaube, es wäre besser, wenn wir das Feuer hier wieder in Gang brächten«, sagte er zu Ray. Er suchte einen mittelgroßen Klotz aus dem Korb am Kamin und warf ihn in die noch schwelende Glut. Ein Funkenregen sprühte auf.

Ray schlug eine Decke um Nancy. »Du bist so kalt, Schatz«, sagte er. Einen Augenblick lang hielt er ihr Gesicht in seinen Händen. Aus ihren geschlossenen Augen tropften Tränen und benetzten seine Finger.

»Ray, habe ich Ihre Einwilligung, daß ich Nancy als Rechtsbeistand vertrete?« Jonathans Stimme hatte sich merklich gewandelt. Sie klang bestimmt und entschieden. Gelassen begegnete er den erstaunten Blicken. »Ich darf Ihnen versichern, daß ich dazu durchaus qualifiziert bin«, fügte er trocken hinzu.

»Rechtsbeistand«, flüsterte Nancy. Von irgendwoher sah sie das farblose, verängstigte Gesicht des Rechtsanwalts vom letzten Mal. Domes war sein Name gewesen, Joseph Domes. Er hatte ihr immer wieder gesagt: »Aber Sie müssen mir die Wahrheit sagen. Sie müssen Vertrauen haben, daß ich Ihnen helfen will.« Selbst er hatte ihr nicht geglaubt.

Aber Jonathan Knowles war anders. Ihr gefiel seine Würde und die vornehme Art, in der er immer mit ihr sprach, und er war immer so aufmerksam zu den Kindern, wenn er stehenblieb, um sich mit ihr zu unterhalten... In Lowery's Market – da war's. Vor ein paar Wochen, er hatte ihr und Mike geholfen, die Dosen aufzustapeln, die Mike umgestoßen hatte. Er mochte sie gern, dessen war sie sich ganz sicher. Instinktiv wußte sie das. Sie schlug die Augen auf. »Bitte«, sagte sie und blickte Ray an.

Ray nickte. »Wir wären Ihnen sehr dankbar, Jonathan.«

Jonathan wandte sich an Lendon Miles. »Doktor, kann ich von Ihnen eine ärztliche Auskunft darüber erhalten, ob es zulässig ist, daß Mrs. Eldredge zum Verhör zur Polizeistation gebracht wird.«

»Davon ist in höchstem Maße abzuraten«, erwiderte Lendon ohne Zögern. »Ich würde dringend darum bitten, daß alle Vernehmungen hier erfolgen.«

»Aber ich erinnere mich an gar nichts.« Nancys Stimme klang so matt, als ob sie diese Worte schon zu viele Male ausgesprochen hätte. »Sie sagten, daß ich vielleicht weiß, wo meine Kinder sind. Aber von dem Augenblick, an dem ich heute morgen in der Küche diese Zeitung sah, bis zu dem Moment, wo ich hörte, wie Ray nach mir rief, kann ich mich an gar nichts mehr erinnern.« Sie blickte zu Lendon empor, ihre Augen umwölkt und starr. »Können Sie mir helfen, daß ich mich wieder daran erinnern kann? Gibt es eine Möglichkeit?«

»Was meinen Sie damit?«

»Ich meine, ob die Möglichkeit besteht, daß Sie mir etwas verabreichen, damit ich, wenn ich etwas weiß... oder gesehen habe... oder getan habe... auch wenn ich etwas getan habe... Ich muß es wissen. Man darf das nicht verbergen. Wenn da etwas in mir ist... wenn ich meinen Kindern etwas antun könnte... dann müssen wir das auch wissen. Und wenn es da nichts gibt, ich aber irgendwie weiß wo sie sein könnten, dann vergeuden wir jetzt nur Zeit.«

»Nancy, ich werde nicht zulassen –«. Aber Ray hielt ein, als er den gequälten Ausdruck in ihrem Gesicht sah.

»Kann man Nancy helfen, sich daran zu erinnern, was heute morgen passiert ist, Doktor?« fragte Jonathan.

»Vielleicht. Sie leidet möglicherweise an einer bestimmten Art von Gedächtnisstörung, die nach dem, was ihr als schwerer Schicksalsschlag erscheinen mußte, nicht ungewöhnlich ist. In medizinischer Terminologie:

es handelt sich um eine hysterische Amnesie. Bei einer Sodium-Amytal-Injektion würde sie Erleichterung verspüren und könnte uns vielleicht erzählen, was passiert ist – die Wahrheit, wie sie sie kennt.«

»Antworten, die unter Einwirkung von Beruhigungsmitteln zustande kommen, würden vor Gericht nicht zugelassen werden«, fuhr Jed dazwischen. »Ich kann nicht zulassen, daß Sie Mrs. Eldredge in dieser Weise befragen.«

»Ich hatte immer ein so gutes Gedächtnis«, murmelte Nancy. »Einmal am College machten wir einen Wettkampf, um festzustellen, wer sich von uns erinnern konnte, was er an jedem Tag getan hatte. Man mußte immer weiter zurückgehen, Tag für Tag, bis man sich an nichts mehr erinnern konnte. Ich gewann so überlegen, daß alle im Wohnheim es ulkig fanden. Alles stand mir so klar vor Augen...«

Das Telefon läutete. Es hatte eine Wirkung, als würde in dem Zimmer eine Pistole abgefeuert. Nancy fuhr zurück, und Ray ergriff ihre Hände. Sie warteten alle schweigend, bis der Polizist, der Telefondienst hatte, ins Zimmer kam. Er sagte: »Ein Ferngespräch für Sie, Captain.«

»Ich kann Sie beruhigen. Es ist ein Anruf, den ich vorhin angemeldet habe«, unterrichtete der Captain Nancy und Ray. »Mr. Knowles, ich wäre Ihnen dankbar, wenn Sie mit mir kämen. Sie auch, Ray.«

»Bin gleich zurück, Schatz«, murmelte Ray. Dann blickte er Lendon ins Gesicht. Zufrieden mit dem, was er sah, verließ er das Zimmer und folgte den anderen Männern nach draußen.

Lendon beobachtete, wie Nancys Gesicht wieder einen gequälten Ausdruck annahm. »Jedesmal, wenn es klingelt, hoffe ich, daß jemand die Kinder gefunden hat und daß sie in Sicherheit sind«, flüsterte sie. »Und dann denke ich weiter, es wird genauso sein wie beim letzten Mal... als der Anruf kam.«

»Nur ruhig bleiben«, sagte Lendon. »Nancy, das ist sehr wichtig. Erzählen sie mir, wann das anfing, daß Sie Schwierigkeiten bekamen, wenn Sie sich an besondere Ereignisse zu erinnern suchten.«

»Als Peter und Lisa starben... vielleicht sogar noch früher. Es fällt mir so schwer, mich an die Jahre zu erinnern, in denen ich mit Carl verheiratet war.«

»Das kann daran liegen, daß Sie diese Jahre mit den Kindern assoziieren und daß es für Sie zu schmerzhaft ist, sich an etwas zu erinnern, das damit zusammenhängt.«

»Aber in diesen fünf Jahren... ich war oft so schrecklich müde... nachdem Mutter starb... immer so müde. Der arme Carl... er war so geduldig. Er tat alles für mich. Er stand nachts wegen der Kinder auf – sogar als sie noch ganz klein waren. Alles war so anstrengend für mich... Als die Kinder verschwunden waren, konnte ich mich an nichts erinnern... wie jetzt... Ich konnte einfach nicht.« Ihre Stimme war lauter geworden.

Ray kam ins Zimmer zurück. Es mußte etwas passiert sein. Lendon konnte es an dem angespannten Gesicht, den Falten um Rays Mund erkennen, dem leichten Zittern seiner Hände. Er merkte, daß er betete: *Bitte, laß es keine schlimme Nachricht sein.*

»Doktor, könnten Sie bitte einen Augenblick mit Jonathan sprechen?« Ray unternahm einen entschlossenen Versuch, seiner Stimme einen ruhigen Ton zu verleihen.

»Selbstverständlich.« Lendon ging rasch zur Bogentür, die ins Speisezimmer führte. Er war sicher, daß Ray über den Anruf sehr bestürzt war.

Als er das Speisezimmer betrat, war Captain Coffin noch am Apparat. Er bellte dem diensthabenden Leutnant auf der Wache Befehle durchs Telefon: »Setzen Sie bei diesem Postamt Himmel und Hölle in Bewegung, und trommeln Sie alle Angestellten zusammen, die am dreizehnten Oktober Dienst hatten, und machen Sie mit den Vernehmungen nicht eher Schluß, bis jemandem einfällt, wer diesen Brief vom Lokalanzeiger abgeholt hat, der an J. R. Penrose adressiert war. Ich brauche eine genaue Beschreibung, und ich brauche sie sofort.« Er knallte den Hörer auf die Gabel.

Auch Jonathan war von neuer Spannung erfaßt. Ohne Vorrede sagte er: »Doktor, wir dürfen bei dem Versuch, Nancys Amnesie zu durchbrechen, keine Zeit verlieren. Folgendes zu Ihrer Information: Wegen eines Buches, das ich gerade schreibe, besitze ich eine sehr ausführliche Dokumentation über den Fall Harmon. Ich habe die vergangenen drei Stunden damit zugebracht, die Akten zu studieren und den Artikel zu lesen, der heute in der Zeitung erschienen ist. Dabei ist mir etwas aufgefallen, was mir von größtmöglicher Wichtigkeit zu sein schien, und ich bat Captain Coffin, den Bezirksstaatsanwalt in San Francisco anzurufen und meine Theorie zu überprüfen. Sein Assistent hat soeben zurückgerufen.«

Jonathan griff in die Tasche nach seiner Pfeife und klemmte sie sich zwischen die Zähne. Ohne sie anzuzünden, fuhr er fort: »Doktor, wie Sie vielleicht wissen, hält die Polizei in Fällen, in denen Kinder verschwinden und ein Verbrechen vermutet wird, oftmals mit Absicht eine Information zurück und erleichtert sich damit in gewisser Hinsicht das Aussortieren der unbrauchbaren Hinweise, die sie selbstverständlich auch erhält, wenn das Verschwinden bekanntgegeben wird.«

Er begann schneller zu sprechen, als ob er spürte, daß er zuviel Zeit verstreichen ließ. »Ich bemerkte, daß alle Zeitungsberichte von vor sieben Jahren bei der Beschreibung der vermißten Kinder erwähnten, daß sie bei ihrem Verschwinden dicke rote Pullover mit einem weißen Muster trugen. Aber selbst in den ausführlichen Berichten gibt es nirgendwo eine genaue Beschreibung davon, wie das Muster aussah. Ich mutmaße mit Recht – das Motiv des Musters war absichtlich zurückgehalten worden.«

Jonathan blickte Lendon gerade an, denn er wünschte,

daß er sofort die Bedeutung dessen begriff, was er ihm jetzt sagen wollte. »Der Artikel im Lokalanzeiger von Cape Cod stellt eindeutig fest, daß die Harmon-Kinder, als sie verschwanden, dicke rote Pullover mit einem ungewöhnlichen weißen Segelbootmuster trugen, und daß sie sie noch anhatten, als sie Wochen später ans Ufer gespült wurden. Nancy kannte dieses Segelbootmuster natürlich. Sie hatte die Jacken ja selbst gestrickt. Aber außer den Experten von der Untersuchungskommission in San Francisco wußte nur noch eine einzige Person von diesem Muster.« Jonathans Stimme wurde immer lauter. »Wenn wir davon ausgehen, daß Nancy unschuldig ist, dann war es diese Person, die die Harmon-Kinder vor sieben Jahren entführt hat – und die vor einem Monat die Story schrieb, die in der heutigen Zeitung erschien.«

»Dann meinen Sie –«, begann Lendon.

»Doktor, als Nancys Anwalt und Freund meine ich, wenn Sie in der Lage sind, ihre Amnesie zu durchbrechen, dann tun Sie es – schnell! Ich habe Ray überzeugt, daß es wichtig ist, ohne Rücksicht auf Persönlichkeitsrechte zu handeln. Von ausschlaggebender Bedeutung ist jetzt, daß wir herausfinden, was Nancy möglicherweise noch zurückhält; wenn wir das nicht schaffen, gibt es bestimmt keine Chance mehr, den Kindern zu helfen.«

»Kann ich einen Drugstore anrufen und etwas herüberschicken lassen?« fragte Lendon.

»Rufen Sie an, Doktor«, bestimmte Jed. »Ich schicke einen Streifenwagen hin, der alles holt, was Sie brauchen. Hier – ich wähle den Drugstore für Sie.«

Ruhig gab Lendon seine Bestellung durch. Nachdem er aufgelegt hatte, ging er in die Küche, um ein Glas Wasser zu trinken. *Oh, diese Zeitverschwendung*, dachte er – *diese schreckliche Zeitverschwendung*. Die Tragödie, die mit Priscillas Unfall begonnen hatte... Ursache und Wirkung... Ursache und Wirkung. Wenn Priscilla nicht verunglückt wäre, hätte sie Nancy wahrscheinlich davon abgehalten, so jung zu heiraten. Die Harmon-Kinder wären nie geboren worden. Gewaltsam riß er sich von diesen unnützen Spekulationen los. Die Küche war offensichtlich nach Fingerabdrücken abgesucht worden. Auf der Anrichte, um das Abflußbecken herum und auf dem Ofen waren noch Pulverspuren zu erkennen. Niemand hatte den Flecken weggewischt, wo der Kaffee vergossen war.

Als er ins Eßzimmer zurückkehrte, hörte er, wie Captain Coffin sagte: »Denken Sie daran, Jonathan, vielleicht überschreite ich damit meine Befugnisse. Aber wenn Mrs. Eldredge befragt wird, werde ich in diesem Zimmer ein Tonbandgerät aufstellen lassen. Wenn sie unter dem Einfluß von Beruhigungsmitteln irgend etwas zugibt, werden wir es wohl nicht direkt verwerten können, aber ich weiß dann, was ich sie später bei einer regulären Vernehmung fragen muß.«

»Sie wird gar nichts zugeben«, sagte Jonathan unwirsch. »Was mir Sorgen macht, ist folgendes: Wenn wir ihre Unschuld als gegeben nehmen, – nicht nur in bezug auf das Verschwinden von Michael und Missy, sondern auch im Hinblick auf die Ermordung der Harmon-Kinder – dann ergibt sich eine weitere notwendige Überlegung; wenn der Mörder der Harmon-Kinder den Artikel für den Lokalanzeiger geschrieben hat und wenn er ein Postamt in Hyannis benutzt hat, dann hat er sich auch eine Zeitlang hier am Kap aufgehalten.«

»Und Sie schließen daraus, daß er heute morgen die Eldredge-Kinder entführt hat«, folgerte Captain Coffin.

Jonathan zündete seine Pfeife an und nahm ein paar kräftige Züge, ehe er antwortete: »Ich fürchte, ja«, sagte er. Aus dem Tonfall seiner Stimme, der gewollt ausdruckslos war, entnahm Lendon, was er meinte. Jonathan war der Meinung, daß Michael und Missy wahrscheinlich tot waren, falls der Mörder der Harmon-Kinder auch sie entführt hatte.

»Auf der anderen Seite«, theoretisierte Jed, »wenn wir

Mrs. Eldredge als Tatverdächtige ausschließen, ist es doch auch möglich, daß jemand, der sich beim Harmon-Prozeß nie hervorgewagt hat, jedoch die Umstände der Ermordung kannte, jetzt diesen Artikel geschrieben und danach die Eldredge-Kinder entführt hat. Eine dritte Möglichkeit ist die, daß zwischen beiden Fällen gar kein Zusammenhang besteht, außer daß jemand, der den Artikel gelesen und Nancy Eldredge erkannt hat, an dem Verschwinden der Kinder heute morgen beteiligt ist. Die Kinder können vielleicht von einer frustrierten Mutter entführt worden sein, die das Gefühl hat, Nancy verdiene die Kinder nicht. Ich habe in meiner Zeit schon verrücktere Rechtfertigungen als diese erlebt.«

»Jed«, fuhr Jonathan hoch, »was ich deutlich machen möchte, ist folgendes, unabhängig davon, wer sonst noch an der Sache beteiligt ist: Es ist eine Tatsache – und ich glaube, daran kann kein Zweifel bestehen –, daß Nancy vor sieben Jahren mehr über das Verschwinden ihrer Kinder wußte, als sie gesagt hat.«

Lendon zog eine Augenbraue hoch. Jed legte die Stirn in tiefe Falten. Als Jonathan sah, wie die beiden Männer das Gesicht verzogen, schlug er ungeduldig mit der Hand auf den Tisch. »Ich sage nicht, daß sie schuldig ist. Ich sage nur, daß sie mehr wußte, als sie gesagt hat; vielleicht mehr wußte, als sie zu wissen meinte. Sehen Sie sich die Bilder von ihr auf der Zeugenbank an. Ihr Gesicht ist völlig ausdruckslos. Lesen Sie sich die Aussagen durch. Um Himmels willen, Mann, lesen Sie das Verhandlungsprotokoll. Sie begriff überhaupt nicht, um was es da ging. Ihr Anwalt mag ihren Schuldspruch vielleicht wegen eines Formfehlers über den Haufen gestoßen haben, aber das heißt noch lange nicht, daß er dem Bezirksstaatsanwalt nicht die Möglichkeit gab, sie fix und fertig zu machen. Die ganze Sache stinkt, und Sie versuchen, das ganze Theater hier zu wiederholen.«

»Ich versuche, von Ihren Theorien wegzukommen...

und das sind sie ja schließlich nur... und meine Arbeit zu tun, die darin besteht, diese Kinder wieder herbeizuschaffen – tot oder lebendig – und herauszubekommen, wer sie entführt hat.« Jed war jetzt wirklich aufgebracht. »In einem Atemzug erzählen Sie mir, daß sie zu krank sei für eine Vernehmung, und im nächsten, daß sie mehr weiß, als sie sich jemals anmerken ließ. Sehen Sie doch, Jonathan, Sie selbst haben gesagt, daß Sie als Hobby ein Buch über fragwürdige Gerichtsurteile schreiben. Für mich ist das Leben dieser Kinder aber kein Hobby, und ich bin nicht dazu da, Ihnen Beihilfe zu leisten, wenn Sie mit dem Gesetz Schindluder treiben.«

»Immer langsam.« Lendon legte besänftigend seine Hand auf den Arm des Captains. »Mr. Knowles... Jonathan... Sie glauben, daß Nancy uns vielleicht helfen kann, die Eldredge-Kinder zu finden, und zwar durch das, was sie über den Verlust ihrer ersten Familie weiß?«

»Genau. Das Problem besteht lediglich darin, dieses Wissen aus ihr herauszuholen und nicht zuzulassen, daß sie es noch tiefer ins Unterbewußtsein verdrängt. Dr. Miles, Sie gelten doch als Fachmann, was die Anwendung von Sodium-Amytal in der Psychiatrie betrifft, nicht wahr?«

»Ja, das stimmt.«

»Ist es möglich, daß Sie Nancy dazu bringen können, nicht nur das preiszugeben, was sie von den Ereignissen an diesem Morgen weiß – was, wie ich vermute, unerheblich sein wird –, sondern auch Informationen über Vergangenes, von denen sie nicht einmal weiß, daß sie sie besitzt?«

»Das ist möglich.«

»Dann bitte ich Sie dringend, das zu versuchen, wenn sie uns nicht irgend etwas Greifbares über den Aufenthalt von Michael und Missy sagen kann.«

Als Dorothy eine Stunde später wieder ins Haus gelassen wurde, fand sie das Eßzimmer und die Küche verlassen vor. Nur Bernie Mills war da, der Polizist, der die Aufgabe hatte, die Telefonanrufe entgegenzunehmen. »Sie sind alle da drüben drin«, sagte er und deutete mit dem Kopf zum großen Wohnzimmer hinüber. »Eine komische Sache, die sich da abspielt.«

Dorothy eilte über den Korridor, blieb aber wie angewurzelt an der Zimmertür stehen. Die Begrüßungsworte erstarben ihr auf den Lippen, als sie die Szene vor sich sah.

Nancy lag auf der Couch, ein Kissen unter dem Kopf und warm eingepackt in eine Steppdecke. Ein Fremder, der wie ein Arzt aussah, saß neben ihr und sprach beruhigend auf sie ein. Nancys Augen waren geschlossen. Ray, mit gequältem Gesicht, und Jonathan, grimmig entschlossen, saßen nebeneinander auf dem kleinen Sofa. Jed Coffin saß an einem Tisch hinter der Couch und hielt ein Mikrofon in der Hand, das auf Nancy gerichtet war.

»Wie fühlen Sie sich, Nancy? Liegen Sie bequem?« Lendons Stimme war ruhig und gelassen.

»Ich habe Angst...«

»Warum?«

»Die Kinder... die Kinder...«

»Nancy. Wir wollen über den heutigen Morgen sprechen. Haben Sie heute nacht gut geschlafen? Als Sie erwachten, fühlten Sie sich da ausgeruht?«

Nancys Stimme klang nachdenklich. »Ich habe geträumt. Ich habe viel geträumt...«

»Wovon haben Sie geträumt?«

»Peter und Lisa... Sie waren so groß geworden... Sie sind sieben Jahre tot...« Sie begann zu schluchzen. Dann, während Jonathan Ray mit eisernem Griff zurückhielt, schrie sie: »Wie hätte ich sie denn umbringen können? Es waren doch meine Kinder! Wie hätte ich sie denn umbringen können...«

15

Ehe Dorothy im Büro mit John Kragopoulos zusammentraf, hatte sie versucht, ihre roten Augenränder unter Gesichtspuder zu verbergen. Sie hatte sich einzureden versucht, daß es für sie nach allem, was geschehen war, eine Ablenkung sein würde, jemandem das Hunt-Haus zu zeigen. Es war eine Tätigkeit, auf die man sich eine Zeitlang konzentrieren mußte und die sie daran hindern würde, unentwegt nach Anhaltspunkten für den Verbleib der Kinder zu suchen. Was für Anhaltspunkten?

Normalerweise fuhr sie mit potentiellen Käufern, ehe sie ihnen ein Anwesen zeigte, ein wenig in der Gegend herum, um ihnen die Strände und Seen und die Bootsplätze zu zeigen; die prachtvollen alten Häuser, die verstreut zwischen der Krannbeer-Chaussee und der Bucht lagen; den atemberaubenden Blick vom Maushop Turm; die Sehenswürdigkeiten der Altstadt.

Aber heute, wo der Graupel einen scharfen Wind auf das Wagendach und die Fenster trommelte, wo der Himmel mit schwarzen Wolkenbänken bepackt war und die kalte Seeluft einem das Mark in den Knochen gefrieren ließ, steuerte sie direkt auf den ›Ausguck‹ zu.

Es fiel ihr sehr schwer, sich auf das zu konzentrieren, was sie gerade tat. Sie fühlte sich so aufgewühlt und mitgenommen. Sie, die jahrelang nicht mehr geweint hatte, mußte sich auf die Lippen beißen, um die Tränen zurückzuhalten. Auf ihren Schultern lastete eine drückende Bürde, eine Bürde aus Schmerz und Furcht, die sie bestimmt nicht allein tragen konnte.

Während sie den Wagen über die tückisch glatte Landschaft steuerte, warf sie gelegentlich einen verstohlenen Seitenblick auf den Mann mit der dunklen Gesichtsfarbe neben sich. John Kragopoulos war ein Mittvierziger. Er hatte die Figur eines Gewichthebers, doch in seiner Figur lag eine angeborene Vornehmheit, die durch seine ein wenig akzentuierte Sprechweise noch hervorgehoben wurde.

Er erzählte Dorothy, daß er und seine Frau soeben ihr Restaurant in New York verkauft hätten und daß sie übereingekommen seien, sich beim nächsten Mal in einer Gegend niederzulassen, in der sie für immer bleiben wollten. Ihnen war sehr daran gelegen, daß es dort wohlhabende Leute für das Wintergeschäft gab, aber auch Möglichkeiten für das Kurgeschäft im Sommer.

Dorothy ging die einzelnen Punkte in Gedanken durch und sagte: »Ich würde Ihnen auf keinen Fall empfehlen, ein Restaurant auf der anderen Seite des Kaps zu kaufen; das ist jetzt nur noch eine Ansammlung von Motels und Pizzastuben – eine wahrhaft fürchterliche Gegend – aber diese Seite des Kaps ist wirklich noch zauberhaft. ›Der Ausguck‹ hat nahezu unbegrenzte Möglichkeiten als Restaurant und als Gasthaus. Während der dreißiger Jahre wurde er von Grund auf renoviert und in einen Sport- und Gesellschaftsklub umgewandelt. Die Menschen besaßen damals aber nicht das Geld, um in teure Klubs einzutreten, und deshalb fand er nie sehr viel Anklang. Schließlich kaufte Mr. Hunt das Haus und das Grundstück – insgesamt neun Morgen, einschließlich dreihundert Meter Ufergelände und eines der schönsten Ausblicke am ganzen Kap.«

»›Der Ausguck‹ war ursprünglich das Haus eines Kapitäns, nicht wahr?«

Dorothy merkte, daß sich John Kragopoulos zu Hause über das Anwesen informiert hatte – ein zuverlässiges Zeichen für echtes Kaufinteresse.

»Ja, das ist richtig«, stimmte sie zu. »Es wurde um 1690 von dem Kapitän eines Walfängers als Geschenk für seine Braut errichtet. Beim letzten Umbau vor vierzig Jahren wurden noch zwei Geschosse aufgesetzt. Das Haus behielt aber das alte Dach, und an der Schornsteinspitze wurde auch einer dieser entzückenden kleinen Balkone wieder angebaut, die man Witwensteg nennt, weil von dort aus so viele Kapitänsfrauen vergeblich Ausschau hielten, wenn sie ihre Männer von der Fahrt zurückerwarteten.«

»Die See kann heimtückisch sein«, stimmte ihr Fahrgast zu.»Doch was ich Sie noch fragen wollte: Gehört zu diesem Anwesen auch ein Anlegeplatz? Wenn ich hier seßhaft werde, möchte ich mir auch ein Boot kaufen.«

»Ein sehr guter sogar«, versicherte ihm Dorothy. »Oh, du lieber Gott!« Sie hielt den Atem an, weil der Wagen, als sie in die enge, gewundene Straße einbog, die zum ›Ausguck‹ hinaufführte, gefährlich ins Schleudern geriet. Es gelang ihr, das Fahrzeug wieder unter Kontrolle zu bekommen, und sie warf einen ängstlichen Blick auf ihren Fahrgast. Aber er schien ruhig und gelassen zu sein und bemerkte rücksichtsvoll, daß sie eine sehr mutige Dame sei, da sie es wagte, auf so vereisten Straßen zu fahren.

Wie ein Skalpell drangen die Worte ins tiefste Innere ihres Jammers. Welch ein entsetzlicher Tag! Es wäre wirklich ein Wunder, wenn der Wagen nicht von dieser schmalen Straße rutschte. Alles, was sie sich vorher eingeredet hatte, die Gründe, weshalb sie das Haus zeigen wollte, waren plötzlich wie weggeblasen. Wenn sie doch nur besseres Wetter hätten, dann wären die Strände und Straßen und Wälder voll von Männern und Jungen, die nach Michael und Missy suchten; aber bei diesem Wetter dachten nur ein paar Unerschrockene daran, nach draußen zu gehen – vor allem, da viele das Gefühl hatten, die ganze Suche sei umsonst.

»Das Fahren macht mir nichts aus«, sagte sie unbeholfen. »Ich bedauere nur, daß Mr. Eldredge nicht bei uns ist. Aber Sie werden das bestimmt verstehen.«

»Ich verstehe das sehr wohl«, sagte John Kragopoulos. »Eine entsetzliche Qual für Eltern, wenn ihre Kinder verschwunden sind. Es tut mir nur leid, daß ich Ihre Zeit heute in Anspruch nehme. Als Freundin der Familie und Mitarbeiterin müssen sie in großer Sorge sein.«

Entschlossen zwang sich Dorothy dazu, nicht auf die Anteilnahme in der Stimme und im Verhalten des Mannes zu reagieren. »Erlauben Sie mir, Ihnen noch mehr über das Haus zu erzählen«, sagte sie. »Alle Fenster der Vorderfront blicken aufs Wasser hinaus. Über der Haustür befindet sich ein exquisites fächerförmiges Oberlicht, ein charakteristisches Merkmal der vornehmeren Häuser jener Epoche. Die großen Zimmer im Erdgeschoß haben wundervolle Kamine an der Giebelwand. An einem Tag wie heute würden viele Leute sicherlich gern in ein Restaurant gehen, von wo sie den Sturm beobachten könnten, während sie einen guten Tropfen und gutes Essen und ein warmes Feuer im Kamin genießen. So, da wären wir.«

Sie fuhren um die Kurve – und ›Der Ausguck‹ lag direkt vor ihnen. Auf Dorothy wirkte er eigentümlich düster und verlassen, wie er so drohend von der Uferböschung aufragte. Die verwitterten Schindeln waren ganz grau. Der Graupel schlug gegen die Fenster und Veranden und schien die Fensterläden, von denen die Farbe abblätterte, und die absackenden Außentreppen mitleidslos bloßzustellen.

Sie war überrascht, als sie sah, daß Mr. Parrish die Garagentür offengelassen hatte. Vielleicht hatte er nach seiner letzten Fahrt Lebensmittel ins Haus getragen und vergessen, wieder herauszukommen und die Tür herunterzuziehen. Aber es war eine Chance für sie. Sie würde den Wagen direkt in die geräumige Garage fahren und neben seinem alten Kombi parken. Sie könnten dann zum Haus hinüberspurten und wären dabei durch das überhängende Garagendach ein wenig geschützt.

»Ich habe einen Schlüssel für den Hintereingang«, erklärte sie John Kragopoulos, nachdem sie aus dem Wagen gestiegen waren. »Es tut mir wirklich leid, daß ich nicht daran gedacht habe, Rays großen Regenschirm mitzunehmen. Hoffentlich werden Sie nicht allzu naß.«

»Machen Sie sich um mich nur keine Sorgen«, beruhigte er sie. »Ich bin einiges gewöhnt. Sieht man mir das nicht an?«

Sie lächelte schwach und nickte. »Also gut. Ein kurzer Spurt.« Sie rannten aus der Garage heraus und hielten sich dicht an der Mauer, während sie die fünfzehn bis zwanzig Meter zum Hintereingang zurücklegten. Trotzdem prasselte ihnen dabei der Graupel ins Gesicht, und der Wind zerrte an ihren Mänteln.

Zu ihrer Verwunderung mußte Dorothy feststellen, daß die Tür zweifach verriegelt war. Sie kochte. Mr. Parrish hätte doch wohl etwas rücksichtsvoller sein können. Sie durchwühlte ihre Handtasche nach dem Schlüssel für das obere Schloß und fand ihn schließlich auch. Sie riß kurz an der Glocke, um Mr. Parrish anzukündigen, daß sie da waren. Als sie die Tür aufstieß, vernahm sie noch das Echo, das aus dem oberen Stockwerk zurückgeworfen wurde.

Ihr Begleiter schien unbeeindruckt zu sein. Er streifte sich den Graupel vom Mantel und trocknete sich mit einem Taschentuch das Gesicht ab. Er war ein Mensch, der schwer außer Fassung zu bringen war, entschied Dorothy. Wenn sie ihn durchs Haus führte, mußte sie sich zwingen, weder zu nervös noch zu gesprächig zu erscheinen. Alles in ihr drängte sie, diesen Mann auf schnellstem Wege durch das Haus zu schleusen. *Sehen Sie bitte dieses ... und jenes ... und dieses. Jetzt aber lassen Sie mich bitte zu Ray und Nancy zurückkehren; vielleicht gibt es etwas Neues über die Kinder.*

Sie registrierte, daß er sich in der Küche sorgfältig umsah. Ohne Hast zog sie ihr eigenes Taschentuch heraus, um sich das Gesicht abzutupfen, und bemerkte plötzlich, daß sie ihren neuen Wildleder-Wintermantel trug. Heute morgen hatte sie sich entschlossen, ihn wegen dieser Verabredung anzuziehen. Sie wußte, er stand ihr gut, und der graue Farbton paßte gut zu ihrem graumelierten Haar. Es waren die großen, tiefen Taschen, die ihr bewußt machten, daß sie nicht ihren alten Wintermantel trug – aber heute wäre es vernünftiger gewesen, den Wettermantel anzuziehen.

Und dann gab es da noch etwas. Na klar. Als sie den Mantel anzog, hatte sie überlegt, ob Jonathan Knowles heute nachmittag vielleicht mal ins Büro hereinschauen und ihn bemerken würde. Vielleicht würde er ihr heute vorschlagen, daß sie zusammen essen gehen könnten. Noch vor wenigen Stunden hatte sie solche Luftschlösser gebaut. Wie war es nur möglich, daß alles plötzlich so anders war, so fürchterlich...?

»Mrs. Prentiss?«

»Ja. Oh, ich bitte um Entschuldigung. Ich fürchte, ich bin heute ein bißchen zerstreut.« Ihre Aufgeräumtheit klang ihr selbst unecht. »Wie man sieht, muß die Küche modernisiert werden, aber sie hat eine gute Lage und ist sehr geräumig. Der Herd ist so groß, daß man auch für eine größere Gesellschaft darauf kochen könnte – aber Sie werden sich sicherlich für einen modernen Herd entscheiden.«

Ohne daß sie es wollte, war ihre Stimme ein wenig lauter geworden. Mißtönend heulte und stöhnte der Wind um das Haus. Sie hörte irgendwo oben eine Tür zuschlagen und, eine Sekunde lang, ein Wehklagen. Es waren die Nerven; dieses Haus hier brachte sie heute noch ganz um den Verstand. Außerdem war es eisig kalt in der Küche.

Schnell schritt sie voraus, in die vorderen Zimmer. Es lag ihr sehr daran, daß Mr. Kragopoulos den so wichtigen ersten Eindruck von der Aussicht auf das Wasser bekam.

Die Gewalt des Wetters steigerte noch die Wirkung, die das atemberaubende Panorama auf sie ausübte, als sie an die Fenster traten. Wütende Schaumkronen tobten, wurden emporgehoben, überstürzten sich, krachten auf die Felsen, rollten zurück. Gebannt beobachteten beide, wie die Brandung donnernd auf die Felsen am Fuß der Klippen schlug.

»Bei Flut liegen diese Felsen völlig unter Wasser«, sagte sie. »Genau unter uns, ein wenig nach links, hinter dem Landungssteg, befindet sich ein schöner großer Sandstrand, der zum Grundstück gehört, und dahinter liegt gleich der Anlegeplatz.«

Sie führte ihn von einem Zimmer ins andere, machte ihn auf die großartigen breiten Eichendielen aufmerksam, die massigen Kamine, die bleigefaßten Glasscheiben, und darauf, daß das alles für ein elegantes Restaurant wie geschaffen sei. Sie gingen ins erste Stockwerk hinauf, und er besichtigte eingehend die großen Zimmer, die an Gäste und zum Übernachten vermietet werden konnten.

»Bei der Renovierung hat man die kleinen Schlafzimmer zu Badezimmern umgebaut und sie mit den großen Räumen verbunden«, erklärte Dorothy. »Als Folge davon hat man wirklich schöne Wohneinheiten bekommen, die nur gestrichen und tapeziert werden müssen. Die Messingbetten sind allein ein Vermögen wert. Die meisten Möbel sind sehr wertvoll – schauen Sie sich beispielsweise diese hohe Kommode an. Ich hatte früher ein Geschäft für Innenarchitektur, und es war immer eine meiner Lieblingsideen, an einem Haus wie diesem zu arbeiten. Es bietet unendlich viele Möglichkeiten.«

Er war interessiert. Sie erkannte es an der Art und Weise, wie er sich Zeit nahm, Wandschränke zu öffnen, an Wände zu klopfen und Wasserhähne aufzudrehen.

»Im zweiten Stock sind noch weitere Schlafzimmer, und dann ist da noch Mr. Parrish's Apartment im dritten Stock«, sagte sie. »Das Apartment war für den im Haus wohnenden Klubmanager gedacht. Es ist ziemlich geräumig und bietet einen wunderbaren Blick auf die Stadt und auf das Meer.«

Er schritt das Zimmer ab und antwortete nicht. Dorothy hatte das Gefühl, daß sie zu viel redete und ihn zu sehr drängte und ging deshalb zum Fenster hinüber. Sie sollte ihm Gelegenheit geben, sich das Haus in Ruhe anzusehen und alle Fragen zu stellen, die ihm einfielen. *Beeilen Sie sich doch, beeilen Sie sich doch*, dachte sie. Sie wollte hier heraus. Der Drang, zu Ray und Nancy zurückzukehren, in Erfahrung zu bringen, was geschah, wurde immer stärker und überwältigte sie fast. Angenommen, die Kinder wären irgendwo draußen, diesem Wetter ausgesetzt? Vielleicht sollte sie den Wagen nehmen und hin und her fahren; vielleicht hatten sie sich einfach verlaufen. Vielleicht, wenn sie dabei die Wälder beobachtete, wenn sie nach ihnen rief... Sie schüttelte den Kopf. Es war einfach albern und unvernünftig.

Gestern, als Nancy Missy bei ihr im Büro ließ, hatte sie gesagt: »Wenn Sie mit ihr weggehen, achten Sie bitte darauf, daß sie die Handschuhe anbehält, sie hat immer so kalte Hände.« Nancy hatte gelacht, als sie Dorothy die Handschuhe überreichte, und gesagt: »Wie Sie sehen, passen sie nicht zueinander – und ich bemühe mich auch nicht mehr, sie aufeinander abzustimmen. Das Kind verliert ewig seine Handschuhe.« Sie hatte ihr einen roten Handschuh mit einem Lachgesicht gegeben und einen blau und grün gescheckten.

Dorothy dachte an das fröhliche Lächeln, mit dem Missy ihre Hände hochgehalten hatte, als sie zu ihrer Fahrt aufbrachen. »Mami hat gesagt, du sollst meine Handschuhe nicht vergessen«, hatte sie vorwurfsvoll erinnert. Später, nachdem sie Mike abgeholt hatten und anhielten, um Eis zu kaufen, hatte sie gefragt: »Darf ich meine Handschuhe ausziehen, wenn ich mein Hörnchen esse?« Glückliches Kind. Dorothy tupfte sich die Tränen ab, die ihr in die Augen schossen.

Sie gab sich große Mühe, ihre Fassung zurückzugewinnen, und wandte sich wieder John Kragopoulos zu, der gerade seine Notizen über die Zimmergröße beendet hatte. »So hohe Zimmerdecken wie diese hier bekommt man nirgendwo mehr außer in diesen wunderbaren alten Häusern«, freute er sich.

Sie konnte nicht länger herumstehen. »Gehen wir jetzt nach oben«, sagte sie abrupt. »Ich glaube, daß Ihnen die Aussicht vom Apartment aus gefallen wird.« Sie ging voraus in den Flur und zur Vordertreppe. »Ach, ist Ihnen aufgefallen, daß es in diesem Haus vier Heizungsbereiche gibt? Das erspart Ihnen eine Menge Heizkosten.«

Sie schritten schnell die beiden Treppen hinauf. »Das zweite Geschoß ist genauso wie das erste«, erklärte sie, als sie es passierten. »Mr. Parrish hat das Apartment mit Unterbrechungen seit sechs oder sieben Jahren gemietet. Seine Miete ist ziemlich minimal, aber Mr. Eldredge meinte, daß die Anwesenheit eines Mieters Einbrecher abschreckt. Da ist es – am anderen Ende des Flurs.«

Sie pochte an die Tür zum Apartment. Aber es rührte sich nichts. »Mr. Parrish«, rief sie. »Mr. Parrish.«

Sie öffnete die Handtasche. »Das ist seltsam. Ich kann mir nicht vorstellen, wo er ohne Wagen sein könnte. Aber ich habe irgendwo einen Schlüssel.« Sie begann, in ihrer Tasche herumzukramen, über alle Maßen verärgert. Am Telefon war Mr. Parrish offensichtlich nicht sehr erfreut darüber, daß sie vorhatte, jemanden herzubringen. Wenn er ausgehen wollte, hätte er es ihr ja sagen können. Hoffentlich war das Apartment aufgeräumt. Es gab einfach nicht so viele Leute, die sich nach einem Dreihundertfünfzigtausend-Dollar-Objekt umsahen. Fast ein Jahr lang hatte sich niemand auch nur im geringsten dafür interessiert.

Dorothy bemerkte nicht, wie der Türgriff von innen niedergedrückt wurde. Als die Tür plötzlich aufgerissen wurde, fuhr sie hoch, hielt den Atem an und starrte in die durchdringenden Augen und das schweißtriefende Gesicht des Mieters von der dritten Etage, Courtney Parrish.

»Welch einen schrecklichen Tag haben Sie sich für Ihre Besichtigung ausgesucht.« Parrishs Stimme klang höflich, als er zur Seite trat, um sie einzulassen. Wenn er die Tür aufhielt und ihnen aus dem Weg ging, so überlegte er, könnte er es vielleicht verhindern, ihnen die Hand zu schütteln. Er spürte, daß seine Hände klatschnaß geschwitzt waren.

Seine Augen schossen von einem zum anderen. Hatten sie das Mädchen gehört – den einen Schrei? Er war doch ein Idiot... zu fahrig und unüberlegt. Nach dem Telefonanruf hatte er sich so sehr beeilen müssen. Als er die Kleidungsstücke der Kinder schnappte, hatte er in seiner Aufregung fast das Unterhemd des Mädchens liegenlassen. Dann hatte er die Dose mit dem Kinderpuder umgestoßen und etwas verschüttet. Das hatte er aufwischen müssen.

Er hatte die Kinder an Händen und Füßen gefesselt und ihnen den Mund zugeklebt und sie in dem Geheimzimmer unten hinter dem Kamin versteckt, das er vor Monaten, als er durch das Haus wanderte, zufällig entdeckt hatte. Er wußte, daß solche Geheimzimmer eine Eigentümlichkeit vieler alter Häuser am Kap waren. Die frühen Siedler versteckten sich darin, wenn sie von Indianern angegriffen wurden. Aber dann war er in Panik geraten. Angenommen dieses dumme Maklerweib wußte etwas von diesem Zimmer und kam auf den Gedanken, es zu zeigen. Man gelangte mittels einer Feder in dem eingebauten Bücherschrank unten im Salon dahin.

Angenommen, sie wußte davon; einfach nur angenommen. Gerade als Dorothys Buick Limousine unten vorfuhr und in die Garage rollte, war er von seinem Beobachtungsposten am Fenster aufgesprungen und hinabgestürmt, um die Kinder zu holen. Er hatte sie hinaufgetragen und sie in einen der tiefen Wandschränke im Schlafzimmer gestoßen. Besser... viel besser. Er könnte sagen, daß er den Wandschrank zur Vorratshaltung benutze und den Schlüssel nicht finden könne. Da er ein neues Schloß angebracht hatte, konnte dieses dumme Maklerweib unmöglich einen Zweitschlüssel haben. Außerdem war der andere Wandschrank in dem Zimmer praktisch genauso groß. Den konnte sie ja vorzeigen. Das war der Grund, warum er vielleicht einen Fehler machen konnte ... weil er alles zu kompliziert machte.

Sie hatten unten so lange herumgetrödelt, daß ihm genügend Zeit geblieben war, das Apartment ein letztes Mal in Augenschein zu nehmen; er war sicher, daß er nichts außer acht gelassen hatte. Die Wanne war noch voll, aber er hatte sich entschlossen, sie so zu lassen. Er wußte, daß seine Stimme am Telefon sehr verärgert geklungen hatte. Sollte Dorothy doch denken, daß das der Grund gewesen war; er hatte eben gerade ein Bad nehmen wollen. Das würde die Verärgerung entschuldigen.

Er stand Qualen aus, so sehr drängte es ihn, zu dem kleinen Mädchen zurückzukehren. Er fühlte eine rasende Begierde in sich aufsteigen. Unmittelbar vor ihnen, da war sie, nur zwei Meter von ihnen entfernt, hinter dieser Tür, halbnackt ihr kleiner Leib. Oh, er konnte es nicht mehr abwarten! Vorsicht! Vorsicht! Er versuchte, auf die Stimme der Vernunft zu hören, die ihn immer wieder zur Vorsicht mahnte, aber es war so schwer ...

»John Kragopoulos.« Dieser verdammte Kerl bestand doch darauf, ihm die Hand zu geben. Umständlich versuchte er, die Handfläche an seinem Hosenbein abzutrocknen, ehe er die ausgestreckte Hand ergriff, die er nicht übersehen konnte. »Courtney Parrish«, erwiderte er mürrisch.

Er bemerkte, wie einen kurzen Augenblick lang ein Ausdruck von Abscheu das Gesicht des anderen Mannes überzog, als sich ihre Hände berührten. Wahrscheinlich so ein verdammter Schwuler. Die Hälfte der Restaurants auf dieser Seite am Kap wurden von Schwulen betrieben. Jetzt wollten sie auch dieses Haus noch. Na schön. Wenn dieser Tag vorüber war, brauchte er es nicht mehr.

Plötzlich durchfuhr ihn der Gedanke, daß es niemandem verdächtig erscheinen würde, wenn er nach dem

Verkauf des Hauses nicht mehr als Courtney Parrish ans Kap zurückkehrte. Er könnte abnehmen und sein Haar wachsen lassen und sein Aussehen wieder völlig verändern. Denn bei Nancys Prozeß wollte er hier sein, wenn sie die Leichen der Kinder gefunden hatten und sie vor Gericht stellten. Nun, das war überhaupt kein Problem. Das Schicksal spielte ihm in die Hände. So mußte es sein.

Er erbebte, als ihn eine Woge von Heiterkeit und Ausgelassenheit durchflutete. Ja, natürlich. Er könnte sich sogar nach Nancy erkundigen. Es wäre nur nachbarschaftliches Interesse. Mit einem Mal fühlte er sich ganz selbstsicher, und liebenswürdig sagte er: »Ich bin sehr erfreut, Sie kennenzulernen, Mr. Kragopoulos, und bedaure es außerordentlich, daß Sie dieses wunderbare Haus zum ersten Mal bei solch einem Wetter besichtigen.« Wie durch ein Wunder schwand die Feuchtigkeit von seinen Händen, aus den Achselhöhlen und den Leisten.

Die Spannung in dem kleinen Foyer verminderte sich spürbar. Er war sich bewußt, daß sie größtenteils von Dorothy ausging. Warum auch nicht? Er hatte sie unzählige Male in den letzten Jahren gesehen, außerhalb des Eldredge-Hauses und drinnen, wie sie die Kinder schaukelte und sie in ihrem Auto mitnahm. Diesen Typ kannte er: Eine von diesen langweiligen Witwen mittleren Alters, die immer versuchten, sich bei jemandem wichtig zu machen, Parasiten. Der eigene Mann tot. Keine Kinder. Ein Wunder, daß sie nicht eine kranke Mutter hatte. Die meisten von diesem Schlag hatten eine. Das gab ihnen die Möglichkeit, sich Freunden gegenüber als Märtyrer aufzuspielen. Immer so nett zu Mutter. Und warum? Weil sie nicht anders konnten, als zu irgend jemandem nett zu sein. Sie mußten sich wichtig machen. Und wenn sie Kinder hatten, dann gab es nur noch die. Genau wie bei Nancys Mutter.

»Ich habe Radio gehört«, sagte er zu Dorothy, »und ich

bin so entsetzt... Sind die Eldredge-Kinder schon gefunden worden?«

»Nein.« Dorothy spürte, wie jede Nervenfaser in ihr zitterte. Von drinnen hörte sie, daß das Radio angestellt war. Sie schnappte das Wort ›Nachrichten‹ auf. »Entschuldigen Sie«, rief sie und rannte aus dem Wohnzimmer zum Radio hinüber. Hastig drehte sie es lauter. »... zunehmender Sturm. Es sind orkanartige Winde, die eine Geschwindigkeit zwischen achtzig und hundert Stundenkilometern erreichen, angesagt. Warnung an alle Autofahrer. Die Suche nach den Eldredge-Kindern ist zur See und auf dem Lande auf unbestimmte Zeit eingestellt worden. Sonder-Streifenwagen sind aber auch weiterhin in Adams Port und Umgebung unterwegs. Captain Coffin von Adams Port bittet dringend, daß jeder, der meint, er hätte etwas mitzuteilen, sich sofort mit der Polizei in Verbindung setzt. Er bittet dringend, alle außergewöhnlichen Vorfälle sofort der Polizei zu melden, zum Beispiel ein unbekanntes Fahrzeug, das vielleicht in der Umgebung des Eldredge-Hauses gesehen wurde, oder eine in dieser Gegend unbekannte Person oder unbekannte Personen. Rufen Sie diese Sondernummer an: KL fünf-drei-acht-hundert. Alle Informationen werden vertraulich behandelt.« Die Stimme des Kommentators fuhr fort: »Trotz der dringenden Bitte um Hinweise auf die vermißten Kinder, haben wir aus zuverlässiger Quelle erfahren, daß Nancy Harmon Eldredge zur Vernehmung in die Polizeidirektion gebracht wird.«

Sie mußte zu Nancy und Ray. Dorothy wandte sich abrupt an John Kragopoulos. »Wie Sie sehen, ist das hier ein reizendes Apartment, gerade richtig für zwei Personen. Die Aussicht aus den vorderen und rückwärtigen Fenstern dieses Zimmers ist wirklich sehr eindrucksvoll.«

»Sind Sie Astronom?« wandte sich John Kragopoulos an Courtney Parrish.

»Eigentlich nicht. Wie kommen Sie darauf?«

»Wegen dieses großartigen Teleskops.«

Viel zu spät kam Parrish zu Bewußtsein, daß das Teleskop immer noch auf das Eldredge-Haus gerichtet war. Als ihm klar wurde, daß John Kragopoulos sich anschickte, hindurchzublicken, gab er dem Gerät einen heftigen Stoß, so daß es nach oben kippte.

»Ich beobachte gern die Sterne«, pflichtete er hastig bei.

John Kragopoulos blinzelte, als er durch das Objektiv blickte. »Ein großartiges Gerät«, rief er aus. »Einfach großartig.« Vorsichtig hantierte er an dem Teleskop, bis es in die gleiche Richtung wies, die es gehabt hatte, als er es zuerst bemerkte. Dann, als er die feindselige Haltung des anderen Mannes spürte, richtete er sich auf und begann sich aufmerksam im Zimmer umzusehen. »Das ist ein gut konzipiertes Apartment«, bemerkte er zu Dorothy.

»Ich habe mich hier äußerst wohl gefühlt«, stimmte Parrish zu. Innerlich kochte er vor Wut über sich selbst. Schon wieder hatte er überhastet reagiert und sich verdächtig gemacht. Er fing wieder an zu schwitzen. Hatte er noch etwas vergessen? Lag irgend etwas von den Kindern herum? Wahnsinnig aufgeregt schoß sein Blick in alle Ecken des Zimmers. Nichts.

Dorothy sagte: »Wir möchten gern auch das Schlafzimmer sehen, wenn Sie gestatten.«

»Selbstverständlich.«

Er hatte die Bettdecke gerade gezupft und die Dose mit dem Kinderpuder in die Schublade des Nachtschränkchens getan.

»Das Badezimmer ist so groß wie die meisten heutigen Zweitschlafzimmer«, bemerkte Dorothy zu John Kragopoulos. Dann, als sie sich umsah, sagte sie: »Oh, es tut mir leid.« Sie starrte auf die gefüllte Badewanne. »Wir kamen wohl sehr ungelegen. Sie wollten wohl gerade ein Bad nehmen.«

»Ich bin an keine Zeit gebunden.« Trotz dieser Beschwichtigung gelang es ihm, ihr den Eindruck zu vermitteln, daß sie ihn tatsächlich störte.

John Kragopoulos trat hastig ins Schlafzimmer zurück. Er begriff, daß dieser Mann über ihr Kommen offensichtlich aufgebracht war. Es war ziemlich plump, einem das zu verstehen zu geben, indem man in dieser Weise die Wanne präsentierte. Und die Ente, die da auf dem Wasser herumschwamm. Ein Kinderspielzeug. Er schüttelte sich angewidert. Er strich mit der Hand über die Tür des Wandschranks. Das Holz und seine glänzende Oberfläche faszinierte ihn. Das Haus war wirklich ein wundervoller Bau. John Kragopoulos war ein nüchterner Geschäftsmann, aber er glaubte auch an Instinkt. Und sein Instinkt verriet ihm, daß dieses Haus eine gute Kapitalanlage sein würde. Sie wollten dreihundertfünfzigtausend dafür... Er würde zweihundertfünfundneunzig dafür bieten und ihnen bis drei zwanzig entgegenkommen. Er war sicher, daß es dafür zu haben war.

Der Entschluß nahm in seinem Kopf endgültige Form an, und sein Interesse an dem Apartment wuchs, so als ob er schon der neue Eigentümer wäre. »Darf ich diesen Wandschrank öffnen?« fragte er beiläufig. Er drehte schon an dem Griff.

»Es tut mir leid. Ich habe an diesem Schrank das Schloß ausgewechselt und anscheinend den Schlüssel verlegt. Wenn Sie vielleicht den anderen Schrank ansehen wollen... sie sind praktisch gleich.«

Dorothy sah sich das Schloß und den neuen Griff genau an. Es war billige Fabrikware aus der Eisenhandlung. »Hoffentlich haben Sie den Originalgriff aufbewahrt«, sagte sie. »Alle Türgriffe waren Sonderanfertigungen aus echtem Messing.«

»Doch. Ich habe ihn. Er muß nur wieder angebracht werden.« Du lieber Himmel, wollte dieses Weib den Griff unbedingt herumdrehen? Angenommen das neue Schloß verbog sich? Es saß nicht allzu fest in dem alten Holz. Was wäre, wenn es sich öffnete?

Langsam ließ Dorothy den Griff los. Der leichte Anflug von Verärgerung in ihr schwand so schnell, wie er gekommen war. Um Himmels willen, was für einen Unterschied machte das schon? Selbst wenn im ganzen Universum die Messinggriffe ausgewechselt würden? Wen kümmerte das schon?

Parrish mußte die Lippen aufeinanderpressen, um dieses neugierige Weib und ihren Klienten nicht hinauszuweisen. Die Kinder lagen direkt hinter der Tür. Hatte er die Knebel fest genug angezogen? Hörten sie die vertraute Stimme und machten irgendein Geräusch? Er mußte diese Leute jetzt loswerden.

Aber auch Dorothy wollte gehen. Sie nahm im Schlafzimmer einen undefinierbaren, vertrauten Duft wahr – einen Duft, der sie sehr stark an Missy erinnerte. Sie wandte sich an John Kragopoulos. »Vielleicht sollten wir jetzt aufbrechen... wenn Sie soweit sind.«

Er nickte: »Ich bin durchaus bereit, vielen Dank.« Er machte Anstalten zu gehen, und es war ganz deutlich, daß er es diesmal vermied, Parrish die Hand zu schütteln. Dorothy folgte ihm. »Vielen Dank, Mr. Parrish«, sagte sie hastig. »Ich bleibe mit Ihnen in Verbindung.«

Schweigend gingen sie davon, die Treppen hinunter ins Erdgeschoß. Sie gingen durch die Küche, und als sie die Hintertür öffneten, erkannte sie, daß die Sturmwarnung berechtigt war. Innerhalb der kurzen Zeit, in der sie sich im Haus aufgehalten hatten, war der Wind noch heftiger geworden. O Gott, die Kinder würden erfrieren, wenn sie die ganze Zeit über draußen wären.

»Am besten laufen wir schnell zur Garage hinüber«, sagte sie zu John Kragopoulos, der anscheinend in Gedanken verloren war. Er nickte und faßte sie am Arm. Zusammen rannten sie los. Sie gaben sich keine Mühe, unter dem Mauervorsprung zu bleiben. Bei der zunehmenden

Windstärke gab es einfach keinen Schutz gegen Graupel, der jetzt leicht mit Schnee vermischt war.

In der Garage schlängelte sich Dorothy zwischen dem Kombiwagen und ihrem Wagen hindurch und öffnete die Tür auf der Fahrerseite. Als sie sich langsam auf ihren Sitz gleiten ließ, blickte sie nach unten. Ein hellroter Stoffetzen auf dem Garagenboden fiel ihr ins Auge. Sie stieg wieder aus, bückte sich, hob ihn auf, sank dann in ihren Sitz zurück und preßte den Gegenstand an ihre Wange. Mit erschreckter Stimme fragte Kragopoulos: »Meine liebe Mrs. Prentiss, was ist denn los?«

»Der Handschuh!« schrie Dorothy. »Es ist Missys Handschuh. Sie hat ihn gestern angehabt, als ich mit ihr aus war und ihr ein Eis spendiert habe. Sie muß ihn im Wagen liegengelassen haben. Ich muß ihn herausgestoßen haben, als ich vorhin aus dem Wagen stieg. Sie hat immer ihre Handschuhe verloren. Sie hatte nie zwei Handschuhe an, die zueinander paßten. Wir haben uns darüber immer lustig gemacht. Und heute morgen fand man den anderen Handschuh an der Schaukel.« Dorothy begann zu schluchzen – mit einem trockenen, gepreßten Ton, den sie zu unterdrücken versuchte, indem sie den Handschuh an die Lippen hielt.

»Ich kann nicht viel dazu sagen«, meinte John Kragopoulos ruhig. »Aber ich möchte Sie daran erinnern, daß ein gnädiger und gütiger Gott sehr wohl Ihren Schmerz und die Qual der Eltern sieht. Er wird Sie in Ihrer Not nicht im Stich lassen. In dieser Beziehung bin ich irgendwie ganz zuversichtlich. Jetzt aber, bitte ... Wäre es Ihnen nicht lieber, wenn ich mich ans Steuer setzte?«

»Bitte«, erwiderte Dorothy mit erstickter Stimme. Sie vergrub den Handschuh tief in ihrer Tasche und rutschte auf den anderen Sitz hinüber. Sie wollte nicht, daß Nancy oder Ray ihn sahen; es würde ihnen das Herz brechen. Oh, Missy, Missy! Sie hatte ihn ausgezogen, als sie gestern die Eiswaffel essen wollte. Sie sah es im Geist vor sich, wie sie ihn auf den Sitz fallen ließ. Oh, die armen kleinen Kinder.

John Kragopoulos war erleichtert, als er am Steuer saß. In dem Zimmer mit diesem scheußlichen Menschen hatte ihn eine große Unruhe überfallen. Der Mann hatte etwas Schmieriges und Abstoßendes an sich. Und dieser Geruch von Kinderpuder im Schlafzimmer, und dann dieses unglaubliche Spielzeug in der Wanne. Wie konnte sich ein erwachsener Mensch nur mit so etwas abgeben?

Oben im Haus stellte sich Parrish seitwärts zum Fenster und beobachtete den Wagen, bis er hinter einer Straßenkurve verschwunden war. Dann zog er mit zitternden Fingern den Schlüssel aus seiner Tasche und schloß die Tür des Wandschranks auf.

Der Junge war bei Bewußtsein. Das strohblonde Haar fiel ihm in die Stirn, und mit seinen großen blauen Augen blickte er stumm und voller Entsetzen zu ihm auf, den Mund immer noch fest verklebt und die Hände und Beine straff umwickelt.

Er stieß das Kind roh zur Seite und griff an ihm vorbei nach dem Mädchen. Er hob den schlaffen Körper heraus und legte sie aufs Bett – dann kreischte er auf, vor Wut und Verzweiflung, und starrte auf ihre geschlossenen Augen und ihr verzerrtes, blau angelaufenes Gesicht...

16

Nancys Hände ballten sich zusammen, öffneten sich wieder und zerrten an der Bettdecke. Behutsam nahm Lendon ihre Hand in seine eigenen, starken, wohlgeformten Hände. Vor Angst und innerer Erregung atmete sie nur mühsam und stoßweise.

»Nancy, beruhigen Sie sich. Alle wissen hier, daß Sie

Ihren Kindern nichts antun könnten. Das haben Sie doch gemeint, nicht wahr?«

»Ja ... Ja ... man denkt, ich könnte ihnen etwas antun. Wie könnte ich sie umbringen? Sie sind mein Fleisch und Blut. Ich bin mit ihnen gestorben ...«

»In uns allen stirbt etwas, wenn wir Menschen verlieren, die wir lieben, Nancy. Gehen Sie mit mir in Gedanken zurück in die Zeit vor dem ganzen Unglück. Erzählen sie mir, wie es damals war, in Ohio, als Sie noch klein waren.«

»Als ich noch klein war?« Nancys Stimme verlor sich in ein Flüstern. Die Starre ihres Körpers fiel langsam von ihr ab.

»Ja, erzählen sie mir von Ihrem Vater. Ich habe ihn nie kennengelernt.«

Jed Coffin bewegte sich unruhig hin und her, und der Stuhl, auf dem er saß, knarrte auf dem Holzfußboden. Lendon warf ihm einen warnenden Blick zu. »Ich habe meine Gründe dafür«, sagte er leise. »Bitte, haben Sie Geduld.«

»Vati?« Ein fröhlicher Ton kam in Nancys Stimme. Sie lachte verhalten. »Es war so lustig. Mutter und ich fuhren immer zum Flughafen, um ihn abzuholen, wenn er von einem Flug zurückkam. In den ganzen Jahren kam er nie von einer Reise zurück, ohne daß er Mutter und mir etwas mitgebracht hätte. Wenn er Urlaub hatte, reisten wir in der ganzen Welt umher. Sie haben mich immer mitgenommen. Ich erinnere mich an eine Reise ...«

Ray vermochte nicht, seine Augen von Nancy zu wenden. Noch nie hatte er sie mit diesem Ton in der Stimme sprechen hören – lebhaft, munter, und mit einem leisen Lachen, das durch ihre Worte klang. War es das gewesen, was er insgeheim immer in ihr zu entdecken gehofft hatte? War da doch mehr als nur Lebensmüdigkeit und Angst vor Entdeckung? Er hoffte es.

Jonathan Knowles hörte Nancy aufmerksam zu. Er war

von der Methode, mit der Lendon arbeitete, sehr angetan: ihr Zutrauen zu gewinnen und sie zu beruhigen, ehe er sie nach Einzelheiten über den Tag befragte, an dem die Harmon-Kinder verschwunden waren. Es war qualvoll, das sanfte Ticken der Standuhr zu hören... eine Mahnung, daß die Zeit verrann. Ihm kam zum Bewußtsein, daß es ihm immer schwerer fiel, an Dorothy vorbeizusehen. Er wußte, daß er bei ihrem kurzen Gespräch, als sie gerade in ihren Wagen steigen wollte, ein wenig schroff gewesen war. In seiner Enttäuschung hatte er so auf ihre vorsätzliche Schwindelei reagiert – auf die Tatsache, daß sie ihm persönlich gegenüber behauptet hatte, sie habe Nancy schon als Kind gekannt.

Warum hatte sie das getan? Vielleicht, weil er irgendwie angedeutet hatte, daß ihm Nancy bekannt vorkäme? Oder war es einfach ein Versuch gewesen, ihn von der Wahrheit abzulenken, weil sie glaubte, ihm die Wahrheit nicht anvertrauen zu können? Hatte er etwa das vorgekehrt, was Emily immer seine ›Ihr Zeuge, Herr Staatsanwalt‹ Manier genannt hatte?

Auf jeden Fall hatte er das Gefühl, daß er Dorothy eine Abbitte schuldig sei. Sie sah nicht sehr gut aus. Man merkte ihr die Anspannung an. Sie trug immer noch ihren schweren Mantel, ihre Hände hatte sie tief in die Taschen gesteckt. Er nahm sich vor, bei der ersten günstigen Gelegenheit mit ihr zu sprechen. Sie mußte sich beruhigen. Die Kinder waren bestimmt ihr ein und alles.

Die Lampen im Zimmer flackerten plötzlich, gingen aus. »Das mußte so kommen.« Jed Coffin legte sein Mikrofon auf den Tisch und suchte nach Streichhölzern. Hastig zündete Ray die antiken Öllampen auf beiden Seiten des Kaminsimses an. Sie gaben ein gelbes Licht, das sich auflöste und harmonisch mit den leuchtend roten Flammen im Kamin verband und die Couch, auf der Nancy lag, in eine rosafarbene Glut tauchte und tiefe Schatten in die Ecken des dunklen Zimmers warf.

Ray schien es, als seien der gleichförmige Trommelwirbel, den der Graupel gegen das Haus schlug, und das Stöhnen des Windes in den Kiefern stärker geworden. Der Gedanke, daß die Kinder bei diesem Wetter irgendwo draußen waren... In der vergangenen Nacht war er aufgewacht, als er Missy husten hörte. Doch als er in ihr Zimmer ging, war sie schon wieder tief eingeschlafen, eine Hand unter ihrer Wange. Als er sich über sie beugte, um die Bettdecke hochzuziehen, hatte sie ›Vati‹ gemurmelt und sich bewegt, aber als sie seine Hand auf ihrem Rücken spürte, hatte sie sich gleich wieder beruhigt.

Und Michael. Er und Michael hatten in Wiggins' Market Milch geholt – war das erst gestern morgen gewesen? Sie waren gerade in dem Augenblick angekommen, als der Mieter aus dem ›Ausguck‹, dieser Mr. Parrish, herauskam. Der Mann hatte freundlich genickt, aber als er in seinen alten Ford einstieg, hatte sich Michaels Gesicht vor Abscheu zusammengezogen. »Den mag ich nicht«, hatte er gesagt.

In der Erinnerung daran lächelte Ray fast. Michael war ein kerniger kleiner Bursche, aber er hatte etwas von Nancys Widerwillen gegen Häßliches geerbt, und wie man es auch drehen und wenden mochte, Courtney Parrish war ein plumper, schwerfälliger, wenig attraktiver Mann.

Sogar die Wiggins haben sich abfällig über ihn geäußert. Nachdem er gegangen war, sagte Jack Wiggins, ohne eine Miene zu verziehen: »Dieser Kerl ist wohl das langsamste menschliche Wesen, das mir in meinem Leben begegnet ist. Beim Einkaufen läuft er hier planlos herum, als ob er unendlich viel Zeit hätte.«

Michael hatte nachdenklich dreingeschaut. »Ich habe nie genug Zeit«, hatte er gesagt. »Ich helfe meinem Vati, einen Tisch für mein Zimmer aufzuarbeiten; immer, wenn ich daran weiterarbeiten möchte, muß ich mich für die Schule fertigmachen.«

»Sie haben da einen ziemlich guten Gehilfen, Ray«, hatte Jack Wiggins bemerkt. »Ich bin jederzeit bereit, ihm einen Job zu geben; hört sich so an, als ob er zupacken könnte.«

Mike hatte die Pakete aufgehoben und gesagt: »Ich bin auch stark. Ich kann viel tragen. Ich kann auch meine Schwester ganz lange tragen.«

Ray ballte die Fäuste. Das hier war unwirklich, unmöglich. Die Kinder verschwunden. Nancy unter Drogen. Was sagte sie gerade?

Ihre Stimme klang immer noch lebhaft und aufgeräumt. »Vati nannte Mutter und mich immer seine Mädchen...«

Sie stockte.

»Was ist, Nancy?« fragte Dr. Miles. »Ihr Vater nannte Sie sein kleines Mädchen? Hat Sie das durcheinander gebracht?«

»Nein... nein... nein..., er nannte uns seine Mädchen. Es war anders... es war anders... überhaupt nicht so...« Ihre Stimme hob sich in heftigem Protest.

Lendon sprach beruhigend auf sie ein. »Schon gut, Nancy. Regen Sie sich nicht auf. Reden wir über das College. Wollten Sie von zu Hause weg zur Schule?«

»Ja... ich wollte wirklich... nur... ich machte mir Sorgen wegen Mutter...«

»Warum machten Sie sich ihretwegen Sorgen?«

»Ich hatte Angst, daß sie einsam sein würde – wegen Vati... und wir hatten das Haus verkauft; sie zog in ein Apartment. Für sie hatte sich so vieles geändert. Und sie hatte wieder angefangen zu arbeiten. Aber sie arbeitete gern... Sie sagte, sie wolle, daß ich gehe... Sie sagte immer, heute ist... heute...«

»Heute ist der erste Tag deines restlichen Lebens«, vollendete Lendon ruhig den Satz. Ja, Priscilla hatte das auch zu ihm gesagt. An dem Tag, als sie ins Büro kam, nachdem sie Nancy ins Flugzeug gesetzt hatte. Sie hatte ihm erzählt, daß sie noch dagestanden und Lebewohl gewunken habe, lange nachdem das Flugzeug zur Startbahn gerollt sei. Dann waren ihr Tränen in die Augen gestiegen, und sie hatte entschuldigend gelächelt. »Da sehen Sie, wie gefühlsduselig ich bin«, hatte sie gesagt und zu lachen versucht, »eine richtiggehende Glucke.«

»Ich finde Sie großartig«, hatte Lendon ihr erwidert.

»Es ist nur, wenn man bedenkt, wie schnell sich im Leben alles verändern kann... so unglaublich schnell. Ganz plötzlich ist ein ganzer Abschnitt, der wichtigste Abschnitt... vorbei. Auf der anderen Seite denke ich jedoch, wenn man etwas ganz Wundervolles erlebt hat... und so glücklich gewesen ist... kann man nicht zurückblicken und traurig sein. Genau das habe ich Nancy heute gesagt... Ich möchte nicht, daß sie sich meinetwegen Sorgen macht. Ich möchte, daß sie auf dem College eine wundervolle Zeit erlebt. Ich habe ihr gesagt, daß wir beide immer an das Motto denken sollten: ›Heute ist der erste Tag unseres restlichen Lebens‹.«

Lendon erinnerte sich, daß ein Patient in die Praxis gekommen war. Damals hatte er es als ein Glück angesehen; er war in allergrößter Gefahr gewesen, seinen Arm um Priscilla zu legen.

»...aber alles war in Ordnung«, sagte Nancy gerade. Sie zögerte und suchte nach Worten. »Mutters Briefe klangen fröhlich. Sie hing an ihrer Arbeit. Sie schrieb eine Menge über Dr. Miles... Ich war froh...«

»Waren Sie gern auf dem College, Nancy?« fragte Lendon. »Hatten Sie viele Freunde?«

»Anfangs. Ich mochte die Mädchen, und ich wurde oft eingeladen.«

»Wie stand es mit der Arbeit in der Schule? Gefielen Ihnen Ihre Fächer?«

»O ja. Sie waren leicht... außer Bio...«

Ihre Stimme schlug um – wurde besorgt. »Das war schwerer. Naturwissenschaften habe ich nie gemocht... aber das College verlangte es... darum belegte ich es...«

»Und Sie lernten Carl Harmon kennen.«

»Ja. Er... wollte mir in Bio helfen. Er ließ mich in sein Büro kommen und ging meine Arbeit mit mir durch. Er sagte, ich hätte zu viele Verabredungen, und daß ich damit Schluß machen müßte, oder ich würde krank davon. Er war so besorgt... er gab mir dann sogar Vitamine. Er muß wohl recht gehabt haben... denn ich war so müde... so sehr... und fühlte mich allmählich so deprimiert... Ich vermißte meine Mutter...«

»Aber Sie wußten, daß Sie über Weihnachten zu Hause sein würden.«

»Ja... aber es hatte keinen Sinn... Ganz plötzlich... wurde es so schlimm... ich wollte sie nicht beunruhigen... deshalb habe ich nichts davon geschrieben... An einem Wochenende kam sie herüber... weil sie sich um mich Sorgen machte... Das weiß ich... Und dann verunglückte sie... weil sie herüberkam, um mich zu besuchen... Es war meine Schuld... meine Schuld...« Ihre Stimme erhob sich zu einem Schmerzensschrei und erstarb dann in Schluchzen.

Ray fuhr in seinem Stuhl hoch, aber Jonathan zog ihn zurück. Das Licht der Öllampe flackerte auf Nancys Gesicht. Es war von Schmerz verzerrt. »Mutter!« rief sie, »o Mutter... bitte sei doch nicht tot... du mußt leben! O Mutter, bitte, bitte, lebe doch... Ich brauche dich... Mutter, sei doch nicht tot... Mutter...«

Dorothy wandte ihren Kopf zur Seite und biß sich auf die Lippen, um ihre Tränen zurückzuhalten. Kein Wunder, daß Nancy wegen ihrer Bemerkung, daß sie für Missy und Michael eine Ersatzgroßmutter sei, verstimmt gewesen war. Was hatte sie hier zu suchen? Niemand nahm von ihrer Anwesenheit Notiz oder machte sich etwas daraus. Sie wäre nützlicher, wenn sie hinausginge und Kaffee kochte. Vielleicht mochte später auch Nancy einen Schluck. Sie sollte ihren Mantel ausziehen. Aber sie konnte es nicht. Sie fühlte sich so durchfroren; so allein.

Einen Augenblick lang starrte sie auf den gehäkelten Teppich und nahm wahr, wie das Muster vor ihren Augen verschwamm. Als sie den Kopf hob, begegnete sie dem unergründlichen Blick Jonathan Knowles und wußte sofort, daß er sie schon eine Zeitlang beobachtet hatte.

»... Carl half Ihnen, als Ihre Mutter starb. Er war gut zu Ihnen?« Warum zog Lendon Miles diese Qual nur in die Länge. Welch ein Sinn lag denn darin, Nancy auch das noch einmal durchleben zu lassen? Dorothy erhob sich langsam.

Nancys Antwort war ganz ruhig. »O ja. Er war so gut zu mir... Er kümmerte sich um alles.«

»Und Sie heirateten ihn.«

»Ja. Er sagte, er würde auf mich aufpassen. Und ich war so müde. Er war so gut zu mir...«

»Nancy, Sie dürfen sich keine Vorwürfe wegen des Unfalls Ihrer Mutter machen. Das war nicht Ihre Schuld.«

»Unfall?« grübelte Nancy. »Unfall? Aber das war kein Unfall. Es war gar kein Unfall...«

»Natürlich war es das.« Lendons Stimme blieb gelassen, aber er spürte, wie sich seine Muskeln am Hals spannten.

»Ich weiß nicht... Ich weiß nicht...«

»Schon gut; wir werden später darüber sprechen. Erzählen Sie uns von Carl.«

»Er war gut zu mir...«

»Das sagen Sie immer wieder, Nancy. In welcher Weise war er gut zu Ihnen?«

»Er kümmerte sich um mich. Ich war krank; er mußte so viel für mich tun...«

»Was hat er für Sie getan, Nancy?«

»Darüber will ich nicht sprechen.«

»Warum nicht, Nancy?«

»Ich will nicht. Ich will nicht...«

»Schon gut. Erzählen Sie uns von den Kindern. Von Peter und Lisa.«

»Sie waren so gut...«

»Sie waren sehr artig, meinen Sie das?«

»Sie waren so gut... zu gut...«

»Nancy, Sie sagen immer ›gut‹. Carl war so gut zu Ihnen. Und die Kinder waren gut. Sie müssen sehr glücklich gewesen sein.«

»Glücklich? Ich war so müde...«

»Warum waren Sie so müde?«

»Carl sagte, ich wäre so krank. Er war so gut zu mir.«

»Nancy, Sie müssen uns das erzählen. In welcher Weise war Carl gut zu Ihnen?«

»Er tat alles, damit ich wieder gesund würde. Er wollte, daß ich wieder gesund würde. Er sagte, ich müßte ein artiges kleines Mädchen sein.«

»In welcher Weise fühlten Sie sich krank, Nancy? Was tat Ihnen weh?«

»So müde... immer so müde... Carl half mir...«

»Half Ihnen, wie?«

»Ich will darüber nicht sprechen.«

»Aber Sie müssen, Nancy. Was hat Carl getan?«

»Ich bin müde... Ich bin jetzt müde...«

»Schon gut, Nancy. Ich möchte, daß Sie sich jetzt ein paar Minuten ausruhen; dann werden wir uns noch ein bißchen unterhalten. Ruhen Sie sich aus... nur ausruhen...«

Lendon stand auf. Captain Coffin faßte ihn sofort am Arm und deutete mit dem Kopf zur Küche hinüber. Kaum hatten sie das Zimmer verlassen, sagte Captain Coffin schroff: »Die ganze Geschichte bringt uns nicht weiter. Das könnte Stunden so weitergehen, ohne daß Sie irgend etwas herausbekommen. Die Frau macht sich Vorwürfe, wegen des Unfalls ihrer Mutter, weil ihre Mutter die Reise gemacht hatte, um sie zu besuchen. So einfach ist das. Wenn Sie aber glauben, daß Sie doch noch irgend etwas über den Mordfall Harmon herausbekommen können, dann los. Oder ich nehme sie mit aufs Revier.«

»Das kann man nicht erzwingen... Sie beginnt doch zu sprechen... Es gibt da viele Dinge, die sie nicht einmal im Unterbewußtsein wahrhaben will.«

Der Captain fuhr dazwischen: »Und ich möchte mich selbst nicht wahrhaben, wenn die Möglichkeit besteht, daß die Kinder noch leben und ich hier kostbare Zeit verschwendet habe.«

»Schon gut. Ich werde jetzt versuchen, etwas über heute morgen herauszubekommen. Aber bitte gestatten Sie mir, daß ich sie zuerst über den Tag befrage, an dem die Harmon-Kinder verschwanden. Wenn es zwischen beiden Fällen irgendeine Verbindung gibt, vielleicht verrät sie sie uns.«

Captain Coffin blickte auf seine Uhr. »Du lieber Himmel, es ist schon fast vier. Die Sicht war heute zwar schon den ganzen Tag über miserabel, aber in einer halben Stunde sehen wir überhaupt nichts mehr. Wo ist das Radio? Ich möchte die Nachrichten hören.«

»In der Küche steht eines, Captain.« Bernie Mills, der wachhabende Polizist im Hause, war ein ernsthafter, dunkelhaariger Mann Anfang Dreißig. Er war seit zwölf Jahren bei der Polizei, und dies hier war der sensationellste Fall, mit dem er bisher zu tun gehabt hatte. Nancy Harmon. Nancy Eldredge war Nancy Harmon! Die Frau von Ray Eldredge. Da sah man's wieder. Man wußte nie, was in den Menschen vor sich ging. Als sie noch Jungen waren, hatte er mit Ray Eldredge im Sommer immer in einer Baseball-Mannschaft gespielt. Dann war Ray auf irgendeine komische Vorbereitungsschule und dann aufs Dartmouth College gegangen. Er hätte nie erwartet, daß Ray sich nach dem Wehrdienst am Kap niederlassen würde. Aber er hatte es doch getan. Als er die Kleine heiratete, die dieses Haus gemietet hatte, sagten alle, daß sie eine hübsche Frau sei. Ein paar Leute meinten auch, daß sie einen irgendwie an jemanden erinnere.

Bernie besann sich, wie er selbst auf das Gerede reagiert

hatte. Viele Leute sehen wie irgend jemand aus. Sein eigener Onkel, ein Taugenichts und Säufer, der seiner Tante das Leben zur Hölle machte, war ein Doppelgänger von Barry Goldwater. Er warf einen schnellen Blick zum Fenster hinaus. Die Fernsehleute standen da draußen immer noch herum, mit ihrem Aufnahmewagen und dem ganzen Gerät. Warteten auf eine Story. Er fragte sich, was sie wohl denken würden, wenn sie wüßten, daß Nancy Eldredge gerade eine Spritze mit einem Wahrheitsserum erhalten hatte. Nun, das war eine Story. Es zog ihn nach Hause, weil er Jean davon erzählen wollte. Er überlegte, was sie wohl gerade machte. Das Baby hatte in der letzten Nacht gezahnt; es hatte sie beide auf den Beinen gehalten.

Einen einzigen schrecklichen Moment lang fragte sich Bernie, wie ihm wohl zumute wäre, wenn der kleine Kerl an einem Tage wie heute verschwunden wäre... irgendwo da draußen... und er wüßte nicht wo. Die Vorstellung war so schrecklich, so atemberaubend, so nervenzerrüttend, daß er sie von sich wies. Jean ließ Bobby niemals aus den Augen. Manchmal ging sie Bernie damit auf die Nerven, wie sie sich mit dem Kleinen anstellte. Jetzt im Augenblick jedoch war der Gedanke, daß sie den Kleinen nie allein ließ, eine Beruhigung für ihn, die seine Besorgnis ein wenig dämpfte. Der kleine Bursche war ein Prachtkerl – dank Jean.

Dorothy kam in die Küche und ließ die Kaffeekanne vollaufen. Bernie sann darüber nach, wieso Dorothy ihn immer ein wenig verunsicherte. Sie hatte – nun ja, man könnte es wohl so nennen – so eine reservierte Art an sich. Sie konnte schon nett und freundlich sein – aber, nun ja, Bernie wußte nicht so richtig. Er kam zu dem Ergebnis, daß Dorothy seiner Ansicht nach einfach ein bißchen zu intellektuell war.

Er drehte das Transistorradio an, und sofort drang die Stimme von Dan Philipps, dem Nachrichtensprecher von WCOD in Hyannis, ins Zimmer. »Im Fall der vermißten

Eldredge-Kinder hat es gerade eine neue Wendung gegeben«, sagte Philipps, und in seiner Stimme schwang eine ganz berufsfremde Erregung mit. »Otto Linden, ein Tankwart von der Gulf Tankstelle an der Route 28 in Hyannis, hat soeben angerufen und uns mitgeteilt, daß er bezeugen kann, heute morgen um neun den Benzintank von Rob Legler gefüllt zu haben. Rob Legler ist der verschwundene Zeuge im Mordfall vor sieben Jahren. Mr. Linden sagte weiter, daß Legler offenbar sehr nervös gewesen sei und aus freien Stücken erklärt habe, er sei auf dem Wege nach Adams Port, um jemanden aufzusuchen, der über ein Wiedersehen mit ihm wahrscheinlich nicht sehr glücklich sein würde. Er fuhr einen neuen roten Dodge Dart.«

Coffin fluchte leise. »Und ich vergeude meine Zeit damit, mir hier dieses Gewäsch anzuhören.« Er eilte zum Telefon. Gerade in dem Augenblick, als er den Hörer aufnehmen wollte, klingelte es. Sofort nachdem sich der Anrufer gemeldet hatte, sagte Jed ungeduldig: »Ja, ich habe es gehört. In Ordnung. Straßensperren auf den Brücken zum Festland! Prüfen Sie das anhand der FBI Deserteur-Liste nach – versuchen Sie herauszubekommen, ob die wissen, wo sich Legler in der letzten Zeit aufgehalten hat. Geben Sie eine Meldung über einen roten Dodge hinaus.« Er knallte den Hörer auf die Gabel zurück und wandte sich an Lendon. »Jetzt möchte ich, daß Sie Mrs. Eldredge eine ganz einfache und direkte Frage stellen. Und zwar, ob Rob Legler heute morgen hier war oder nicht... und was er zu ihr gesagt hat.«

Lendon starrte ihn an. »Sie meinen...«

»Ich meine vor allem, daß Rob Legler Nancy Eldredge sofort wieder einen Mordprozeß auf den Hals laden könnte. Der Fall Harmon ist nie abgeschlossen worden. Nehmen wir einmal an, er hat sich sechs Jahre oder so drüben in Kanada versteckt gehalten. Er braucht Geld. Kam beim Harmon-Prozeß nicht heraus, daß Nancy von ihren Eltern eine ganze Menge Geld geerbt hat? So um hundertfünfzigtausend Dollar herum? Nehmen wir jetzt weiter an, Rob Legler weiß von dem Geld und bekommt irgendwie heraus, wo Nancy lebt. Die Mitarbeiter der Bezirksstaatsanwaltschaft in San Francisco wissen, wo sie wohnt. Und angenommen, Legler hat die Nase voll von Kanada, er möchte hierher zurückkehren und braucht dazu Kapital. Wie wäre es, wenn er mal zu Nancy Eldredge ginge und ihr verspräche, seine Aussage zu ändern, wenn er je geschnappt würde und es keinen neuen Prozeß gäbe? Das hieße doch praktisch, er könnte sie zwingen, ihm zeit ihres Lebens einen Blankoscheck auszustellen. Er kommt hierher. Er trifft sie. Die Sache geht schief. Sie geht nicht darauf ein ... oder er überlegt es sich anders. Sie weiß, daß er jeden Augenblick gefaßt werden kann oder daß er sich selber stellt und sie dann wieder in San Francisco unter Mordanklage steht, und sie dreht durch ...«

»Und bringt die Kinder um, die sie mit Ray Eldredge hat?« Lendons Stimme klang spöttisch. »Haben Sie auch schon darüber nachgedacht, daß sich dieser Student, der Nancy beinahe in die Gaskammer gebracht hat, beide Male am Tatort aufhielt, als die Kinder verschwanden?

Geben Sie mir noch eine Chance«, drängte Lendon. »Gestatten Sie mir, daß ich sie noch über den Tag befrage, an dem die Harmon-Kinder verschwanden. Ich möchte, daß sie zuerst die Ereignisse dieses Tages schildert.«

»Sie haben dreißig Minuten Zeit – keine Minute mehr.«

Dorothy begann gerade, den Kaffee in die Tassen zu gießen, die sie bereits auf ein Tablett gestellt hatte. Rasch schnitt sie den Kuchen auf, den Nancy am Tage zuvor gebacken hatte. »Der Kaffee wird sicherlich allen guttun«, sagte sie.

Sie trug das Tablett ins Vorderzimmer. Ray saß auf dem Sessel, den Lendon an die Couch herangezogen hatte. Er hielt Nancys Hände und massierte sie sanft. Sie war ganz still. Sie atmete gleichmäßig, doch als die anderen ins Zimmer kamen, bewegte sie sich und stöhnte.

Jonathan stand am Kamin und blickte mit unbeweglichem Gesicht ins Feuer. Er hatte seine Pfeife angezündet, und der kräftige Geruch seines guten Tabaks durchdrang allmählich das Zimmer. Dorothy atmete den Geruch tief ein, und als sie das Tablett mit dem Kaffee auf den runden Kiefernholztisch am Kamin stellte, durchströmten sie wehmütige Erinnerungen. Kenneth hatte Pfeife geraucht, und das hier war seine Tabakmarke gewesen. Sie und Kenneth hatten stürmische Winternachmittage wie den heutigen immer gern gemocht. Sie hatten dann immer ein prasselndes Feuer angezündet, Wein und Käse und Bücher hervorgeholt und glücklich beieinander gesessen. Eine leichte Schwermut erfaßte sie. Schwermut, weil man sein Leben einfach nicht in der Hand hatte. Die meiste Zeit handelte man nicht selbst, sondern reagierte nur.

»Möchten Sie Kaffee und Gebäck?« fragte sie Jonathan.

Er sah sie nachdenklich an. »Ja, bitte.«

Sie wußte, daß er Sahne und Zucker nahm. Ohne zu fragen, machte sie ihm den Kaffee zurecht und reichte ihm die Tasse hinüber. »Sollten Sie nicht doch lieber Ihren Mantel ausziehen?« fragte er sie.

»Später. Ich bin noch so durchfroren.«

Dr. Miles und Captain Coffin waren nach ihr ins Zimmer getreten und gossen sich selbst Kaffee ein. Dorothy schenkte noch eine weitere Tasse ein und trug sie zur Couch hinüber.

»Trinken Sie etwas, Ray.«

Er schaute auf. »Vielen Dank.« Als er die Hand danach ausstreckte, sagte er mit gedämpfter Stimme zu Nancy: »Es wird alles wieder gut werden, mein kleines Mädchen.«

Nancy schreckte heftig zusammen. Sie riß die Augen auf, warf ihre Arme hoch und stieß die Tasse aus Rays Hand. Die Tasse fiel zu Boden und zersprang, und die heiße Flüssigkeit ergoß sich über ihren Morgenrock und die Decke. Ein paar Tropfen spritzten auf Ray und Nancy.

Alle zuckten gleichzeitig zusammen, als Nancy mit der verzweifelten Stimme eines gefangenen Tieres aufschrie: »Ich bin nicht dein kleines Mädchen! Nenn mich nicht dein kleines Mädchen!«

17

Courtney Parrish wandte sich von der kleinen reglosen Gestalt auf dem Bett ab und holte tief Luft. Er hatte den Klebestreifen von Missys Mund abgezogen und die Schnüre von ihren Handgelenken und Knöcheln entfernt. In einem kleinen Häufchen lag alles durcheinander auf der Steppdecke. Ihr feines seidiges Haar war jetzt verfilzt. Er hatte sie baden und ihr dann das Haar kämmen wollen, jetzt aber hatte das keinen Sinn. Wenn sie nicht reagierte, empfand er nichts dabei.

Der kleine Junge, Michael, lag immer noch im Wandschrank auf dem Boden. Seine großen blauen Augen waren starr vor Schrecken. Courtney hob ihn hoch und drückte ihn an seine massige Brust.

Er legte Michael aufs Bett, löste die Fesseln an Knöcheln und Handgelenken und riß ihm mit einem schnellen Ruck den Klebestreifen vom Mund. Der Junge schrie auf vor Schmerz, biß sich dann aber auf die Lippen. Er schien besser zu reagieren – äußerst argwöhnisch und furchtsam, aber irgendwie doch mit dem Mut eines Tieres in der Falle.

»Was haben Sie mit meiner Schwester gemacht?« Der herausfordernde Ton erinnerte Courtney daran, daß der Junge die Milch mit dem Betäubungsmittel, die er ihm gegeben hatte, ehe ihm diese Schwachköpfe da hereingeschneit kamen, nicht ganz ausgetrunken hatte.

»Sie schläft.«

»Lassen Sie uns nach Hause gehen. Wir wollen nach Hause. Ich mag Sie nicht. Ich hab' es Vati gesagt, daß ich

Sie nicht mag, und Tante Dorothy war hier, und Sie hatten uns versteckt.«

Courtney erhob seine rechte Hand, krümmte sie halb zur Faust und schlug Michael auf die Wange. Michael fuhr vor Schmerz zurück und ließ sich dann unter dem Griff des Mannes hindurch abrollen. Courtney griff nach ihm, verlor das Gleichgewicht und plumpste auf das Bett. Sein Mund berührte Missys wirres Haar, und einen Augenblick lang war er abgelenkt. Er raffte sich wieder auf, wandte sich um, stand auf den Beinen und duckte sich zu einem Sprung auf Michael. Aber Michael ging rückwärts zur Schlafzimmertür. Mit einer schnellen Bewegung öffnete er sie und rannte durch das angrenzende Wohnzimmer.

Courtney stürzte hinter ihm her, denn ihm fiel ein, daß er die Apartmenttür nicht abgeschlossen hatte. Er hatte vermeiden wollen, daß Dorothy beim Hinuntergehen das scharfe Klicken hörte, wenn er den Schlüssel herumdrehte.

Michael riß die Tür auf und rannte zur Treppe. Seine Schuhe klapperten auf dem nackten Boden. Er lief sehr schnell, ein schmaler Schatten, der in die schützende Dunkelheit des zweiten Stockwerks eintauchte. Courtney rannte hinter ihm her. Bei seiner ungestümen Verfolgung verlor er aber das Gleichgewicht und stürzte. Er polterte sechs Stufen hinab, ehe es ihm gelang, seinen Sturz zu bremsen, und sich an dem schweren hölzernen Treppengeländer festzuhalten. Er schüttelte den Kopf, um wieder klar denken zu können, riß sich dann hoch und verspürte im rechten Knöchel einen heftigen Schmerz. Er mußte dafür sorgen, daß die Küchentür verschlossen war.

Man konnte keine Fußtritte mehr hören. Der Junge hatte sich wahrscheinlich im zweiten Stock in einem Schlafzimmer versteckt. Nun, er hatte genügend Zeit, nach ihm zu suchen. Zuerst aber die Küchentür. Die Fenster waren kein Problem. Sie waren alle doppelt verriegelt und sowieso viel zu schwer. Das Doppelschloß vorne an der Haustür lag für das Kind zu hoch. Er würde einfach die Küchentür fest verschließen und dann nach dem Jungen suchen – Zimmer für Zimmer. Er würde nach ihm rufen und ihm Angst einjagen. Seine Augen hatten verängstigt und mißtrauisch geblickt. So sah er Nancy noch ähnlicher. Oh, das war wunderbar und ganz unerwartet. Aber er mußte sich beeilen. Er mußte sicher gehen, daß der Junge nicht aus dem Haus konnte.

»Ich komme gleich zurück, Michael«, rief er. »Ich finde dich schon. Ich finde dich schon, Michael. Du bist ein sehr ungezogener Junge. Und du kriegst deine Strafe, Michael. Hörst du mich, Michael?«

Er glaubte, in dem Schlafzimmer rechts von ihm etwas gehört zu haben und stürzte hinein, schonte aber beim Laufen seinen Knöchel. Doch das Zimmer war leer. Was war, wenn der Junge durch diesen Korridor gelaufen war und die Vordertreppe benutzt hatte? Plötzlich geriet er in Panik und polterte die beiden übrigen Treppen hinab. Von draußen hörte er, wie in der Bucht die Brandung gegen die Felsen donnerte. Er rannte in die Küche und zur Hintertür hinüber. Das war die Tür, die er immer benutzte, um das Haus zu verlassen oder zu betreten. Diese Tür hatte nicht nur ein Doppelschloß, sondern auch einen hoch liegenden Riegel. Er atmete schnell und keuchte vor Wut. Mit seinen dicken, zitternden Fingern schob er den Riegel vor. Dann zog er einen schweren hölzernen Küchenstuhl heran und verkeilte ihn unter der Klinke. Den würde der Junge niemals wegrücken können. Es gab keinen anderen Weg aus dem Haus.

Der schwere Sturm hatte das restliche Tageslicht fast verschluckt. Courtney knipste die Deckenbeleuchtung an, doch einen Moment später flackerte sie auf und verlöschte. Der Sturm hatte wahrscheinlich einige Leitungen heruntergerissen. Das würde die Suche nach dem Jungen erschweren. Die Schlafzimmer oben im Hause waren alle voll möbliert. Auch hatten sie alle tief eingelassene Wandschränke, in denen man sich gut verstecken konnte. Courtney biß sich wütend auf die Lippen. Dann griff er nach der Sturmlampe auf dem Tisch, entzündete ein Streichholz und steckte den Docht an. Das Glas war rot, und das Licht warf einen unheimlichen rötlichen Schein auf den fahlen Dielenboden und die Decke mit den mächtigen Balken. Der Wind riß an den Fensterläden. Courtney rief: »Michael... ist schon gut, Michael. Ich bin nicht mehr böse. Komm heraus, Michael. Ich bringe dich nach Hause zu deiner Mutter!«

18

Die Möglichkeit, Nancy Harmon zu erpressen, war der Glücksfall, auf den Rob Legler seit sechs Jahren gewartet hatte – seit dem Tage, an dem er seinen Einschiffungsbefehl nach Vietnam zerrissen hatte und in ein Flugzeug nach Kanada gestiegen war. In diesen Jahren hatte er als Landarbeiter in der Nähe von Halifax gearbeitet. Es war der einzige Job gewesen, den er bekommen konnte, und er haßte ihn. Aber nicht einen Augenblick hatte er seinen Entschluß bereut, von der Armee abzuhauen. Wer zum Teufel wollte schon in diesen heißen Dreckdschungel gehen und sich von einem Haufen stinkender Pinscher totschießen lassen? Er jedenfalls nicht.

Er hatte auf der Farm in Kanada gearbeitet, weil es überhaupt keine Alternative gegeben hatte. Mit sechzig Dollar in der Tasche war er von San Francisco weggegangen. Wenn er wieder nach Hause zurückkehrte, würden sie ihn einlochen. Er verspürte keine Lust, den Rest seines Lebens wegen Fahnenflucht hinter Gittern zu verbringen. Er brauchte ein anständiges Kapital, um irgendwohin, zum Beispiel nach Argentinien, abzuhauen. Er war eben keiner von den Tausenden von Deserteuren, die am Ende heimlich und mit gefälschten Papieren in die Vereinigten Staaten zurückkehren konnten. Dank dieser verfluchten Harmon-Geschichte waren die ihm ständig auf den Fersen.

Wäre damals das Urteil nicht aufgehoben worden... dann wäre der Fall erledigt. Aber dieses Schwein von Bezirksstaatsanwalt hatte gesagt, selbst wenn er zwanzig Jahre brauchte, er würde dafür sorgen, daß Nancy Harmon wegen der Ermordung ihrer Kinder wieder vor Gericht käme. Und Rob war der Zeuge, der das Tatmotiv lieferte.

Rob durfte es nicht noch einmal so weit kommen lassen. Es war so, daß der Staatsanwalt den Geschworenen beim letztenmal versichert hatte, hinter den Morden müsse mehr stecken als Nancy Harmons Wunsch, aus ihrer häuslichen Umgebung auszubrechen. »Wahrscheinlich war es Liebe«, hatte er gesagt. »Wir haben hier eine sehr attraktive junge Frau vor uns, die seit ihrem achtzehnten Lebensjahr mit einem älteren Mann verheiratet ist. Manch eine junge Frau könnte sie um das Leben, das sie führte, durchaus beneiden. Professor Harmons tiefe Liebe zu seiner Frau und seiner Familie war allen ein Vorbild. Aber ist Nancy Harmon zufrieden? Nein. Als ein Student ins Haus kommt, um eine Reparatur auszuführen, von ihrem Gatten geschickt, damit sie nicht einmal ein paar Stunden in einer ungemütlichen Wohnung verbringen muß, was macht sie da? Sie folgt ihm überall hin. Will ihm unbedingt Kaffee anbieten. Sagt, es sei angenehm, sich mit einem jungen Menschen zu unterhalten... sagt, daß sie weg müsse... reagiert leidenschaftlich auf seine Annäherungsversuche... und dann, als er ihr erklärt, daß es ›nicht sein Bier sei, Kinder aufzuziehen‹, verspricht sie ihm ohne Gemütsbewegung, daß ihre Kinder ersticken werden.

Nun, meine Damen und Herren Geschworenen, ich

verachte Rob Legler. Ich glaube, daß er mit dieser törichten jungen Frau gespielt hat. Ich glaube ihm nicht eine Sekunde lang, daß ihre verwerfliche Leidenschaft bei einigen Küssen endete... aber ich glaube ihm aufs Wort, wenn er jene abscheulichen Sätze wiederholt, die Nancy Harmon über ihre Lippen brachte.«

Hol ihn der Teufel. Immer, wenn er an dieses Plädoyer dachte, verspürte Rob eine lähmende Angst in der Magengrube. Dieses Schwein hätte wer weiß was drum gegeben, ihn zum Mordkomplizen zu stempeln. Und das alles nur, weil er gerade an dem Tag beim alten Harmon im Büro war, als dessen Frau anrief, um ihm mitzuteilen, daß die Heizung kaputt sei. Rob war im allgemeinen nicht gerade versessen darauf, jemandem seine Hilfe anzubieten. Aber er hatte noch nie eine Maschine gesehen oder einen Motor oder eine Apparatur, die er nicht wieder in Ordnung gebracht hätte; und dann hatte er gehört, wie sich ein paar Typen darüber unterhalten hatten, daß die Frau von diesem widerlichen alten Schleicher eine ganz tolle Puppe sei.

Diese erstaunliche Information hatte ihn bewogen, freiwillig seine Dienste anzubieten. Zunächst hatte Harmon sein Angebot abgelehnt, aber als er den zuständigen Kundendienst nicht bekommen konnte, hatte er okay gesagt. Er erklärte, er wollte nicht, daß seine Frau mit den Kindern in ein Motel ziehe. Das hatte sie nämlich vorgeschlagen.

Deshalb war Rob hinübergegangen. Alles, was die Typen über Nancy Harmon gesagt hatten, stimmte genau. Sie sah wirklich verdammt gut aus. Aber es schien auch so, als ob sie das nicht wüßte. Sie wirkte irgendwie gehemmt... als wenn sie sich ihrer nicht sicher wäre. Er war ungefähr gegen Mittag hinübergegangen. Sie war gerade dabei, den Kleinen etwas zu essen zu geben... einem Jungen und einem Mädchen. Stille Kinder, alle beide. Sie kümmerte sich gar nicht um ihn, dankte ihm für sein Kommen und gab sich mit den Kleinen ab.

Er war sich darüber im klaren, daß es für ihn nur über die Kinder eine Möglichkeit gab, ihre Aufmerksamkeit zu erregen, und er begann sich mit ihnen zu unterhalten. Es war Rob nie schwergefallen, seinen Charme spielen zu lassen. Und er hatte auch eine Vorliebe für Frauen, die älter waren als er. Es war aber nicht so, daß diese hier viel älter war. Seit er als Sechzehnjähriger die Frau seines Nachbarn vernascht hatte, wußte er, daß Frauen einen für dufte halten und ihr Schuldbewußtsein über Bord werfen, wenn man zu ihren Kindern nett ist. Mensch, Rob könnte ein ganzes Buch darüber schreiben, was so ein Mutterkomplex alles zur Entschuldigung und Rechtfertigung fand.

Schon nach ein paar Minuten war es ihm gelungen, die Kinder und Nancy zum Lachen zu bringen, und dann hatte er den kleinen Jungen eingeladen, mit ihm runterzugehen und ihm bei der Reparatur der Heizungsanlage zu helfen. Genau wie er es erwartet hatte, bat das kleine Mädchen, auch mitgehen zu dürfen, und daraufhin sagte Nancy, sie wolle mitkommen und darauf achten, daß sie ihm nicht im Wege ständen. An der Heizungsanlage war nicht viel kaputt – nur ein Filter verstopft – aber er hatte gesagt, er brauche ein Ersatzteil, er könne es zwar provisorisch reparieren, aber er wolle zurückkommen und die Sache richtig in Ordnung bringen.

Am ersten Tag hatte er sich schnell wieder verdrückt. Hatte keinen Zweck, den alten Harmon verrückt zu machen. Er war sofort zu ihm ins Büro gegangen. Harmon sah ärgerlich und besorgt aus, als er die Tür öffnete, aber als er Rob erblickte, strahlte er über das ganze Gesicht, erleichtert. »So schnell? Sie müssen ein Zauberkünstler sein. Oder haben Sie es nicht in Gang bekommen?«

Rob sagte: »Ich hab's schon in Gang bekommen. Aber Sie benötigen ein Ersatzteil, Sir, das ich Ihnen gern besorgen würde. Es ist eines von diesen kleinen Dingern, aus denen eine Riesenreparatur gemacht wird, wenn Sie den normalen Kundendienst bestellen. Ich kann das Stück für ein paar Dollar besorgen. Bin gern bereit, das zu übernehmen.«

Natürlich fiel Harmon darauf rein. Freute sich wahrscheinlich, Geld zu sparen. Und Rob kehrte am nächsten Tag zurück und am übernächsten. Harmon machte ihn darauf aufmerksam, daß seine Frau sehr nervös sei und viel ruhen müsse und daß er ihr bitte fernbleiben möge. Aber Rob fand nicht, daß sie nervös war. Ängstlich, vielleicht, und eingeschüchtert. Er hatte sie zum Reden gebracht. Sie erzählte ihm, daß sie nach dem Tode ihrer Mutter einen Nervenzusammenbruch gehabt hätte. »Ich glaube, ich bin immer noch schrecklich niedergeschlagen«, sagte sie. »Aber ich werde ganz bestimmt wieder gesund. Den größten Teil meiner Medizin habe ich sogar abgesetzt. Mein Mann weiß das gar nicht. Er wäre wahrscheinlich böse. Aber ohne Medikamente geht's mir viel besser.«

Rob hatte ihr gesagt, daß sie sehr hübsch sei. Er wollte mal ein bißchen vorfühlen, denn allmählich glaubte er, daß er sie herumkriegen konnte. Es war doch klar, daß sie sich mit dem alten Harmon ganz schön langweilte und allmählich unruhig wurde. Er sagte, vielleicht sollte sie öfter ausgehen. Sie erwiderte: »Mein Mann hat für Geselligkeit nicht viel übrig. Er sagt immer, wenn der Tag vorbei sei, habe er keine Lust mehr, noch mit anderen Menschen zusammenzukommen – jedenfalls nicht, wenn er sich den ganzen Tag mit Studenten herumgeschlagen habe.«

Das war der Augenblick gewesen, in dem er sich darüber klar geworden war, daß er einen Annäherungsversuch wagen wollte.

Für den Morgen, an dem die Harmon-Kinder verschwanden, hatte Rob ein todsicheres Alibi. Er war in einer Klasse mit nur sechs Kommilitonen gewesen. Aber der Staatsanwalt hatte ihm erklärt, daß er ihm eine Anklage wegen Beihilfe anhängen werde, wenn er auch nur die Spur eines Beweises finden könnte, und daß er das mit dem allergrößten Vergnügen tun werde. Rob hatte einen Anwalt verpflichtet. Der Schrecken saß ihm in den Gliedern, und er wollte vermeiden, daß der Staatsanwalt in seiner Vergangenheit herumstocherte und etwas aus der Zeit herauskramte, in der er in Cooperstown in eine Vaterschaftsklage verwickelt gewesen war. Der Anwalt hatte ihm geraten, sich wie der ehrerbietige Student eines berühmten Professors zu verhalten; er wäre darauf bedacht gewesen, ihm einen Gefallen zu erweisen; er hätte versucht, sich von dessen Frau fernzuhalten, sie wäre ihm aber überallhin nachgegangen. Er habe es nicht ernst genommen, als sie davon sprach, daß sie die Kinder ersticken würde. Er hätte tatsächlich angenommen, daß sie nervös und krank sei, genau wie es ihm der Professor zuvor angekündigt hatte.

Aber vor Gericht hatte es nicht so richtig geklappt. »Fühlten Sie sich zu dieser jungen Frau hingezogen?« fragte der Staatsanwalt aalglatt.

Rob schaute zu Nancy hinuber, die neben ihrem Anwalt auf der Anklagebank saß und ihn mit leeren, ausdruckslosen Augen ansah. »Ich habe nicht in diesen Begriffen gedacht, Sir«, entgegnete er. »Für mich war Nancy Harmon die Gattin eines Lehrers, den ich sehr bewunderte. Ich wollte lediglich die Heizungsanlage in Ordnung bringen, so wie ich es ihm angeboten hatte, und dann in mein Zimmer zurückkehren. Ich mußte ein Referat schreiben, und überhaupt, eine überspannte Frau mit zwei Kindern ist einfach ›nicht mein Bier‹.« Es war diese Bemerkung gewesen, diese verdammte letzte Bemerkung, auf die sich der Staatsanwalt gestürzt hatte. Rob war klatschnaß geschwitzt, als das Verhör schließlich zu Ende war.

Ja, er hatte gehört, daß die Frau des Professors eine hübsche Puppe war... Nein, es war nicht seine Art, aus freien Stücken seine Hilfe anzubieten... Ja, er sei neugierig gewesen, sie mal zu sehen... Ja, er hatte einen Annäherungsversuch gemacht...

»Aber das war alles!« hatte Rob aus dem Zeugenstand gerufen. »Bei zweitausend Studentinnen an der Uni hatte ich es doch nicht nötig, mir Probleme aufzuladen.« Dann hatte er zugegeben, daß er zu Nancy gesagt hatte, er sei ganz verrückt nach ihr und würde sie gern verführen.

Der Staatsanwalt hatte ihn voller Verachtung angeblickt. Dann las er aus der Gerichtsakte vor, wie Rob einmal von einem wütenden Ehemann verprügelt worden war – diese Geschichte in Cooperstown, als er in der Vaterschaftsklage benannt worden war.

Der Staatsanwalt sagte: »Dieser Schürzenjäger war kein freundlicher Helfer. Er ging in jenes Haus, um sich an eine hübsche junge Frau heranzumachen, von der er gehört hatte. Er spielte mit ihr. Sein Erfolg war größer, als er es in seinen kühnsten Träumen erwartet hatte. Meine Damen und Herren Geschworenen, ich möchte nicht behaupten, daß Rob Legler an dem Plan zur Ermordung von Nancy Harmons Kindern beteiligt war.

Zumindest war er es nicht im juristischen Sinne. Aber ich bin fest davon überzeugt, daß er moralisch, vor Gott, schuldig ist. Er gab dieser törichten, undankbaren jungen Frau zu verstehen, daß er an ihr interessiert wäre, wenn sie frei wäre, und sie wählte eine Freiheit, die unvereinbar ist mit den elementaren Empfindungen der Menschheit. Sie ermordete ihre Kinder, um von ihnen frei zu sein.«

Nachdem Nancy Harmon zum Tod in der Gaskammer verurteilt worden war, hatte Professor Harmon Selbstmord verübt. Er fuhr seinen Wagen an denselben Strand, an dem eines der Kinder gefunden worden war, und ließ ihn am Ufer stehen. Er befestigte einen Zettel am Lenkrad, auf dem es hieß, daß alles seine Schuld sei. Er hätte erkennen müssen, wie krank seine Frau sei. Er hätte ihr die Kinder wegnehmen müssen. Er trage die Schuld am Tod seiner Kinder und an der Tat seiner Frau. ›Ich habe versucht,

Gott zu spielen‹, schrieb er. ›Ich habe sie so sehr geliebt, daß ich glaubte, ich könnte sie heilen. Ich dachte, wenn sie Kinder bekäme, würde sie den Schmerz über den Tod ihrer Mutter verwinden. Ich dachte, Liebe und Fürsorge würden sie heilen, aber ich habe mich geirrt; ich habe mich auf etwas eingelassen, was über meine Kräfte ging. Vergib mir, Nancy.‹

Es hatte keinen Beifallssturm gegeben, als das Urteil aufgehoben wurde. Es war aufgehoben worden, weil jemand gehört hatte, wie zwei weibliche Geschworene mitten im Prozeß in einer Bar den Fall erörtert und dabei erklärt hatten, Nancy Harmon sei so schuldig wie die Sünde. Doch bevor der neue Prozeß anberaumt werden konnte, hatte Rob seine Abschlußprüfung gemacht, war eingezogen worden, hatte den Marschbefehl nach Vietnam bekommen und war durchgebrannt. Ohne ihn hatte der Staatsanwalt jedoch keine Beweismittel und mußte Nancy freilassen –, aber er hatte geschworen, daß er sie, wenn er Rob zu fassen bekäme, sofort wieder vor Gericht stellen würde.

In den Jahren in Kanada hatte Rob über diesen Prozeß oft nachgedacht. Es gab da etwas, was ihn an dem ganzen Affentheater störte. Ganz abgesehen von ihm selbst, er konnte es ihnen einfach nicht abkaufen, daß Nancy Harmon eine Mörderin war. Vor Gericht war sie wie eine Tontaube gewesen. Harmon hatte sie bestimmt nicht gerade entlastet, als er im Zeugenstand zusammenbrach, gerade als man von ihm erwartete, daß er sagte, welch großartige Mutter sie gewesen sei.

Unter den Kriegsdienstverweigerern, mit denen er in Kanada zusammenhauste und denen er von dem Fall erzählt hatte, war Rob so etwas wie eine Berühmtheit. Sie hatten ihn über Nancy ausgefragt, und Rob hatte ihnen erzählt, was für ein tolles Weib sie war... und auch angedeutet, daß er etwas mit ihr gehabt hätte. Er hatte ihnen Zeitungsausschnitte vom Prozeß gezeigt und Bilder von Nancy.

Er hatte ihnen erzählt, daß sie eine Menge Moos haben müsse – beim Prozeß sei herausgekommen, daß ihre Eltern ihr über hunderttausend Dollar hinterlassen hätten; daß er sie anpumpen würde, wenn er herausbekäme, wo sie wohne, und daß er sich nach Argentinien absetzen wolle.

Dann war seine Chance gekommen. Einer seiner Kumpel, Jim Ellis, der davon wußte, daß er im Fall Harmon eine Rolle gespielt hatte, war nach Hause gefahren, um seine Mutter zu besuchen, die unheilbar an Krebs erkrankt war.

Die Mutter wohnte in Boston, aber weil der FBI das Haus beobachtete in der Hoffnung, Jim zu schnappen, traf sie sich mit ihm am Cape Cod in einem Ferienhaus, das sie am Maushop See gemietet hatte.

Als Jim nach Kanada zurückkehrte, steckte er voller Neuigkeiten. Er fragte Rob, wieviel er es sich kosten lassen würde, zu erfahren, wo er Nancy Harmon finden könne.

Rob war skeptisch, bis er das Bild sah, das Jim von Nancy heimlich am Strand aufgenommen hatte. Es gab gar keinen Zweifel, daß sie es war. Jim hatte auch ein paar Erkundigungen angestellt. Die Lebensverhältnisse sondiert; und er hatte herausbekommen, daß ihr Mann ziemlich wohlhabend war. In aller Eile hatten sie eine Abmachung getroffen. Rob würde versuchen, Nancy aufzusuchen. Ihr sagen, wenn sie fünfzigtausend Dollar für ihn ausspuckte, würde er sich nach Argentinien absetzen und sie bräuchte sich nie mehr Sorgen zu machen, daß er gegen sie aussagen würde. Rob nahm an, daß sie sofort darauf anbeißen würde, vor allem wo sie jetzt wieder verheiratet war und auch wieder Kinder hatte. Für die Gewißheit, daß man sie nicht eines Tages nach Kalifornien zurückschleppen und vor Gericht stellen würde, war das ein niedriger Preis.

Jim verlangte glatt zwanzig Prozent Beteiligung. Während Rob Nancy aufsuchte, wollte Jim gefälschte kanadische Pässe und Ausweispapiere besorgen und Flüge nach Argentinien buchen. Für Geld war das alles zu haben.

Ihre Unternehmung war sorgfältig geplant. Rob hatte es fertiggebracht, sich von einem jungen Amerikaner, der in Kanada zur Schule ging, einen Wagen zu leihen. Er rasierte sich für die Fahrt seinen Bart ab und ließ sich die Haare schneiden. Jim hatte ihn gewarnt, sobald man wie ein Hippie aussähe, lägen alle verdammten Bullen in diesen stumpfsinnigen Neuengland-Städten auf der Lauer, um einen mit dem Radarwagen zu stoppen.

Rob entschloß sich, von Halifax aus direkt durchzufahren. Je kürzer die Zeit war, die er sich in den Staaten aufhielt, desto geringer war die Wahrscheinlichkeit geschnappt zu werden. Er wollte frühmorgens am Kap ankommen. Jim hatte herausbekommen, daß Nancys Mann immer morgens um halb zehn sein Büro öffnete. Er konnte also um zehn herum an ihrem Haus sein. Jim hatte eine Skizze von der Straße angefertigt, in der sie wohnte, und auch die Zufahrt durch den Wald eingezeichnet. Dort konnte er den Wagen verstecken.

Als er das Kap erreichte, ging der Sprit zur Neige. Deshalb war er bei Hyannis abgebogen, um zu tanken. Jim hatte ihm erzählt, daß es dort auch außerhalb der Saison eine Menge Touristen gab. Es sei ziemlich unwahrscheinlich, daß er da auffiele. Auf der ganzen Fahrt herunter war er nervös gewesen und hatte versucht, zu einem Entschluß zu gelangen, ob er diesen Handel Nancy und ihrem Mann gemeinsam anbieten sollte. Wahrscheinlich mußte sie es ihm sagen, wenn sie soviel Geld abhob. Rob würde wegen Fahnenflucht und Erpressung verurteilt. Nein, es war besser, mit Nancy allein zu sprechen. Sie dachte bestimmt noch daran, wie sie auf der Anklagebank gesessen hatte.

Der Tankwart an der Tankstelle war sehr beflissen. Prüfte alles nach, reinigte die Fenster, gab Luft auf die Reifen, ohne daß er ihn darum gebeten hatte. Das war der Grund, warum Rob nicht auf der Hut gewesen war. Als er die Rechnung bezahlte, fragte der Tankwart, ob er zum Fischen hergekommen sei. Da hatte er so dahergequatscht, daß er eigentlich zur Jagd gekommen sei – er sei auf dem Weg nach Adams Port, um eine alte Freundin zu besuchen, die wahrscheinlich nicht sehr entzückt sein würde, ihn zu sehen. Dann aber wünschte er seine Geschwätzigkeit zum Teufel und raste davon, hielt aber noch an einem Restaurant in der Nähe, um etwas zu frühstücken.

Um Viertel vor zehn fuhr er nach Adams Port hinein. Während er langsam durch die Straßen steuerte und die Karte studierte, die Jim ihm gezeichnet hatte, fand er sich allmählich in der Beschreibung zurecht. Trotzdem hätte er beinahe den Feldweg verfehlt, der hinter ihrem Grundstück in den Wald führte. Er merkte es erst, nachdem er wegen dieses alten Fords, der da herausbog, das Gas weggenommen hatte. Er setzte zurück, fuhr in den Feldweg, stellte den Wagen ab und ging langsam auf den Hintereingang von Nancys Haus zu. Das war der Augenblick gewesen, als sie wie eine Irre herausgerannt kam und diese Namen schrie. Peter, Lisa, das waren die toten Kinder. Er folgte ihr durch den Wald zum See und beobachtete, wie sie sich ins Wasser stürzte. Er wollte gerade hinter ihr her, als sie sich schon von allein herausschleppte und am Strand zusammenbrach. Er wußte, daß sie in seine Richtung blickte. Doch er war sich nicht sicher, ob sie ihn sah. Eines wußte er jedoch genau – daß er hier verschwinden mußte. Er hatte keine Ahnung, was sich da abspielte, aber er hatte auch keine Lust, sich da in etwas hineinziehen zu lassen.

Als er dann im Wagen saß, beruhigte er sich allmählich wieder. Vielleicht war sie Alkoholikerin geworden. Wenn sie noch immer nach ihren toten Kindern schrie, bestanden doch Aussichten, daß sie mit beiden Händen zugreifen würde, wenn er ihr die Garantie bot, daß sie sich wegen eines neuen Prozesses keine Sorgen mehr zu machen brauchte. Er entschloß sich, in einem Motel in Adams Port abzusteigen und sie am nächsten Tag noch einmal aufzusuchen.

Im Motel legte sich Rob sofort ins Bett und schlief ein. Am späten Nachmittag wurde er wieder wach und schaltete den Fernsehapparat ein, um die Nachrichten noch mitzubekommen. Er sah gerade noch, wie ein Foto von ihm gezeigt wurde, und hörte eine Stimme, die ihn als den vermißten Zeugen im Mordfall Harmon beschrieb. Wie betäubt vernahm Rob, was der Ansager in der Zusammenfassung der Nachrichten über das Verschwinden der Eldredge-Kinder berichtete. Zum erstenmal in seinem Leben hatte Rob das Gefühl, in einer Falle zu sitzen. Jetzt, wo er sich den Bart abrasiert hatte und das Haar kurz trug, sah er genauso aus wie auf dem Bild.

Wenn Nancy Eldredge tatsächlich auch diese Kinder umgebracht hatte, wer würde ihm dann schon glauben, daß er nichts damit zu tun hätte. Es mußte unmittelbar vor seiner Ankunft passiert sein. Rob dachte an den alten Ford, der rückwärts aus dem Feldweg herausgesetzt hatte, kurz bevor er selbst dort einbog. Zugelassen in Massachusetts, die ersten beiden Ziffern 8-6-... korpulenter Kerl am Steuer.

Aber darüber konnte er nicht sprechen, selbst wenn sie ihn schnappten. Er konnte nicht zugeben, daß er heute morgen am Eldredge-Haus gewesen war. Wer würde ihm glauben, wenn er die Wahrheit sagte? Der Selbsterhaltungstrieb gebot Rob Legler, vom Kap zu verschwinden, und es war ein klarer Fall, daß er nicht in einem hellroten Dodge, nach dem jeder Polyp Ausschau hielt, davonfahren konnte.

Er packte seine Tasche und schlich aus dem Hintereingang des Motels. In der Parkbox neben dem Dodge stand ein Volkswagen. Durch das Fenster hatte er das Paar gesehen, das ihn da abgestellt hatte. Sie waren gekommen, kurz bevor er die Nachrichten angestellt hatte. Wenn er die Situation richtig einschätzte, würde er ein paar Stunden vor ihnen Ruhe haben. Und außer ihm war sonst niemand draußen, der es gewagt hätte, dem Graupel und dem Wind zu trotzen.

Rob öffnete die Motorhaube des Käfers, schloß ein paar Drähte kurz und fuhr davon. Er würde die Route 6 A nehmen, die zur Brücke führte. Mit ein bißchen Glück würde er in einer halben Stunde das Kap hinter sich haben.

Sechs Minuten später durchfuhr er ein Rotlicht. Dreißig Sekunden danach warf er einen kurzen Blick in den Rückspiegel und sah, daß er ein rotes Blinklicht reflektierte. Er wurde von einem Polizeifahrzeug verfolgt. Einen Augenblick lang dachte er daran, sich zu ergeben; dann gewann der übermächtige Drang, sich vor den ganzen Scherereien aus dem Staube zu machen, die Oberhand.

Als er um eine Kurve bog, öffnete Rob blitzschnell die Tür, klemmte das Gaspedal fest mit seinem Koffer und sprang heraus. Er verschwand schon in dem Waldgebiet hinter den stattlichen Gebäuden aus der Kolonialzeit, als das Polizeifahrzeug, nunmehr mit heulender Sirene, hinter dem wild schlingernden Volkswagen die abschüssige Straße hinabjagte.

19

Als Michael sich anschickte, die Treppe hinunterzulaufen, war er überzeugt, Mr. Parrish würde ihn fassen. Aber dann hörte er ein schreckliches Krachen, und das bedeutete, daß Mr. Parrish die Treppe hinuntergefallen war. Michael wußte, daß er keinen Lärm machen durfte, wenn er Mr. Parrish entkommen wollte. Er erinnerte sich daran, wie Mami zu Hause den Teppich von der Treppe heruntergenommen hatte. »So, bis die neuen Läufer da liegen, habe ich für euch Kinder ein neues Spiel«, hatte sie gesagt. »Es heißt ›leise gehen‹.« Michael und Missy hatten sich einen Spaß daraus gemacht, auf Zehenspitzen an der Seite des Geländers die Stufen hinunterzugehen. Sie wurden darin so gut, daß sie oft leise hinunterschlichen und sich gegenseitig erschreckten. Jetzt ganz leise gehen, ganz genauso. Lautlos schlüpfte Michael bis ins Erdgeschoß hinab. Er hörte, wie Mr. Parrish seinen Namen rief und sagte, daß er ihn finden werde.

Er wußte, er mußte aus diesem Haus herauskommen. Er mußte die Serpentinenstraße hinablaufen bis zu der langen Straße, die an Wiggins' Market vorbeiführte. Michael war sich noch nicht schlüssig, ob er Wiggins' Market betreten oder daran vorbeilaufen sollte, über die Route 6 A die Straße hinauf zu seinem Elternhaus. Er mußte Vati holen und ihn hierher bringen, wegen Missy.

Gestern in Wiggins' Market hatte er zu Vati gesagt, daß er Mr. Parrish nicht leiden könne. Jetzt hatte er Angst vor ihm. Michael fühlte, wie ihn die Angst zu ersticken drohte, als er durch das dunkle Haus rannte. Mr. Parrish war ein böser Mensch. Deshalb hatte er sie gefesselt und in dem Wandschrank versteckt. Darum war Missy auch so verstört, daß sie nicht wach werden konnte. Im Wandschrank hatte Michael versucht, Missy anzufassen. Er wußte, daß sie große Angst hatte. Aber er konnte seine Hände nicht freibekommen. Drinnen im Schrank konnte er Tante Dorothys Stimme hören. Aber sie hatte nicht nach ihnen gefragt. Sie war ganz nahe und merkte nicht, daß sie da waren. Er war sehr böse, daß Tante Dorothy nicht wußte, daß sie ihre Hilfe brauchten. Sie hätte es merken müssen.

Es wurde ganz dunkel. Es war schwer, etwas zu erkennen. Am Fuß der Treppe schaute Michael umher, verwirrt, dann schoß er zur Rückseite des Hauses hinüber. Er befand sich in der Küche. Die Tür nach draußen war da drüben. Er hastete hinüber und streckte die Hand nach dem Griff aus. Er wollte schon den Schlüssel herumdrehen, da hörte er, wie die Fußtritte näherkamen. Mr. Parrish. Seine Knie zitterten. Wenn die Tür klemmte, würde Mr. Parrish ihn packen. Blitzschnell und lautlos huschte er zur anderen Küchentür hinaus, durch das Foyer in den kleinen hinteren Salon. Er hörte, wie Mr. Parrish die Küchentür verriegelte. Er hörte, wie er den Stuhl zur Tür herüberzog. In der Küche wurde das Licht angeknipst, und Michael verkroch sich hinter die schwere, dick gepolsterte Couch. Ganz still hockte er sich nieder. Er paßte kaum in die kleine Lücke zwischen der Couch und der Wand. Staub aus der Couch kitzelte ihn in der Nase. Er mußte niesen. Plötzlich ging in der Küche und im Foyer das Licht aus, und das Haus lag in tiefstem Dunkel. Er hörte, wie Mr. Parrish umherging und ein Streichholz anzündete.

Einen Augenblick später war die Küche in einen rötlichen Schein getaucht, und er hörte Mr. Parrish rufen: »Ist schon gut, Michael. Ich bin nicht mehr böse. Komm heraus, Michael. Ich bringe dich nach Hause zu deiner Mutter.«

20

Als er sich von Dorothy verabschiedete, hatte John Kragopoulos die Absicht gehabt, sofort nach New York zurückzufahren. Aber eine unbestimmte Niedergeschlagenheit und dazu Kopfschmerzen direkt über der Nasenwurzel ließen ihm die fünfstündige Fahrt plötzlich so erscheinen, als könnte er sie nicht bewältigen. Das lag natürlich an diesem fürchterlichen Wetter, und unvermeidlich hatte sich Dorothys großer Kummer auch auf ihn übertragen. Sie hatte ihm das Bild gezeigt, das sie in der Brieftasche bei sich trug, und der Gedanke, daß diese beiden hübschen Kinder einem Verbrechen zum Opfer gefallen sein könnten, hinterließ in seiner Magengrube ein Gefühl von Übelkeit.

Aber welch ein unglaublicher Gedanke, grübelte er. Es gab immer noch die Möglichkeit, daß sich die Kinder einfach verirrt hatten. Wie konnte jemand einem Kind etwas antun? John dachte an seine eigenen achtundzwanzig Jahre alten Zwillingssöhne – einer Pilot bei der Air Force, der andere Architekt. Prächtige junge Männer, alle beide. Eine Quelle des Stolzes für den Vater. Wenn er und ihre Mutter schon lange verschieden waren, würden sie noch leben. Sie waren Teil seiner Unsterblichkeit. Sich vorzustellen, daß er sie verloren hätte, als sie noch klein waren...

Er fuhr auf der Route 6A in Richtung Festland. Vorn rechts, von der Straße ein wenig abgelegen, gab es ein reizendes Restaurant. Die leuchtenden Schriftzeichen THE STAGEWAY waren ein willkommener Gruß in der Düsternis des Nachmittags. Unwillkürlich bog er von der Straße ab auf den Parkplatz. Er merkte auf einmal, daß es schon fast drei Uhr war und daß er den ganzen Tag über genau eine Tasse Kaffee getrunken und eine Scheibe Toast gegessen hatte. Durch das schlechte Wetter hatte sich die Autofahrt von New York herauf so lang hingezogen, daß er gezwungen gewesen war, das Mittagessen auszulassen.

Er redete sich ein, daß es doch sehr vernünftig wäre, eine anständige Mahlzeit zu sich zu nehmen, ehe er die Rückfahrt wagte. Und es sei doch echter Geschäftssinn, wenn er mit dem Personal eines großen Restaurants, das in einer Umgebung lag, die er ins Auge gefaßt hatte, eine Unterhaltung anknüpfte. Vielleicht könnte er ein paar brauchbare Informationen über die geschäftlichen Aussichten in dieser Gegend einholen.

Er ging direkt auf die Bar zu und zollte der rustikalen Einrichtung insgeheim seinen Beifall. Es waren keine Gäste an der Bar, aber vor fünf Uhr war das in einer Stadt wie dieser nicht ungewöhnlich. Er bestellte sich einen Chivas Regal und Eiswürfel; dann, als ihm der Barkellner den Whisky brachte, fragte er, ob es möglich wäre, etwas zu essen zu bekommen.

»Kein Problem.« Der Barkellner war ungefähr vierzig, hatte dunkles Haar und extrem buschige Koteletten. Beides gefiel John, die verbindliche Antwort und die Art und Weise, in der er die Bar tadellos sauber hielt. Der Kellner legte ihm eine Speisekarte vor. »Wenn Sie Appetit auf Steak haben, das Spezial-Lendenstück ist Klasse«, empfahl er. »Eigentlich ist die Küche zwischen halb drei und fünf geschlossen, aber wenn es Ihnen nichts ausmacht, gleich hier zu essen...«

»Das klingt ausgezeichnet.« Rasch bestellte John das Steak, nicht durchgebraten, und grünen Salat. Der Chivas wärmte ihn auf, und seine Niedergeschlagenheit fiel allmählich von ihm ab. »Sie machen hier aber einen recht guten Drink«, sagte er.

Der Barkellner lächelte. »Es gehört ja auch eine ganz besondere Begabung dazu, einen Whisky auf Eis zu mixen«, sagte er.

»Ich bin aus der Branche. Sie verstehen schon, was ich damit sagen wollte.« John entschloß sich, aufrichtig zu sein. »Ich spiele mit dem Gedanken, dieses Anwesen zu kaufen, das hier ›Der Ausguck‹ genannt wird, und ein Restaurant darin einzurichten. Was meinen Sie dazu, so auf Anhieb?«

Der andere Mann nickte mit Nachdruck. »Könnte gut gehen. Ich meine, so als richtiges Klasserestaurant. Hier läuft es prima, aber wir haben ein mittelprächtiges Publikum. Familien mit Kindern. Ältere Damen mit Pension. Touristen, die unterwegs sind zum Strand und zu den Antiquitätenläden. Wir liegen hier an der Hauptverkehrsstraße. Aber ein Haus wie ›Der Ausguck‹, mit weitem Blick über die Bucht... mit angenehmer Atmosphäre, einem guten Tropfen, einer guten Küche... Sie könnten

Höchstpreise verlangen, und es wäre immer noch gerammelt voll.«

»Das Gefühl habe ich auch.«

»Allerdings, wenn ich an Ihrer Stelle wäre, würde ich das alte Scheusal rausschmeißen, das da im oberen Stock wohnt.«

»Ich habe mich schon über ihn gewundert. Scheint ein bißchen sonderbar zu sein.«

»Nun, angeblich ist er jedes Jahr um diese Zeit herum zum Angeln hier oben. Ich weiß das deshalb, weil es Ray Eldredge zufällig mal erwähnt hat. Netter Bursche, der Ray Eldredge. Das ist der, dessen Kinder verschwunden sind.«

»Ich hab' davon gehört.«

»Verdammte Gemeinheit. Nette kleine Kinder. Ray und Mrs. Eldredge kommen ab und zu mal mit ihnen her. Sieht sehr gut aus, Rays Frau. Aber was ich gerade sagen wollte, ich bin kein Einheimischer. Vor zehn Jahren habe ich in New York als Barkellner Schluß gemacht, nachdem ich zum drittenmal zusammengeschlagen worden war, als ich spätabends nach Hause ging. Aber ich war schon immer ein begeisterter Angler. So kam es, daß ich hier landete. Und eines Tages, erst vor ein paar Wochen, kommt dieser Dickwanst hier rein und bestellt etwas zu trinken. Ich weiß ja, wer er ist, hab' ihn schon in dieser Gegend gesehen. Ist der Mieter vom ›Ausguck‹. Nun, ich tue immer mein Bestes, daß sich jeder hier wohlfühlt, seinen Ärger und seine schlechte Laune los wird. Nur um eine Unterhaltung in Gang zu bringen, frage ich ihn also, ob er im September hier war, als die Blauen gingen. Wissen Sie, was dieser Blödian sagt?«

John wartete.

»Nichts. Niete. Nullkommanull. Hatte überhaupt keine Ahnung.« Der Barkellner stand da, die Hände in die Seiten gestemmt. »Können Sie sich vorstellen, daß jemand sieben Jahre lang zum Angeln ans Kap kommt und nicht versteht, was ich meine?«

Das Steak war fertig. Dankbar begann John zu essen. Es schmeckte köstlich. Als sich der Geschmack von dem erstklassigen Fleisch mit der warmen Glut des Alkohols vereinigte, fühlte er sich zusehends wohler, und er begann, über den ›Ausguck‹ nachzudenken.

Was ihm der Barkellner gesagt hatte, hatte ihn in seinem Entschluß, für das Anwesen ein Angebot zu machen, noch bestärkt.

Es hatte ihm Spaß gemacht, durch das Haus zu gehen. Das Unbehagen, das er dann empfand, setzte erst im Obergeschoß ein. Das war es. In dem Apartment des Mieters, des Mr. Parrish, hatte er sich so unbehaglich gefühlt.

In Gedanken versunken aß John das Steak zu Ende, und ein wenig zerstreut bezahlte er die Rechnung, vergaß aber nicht, dem Barkellner ein großzügiges Trinkgeld zu geben. Dann schlug er den Kragen hoch, verließ das Restaurant und ging zu seinem Wagen hinüber. Sollte er jetzt nach rechts fahren und auf das Festland zusteuern? Ein paar Minuten saß er im Wagen, ohne sich entschließen zu können. Was war mit ihm los? Er benahm sich wie ein Narr. Was für eine verrückte Regung brachte ihn bloß dazu, zum ›Ausguck‹ zurückkehren zu wollen?

Courtney Parrish war nervös gewesen. John hatte zu viele Jahre in einer Branche gearbeitet, in der es darauf ankam, Menschen richtig einzuschätzen, als daß er angespannte Nervosität, dort wo sie ihm begegnete, nicht sofort erkannt hätte. Der Mann war sehr beunruhigt gewesen... er hatte geradezu verzweifelt darauf gewartet, daß sie gingen. Warum? Er hatte einen schweren, säuerlichen Schweißgeruch an sich gehabt... Angstgeruch... aber wovor Angst? Und dann das Teleskop. Als John sich darüber beugte, war Parrish sofort herbeigestürzt, um die Richtung, in die es zeigte, zu ändern. Nachdem er es ungefähr so eingestellt hatte, wie es zuvor gewesen war, so erinnerte sich John, konnte er deutlich die Polizeifahrzeuge um das Eldredge-Haus erkennen. Solch ein unglaublich starkes Teleskop. Es war direkt auf die Fenster der Stadtwohnungen gerichtet, jeder der hindurchblickte, konnte zum Schlüssellochgucker werden... zum Voyeur.

War es möglich, daß Courtney Parrish durch sein Teleskop geblickt hatte, als die Kinder hinter ihrem Haus verschwanden... daß er vielleicht etwas gesehen hatte? Aber wenn das der Fall gewesen wäre, hätte er doch selbstverständlich die Polizei angerufen.

Der Wagen war kalt geworden. John drehte den Zündschlüssel herum und wartete darauf, daß der Motor warm lief. Dann schaltete er die Heizung ein. Er griff nach einer Zigarre und zündete sie mit dem kleinen goldenen Dunhill-Feuerzeug an, das ihm seine Frau zum Hochzeitstag überreicht hatte, ein sehr kostbares Geschenk, an dem er sehr hing. Er zog an der Zigarre, bis die Spitze aufglühte.

Er war ein Narr. Ein mißtrauischer Narr. Was machte man da? Die Polizei anrufen und sagen, daß jemand nervös war und daß sie sich mal darum kümmern sollten? Und wenn sie das täten? Courtney Parrish würde wahrscheinlich sagen: »Ich wollte gerade ein Bad nehmen, und ich habe es nicht gern, wenn man mir nur so kurz vorher Bescheid gibt, daß das Haus besichtigt wird.« Völlig einleuchtend. Leute, die allein lebten, neigten dazu, feste Lebensgewohnheiten anzunehmen.

Allein. Das war das Stichwort. Das war es, was John keine Ruhe ließ. Er war verwundert gewesen, daß er sonst niemanden in dem Apartment angetroffen hatte. Irgend etwas hatte ihm die Gewißheit gegeben, daß Courtney Parrish nicht allein war.

Es war das Kinderspielzeug in der Badewanne. Das war es. Diese unmögliche Gummiente. Und dieser widerliche Geruch von Kinderpuder...

Ein Verdacht, so absurd, daß man ihn unmöglich in Worte fassen konnte, nahm vor seinem geistigen Auge Gestalt an.

Er wußte, was er zu tun hatte. Sorgsam nahm er sein goldenes Feuerzeug aus der Tasche und versteckte es im Handschuhfach seines Wagens.

Er würde ohne Anmeldung zum ›Ausguck‹ zurückfahren. Wenn Courtney Parrish die Tür öffnete, würde er um Erlaubnis bitten, nach seinem wertvollen Feuerzeug suchen zu dürfen, das ihm während der Besichtigung irgendwo im Hause heruntergefallen sein mußte. Es war ein einleuchtender Wunsch. Das würde ihm Gelegenheit geben, sich aufmerksam umzusehen und entweder das zu entkräften, was wahrscheinlich nur ein haltloser Verdacht war, oder aber der Polizei etwas mitzuteilen, das mehr als nur eine bloße Vermutung war.

Nachdem er sich jetzt entschlossen hatte, trat John auf das Gaspedal und steuerte den Wagen nach links auf die Fernstraße 6 A, zurück in Richtung auf das Stadtzentrum von Port Adams und dann die kurvenreiche, hügelige Straße hinauf, die zum ›Ausguck‹ führte. Während er durch den gleichmäßig niederprasselnden Graupel fuhr, tauchte vor seinem Auge immer wieder das Bild einer verblaßten, rissigen Gummiente auf.

21

Sie wollte sich nicht erinnern... es bereitete ihr nur Qualen, sich wieder zu erinnern. Vor langer, langer Zeit, als sie noch ganz klein war, hatte Nancy einmal die Hand nach oben ausgestreckt und am Griff eines Topfes gezogen, der auf dem Herd stand. Sie erinnerte sich immer noch, wie ein großer Guß hellroter Tomatensuppe über sie geschwappt war. Sie hatte wochenlang im Krankenhaus gelegen, und noch immer waren blasse Narben auf ihrer Brust.

...Carl hatte sie nach diesen Narben gefragt... sie gestreichelt... »Armes kleines Mädchen, armes kleines Mädchen...« Er hatte es gern, wenn sie ihm immer wieder von dem Unfall erzählte. »Hat es sehr weh getan?« fragte er dann.

So war das, wenn man sich erinnerte... Schmerzen... nur Schmerzen... Denk nicht mehr daran... vergiß es... vergiß es... Du darfst nicht mehr daran denken wollen...

Aber die Fragen, beharrlich, weit weg... Fragen über Carl... über Mutter... Lisa... Peter... Ihre Stimme. Sie sprach. Antwortete.

»Nein, bitte, ich will darüber nicht sprechen.«

»Aber Sie müssen. Sie müssen uns helfen.«

Diese hartnäckige Stimme. Warum? Warum?

»Hatten Sie Angst vor Carl, Nancy?«

Sie mußte antworten, damit die endlich mit den Fragen aufhörten.

Sie hörte ihre Stimme, weit weg, wie sie zu antworten versuchte. Es war, als wenn sie sich selbst in einem Theaterstück beobachtete... Die Szenen nahmen Gestalt an.

Mutter... das Dinner... das letztemal, als sie Mutter sah... Mutter machte ein so besorgtes Gesicht, schaute sie an, dann Carl. »Woher hast du das Kleid, Nancy?« Sie merkte, daß es Mutter nicht gefiel.

Das weiße Wollkleid. »Carl hat mir beim Aussuchen geholfen. Gefällt es dir?«

»Ist es nicht ein wenig... jugendlich?«

Mutter ging hinaus, um ein Telefongespräch zu führen. Vielleicht mit Dr. Miles? Nancy hoffte es. Sie wollte, daß Mutter glücklich war... Vielleicht sollte sie mit Mutter nach Hause zurückkehren... Vielleicht würde sie sich dann nicht mehr so müde fühlen. Hatte sie das zu Carl gesagt?

Carl verließ den Tisch. »Entschuldige mich, Schatz.« ... Mutter vor ihm zurück...

»Nancy, du und ich, wir müssen morgen miteinander sprechen... wenn wir allein sind. Ich hole dich zum Frühstück ab.«

Carl kam zurück...

Und Mutter... küßte sie auf die Wange...

»Gute Nacht, mein Liebes. Bis acht Uhr.«

Mutter, wie sie in den Leihwagen stieg, zum Abschied winkte, die Straße hinunterfuhr...

Carl fuhr sie zur Schule zurück.

»Ich fürchte, deine Mutter ist mit mir noch nicht einverstanden, Schatz.«

Der Anruf... »Es ist ein Unfall passiert... Steuermechanismus...«

Carl... »Ich werde mich um dich kümmern, mein kleines Mädchen...«

Die Beerdigung...

Die Hochzeit. Die Braut sollte in Weiß gehen. Sie würde das weiße Wollkleid tragen. Es würde gut genug sein, um nur eben mal ins Rathaus zu gehen.

Aber sie konnte es nicht anziehen... Schmiere auf der Schulter... »Carl, wo könnte ich denn bloß das Schmierfett auf mein Kleid bekommen haben. Ich habe es doch nur zum Dinner mit Mutter angehabt.«

»Ich bringe es für dich in die Reinigung.« Seine Hand, vertraut, klopfte ihr auf die Schulter...

»Nein... nein... nein...«

Die Stimme. »Was bedeutet das, Nancy?«

»Ich weiß nicht... Ich bin nicht sicher... Ich habe Angst...«

»Angst vor Carl?«

»Nein... er ist gut zu mir... Ich bin so müde... immer so müde... Nimm die Medizin ein... Du brauchst sie... Die Kinder... Peter und Lisa... alles in Ordnung eine Zeitlang... Carl war gut... Bitte, Carl, schließ die Tür...

Bitte, Carl, ich mag das nicht... Faß mich nicht so an... Laß mich in Ruhe...«

»Wieso sollte er Sie in Ruhe lassen, Nancy?«

»Nein... Ich will nicht darüber sprechen...«

»War Carl gut zu den Kindern?«

»Er wollte, daß sie gehorchten... Er wollte, daß sie artig waren... Er machte Peter angst... und Lisa... ›Also, mein kleines Mädchen hat ein kleines Mädchen‹...«

»Hat Carl das wirklich gesagt?«

»Ja. Er faßt mich nicht mehr so an... Ich bin froh darüber... Aber ich darf nach dem Essen keine Medizin einnehmen... Ich werde zu müde... Etwas stimmt da nicht... Ich muß fort... Die Kinder... Fort...«

»Von Carl?«

»Ich bin nicht krank... Carl ist krank...«

»Wieso ist er krank, Nancy?«

»Ich weiß nicht...«

»Nancy, erzählen Sie uns von dem Tag, an dem Peter und Lisa verschwanden. Woran erinnern Sie sich da noch?«

»Carl ist böse.«

»Warum ist er böse?«

»Die Medizin... gestern abend... Er sah, wie ich sie ausgoß... holte noch mehr... mußte sie einnehmen... So müde... so müde... Lisa weint... Carl... bei ihr... Ich muß aufstehen... muß zu ihr gehen... weint so sehr... Carl schlägt sie... sagt, sie hätte ins Bett gemacht... Ich muß sie wegbringen... am Morgen... Mein Geburtstag... Ich werde Carl sagen...«

»Ihm was sagen?«

»Er weiß es... er merkt es langsam...«

»Merkt was, Nancy?«

»Ich gehe fort... nehme die Kinder... Muß fortgehen...«

»Haben Sie Carl nicht geliebt, Nancy?«

»Ich müßte es. Er sagte: ›Herzliche Glückwünsche zum

Geburtstag‹ ... Lisa so still. Ich habe ihr versprochen, wir würden für mich einen Geburtstagskuchen backen ... Sie und Peter und ich ... wir würden ausgehen und Kerzen und Schokolade besorgen. Schlechtes Wetter ... fängt an zu regnen ... vielleicht wird Lisa krank ...«

»Fuhr Carl zur Schule an diesem Tag?«

»Ja ... Er rief an ... Ich sagte, wir führen ins Einkaufszentrum ... daß ich danach zum Arzt wollte, damit er sich Lisa ansieht ... Ich war beunruhigt. Ich sagte, um elf würde ich zum Markt fahren ... nach der Kindersendung im Fernsehen ...«

»Was hat Carl erwidert, als Sie ihm sagten, daß Sie sich wegen Lisa Sorgen machten?«

»Er sagte, daß das Wetter so schlecht sei ... wenn sich Lisa erkältete, er wünsche nicht, daß sie nach draußen ginge. Er sagte, ich sollte sie beim Einkaufen im Wagen lassen ... Sie wollten beim Kuchenbacken helfen ... Sie waren ganz aufgeregt über meinen Geburtstag. Es gab nie etwas Lustiges für sie ... Ich hätte nicht zulassen dürfen, daß Carl so streng war ... meine Schuld ... Ich werde mit dem Arzt sprechen ... muß den Doktor fragen ... wegen Lisa ... meinetwegen ... Warum bin ich immer so müde? ... Warum nehme ich so viel Medizin? ... Rob brachte die Kinder zum Lachen ... Sie waren ganz anders, wenn er da war ... Kinder sollten lachen ...«

»Haben Sie Rob geliebt, Nancy?«

»Nein ... Ich war in einem Käfig ... mußte da heraus ... wollte mit jemandem sprechen ... Dann sagte Rob, was ich ihm sagte ... War aber gar nicht so ...« Sie sprach immer lauter.

Lendons Stimme nahm einen besänftigenden Ton an. »Dann haben Sie um elf die Kinder mit zum Einkaufen genommen.«

»Ja. Es regnete ... Ich sagte den Kindern, daß sie im Wagen bleiben sollten ... Sie sagten, daß sie das tun wollten ... So artige kleine Kinder ... Sie saßen auf dem Rücksitz, als ich wegging... Sah sie niemals wieder... niemals... niemals...«

»Nancy, waren da viele Autos auf dem Parkplatz?«

»Nein... Niemand im Geschäft, den ich kannte... so stürmisch... kalt... nicht viele Leute...«

»Wie lange waren Sie in dem Geschäft?«

»Nicht lange... zehn Minuten... Konnte keine Geburtstagskerzen finden... Zehn Minuten... Laufe zum Auto zurück... Die Kinder verschwunden.« Ungläubigkeit in der Stimme.

»Was taten Sie dann, Nancy?«

»Weiß nicht, was ich tun soll... vielleicht sind sie fortgegangen, ein Geschenk kaufen für mich... Peter hat Geld... Sie würden nicht weggehen außer deswegen... Sie sind so artig... Sind vielleicht deshalb weggegangen... Vielleicht in einem anderen Geschäft... Vielleicht im Billigladen... Suche im Süßwarengeschäft... Suche im Geschenkartikelladen... in der Eisenwarenhandlung... suche wieder im Wagen... Suche, suche nach den Kindern...«

»Haben Sie gefragt, ob jemand die Kinder gesehen hätte?«

»Nein... Carl darf das nicht erfahren. Er wird böse sein... Will nicht, daß er die Kinder schlägt...«

»Dann haben Sie alle Geschäfte im Einkaufszentrum abgesucht.«

»Vielleicht kamen sie, um mich zu suchen... haben sich verlaufen... Suche auf dem Parkplatz... Vielleicht konnten sie das Auto nicht wiederfinden... Fange an zu rufen... ganz erschrocken... Jemand sagte, wir wollen die Polizei anrufen und Ihren Mann... Ich sagte: Bitte, nichts meinem Mann sagen... Frau sagte darüber beim Prozeß aus... Ich wollte nur nicht, daß Carl böse war...«

»Warum sagten Sie das nicht bei Ihrem Prozeß?«

»Durfte nicht... Anwalt sagte, sagen Sie nicht, daß Carl böse war... Sagen Sie nicht, daß Sie sich am Telefon gezankt haben... Lisa hat nicht ins Bett gemacht... Bett trocken...«

»Was meinen Sie damit?«

»Bett trocken... Warum hat Carl ihr weh getan? Warum? Ist egal... Alles egal... Die Kinder weg... Michael... Missy auch weg... Suche sie... muß sie suchen...«

»Erzählen Sie uns, wie Sie Michael und Missy suchten, heute morgen.«

»Ich muß am See suchen... Vielleicht sind sie zum See gelaufen... Vielleicht sind sie ins Wasser gefallen... Schnell, schnell... Da ist etwas im See... Da ist etwas unter der Oberfläche...«

»Was war da unter der Oberfläche, Nancy?«

»Rot, etwas Rotes... Vielleicht Missys Handschuh... Ich muß ihn holen... Wasser ist so kalt... Ich kann es nicht erreichen... Es ist kein Handschuh... Es ist kalt, kalt...«

»Was haben Sie gemacht?«

»Die Kinder sind nicht hier... hinaus... aus dem Wasser... So kalt... Der Strand... Ich fiel hin am Strand... Er war da im Wald... beobachtete mich... Ich sah ihn da... beobachtete mich...«

Jed Coffin erhob sich. Ray sprang nach vorn, tief erschüttert. Lendon hob warnend die Hand. »Wer war dort, Nancy?« fragte er. »Sagen Sie uns, wer dort war.«

»Ein Mann... Ich kenne ihn... Es war... es war... Rob Legler... Rob Legler war dort... Er hatte sich versteckt... sah mich an.«

Ihre Stimme hob sich, fiel zusammen; ihre Augenlider flatterten, öffneten sich und schlossen sich wieder langsam. Ray wurde blaß. Dorothy holte tief Luft. Das Bindeglied zwischen beiden Fällen war gefunden.

»Das Amytal hat seine Wirkung nahezu verloren. Sie wird schon bald zu sich kommen.«

Lendon erhob sich und zog eine Grimasse, als er die

Verkrampfung in seinen Knien und Oberschenkeln verspürte.

»Doktor, kann ich draußen mit Ihnen und Jonathan ein Wort sprechen?« Jeds Stimme klang unverbindlich.

»Bleiben Sie bei ihr, Ray«, mahnte Lendon. »Sie kann jetzt jeden Augenblick zu sich kommen.«

Im Speisezimmer blickte Jed Lendon Jonathan prüfend an. »Doktor, wie lange soll das noch so weitergehen?« Jeds Gesicht war undurchdringlich.

»Ich bin der Meinung, daß wir jetzt aufhören sollten, Nancy noch weiter auszufragen.«

»Was haben wir denn nun aus alledem herausbekommen außer der Tatsache, daß sie vor ihrem Mann Angst hatte, daß sie ihn offensichtlich nicht liebte und daß möglicherweise heute morgen Rob Legler am See war?«

Lendon starrte ihn an: »Du lieber Gott, haben Sie denn nicht gehört, was diese Frau gerade gesagt hat? Begreifen Sie denn nicht, was Sie soeben gehört haben?«

»Ich weiß lediglich, daß ich absolut nichts gehört habe, was mir hilft, meine Pflicht zu erfüllen und die Eldredge-Kinder zu finden. Ich habe nur gehört, daß Nancy Eldredge sich selbst die Schuld am Tod ihrer Mutter gibt, was ganz natürlich ist, wenn eine Mutter ihr Kind auf dem College besucht und dabei tödlich verunglückt. Ihre Reaktionen ihrem ersten Mann gegenüber klingen ziemlich hysterisch. Sie bemüht sich, ihm die Schuld dafür zu geben, daß sie selbst versuchte, aus ihrer Ehe auszubrechen.«

»Was für einen Eindruck haben Sie von Carl Harmon bekommen?« fragte Lendon sachlich.

»Einer von diesen egoistischen Kerlen, die eine jüngere Frau heiraten und immer die Oberhand haben wollen. Zum Teufel. Er ist nicht anders als mindestens die Hälfte der Männer hier am Kap. Ich möchte Ihnen Beispiele nennen, wo die Kerle ihre Frauen nicht einmal über zehn Cent verfügen lassen, außer um Lebensmittel zu kaufen. Ich kenne einen, dessen Frau nicht einmal den gemeinsamen

Wagen fahren darf. Ein anderer verbietet seiner Frau, abends allein auszugehen. Das ist doch in der ganzen Welt so üblich. Vielleicht hat dieses Pack von Women's Lib deshalb immer etwas zu meckern.«

»Captain, wissen Sie, was Pädophilie ist?« fragte Lendon ruhig.

Jonathan nickte: »Genau daran habe ich auch schon gedacht.«

Lendon ließ Jed keine Zeit zu einer Antwort: »Laienhaft ausgedrückt, es ist eine sexuelle Abnormität, die alle Formen sexueller Betätigung mit einem Kind, das noch nicht das Pubertätsalter erreicht hat, einschließt.«

»Wie paßt das hier hinein?«

»Es paßt noch nicht... nicht ganz. Nancy war achtzehn, als sie heiratete. Aber äußerlich hat sie vielleicht noch sehr kindlich ausgesehen. Captain, gibt es für Sie die Möglichkeit, die Vergangenheit von Carl Harmon überprüfen zu lassen?«

Jed Coffin blickte ihn ungläubig an. Als er antwortete, bebte seine Stimme vor unterdrücktem Zorn. Er zeigte auf den Graupel, der ein unaufhörliches hartes Stakkato gegen das Fenster trommelte. »Doktor«, sagte er, »sehen Sie und hören Sie das da? Irgendwo da draußen sind zwei Kinder, die entweder in der Eiseskälte herumlaufen oder sich in der Hand von weiß Gott welchem Irren befinden, und vielleicht sind sie auch tot. Aber es ist meine Aufgabe, sie zu finden, und zwar sie jetzt zu finden. Wir haben jetzt eine heiße Spur in dieser ganzen Sache. Die besteht darin, daß sowohl Nancy Eldredge als auch ein Tankwart diesen Rob Legler, einen ziemlich widerwärtigen Typ, in unmittelbarer Nähe des Tatorts erkannt haben. Das ist eine Information, mit der ich tatsächlich etwas anfangen kann.« Verächtlich stieß er jetzt seine Worte hervor. »Und Sie erwarten von mir, daß ich meine Zeit damit vergeude, Ermittlungen über einen Toten anzustellen, um irgendeine schiefe Theorie zu beweisen?«

Das Telefon läutete. Bernie Mills, der sich unauffällig im Zimmer aufgehalten hatte, beeilte sich, den Hörer abzunehmen. Jetzt sprachen sie darüber, daß sie Ermittlungen über Nancys ersten Mann einleiten wollten. Warte nur, wenn er das Jean erzählte. Er nahm schnell den Hörer auf. Es war das Polizeirevier. »Holen Sie den Captain«, fauchte Sergeant Poler an seinem Schreibtisch.

Lendon und Jonathan warteten. Captain Coffin hörte aufmerksam zu, dann stellte er schnelle, kurze Fragen: »Wann war das? Wo?«

Die Männer blickten sich an, ohne ein Wort zu sagen. Lendon merkte, daß er betete – ein stummes, inniges Gebet, daß die Meldung keine schlimme Nachricht über die Kinder sein möge.

Jed knallte den Hörer auf die Gabel zurück und drehte sich zu ihnen um. »Heute morgen gegen halb elf ist Rob Legler hier in der Stadt im Adams Port Motel abgestiegen. Ein Wagen, den er vermutlich gestohlen hat, wurde gerade auf der Route 6 A zu Bruch gefahren, aber er ist entkommen. Er versucht wahrscheinlich, sich zum Festland durchzuschlagen. Wir haben eine Großfahndung nach ihm eingeleitet, und ich fahre jetzt hinüber, um das Kommando zu übernehmen. Ich lasse Polizist Mills hier. Wir werden diesen Halunken Legler kriegen, und wenn wir ihn haben, dann werden wir, glaube ich, auch eine Antwort darauf bekommen, was mit den Kindern passiert ist.«

Nachdem sich die Tür hinter ihm geschlossen hatte, wandte sich Jonathan an Lendon: »Was halten Sie bis jetzt davon?«

Lendon wartete eine ganze Minute, ehe er antwortete. *Ich habe von alledem noch nicht genügend Abstand,* dachte er. *Ich sehe Priscilla am Telefon ... Wie sie mich anruft. Carl Harmon verließ nach ihr den Tisch. Wohin ging er? Konnte er mithören, was Priscilla mir sagte? Nancy sagte, auf ihrem Kleid sei Schmiere gewesen. Hatte sie nicht eigentlich gesagt, daß sie glaubte, Carls Hand müsse verschmiert gewesen sein und daß ihr Kleid verschmutzt wurde, als er ihr seine Hand auf die Schulter legte? Hatte sie nicht zu sagen versucht, daß sie glaubte, Carl habe etwas mit Priscillas Wagen gemacht?* Vor Lendon zeichnete sich langsam der Umriß eines Verbrechens ab. Aber welchen Nutzen konnte dieses Wissen schon haben, wenn Carl Harmon in seinem Grabe lag?

Jonathan sagte: »Wenn Ihre Gedanken sich in die gleiche Richtung bewegen wie meine, dann wird es uns nicht viel helfen, wenn wir bis zum Verschwinden der Harmon-Kinder zurückgehen. Sie denken an den Vater.«

»Ja«, sagte Lendon.

»Und weil der tot ist, halten wir uns an Rob Legler, den Mann, den Carl Harmon ins Haus geschickt hat, den Zeugen, dessen Aussage zu Nancys Verurteilung führte. Wie genau ist Nancys Schilderung des heutigen Morgens unter Amytal?«

Lendon schüttelte den Kopf. »Das kann ich nicht mit Sicherheit sagen. Es ist bekannt, daß einige Patienten sogar unter Drogen widerstehen und verdrängen. Aber ich bin überzeugt, daß sie Rob Legler am Maushop See gesehen hat – oder glaubt, ihn gesehen zu haben.«

Jonathan sagte: »Und heute morgen um halb elf stieg er in einem Motel ab, *allein*.«

Lendon nickte.

Ohne noch ein Wort zu sagen, wandten sich die beiden Männer zum Fenster und blickten hinaus in Richtung auf den See.

22

Die Fernsehnachrichten um fünf Uhr berichteten nur kurz über die Krise im Nahen Osten, die steigende Inflation, die Streikdrohung der Automobilarbeiter und die düsteren Aussichten der ›New England Patriots‹. Der größte Teil der halbstündigen Sendung war dem Verschwinden der Eldredge-Kinder gewidmet und alten Filmstreifen über den sensationellen Mordfall Harmon.

Die Bilder, die im Lokalanzeiger von Cape Cod erschienen waren, wurden noch einmal gezeigt, und vor allem wurde ein Bild besonders herausgestellt, auf dem Rob Legler zusammen mit Professor Harmon das Gerichtsgebäude in San Francisco verließ, unmittelbar nachdem Nancy Harmon wegen vorsätzlichen Mordes an ihren Kindern verurteilt worden war.

Die Stimme des Kommentators klang besonders eindringlich, als dieses Bild gezeigt wurde. »Es ist absolut sicher, daß Rob Legler heute morgen in unmittelbarer Nähe des Hauses der Familie Eldredge erkannt wurde. Wenn Sie glauben, diesen Mann gesehen zu haben, rufen Sie bitte sofort diese Sondernummer an: KL fünf, drei, achthundert. Das Leben der Eldredge-Kinder steht auf dem Spiel. Wenn Sie glauben, irgendwelche Informationen zu besitzen, die zu der Person oder den Personen führen können, die für das Verschwinden der Kinder verantwortlich sind, bitten wir Sie dringend, diese Nummer anzurufen: KL fünf, drei, achthundert. Ich wiederhole: KL fünf, drei, achthundert.«

Als der Strom ausfiel, hatten die Wiggins ihr Geschäft geschlossen und waren noch rechtzeitig zu Hause angelangt, um auf ihrem batteriebetriebenen Fernsehapparat die Nachrichten mitzubekommen.

»Der Kerl kommt mir irgendwie bekannt vor«, sagte Mrs. Wiggins.

»Das sagst du immer«, knurrte ihr Mann.

»Nein … eigentlich nicht. Er hat so etwas an sich … die Art wie er sich nach vorn beugt … Keine Augenweide.«

Jack Wiggins starrte seine Frau an. »Ich dachte gerade, daß er genau der Typ ist, der einem jungen Mädchen den Kopf verdrehen könnte.«

»Der? Ach, du meinst den jungen. Ich spreche von dem anderen Kerl – dem Professor.«

Jack blickte seine Frau herablassend an. »Genau aus diesem Grunde sage ich immer, Frauen sind keine guten Zeugen und sollten niemals Geschworene sein. Niemand spricht von diesem Professor Harmon. Der hat Selbstmord verübt. Die sprechen von diesem Schurken Legler.«

Mrs. Wiggins biß sich auf die Lippen. »Ich verstehe schon. Ja, ja. Ich glaube, du hast recht. Es ist nur... na gut...«

Ihr Mann stand schwerfällig auf: »Wann ist das Abendessen fertig?«

»Oh, gleich. Es ist nicht leicht, sich um das Essen zu kümmern, wenn man an den kleinen Michael und an Missy denkt... Weiß der Himmel, wo... Man denkt, man möchte ihnen einfach helfen. Es ist mir ganz gleich, was die über Nancy Eldredge sagen. Sie kam nicht allzu oft ins Geschäft, aber wenn sie kam, habe ich immer gern zugesehen, wie sie mit den Kindern umging. Weißt du, das hier läßt unseren täglichen kleinen Ärger so unwichtig erscheinen.«

»Was für täglichen kleinen Ärger haben wir denn?« Sein Ton wurde beißend und argwöhnisch.

»Nun...« Mrs. Wiggins preßte die Lippen zusammen. Sie hatten im letzten Sommer sehr viel Ärger mit Ladendieben gehabt. Jack regte sich schon auf, wenn er nur daran dachte. Das war der Grund, weshalb sie es den ganzen Tag über einfach nicht für sinnvoll gehalten hatte, ihm zu erzählen, daß sie absolut sicher war, daß Mr. Parrish heute morgen eine große Dose Kinderpuder vom Regal gestohlen hatte.

23

Auch in einer bescheidenen Wohnung in einer Straße hinter der St. Francis Xavier Kirche in Hyannis Port waren die Fünfuhrnachrichten eingeschaltet, Patrick Keeneys Familie begann gerade mit dem Abendessen. Alle Augen klebten an dem kleinen tragbaren Gerät in dem überfüllten kleinen Speisezimmer.

Ellen Keeney schüttelte den Kopf, als das Bild von Michael und Missy auf dem Bildschirm erschien. Unwillkürlich sah sie einen Moment lang zu ihren kleinen Kindern hinüber – Neil und Jimmy, Deirdre und Kit... eins... zwei... drei... vier. Immer wenn sie mit ihnen zum Strand ging, war das so. Sie hörte nie auf, sie zu zählen. *Lieber Gott, laß nicht zu, daß ihnen etwas passiert, niemals, bitte.* Das war ihr Gebet.

Ellen ging täglich in die St. Francis Kirche zur Kommunion, und besuchte meistens dieselbe Messe wie Mrs. Rose Kennedy. Sie erinnerte sich an die Tage, nachdem der Präsident und dann Bobby ermordet worden waren, als Mrs. Kennedy immer in die Kirche kam, ihr Gesicht vom Schmerz gezeichnet, aber beherrscht und gefaßt. Während der Messe sah Ellen nie zu ihr hin. Arme Frau, sie hatte einen Anspruch darauf, irgendwo für sich allein zu sein. Oft lächelte Mrs. Kennedy und nickte und sagte manchmal »Guten Morgen«, wenn sie nach der Messe zufällig im gleichen Augenblick hinausgingen. *Wie hält sie das aus?* fragte sich Ellen. *Wie kann sie das aushalten?* Jetzt dachte sie genau das gleiche. *Wie kann Nancy Eldredge das aushalten?... besonders wenn man bedenkt, daß ihr das schon einmal passiert ist.*

Der Kommentator sprach gerade über den Artikel im Lokalanzeiger – daß sich die Polizei bemühte, den Verfasser aufzuspüren. Ellen hatte seine Worte kaum aufgenommen, als sie schon zu der Überzeugung gelangte, daß Nancy keine Schuld am Tode ihrer Kinder trug. Es war einfach nicht möglich. Keine Mutter mordete ihr eigen Fleisch und Blut. Sie merkte, daß Pat sie ansah und lächelte kurz zu ihm hinüber – ein Lächeln, das besagte: *Wir sind vom Glück gesegnet, mein Liebling, wir sind vom Glück gesegnet.*

»Er ist furchtbar dick geworden«, sagte Neil.

Überrascht starrte Ellen ihr ältestes Kind an. Als er sieben Jahre alt war, hatte Neil ihr Sorgen gemacht. Er war so unternehmungslustig, so unberechenbar. Er hatte das dunkelblonde Haar von Pat und graue Augen. Er war klein für sein Alter, und sie wußte, daß er darüber ein wenig traurig war, aber von Zeit zu Zeit tröstete sie ihn: »Vati ist groß, und dein Onkel Tom ist groß, und eines Tages bist du auch groß.« Aber Neil sah immer noch jünger aus als alle anderen in seiner Klasse.

»Wer ist dick geworden, Schatz?« fragte sie geistesabwesend und wandte ihm wieder den Rücken zu, um auf den Bildschirm zu sehen.

»Dieser Mann da, ganz vorn der. Das ist der Mann, der mir den Dollar gab, damit ich nach seiner Post fragte, im Postamt, vor einem Monat. Weißt du noch, ich habe dir doch den Zettel gezeigt, den er geschrieben hat, weil du mir nicht glauben wolltest.«

Ellen und Pat starrten wie gebannt auf den Fernsehschirm, wo gerade zu sehen war, wie Rob Legler hinter dem Professor Carl Harmon den Gerichtssaal verließ.

»Neil, du irrst dich. Der Mann ist schon lange tot.«

Neil war gekränkt. »Siehst du. Du glaubst mir nie etwas. Aber als du mich immer wieder fragtest, hast du mir das auch nicht geglaubt. Er ist jetzt viel dicker und hat keine Haare mehr; aber als er sich aus dem Kombiwagen lehnte, ließ er den Kopf genauso nach vorn hängen wie dieser Mann.«

Der Sprecher sagte gerade: »... jede Information, ganz gleich wie unwichtig sie Ihnen auch erscheinen mag.«

Pat blickte finster vor sich hin.

»Warum guckst du so böse, Vati?« fragte die fünf Jahre alte Deirdre ängstlich.

Sein Gesicht hellte sich auf. Neil hatte gesagt: ›Wie dieser Mann.‹ »Ich glaube, weil mir manchmal klar wird, wie schwer es ist, eine Bande wie euch aufzuziehen«, erwiderte er, während er ihr mit der Hand durch das kurze lockige Haar fuhr. Er war dankbar dafür, daß sie hier bei ihm war, in Reichweite. »Stell den Fernseher ab, Neil«, befahl er seinem Sohn. »Nun, Kinder, bevor wir das Tischgebet sprechen, wollen wir beten, daß Gott die Eldredge-Kinder gesund nach Hause zurückkehren läßt.«

Während des folgenden Gebetes war Ellen mit ihren Gedanken ganz woanders. Die hatten dringend um jede Information gebeten, gleichgültig, wie unbedeutsam sie erscheinen mochte, und Neil hatte einen Dollar Trinkgeld bekommen, um im Hauptpostamt einen Brief abzuholen. Sie erinnerte sich ganz genau an den Tag: Mittwoch vor vier Wochen. Sie erinnerte sich an das Datum, weil an dem Abend in der Schule eine Elternversammlung stattfand und sie sich sehr ärgerte, weil Neil so spät zum Abendessen kam. Ganz plötzlich fiel ihr etwas ein.

»Neil, hast du zufällig noch den Zettel, den der Mann dir zur Vorlage beim Postamt gegeben hat?« fragte sie. »Ich glaube, ich habe gesehen, daß du ihn zusammen mit dem Dollar in deine Spardose gesteckt hast.«

»Ja, den habe ich noch.«

»Kannst du ihn bitte holen?« bat sie ihn. »Ich möchte mal den Namen darauf sehen.«

Pat sah sie prüfend an. Als Neil das Zimmer verlassen hatte, sprach er über die Köpfe der übrigen Kinder hinweg. »Erzählt mir nur nicht, daß ihr spart...«

Plötzlich hatte sie das Gefühl, sich lächerlich zu machen. »Ach, komm, iß auf, Schatz. Ich glaube, ich bin einfach etwas nervös. Es sind Leute wie ich, die der Polizei immer die Zeit stehlen. Komm Kit, reich mir deinen Teller herüber. Ich schneide dir das Stück Pastete, so wie du es gern hast.«

24

Alles lief so völlig verkehrt. Nichts klappte, wie er sich das vorgestellt hatte. Erst kam dieses verrückte Weibsstück hierher – und dann das kleine Mädchen: warten müssen, bis sie aufwachte, wenn sie überhaupt aufwachte, weil er nur spüren konnte, wie sie sich drehte und wand und sich von ihm loszureißen versuchte. Und jetzt war ihm auch noch der Junge entwischt und hatte sich versteckt. Er mußte ihn finden.

Courtney hatte ein Gefühl, als ob ihm alles aus den Händen glitt. Das Gefühl der Vorfreude und Erwartung war längst in Enttäuschung und Ärger umgeschlagen. Er schwitzte zwar nicht mehr, aber der Schweiß hing immer noch schwer in seiner Kleidung, so daß sie ihm ganz unangenehm am Körper klebte. Der Gedanke an die großen blauen Augen des Jungen, in denen er Nancy wiedererkannte, lösten in ihm keine Begierde mehr aus.

Der Junge stellte eine Gefahr dar. Wenn der entkam, war es aus mit ihm. Besser beiden den Hals umdrehen und sie ins Jenseits befördern, wie damals. Auf der Stelle konnte er sich alle Gefahren vom Halse schaffen – die Luft abdrücken, Lippen und Nasenlöcher und Augen zuhalten – und dann, in ein paar Stunden, bei Hochflut, ihre Leichen in die aufgewühlte Brandung schleudern. Keiner wüßte etwas davon. Er wäre wieder in Sicherheit, es gäbe keine Gefahr mehr für ihn, und er könnte sich an Nancys Qualen weiden.

Und morgen abend, wenn die ganze Gefahr vorüber war, würde er zum Festland fahren. Er würde in der Dämmerung aufbrechen, und vielleicht ging da irgendein kleines Mädchen allein spazieren, und er würde ihm erzählen, daß er der neue Lehrer sei... Das klappte immer.

Als er diesen Entschluß gefaßt hatte, fühlte er sich wohler. Jetzt mußte er nur noch diese Gefahr abwenden. Das war alles, was er jetzt noch wollte. Dieses Kind, widerspenstig wie Nancy... machte einem Ärger... war undankbar... wollte einfach davonlaufen... er würde es finden. Er würde es fesseln und dann die Plastikfolie holen. Er hatte darauf geachtet, daß er eine Sorte nahm, die Nancy bei Lowery gekauft haben konnte. Zuerst würde er sich den Jungen vornehmen, weil der Junge so lästig war. Und dann... das kleine Mädchen... auch sofort. Es war zu gefährlich, sie noch zu schonen.

Wenn er sich in Gefahr fühlte, erhöhte sich immer seine Wahrnehmungsfähigkeit. Wie beim letztenmal. Er hatte eigentlich nicht gewußt, was er tun wollte, als er heimlich durch das Hochschulgelände zum Einkaufszentrum gefahren war. Er hatte lediglich gewußt, daß Nancy auf keinen Fall mit Lisa zum Arzt gehen durfte. Er war schon vor ihrer Ankunft dagewesen, hatte auf der kleinen Zufahrtstraße zwischen dem Einkaufszentrum und dem Hochschulgelände geparkt. Er hatte beobachtet, wie sie auf den Parkplatz fuhr, mit den Kindern sprach und in den Laden ging. Keine Wagen in der Nähe. Im gleichen Augenblick hatte er gewußt, was er zu tun hatte.

Die Kinder waren so gehorsam gewesen. Sie hatten ganz überrascht und verängstigt ausgesehen, als er die Wagentür öffnete. Aber als er sagte: »Schnell jetzt – wir spielen Mutti zum Geburtstag einen kleinen Streich«, waren sie in den Kofferraum geklettert, und im Nu war alles vorbei. Die Plastiktüten über ihre Köpfe gezogen und festgedreht, mit den Händen so lange festgehalten, bis sie sich nicht mehr rührten, den Kofferraum geschlossen und zurück zur Hochschule. Nicht einmal achtzehn Minuten vergangen, alles in allem; die Studenten eifrig bei ihren

Experimenten, keiner hatte ihn vermißt. Ein ganzer Saal voller Zeugen, die, falls erforderlich, seine Anwesenheit bestätigen konnten. An jenem Abend war er mit dem Wagen einfach an den Strand gefahren und hatte die Leichen in den Ozean gekippt. Günstige Gelegenheit ergriffen, Gefahr abgewendet, damals, vor sieben Jahren – und jetzt, wieder Gefahr abwenden. »Michael, komm heraus, Michael. Ich bring' dich nach Hause zu deiner Mutter.«

Er stand noch in der Küche. Er hielt die Sturmlampe hoch und schaute umher. Es gab keine Stelle, wo man sich verstecken konnte. Die Schränke waren alle ganz hoch. Doch es würde unendlich schwer sein, den Jungen bei dieser Dunkelheit in diesem labyrinthartigen Haus zu finden, wenn er nur diese Lampe zum Suchen hatte. Es würde Stunden dauern, und wo sollte er anfangen?

»Michael, willst du nicht nach Hause gehen zu deiner Mutter?« rief er wieder. »Sie ist nicht in den Himmel gekommen... sie ist wieder ganz gesund... sie möchte, daß du zu ihr kommst.«

Sollte er mit dem zweiten Stock beginnen und zuerst dort in den Schlafzimmern suchen? überlegte er.

Aber der Junge hat bestimmt versucht, durch diese Tür nach draußen zu gelangen. Das war ein schlauer Bursche. Der war bestimmt nicht im oberen Stockwerk geblieben. Ob er vielleicht nach vorn zur Haustür gelaufen war? Besser dort nachsehen.

Er betrat schon das kleine Foyer, da fiel ihm der rückwärtige Salon ein. Wenn der Junge in der Küche gewesen war und ihn kommen gehört hatte, dann hatte er sich wahrscheinlich dort versteckt.

Er ging auf die Zimmertür zu. Hatte er da Atmen gehört, oder war das nur der Wind, der um das Haus ächzte? Er ging ein paar Schritte weiter, in das Zimmer hinein, und hielt die Petroleumlampe hoch über seinen Kopf. Seine Blicke schossen umher, versuchten die Dunkelheit zu durchdringen. Er wollte sich schon abwenden. Da schwenkte er plötzlich seine Lampe nach rechts.

Er blickte gebannt auf das, was er sah, dann brach er in ein hohes, hysterisches Wiehern aus. Wie ein riesiges hockendes Kaninchen zeichnete sich auf dem fahlen Eichenboden der Schatten einer kleinen Gestalt ab, die sich hinter der Couch zusammengeduckt hatte. »Jetzt habe ich dich, Michael«, schrie er, immer noch kichernd, »und jetzt entkommst du mir nicht.«

25

Der Strom fiel gerade in dem Augenblick aus, als John Kragopoulos von der Route 6 A in die Straße einbog, die zum ›Ausguck‹ führte. Unwillkürlich trat er auf den Knopf unter seinem Fuß und schaltete das Fernlicht ein. Die Sicht war noch immer schlecht, und er fuhr vorsichtig, denn er spürte den Matsch unter den Reifen, und der Wagen hatte die Neigung, in den Kurven zu schleudern.

Er überlegte, wie er es bloß rechtfertigen konnte, ein so großes, labyrinthartiges Haus nach einem kleinen Feuerzeug absuchen zu wollen. Mr. Parrish konnte ihm mit gutem Grund vorschlagen, er möge doch am nächsten Morgen zurückkehren. Oder er konnte ihm anbieten, selbst danach zu suchen und es Dorothy zu geben, wenn er es fand.

John nahm sich vor, mit seiner Stablampe zur Tür zu gehen. Er würde sagen, er könne sich ganz genau daran erinnern, etwas fallen gehört zu haben, als er sich über das Teleskop beugte. Er hätte eigentlich sofort nachsehen wollen, ob ihm etwas aus der Tasche gefallen sei. Das klang einleuchtend. Jedenfalls war es das Apartment im dritten Stock, das er sich ansehen wollte.

Der leichte Anstieg zum ›Ausguck‹ war heimtückisch.

In der letzten Kehre der Straße kam der Wagen vorne gefährlich ins Rutschen. John umklammerte das Steuer, dann hafteten die Reifen wieder und hielten die Spur. Nur ein paar Zentimeter, und es hätte ihn die steile Böschung hinabgeschleudert. Er wäre dann bestimmt gegen die mächtige Eiche geprallt, die kaum zwei Meter entfernt stand. Ein paar Minuten später steuerte er den Wagen in die rückwärtige Auffahrt zum ›Ausguck‹. Er verwarf die Möglichkeit, den Wagen in der relativ geschützten Garage abzustellen, so wie Dorothy es getan hatte. Er wollte ungezwungen und aufgeräumt wirken. Wenn überhaupt, dann sollte in seinem Verhalten höchstens eine leichte Verärgerung spürbar sein, so als ob ihm selbst alles sehr lästig und unangenehm wäre. Er würde sagen, daß er seinen Verlust beim Essen bemerkt habe, und da er noch in der Stadt gewesen sei, habe er sich entschlossen, lieber sofort zurückzufahren als später zu telefonieren.

Als er aus dem Wagen stieg, fiel ihm die unheilvolle Dunkelheit des großen Hauses auf. Selbst das Obergeschoß lag völlig im Dunkeln. Der Mann mußte doch Sturmlampen haben. Stromausfälle bei schweren Stürmen konnten am Kap doch nichts Ungewöhnliches sein. Aber angenommen, Parrish war eingeschlafen und hatte nichts davon bemerkt, daß der Strom ausgefallen war? Angenommen – bloß angenommen – eine Frau wäre bei ihm zu Besuch gewesen, die nicht gesehen werden wollte. Es war das erstemal, daß er an diese Möglichkeit dachte.

Plötzlich kam er sich sehr albern vor und rang mit sich, ob er sich nicht wieder in den Wagen setzen sollte. Der Wind peitschte ihm den Graupel ins Gesicht und in den Kragen und in die Ärmel seines Mantels; das wohlige Behagen, das die Mahlzeit in ihm ausgelöst hatte, war verflogen. Er wurde sich dessen bewußt, wie müde und durchgefroren er war, und dachte daran, daß er noch eine lange und beschwerliche Autofahrt vor sich hatte. Mit seiner fantastischen Geschichte würde er dastehen wie ein Ochs vor dem Tor. Warum hatte er nicht an die Möglichkeit gedacht, daß Parrish jemanden zu Besuch haben könnte, dem es vielleicht peinlich war, gesehen zu werden. John gelangte zu der Auffassung, daß er ein Narr sei, ein mißtrauischer Idiot. Möglicherweise hatten er und Dorothy ihn nur bei einem Schäferstündchen gestört, weiter nichts. Er würde sich davonmachen, bevor er jemandem noch lästig fiele.

Er wollte sich schon ans Steuer setzen, als er hinter dem Küchenfenster, hinten links, einen Lichtschein erblickte. Das Licht bewegte sich schnell, und ein paar Sekunden später sah er, wie es sich in den Fenstern links und rechts neben der Küchentür widerspiegelte. Jemand ging mit der Lampe in der Küche herum.

Vorsichtig schloß John die Wagentür, damit sie nicht laut zuknallte, sondern nur mit einem sanften Klicken einrastete. Er nahm die Taschenlampe fest in die Hand, schlich sich über die Auffahrt hinweg langsam an das Küchenfenster heran und spähte hinein. Das Licht schien jetzt aus dem Foyer zu kommen. Vor seinem geistigen Auge überblickte er noch einmal die Anlage des Hauses. Durch dieses Foyer gelangte man zur Hintertreppe, das bedeutete, daß sich der kleine Salon auf der anderen Seite befand. Im Schutze der verwitterten Schindeln hastete er schnell an der Rückseite des Hauses entlang, an der Küchentür vorbei bis zu den Fenstern, die zum kleinen Salon gehören mußten. Der Schein der Lampe war gedämpft, aber noch während er abwartete, wurde er stärker. Er fuhr zurück, als er die Lampe erblickte, emporgehalten von einem ausgestreckten Arm. Jetzt konnte er Courtney Parrish erkennen. Der Mann suchte etwas... aber was? Er rief nach jemandem. John strengte sich an, etwas zu hören. Der Wind erstickte den Ton, aber er konnte den Namen Michael verstehen. Parrish rief: »Michael!«

John spürte, wie ihm ein eisiger Schrecken den Rücken hinunterfuhr. Er hatte recht gehabt. Der Mann war wahnsinnig, und irgendwo in diesem Hause befanden sich die Kinder. Die Lampe, die er im Bogen schwang, wirkte wie ein Scheinwerfer, der die plumpe Beleibtheit von Parrishs mächtiger Gestalt anstrahlte. John fühlte sich hoffnungslos unterlegen. Er wußte, daß er diesem Mann physisch nicht gewachsen war.

Seine einzige Waffe war die Taschenlampe. Sollte er Hilfe holen? War es möglich, daß Michael Parrish davongelaufen war? Aber wenn Parrish ihn fand... schon ein paar Minuten konnten viel ausmachen.

Dann, voller Entsetzen, sah John, wie Parrish die Lampe nach rechts hinüberschwenkte, hinter die Couch griff und eine kleine Gestalt hervorzog, die verzweifelt wegzulaufen versuchte. Parrish stellte die Lampe hin und umfaßte, wie John erkennen konnte, mit beiden Händen den Hals des Kindes.

John handelte so instinktiv wie damals im Nahkampf während des Zweiten Weltkrieges. Er hob den Arm hoch und zerschlug mit seiner Taschenlampe die Fensterscheibe. Während Courtney Parrish herumfuhr, griff John mit der Hand nach innen und schaffte es mit Gewalt, den Fensterriegel zu öffnen. Mit übermenschlicher Kraft stieß er das Fenster auf und schwang sich über die Fensterbank in das Zimmer. Als er mit den Füßen auf dem Boden aufkam, fiel ihm die Taschenlampe aus der Hand, und Parrish grapschte danach. Mit der linken Hand hielt er jetzt die Sturmlampe und mit rechten hob er die Taschenlampe auf, riß sie hoch und hielt sie wie eine Waffe über seinem Kopf.

Es gab keine Möglichkeit, dem unvermeidlichen Schlag auszuweichen. Aber um Zeit zu gewinnen, duckte sich John und schlängelte sich im Zickzack bis zur Wand zurück. Während er noch »Lauf weg, Michael... Ruf Hilfe!« schrie, gelang es ihm, Parrish die Petroleumlampe aus der Hand zu treten. Einen Augenblick später krachte die Taschenlampe auf seinen Schädel herunter.

26

Es war ein Fehler gewesen, den Wagen im Stich zu lassen. Es war nichts als ein Akt sinnloser Panik gewesen. Rob war davon überzeugt, daß jeder seines Glückes Schmied sei. Heute aber hatte er wirklich jeden denkbaren Bock geschossen. Als er Nancy am See sah, hätte er so schnell wie der Teufel von dem Kap verschwinden sollen. Statt dessen hatte er geglaubt, daß sie auf einem Trip wäre oder einen in der Lampe hätte, und daß er sich nur einen Tag zu gedulden brauchte und dann zu ihr und ihrem Mann gehen konnte, um abzusahnen. Jetzt war er dumm genug gewesen, sich in unmittelbarer Nähe des Hauses blicken zu lassen – und ihre Kinder waren verschwunden.

Rob hatte nie so richtig geglaubt, daß Nancy mit dem Verschwinden der anderen Kinder irgend etwas zu tun hatte; aber jetzt, wer konnte es wissen? Vielleicht drehte sie wirklich durch, wie Professor Harmon behauptet hatte.

Nachdem er aus dem Wagen gesprungen war, hatte Rob Kurs in Richtung Süden genommen, auf die Schnellstraße zu, die mitten durch das Kap führte. Doch als ein Polizeiwagen an ihm vorbeifegte, hatte er kehrt gemacht. Selbst wenn es ihm gelänge, als Anhalter mitgenommen zu werden, bestand die Wahrscheinlichkeit, daß sie an der Brücke eine Straßensperre aufgebaut hatten. Es wäre wohl besser, die Richtung zur Bucht einzuschlagen. Da mußte es doch eine Menge verschlossener Sommerhäuschen geben. Er würde eines von ihnen aufbrechen und sich eine Zeitlang verkriechen. Die meisten hatten bestimmt noch einige Vorräte in der Küche, und er wurde allmählich hungrig. Dann, in ein paar Tagen, wenn sich der Aufruhr etwas gelegt hatte, würde er nach einem Lastwagen suchen, sich hinten drin verstecken und sehen, daß er von dieser verdammten Halbinsel kam.

Er fröstelte, als er die engen verdunkelten Straßen hinabeilte. Dieses Hundewetter hatte wenigstens ein Gutes, es bestand überhaupt keine Gefahr, auf Spaziergänger zu stoßen. Auch gab es kaum Autos auf der Straße.

Aber als er um eine Straßenkurve bog, hatte er kaum noch Zeit, zurück in die dichten Hecken zu springen, um nicht von den Scheinwerfern eines herankommenden Autos erfaßt zu werden. Sein Atem rasselte. Er wartete, bis das Fahrzeug mit kreischenden Reifen an ihm vorbeigerast war. Noch ein Wagen mit Polypen. Die Gegend wimmelte von ihnen. Er mußte von der Straße runter. Es konnten doch höchstens noch ein paar Häuserreihen bis zum Strand sein. Rob bewegte sich rasch an der Hecke entlang und steuerte dann auf die Baumgruppen zu, die die Rückseite der Häuser vor ihm säumten. Die Möglichkeit, geschnappt zu werden, war dort geringer, selbst wenn es länger dauerte, sich durch die Hinterhöfe zu schlagen.

Angenommen, Nancy hätte ihn am See gesehen? Sie hatte ja in seine Richtung geblickt... vielleicht aber auch nicht. Er würde natürlich nicht zugeben, daß er dagewesen war. Sie war wohl kaum in einer Verfassung, daß sie ernsthaft behaupten konnte, ihn gesehen zu haben. Sonst aber hatte ihn keiner gesehen. Da war er sich ganz sicher. Ausgenommen... der Fahrer des Kombiwagens. Vielleicht ein Kerl aus dem Ort... Nummernschilder von Massachusetts... 8-6-4-2... wieso erinnerte er sich daran? Verkehrt herum gelesen... ach natürlich...

2-4-6-8. Das war ihm aufgefallen. Wenn er wirklich geschnappt wurde, konnte er den Bullen von dem Kombiwagen erzählen. Er hatte gesehen, wie der Kombi rückwärts aus dem Feldweg gekommen war, der von dem Grundstück der Eldredges zur Straße führt, und das mußte ungefähr um die Zeit gewesen sein, in der die Kinder verschwanden.

Andererseits aber, angenommen, dieser Kombiwagen war nur ein gewöhnlicher Lieferwagen, über den man schon Bescheid wußte? Den Fahrer hatte Rob überhaupt nicht gesehen, er hatte eigentlich gar nicht auf ihn geachtet... nur flüchtig erkannt, daß es ein großer, dicker Kerl war. Wenn die ihn wirklich schnappten, und er von dem Kombiwagen erzählte, würde er sich nur selbst darauf festnageln, daß er selber am Eldredge-Haus gewesen war.

Nein, gar nichts würde er zugeben, wenn die ihn kriegten. Er würde sagen, er hätte die Absicht gehabt, Nancy zu besuchen. Aber dann hätte er sein Bild im Zusammenhang mit dem Fall Harmon gesehen und es für ratsam gehalten, sich davonzumachen. Nach dieser Überlegung fühlte sich Rob ein wenig besser. Wenn er jetzt bloß bis zum Strand käme und in eines der Ferienhäuser...

Er hastete weiter, sorgsam darauf bedacht, sich ganz im Schatten der kahlen Bäume zu halten; er stolperte, fluchte leise und fand das Gleichgewicht wieder. Dieser Graupel machte diese ganze verdammte Gegend so glatt wie eine Eisbahn. Aber es konnte nicht mehr sehr weit sein. Er mußte jetzt irgendwo hineinkommen, sonst würde er bestimmt noch jemandem in die Arme laufen. Er stützte sich an den eisverkrusteten Bäumen ab und versuchte, schneller zu gehen.

27

Thurston Givens saß ruhig in seiner verglasten Veranda auf der Rückseite des Hauses. Die Dunkelheit brach herein, und er beobachtete den Sturm. Er war achtzig Jahre alt, die Nordoststürme hatten ihn immer fasziniert, und er wußte, daß ihm wahrscheinlich nicht mehr allzu viele Jahre gegeben waren, in denen er sie beobachten konnte. Das Radio lief ganz leise, und er hatte soeben die letzte Meldung über die Eldredge-Kinder gehört. Immer noch keine Spur von ihnen.

Jetzt saß Thurston da und blickte unverwandt nach hinten hinaus und grübelte, warum jungen Menschen solch ein Unglück widerfahren mußte. Sein einziges Kind war während der Epidemie 1917 im Alter von fünf Jahren an Grippe gestorben.

Als ehemaliger Grundstücksmakler war Thurston ein guter Bekannter von Ray Eldredge. Er war auch ein Freund von Rays Vater und Großvater gewesen. Ray war ein feiner Kerl, ein Mann, wie ihn das Kap brauchte. Er war einer, der wußte, was er wollte, und war ein guter Makler – nicht einer von denen, die nur schnell zu Geld kommen wollten und denen die Öffentlichkeit schnuppe war. Eine verdammte Gemeinheit, wenn seinen kleinen Kindern etwas passiert sein sollte. Nancy war in Thurstons Augen bestimmt nicht der Typ, den man mit einem Mord in Verbindung bringen könnte. Hier mußte schon eine bessere und überzeugendere Antwort gefunden werden.

Er träumte ein wenig vor sich hin. Da erregte eine Bewegung am Waldrand seine Aufmerksamkeit. Er beugte sich nach vorn. Seine Augen verengten sich und spähten angestrengt hinaus. Da draußen war jemand, einer, der sich da entlangschlich. Ohne Zweifel jemand, der nicht gesehen werden wollte. Jemand, der nichts Böses im Sinn hatte, würde sich bei diesem Wetter nicht drüben im Wald aufhalten, und es hatte eine Menge Raubüberfälle am Kap gegeben, vor allem in dieser Gegend.

Thurston streckte die Hand nach dem Telefon aus. Er wählte die Nummer des Polizeireviers. Captain Coffin war ein alter Bekannter, aber natürlich – der Captain war wahrscheinlich nicht da. Er war bestimmt in der Sache Eldredge unterwegs.

Am anderen Ende wurde der Hörer aufgenommen und eine Stimme sagte: »Polizeidirektion Adams Port, Sergeant Poler –«

Thurston unterbrach ihn ungeduldig. »Hier spricht Thurston Givens«, sagte er kurz angebunden. »Ich möchte Ihnen mitteilen, daß sich in dem Wald hinter meinem Haus jemand herumtreibt, der schleicht sich zur Bucht hinunter.«

28

Nancy saß aufrecht auf der Couch und blickte starr vor sich hin. Ray hatte das Feuer wieder angezündet, und die Flammen begannen an den dicken Zweigen und den abgebrochenen Aststücken zu lecken. Gestern. Es war doch erst gestern, oder nicht? Sie und Michael hatten vor dem Haus den Rasen geharkt.

»Das ist das letztemal, daß wir vor dem Winter diese Arbeit machen müssen, Mike«, hatte sie gesagt. »Ich glaube, jetzt sind alle Blätter unten.«

Er hatte ernsthaft genickt. Dann, ohne daß sie ihn dazu aufgefordert hatte, hatte er die größten Astbrocken und die dicksten Zweige aus dem Blätterhaufen herausgesucht. »Die sind gut fürs Feuer«, hatte er erklärt. Er hatte die eiserne Harke fallen lassen, und sie war so gefallen, daß die Metallzinken nach oben ragten. Aber als Missy über die Auffahrt gelaufen kam, hatte er die Harke schnell umgedreht. Mit einem entschuldigenden Lächeln hatte er bemerkt: »Vati sagt immer, es sei gefährlich, die Harke so liegen zu lassen.«

Missy gegenüber war er immer so behutsam und umsichtig. Er war so lieb. Er war so wie Ray. In einer ganz unfaßbaren Weise lag ein gewisser Trost darin, daß Mike bei Missy war. Wenn er die Möglichkeit dazu hatte, würde er auf sie achten. Er war ein so umsichtiger kleiner Junge. Wenn sie jetzt irgendwo draußen wären, würde er darauf achten, daß an ihrer Jacke der Reißverschluß geschlossen war. Er würde versuchen, sie zu schützen. Er würde...

»O Gott.«

Erst als Ray erschreckt aufblickte, merkte sie, daß sie laut gesprochen hatte. Er saß in seinem großen Sessel. Sein Gesicht sah so überanstrengt aus. Er schien zu wissen, daß sie es nicht gern hatte, wenn er sie jetzt anfaßte – daß sie sich der Situation gemäß verhalten und ihre Lage bedenken mußte. Sie durfte nicht davon ausgehen, daß die Kinder tot waren. Es war nicht möglich. Sie mußten gefunden werden, ehe irgend etwas geschah.

Auch Dorothy beobachtete sie. Dorothy, die plötzlich so gealtert aussah und so verloren. Sie hatte Dorothys Zuneigung und Liebe hingenommen, ohne sie zu erwidern. Sie hatte sich Dorothy vom Leibe gehalten und ihr deutlich zu verstehen gegeben, daß sie sich nicht in ihren geschlossenen Familienkreis hineindrängeln sollte. Sie wollte nicht, daß die Kinder eine Ersatzgroßmutter hatten. Sie wollte nicht, daß irgend jemand an Mutters Stelle trat.

Ich bin egoistisch gewesen, dachte Nancy. *Ich habe nicht ihre Not gesehen.* Wie seltsam, daß ihr das jetzt so klar war. Wie seltsam, jetzt daran zu denken, wo sie hier herumsaßen, so hilflos und ohnmächtig. Dann aber, was war es denn nur, was sie ein wenig beruhigte? Wieso fühlte sie einen kleinen Funken Hoffnung? Aus welcher Quelle schöpfte sie Trost?

»Rob Legler«, sagte sie. »Ich habe euch erzählt, daß ich heute morgen Rob Legler am See gesehen habe.«

»Ja«, sagte Ray.

»Ist es möglich, daß ich geträumt habe? Glaubt der Doktor, daß ich ihn gesehen habe – daß ich die Wahrheit gesagt habe?«

Ray überlegte einen Augenblick, entschloß sich dann aber, offen zu sein. In Nancy war eine Stärke, eine Direktheit, die nicht bereit war, Ausflüchte hinzunehmen.

»Ich glaube, der Doktor ist der Meinung, daß du eine genaue Darstellung des Geschehens gegeben hast. Und außerdem, Nancy, solltest du noch wissen, daß Rob

Legler mit Sicherheit hier in der Nähe gesehen worden ist, gestern abend schon und heute morgen.«

»Rob Legler würde den Kindern nichts antun.« Ihre Stimme klang sehr sachlich und bestimmt. Das also war die Ursache ihrer Erleichterung. »Wenn er sie mitgenommen hat, wenn er das getan hat, er würde ihnen nichts antun. Da bin ich ganz sicher.«

Lendon kam ins Zimmer zurück. Jonathan dicht hinter ihm. Jonathan merkte, daß er unwillkürlich zu Dorothy hinüberblickte. Sie hatte die Hände tief in ihren Taschen vergraben, und er vermutete, daß sie zu Fäusten geballt waren. Er hatte sie immer als eine bemerkenswert tüchtige und unabhängige Person angesehen – Eigenschaften, die er bewunderte, die aber, wie er fand, eine Frau nicht unbedingt begehrenswerter machten.

Wenn Jonathan sich selbst gegenüber ehrlich war, dann erkannte er deutlich, daß das Bewußtsein, daß Emily ihn brauchte, stets ein wesentliches Element seiner Beziehung zu ihr gewesen war. Sie hatte nie vermocht, einen Verschluß von einem Glas zu schrauben oder ihre Wagenschlüssel zu finden oder ihr Scheckkonto auszugleichen. Er hatte sich immer in seiner Rolle als nachsichtiger und handwerklich geschickter Ehemann gesonnt, der ständig etwas befestigte, etwas unternahm oder meisterte. Erst in den vergangenen zwei Jahren war ihm allmählich bewußt geworden, daß er die eiserne Willenskraft im Innersten ihrer Frauennatur nie erfaßt hatte: die Art und Weise, wie sie das Verdikt des Arztes hingenommen hatte – nur ein kurzer teilnahmsvoller Blick für ihn. Nicht ein einziges Mal hatte sie zugegeben, daß sie Schmerzen litt. Jetzt, wo er Dorothy vor sich sah, wo ihr stummer Schmerz so deutlich fühlbar war, drängte es ihn sehr, sie irgendwie zu trösten.

Eine Frage von Ray hielt ihn davon ab: »Was war das für ein Anruf?«

»Captain Coffin ist hinausgegangen«, erwiderte Jonathan ausweichend.

»Es ist alles in Ordnung. Nancy weiß, daß Rob Legler hier in der Nähe gesehen wurde.«

»Seinetwegen ist der Captain weggefahren. Legler wurde verfolgt, und er verließ drei Kilometer weiter unten an der 6A einen Wagen, den er gestohlen hat. Aber Sie brauchen sich keine Sorgen zu machen. Bei diesem Wetter kommt er zu Fuß nicht weit.«

»Wie fühlen Sie sich, Nancy?« Lendon betrachtete sie aufmerksam. Sie war gefaßter, als er erwartet hatte.

»Ich fühle mich gut. Ich habe viel über Carl geredet, nicht wahr?«

»Ja.«

»Es gab da etwas, woran ich mich zu erinnern suchte; etwas Wichtiges, das ich Ihnen sagen wollte.«

Lendon behielt den nüchtern sachlichen Ton bei. »Sie sagten ein paarmal ›Ich glaube nicht... Ich glaube nicht...‹ Wissen Sie, warum Sie das immer wieder sagten?«

Nancy schüttelte den Kopf. »Nein.« Sie stand auf und ging voller Unruhe zum Fenster hinüber. »Es ist so dunkel, es wird sehr schwer sein, jetzt noch irgend etwas oder irgend jemanden zu finden.«

Es war angenehm, sich zu bewegen. Sie wollte einen klaren Kopf bekommen, um nachdenken zu können. Sie schaute an sich herab und bemerkte zum erstenmal, daß sie noch immer den weichen wollenen Morgenrock trug. »Ich will mich umziehen«, sagte sie, »möchte mich anziehen.«

»Möchten Sie...?« Dorothy biß sich auf die Lippen. Sie hatte Nancy gerade fragen wollen, ob sie möchte, daß sie mit ihr nach oben ginge.

»Ich komme schon zurecht«, sagte Nancy freundlich. Sie würden Rob Legler bald finden. Sie war sich dessen ganz sicher. Wenn es soweit war, wollte sie angezogen sein. Sie wollte zu ihm gehen, ganz gleich, wohin man ihn brachte. Sie wollte zu ihm sagen: ›Rob, ich weiß, daß Sie den Kindern nichts antun würden. Wollen Sie Geld? Was brauchen Sie? Sagen Sie mir, wo die Kinder sind, dann gebe ich Ihnen alles, was Sie haben wollen.‹

Oben im Schlafzimmer zog sie den Morgenrock aus. Gewohnheitsgemäß ging sie zum Wandschrank hinüber und hängte ihn hinein. Einen Moment lang fühlte sie sich benommen und lehnte sich mit der Stirn gegen die kühle Wand. Die Schlafzimmertür öffnete sich, und sie hörte, wie Ray rief: »Nancy!« Seine Stimme klang bestürzt, als er zu ihr hinüberhastete, sie zu sich umdrehte und in die Arme schloß. Sie spürte, wie sein Sporthemd warm auf ihrer Haut kratzte und seine Umarmung immer fester wurde.

»Mit mir ist alles in Ordnung«, sagte sie. »Bestimmt...«

»Nancy!« Er hob ihr Kinn empor und preßte seinen Mund auf ihre Lippen. Als sich ihre Lippen voneinander lösten, schmiegte sie sich eng an ihn.

Es war von Anfang an so gewesen. Von jenem ersten Abend an, als er zum Dinner gekommen war und sie anschließend zum See hinabspaziert waren. Es war kühl gewesen, und sie hatte gefröstelt. Sein Mantel war offen gewesen, und er hatte gelacht und sie an sich gezogen und den Mantel so herumgeschlagen, daß er sie beide einhüllte. Als er sie damals zum erstenmal küßte, war es so ganz selbstverständlich gewesen. Sie hatte sich ganz zu ihm hingezogen gefühlt, von Anfang an. Nicht wie bei Carl... der arme Carl... sie hatte ihn nur hingenommen; sie hatte sich schuldig gefühlt, weil sie ihn nicht begehrte, und nachdem Lisa geboren war, hatte er nie wieder... nicht wie ein Ehemann... Hatte er gespürt, daß sie sich ekelte? Diese Frage hatte sie sich oft gestellt. Auch das gehörte zu ihrer Schuld.

»Ich liebe dich.« Sie wußte nicht, daß sie das gesagt hatte – Worte, die so oft ausgesprochen wurden, die sie sogar noch im Schlaf zu Ray murmelte.

»Ich liebe dich auch. O Nancy. Es muß für dich sehr

schlimm gewesen sein. Ich habe immer geglaubt, ich hätte begriffen, aber ich habe nicht...«

»Ray, werden wir die Kinder wiederbekommen?« Ihre Stimme bebte, und er spürte, wie ihr ganzer Körper zu zittern begann.

Sein Arm drückte sie fester an sich. »Ich weiß es nicht, Liebling. Ich weiß es nicht. Aber denke immer an das eine: Ganz gleich, was auch geschieht, du hast mich, und ich habe dich. Nichts kann das ändern. Gerade haben sie den Captain abgeholt. Sie haben Rob Legler auf die Polizeistation gebracht. Dr. Miles ist mit ihnen gegangen, und Jonathan und ich wollen auch hinüber.«

»Ich möchte zu ihm. Vielleicht sagt er mir...«

»Nein. Jonathan hat eine Idee, und ich meine, es könnte klappen. Wir müssen das herausbekommen. Vielleicht hat Rob einen Komplizen, der die Kinder bei sich hat. Wenn er dich sieht, könnte er es möglicherweise ablehnen, überhaupt etwas zu sagen, vor allem dann, wenn er beim letztenmal daran beteiligt war.«

»Ray...« Nancy hörte die Verzweiflung in ihrer Stimme.

»Liebling. Du mußt noch ausharren. Nur noch kurze Zeit. Stell dich unter die heiße Dusche und zieh dich an. Dorothy wird bei dir bleiben. Sie macht dir gerade ein Sandwich zurecht. Ich komme so bald wie möglich zurück.« Einen Augenblick lang vergrub er seine Lippen in ihr Haar, dann war er fort.

Wie mechanisch ging Nancy aus dem Schlafzimmer ins Badezimmer hinüber. Sie drehte das Wasser in der Duschkabine an und sah dann in den Spiegel über dem Waschbecken. Das Gesicht, das ihr entgegenblickte, war blaß und verkrampft, mit schweren und umschatteten Augen. Genauso hatte sie in all den Jahren mit Carl ausgesehen, wie auf den Bildern zu diesem Artikel.

Sie wandte sich schnell ab, drehte ihr Haar in einen Knoten und trat unter die Dusche. Der warme feine Strahl prickelte auf ihrem Körper und löste die Verkrampfung ihrer Muskeln. Es tat ihr gut. Dankbar hob sie ihr Gesicht in die Wasserstrahlen. Unter der Dusche fühlte man sich so sauber.

Sie hatte nie, nie wieder ein Wannenbad genommen – nie wieder seit den Jahren mit Carl. Sie hatte nicht mehr an diese Bäder gedacht. Doch als ihr jetzt das Wasser ins Gesicht spritzte, zuckte plötzlich eine Erinnerung in ihr auf. Die Badewanne... Carls Begierde, sie zu baden... sie zu betasten... zu untersuchen. Einmal, als sie versucht hatte, ihn wegzustoßen, war er ausgerutscht und mit dem Gesicht ins Wasser getaucht. Er war so erschrocken gewesen, daß er einen Augenblick lang nicht in der Lage gewesen war, sich hochzuziehen. Als er dann mit dem Kopf aus dem Wasser kam, hatte er angefangen zu spucken und zu zittern und zu husten. Er war so wütend gewesen... aber vor allem erschrocken. Es hatte ihm einen Schrecken eingejagt, daß sein Gesicht ganz unter Wasser gewesen war.

Das war es. Das war es, woran sie sich zu erinnern versucht hatte: diese geheime Angst vor Wasser...

O Gott. Nancy schwankte und lehnte sich an die Wand der Duschkabine. Sie spürte, wie sich ein Brechreiz auf ihren Magen und ihre Kehle legte, sie stolperte aus der Kabine und, ohne sich noch länger beherrschen zu können, begann sie zu würgen.

Minuten vergingen. Sie hielt sich an beiden Seiten des Waschbeckens fest, unfähig, die heftigen Wellen der Übelkeit aufzuhalten. Als der Brechanfall dann schließlich nachließ, wurde ihr Körper noch lange von Kälteschauern geschüttelt.

29

»Ray, erwarten Sie nicht zu viel«, warnte Jonathan.

Ray gab keine Antwort. Durch die Schlieren der Fensterscheiben sah er schon die Polizeistation. Im Schein der Gaslampen wirkte sie wie aus einem anderen Jahrhundert. Ray parkte schnell den Wagen, riß die Tür auf und hastete über den Asphalt ins Polizeirevier. Er hörte, wie Jonathan hinter ihm her schnaufte und mit ihm Schritt zu halten versuchte.

Der wachhabende Beamte blickte überrascht auf. »Habe nicht erwartet, Sie heute abend hier zu sehen, Mr. Eldredge. Das mit den Kindern tut mir sehr leid...«

Ray nickte ungeduldig. »Wo wird Rob Legler vernommen?«

Der Sergeant war sehr bestürzt. »Sie können da jetzt nicht eingreifen, Mr. Eldredge.«

»Den Teufel kann ich«, sagte Ray betont ruhig. »Gehen Sie hinein und sagen Sie dem Captain, daß ich sofort mit ihm sprechen muß.«

Dem Sergeant erstarb der Protest auf den Lippen. Er wandte sich an einen Polizisten, der gerade den Korridor herunterkam. »Sagen Sie dem Captain, daß Ray Eldredge ihn sprechen möchte«, befahl er kurz.

Ray drehte sich zu Jonathan um. Mit einem matten Lächeln sagte er: »Plötzlich erscheint einem das alles wie ganz überspanntes, absurdes Theater.«

»Ist es aber nicht«, erwiderte Jonathan ruhig.

Ray blickte sich kurz in dem Zimmer um und sah erst jetzt, daß in der Nähe der Tür zwei Leute auf einer kleinen Bank saßen. Sie waren wohl ungefähr so alt wie er und Nancy – ein nettes Paar. Ein wenig zerstreut fragte er sich, was die hier wohl zu suchen hätten. Der Mann sah etwas verlegen aus, die Frau entschlossen. Was konnte einen an einem Abend wie heute dazu bringen, das Haus zu verlassen? War es möglich, daß sie Streit gehabt hatten und daß sie ihn beschuldigen wollte? Der Gedanke war ungeheuer komisch. Irgendwo außerhalb dieses Zimmers, außerhalb dieses ganzen unfaßbaren Tages saßen die Leute zu Hause mit ihren Familien; kochten bei Kerzenlicht ihr Abendessen, sagten den Kindern, daß sie vor der Dunkelheit keine Angst zu haben brauchten, liebten sich, hatten Streit miteinander...

Er bemerkte, daß die Frau ihn unverwandt anstarrte. Sie wollte schon aufstehen, aber ihr Mann zog sie wieder herunter. Ray drehte ihr schnell den Rücken zu. Mitleid war das allerletzte auf dieser Welt, was er jetzt brauchte.

Eilige Schritte näherten sich auf dem Korridor. Captain Coffin stürzte ins Zimmer. »Was ist los, Ray? Haben Sie irgendwas gehört?«

Jonathan antwortete: »Sie haben Rob Legler hier?«

»Ja. Wir vernehmen ihn gerade. Dr. Miles ist bei mir. Legler verlangt einen Rechtsanwalt. Will keine Fragen beantworten.«

»Das habe ich mir schon gedacht. Deshalb sind wir hier.« Mit leiser Stimme umriß Jonathan seinen Plan.

Captain Coffin schüttelte den Kopf. »Das klappt nicht. Der Bursche ist kaltblütig. Es gibt für uns keine Möglichkeit, ihn darauf festzulegen, daß er heute morgen am Eldredge-Haus gewesen ist.«

»Wir sollten es aber versuchen. Verstehen Sie nicht, wie wichtig die Zeit für uns ist? Wenn es einen Komplizen gibt, der die Kinder jetzt bei sich hat, ist es möglich, daß dieser Mensch durchdreht. Weiß der Himmel, was der dann macht.«

»Schön... kommen Sie hier durch. Sprechen Sie mit ihm. Erwarten Sie aber gar nichts.« Mit einer Kopfbewegung zeigte der Captain auf ein Zimmer, das sich auf halbem Wege den Korridor hinab befand. Als Ray und Jonathan ihm gerade folgen wollten, stand die Frau von der Bank auf.

»Captain Coffin.« Sie stockte. »Könnte ich Sie kurz sprechen?«

Der Captain blickte sie abschätzend an. »Ist es wichtig?«

»Nun, vielleicht nicht. Es ist nur so, daß ich dachte, ich hätte keine Ruhe, wenn ich nicht... Es ist etwas, das mein kleiner Sohn...«

Der Captain verlor deutlich das Interesse an ihr.

»Bitte nehmen Sie Platz, gnädige Frau. Ich komme so bald wie möglich zu Ihnen zurück.«

Ellen Keeney sank auf die Bank zurück. Sie sah, wie die drei Männer davongingen. Der Sergeant am Schreibtisch spürte ihre Enttäuschung. »Sind Sie sicher, daß ich Ihnen nicht helfen kann, gnädige Frau?« fragte er.

Aber Ellen hatte kein Zutrauen zu dem Beamten. Als sie und Pat hereingekommen waren, hatten sie zuerst versucht, ihm zu erzählen, daß sie glaubten, ihr kleiner Sohn könnte etwas über den Fall Eldredge wissen. Der Sergeant hatte ein gequältes Gesicht aufgesetzt. »Meine Dame, wissen Sie, wie viele Anrufe wir heute abend haben? Seit die Telefon- und Fernschreibedienste Wind davon bekommen haben, wurde hier ununterbrochen angerufen. Irgendein Knilch aus Tuxon rief an, um uns mitzuteilen, daß er glaube, die Kinder heute morgen von seiner Wohnung aus auf einem Spielplatz auf der anderen Straßenseite gesehen zu haben. Gar keine Möglichkeit, daß sie dahin gekommen sein konnten, nicht mal mit einem Überschallflugzeug. Nehmen Sie also bitte Platz. Der Captain wird mit Ihnen sprechen, sobald er kann.«

Pat sagte: »Ellen, ich glaube, wir sollten nach Hause gehen. Wir sind hier nur im Wege.«

Ellen schüttelte den Kopf. Sie öffnete ihr Geldtäschchen und nahm den Zettel heraus, den der Fremde Neil gegeben hatte, als er ihn weggeschickt hatte, die Post zu holen. Sie hatte den Zettel zusammengeheftet mit ihren eigenen Notizen über alles, was Neil ihr erzählt hatte. Sie kannte den genauen Zeitpunkt, zu dem er wegen des Briefes in die Post gegangen war. Sie hatte sorgfältig seine Beschreibung des Mannes aufgezeichnet: genau seine Worte, als er sagte, der Mann sehe so aus wie das Bild im Fernsehen von Nancy Harmons erstem Mann; was für einen Wagen der Mann gefahren hatte – ›einen richtigen alten Kombiwagen, genau wie der von Großvater‹ – das hörte sich so nach Ford an. Zuletzt hatte Neil gesagt, daß der Mann eine Angelerlaubnis für Port Adams an der Windschutzscheibe hatte. Ellen war entschlossen, hier sitzen zu bleiben, bis sich für sie eine Gelegenheit ergab, ihre Geschichte loszuwerden. Pat sah ganz müde aus. Sie ergriff seine Hand und tätschelte sie. »Hab Geduld mit mir, Schatz«, flüsterte sie. »Ich glaube nicht, daß das irgend etwas bedeutet, doch irgend etwas hält mich hier fest. Der Captain hat doch gesagt, daß er bald mit mir sprechen würde.«

Die Tür zur Polizeistation ging auf. Ein Paar in mittleren Jahren trat herein. Der Mann sah richtig aufgebracht aus; die Frau war sichtlich nervös. Der wachhabende Beamte begrüßte sie. »Hallo, Mr. Wiggins ... Mrs. Wiggins. Etwas nicht in Ordnung?«

»Sie werden es nicht glauben«, fauchte Wiggins. »An so einem Abend wie heute möchte meine Frau melden, daß heute morgen im Geschäft jemand eine Dose Kinderpuder geklaut hat.«

»Kinderpuder?« Die Stimme des Sergeants hob sich vor Überraschung.

Mrs. Wiggins regte sich noch mehr auf. »Es ist mir egal, wie verrückt sich das anhört. Ich möchte Captain Coffin sprechen.«

»Er kommt gleich heraus. Diese Leute warten auch auf ihn. Bitte setzen Sie sich doch.« Er zeigte auf eine Bank, die im rechten Winkel zu der anderen stand, auf der die Keeneys warteten.

Sie gingen hinüber, und als sie sich hinsetzten, murmelte der Mann verärgert: »Ich weiß immer noch nicht, was wir hier wollen.«

Voller Anteilnahme wandte sich Ellen diesem Paar zu. Sie dachte, ein Gespräch mit ihnen könnte der anderen Frau jetzt helfen, ihre Nervosität abzulegen. »Wir wissen eigentlich auch nicht, weshalb wir hier sind«, sagte sie. »Aber ist das denn nicht eine schreckliche Geschichte mit diesen verschwundenen Kindern...«

In dem Büro, das etwa fünfzehn Meter weiter den Flur hinunter lag, starrte Rob Legler mit zusammengekniffenen, feindseligen Augen Ray Eldredge an. Der Bursche hatte Format, stellte er fest. Diesmal hatte Nancy bestimmt mehr Glück gehabt. Dieser Carl Harmon war doch ein widerlicher Typ gewesen. Die Angst preßte Rob den Magen zusammen. Die Eldredge-Kinder waren immer noch nicht gefunden. Wenn ihnen etwas passiert war, würden sie wahrscheinlich versuchen, ihm etwas anzuhängen. Aber keiner hatte ihn in der Nähe des Eldredge-Hauses gesehen... niemand außer diesem Fettwanst, der da in dem alten Kombiwagen gesessen hatte. Angenommen, dieser Kerl war ein Lieferant oder so was und rief die Polypen an? Und was sollte er machen, wenn er ihn identifizierte als jemanden, der heute morgen in der Nähe des Eldredge-Hauses gewesen war? Was für eine Erklärung hatte er dann? Was hatte er da gewollt? Kein Mensch würde ihm abnehmen, daß er sich heimlich ins Land geschlichen hatte, nur um Nancy ›Guten Tag‹ zu sagen.

Im Geiste suchte Rob nach einer plausiblen Erklärung. Aber es gab keine, die Hand und Fuß hatte. Er würde einfach den Mund halten, bis er einen Anwalt bekam – und vielleicht sogar noch länger. Der ältere Kerl sprach mit ihm.

»Sie befinden sich in einer schwierigen Lage«, sagte Jonathan gerade. »Sie sind ein Deserteur, der verhaftet worden ist. Darf ich Sie daran erinnern, welche Strafe der Gesetzgeber für Deserteure vorgesehen hat? Ihre Situation ist aber weitaus schwieriger als die eines Mannes, der bloß das Land verlassen hat, um seiner Einberufung zu entgehen. Sie waren Angehöriger der Streitkräfte. Ganz unabhängig davon, was den Eldredge-Kindern zugestoßen ist oder wie schuldig oder unschuldig Sie an ihrem Verschwinden sind, Sie stehen unmittelbar vor der Aussicht, den größten Teil der nächsten zehn oder zwanzig Jahre im Gefängnis zu verbringen.«

»Das werden wir noch sehen«, murmelte Rob. Aber er wußte, daß Jonathan recht hatte. Himmel!

»Aber selbst eine Anklage wegen Fahnenflucht ist nicht annähernd so schwerwiegend wie eine Anklage wegen Mordes...«

»Ich habe nie jemanden ermordet«, fauchte Rob und sprang vom Stuhl auf.

»Setzen Sie sich«, befahl Captain Coffin.

Ray erhob sich und beugte sich über den Tisch, bis seine Augen auf gleicher Höhe mit denen von Rob waren. »Ich bin bereit, Ihnen ein Angebot zu machen«, sagte er mit Nachdruck. »Ich bin überzeugt, daß Sie ein Schweinehund sind. Ich wäre in der Lage, Sie für zwei Cents eigenhändig umzubringen. Ihre Aussage hat meine Frau vor sieben Jahre beinahe in die Gaskammer gebracht, und jetzt im Augenblick wissen Sie vielleicht etwas, das meinen Kindern das Leben retten könnte, falls es dazu nicht schon zu spät ist. Jetzt hören Sie, Sie Schweinehund, hören Sie gut zu. Meine Frau glaubt nicht, daß Sie in der Lage wären oder es fertigbrächten, unseren Kindern etwas anzutun. Zufällig nehme ich ihr das ab. Aber sie hat Sie heute morgen da oben gesehen. Das heißt also, Sie müssen etwas darüber wissen, was sich da abgespielt hat. Ihr Versuch, uns hier hinzuhalten und zu behaupten, Sie wären nie in der Nähe unseres Hauses gewesen, hilft Ihnen da nicht. Wir werden beweisen, daß Sie dagewesen sind. Aber wenn Sie uns jetzt die Wahrheit sagen und wir die Kinder zurückbekommen, werden wir von einer Strafverfolgung wegen Kindesentführung absehen. Und Mr.

Knowles, der zufällig einer der Spitzenanwälte in diesem Lande ist, wird Ihr Rechtsanwalt sein, damit Sie bei Ihrer Anklage wegen Fahnenflucht mit der geringstmöglichen Strafe davonkommen. Er hat Beziehungen – sogar eine ganze Menge... Also, was ist nun, Scheißkerl? Nehmen Sie das Angebot an?«

Auf Rays Stirn traten die Adern hervor. Er bewegte sich vorwärts, bis seine Augen nur noch Zentimeter von denen Robs entfernt waren. »Denn wenn Sie es nicht tun... und wenn Sie etwas wissen... und ich kriege heraus, daß Sie in der Lage gewesen wären, uns zu helfen, unsere Kinder wiederzubekommen, und Sie haben es nicht getan... dann wird es mir egal sein, in welches Gefängnis Sie kommen... Ich werde Sie erwischen und Sie umbringen. Denken Sie immer daran, Sie stinkender Bastard.«

»Ray.« Jonathan zog ihn mit Gewalt zurück.

Rob blickte von einem Gesicht ins andere: Der Captain... der Doktor... Ray Eldredge... dieser Knowles, der Rechtsanwalt. Wenn er zugab, am Eldredge-Haus gewesen zu sein... aber was für einen Zweck hatte es, zu leugnen? Es gab einen Zeugen. Sein Instinkt befahl ihm, das Angebot, das ihm gerade gemacht worden war, anzunehmen. Rob wußte genau, wann er keine Trümpfe mehr in der Hand hielt. Wenn er das Angebot annahm, hatte er wenigstens ein Druckmittel für die Geschichte mit der Fahnenflucht in der Hand.

Er zuckte mit den Schultern und blickte Jonathan an. »Sie werden mich verteidigen?«

»Ja.«

»Ich möchte nicht der Prügelknabe für eine Scheißkindesentführung sein.«

»Keiner versucht, Ihnen eine anzuhängen«, sagte Jonathan. »Wir wollen die Wahrheit hören – die einfache Wahrheit, so, wie Sie sie kennen. Aber das Angebot gilt nicht, wenn wir sie nicht sofort hören.«

Rob lehnte sich zurück. Er vermied es, Ray anzublicken.

»Okay«, sagte er. »So hat es also angefangen. Mein Kumpel oben in Kanada...«

Sie hörten gespannt zu, als er berichtete. Nur gelegentlich stellten der Captain oder Jonathan eine Frage. Sorgfältig wählte Rob seine Worte, als er aussagte, daß er gekommen sei, um Nancy um Geld anzugehen. »Verstehen Sie. Ich hatte nie geglaubt, daß sie den Harmon-Kindern auch nur ein Haar gekrümmt hätte. Sie war nicht der Typ dafür. Aber man hatte mir da drüben in Kalifornien zu verstehen gegeben, daß man mir die Schuld anhängen wollte und daß es besser wäre, wenn ich nur auf Fragen antwortete, und meine eigene Meinung aus der Sache heraushielte. Sie tat mir irgendwie leid, sie war ein verschrecktes kleines Ding in einem großen abgekarteten Spiel, soweit ich das beurteilen kann.«

»Ein abgekartetes Spiel, für das Sie unmittelbar verantwortlich waren«, sagte Ray.

»Halten Sie den Mund, Ray«, fuhr Captain Coffin dazwischen. »Kommen Sie zu dem heutigen Morgen«, befahl er Rob. »Wann sind Sie am Eldredge-Haus angekommen?«

»Es war so ungefähr ein paar Minuten vor zehn«, antwortete Rob. »Ich war wirklich ganz langsam gefahren, weil ich nach dem Feldweg suchte, den mir mein Freund in einer Skizze aufgezeichnet hatte... und dann bemerkte ich, daß ich ihn verfehlt hatte.«

»Woran merkten Sie eigentlich, daß Sie ihn verfehlt hatten?«

»Nun, wegen dieses anderen Wagens... ich mußte seinetwegen Gas wegnehmen... Dann merkte ich, daß der andere Wagen aus dem Feldweg herausgekommen war, deshalb setzte ich zurück.«

»Der andere Wagen?« wiederholte Ray. Er sprang auf. »Was für ein anderer Wagen?«

Die Tür zum Vernehmungszimmer wurde aufgerissen. Der Sergeant stürzte herein. »Captain, ich glaube, es ist wirklich wichtig, daß Sie mit den Wiggins und den beiden anderen Leuten sprechen. Ich glaube, sie haben Ihnen etwas sehr Wichtiges zu sagen.«

30

Endlich war Nancy imstande, sich zu erheben, sich das Gesicht zu waschen und den Mund zu spülen. Sie durfte den anderen nicht zeigen, daß ihr übel geworden war. Sie durfte nicht darüber sprechen. Sie würden sie für verrückt halten. Sie würden es nicht glauben oder verstehen. Aber wenn das Unglaubliche möglich wäre... Die Kinder. O Gott, nicht wieder, nicht so etwas; bitte, nicht wieder.

Sie rannte ins Schlafzimmer, raffte Unterwäsche aus der Schublade und eine lange Hose und einen dicken Pullover aus dem Wandschrank. Sie mußte zur Polizeistation. Sie mußte mit Rob sprechen, ihm sagen, was sie vermutete, ihn bitten, ihr die Wahrheit zu sagen. Was machte es denn aus, wenn alle sie für verrückt hielten?

In Windeseile zog sie sich an, schlüpfte mit den Füßen in ein Paar leichte Schuhe und eilte die Treppe hinab. Im Wohnzimmer wartete Dorothy auf sie. Auf dem Tisch standen Butterbrote und eine Kanne Tee.

»Nancy, setzten Sie sich... Versuchen Sie doch, etwas zu sich zu nehmen...«

Nancy unterbrach sie. »Ich muß mit Rob Legler sprechen. Es gibt etwas, was ich von ihm wissen muß.«

Sie biß die Zähne zusammen, als sie an ihrer Stimme merkte, wie ein Weinkrampf in ihr hochstieg. Sie durfte sich nicht gehen lassen. Sie wandte sich an Bernie Mills, der in der Tür zur Küche stand.

»Bitte rufen Sie das Revier an«, bat sie ihn. »Sagen Sie Captain Coffin, daß ich darauf bestehe, hinüberzukommen... daß es etwas mit den Kindern zu tun hat.«

»Nancy!« Dorothy hielt sie am Arm fest. »Was sagen Sie da?«

»Daß ich mit Rob Legler sprechen muß. Dorothy, rufen Sie das Revier an. Nein, ich rufe selbst an.«

Nancy lief zum Telefon hinüber. Sie streckte schon die Hand danach aus. Da läutete es. Bernie Mills wollte schnell nach dem Hörer greifen, aber sie hatte ihn schon aufgenommen.

»Hallo?« Sie sprach schnell und ungeduldig.

Dann horchte sie. Es war ein ganz leises Flüstern. Sie mußte sich anstrengen, um die Worte zu verstehen. »Mami, Mami, bitte komm uns holen. Hilf uns, Mami. Missy ist krank. Komm und hol uns...«

»Michael... Michael!« schrie sie. »Michael, wo bist du? Sag mir doch, wo ihr seid!«

»Wir sind im...« Seine Stimme wurde leiser, und die Leitung war tot.

Wie wahnsinnig rüttelte sie an dem Apparat. »Fräulein«, schrie sie gellend auf, »bitte unterbrechen Sie uns nicht! Fräulein...« Aber es war zu spät. Einen Augenblick später tönte ihr das monotone, eintönige Amtszeichen in den Ohren.

»Nancy, was ist los? Wer war das?« Dorothy stand neben ihr.

»Es war Michael. Michael hat angerufen. Er sagte, Missy sei krank.« Nancy sah den Zweifel in Dorothys Gesicht. »Um Gottes willen, verstehen Sie nicht? Das war Michael!«

Wie rasend rüttelte sie an dem Telefon, dann wählte sie das Amt. Als sich die Telefonistin meldete und mechanisch fragte, was sie für sie tun könne, wurde sie von Nancy unterbrochen: »Können Sie mir etwas über den Anruf sagen, der gerade hierher kam? Wer hat das Gespräch vermittelt? Wo kam es her?«

»Es tut mir leid, gnädige Frau. Wir haben keine Möglichkeit, das festzustellen. Wir haben heute überhaupt

ich fahre zum ›Ausguck‹. *Jetzt* ... die Kinder sind da. Vielleicht. Vielleicht komme ich noch rechtzeitig. Holen Sie Ray und die Polizei. Sagen Sie ihnen, daß sie sofort kommen sollen. Kann ich ins Haus hinein?«

Dorothy zitterte nicht mehr. Ihre Stimme wurde genauso ruhig wie Nancys. Später – später, bis an ihr Lebensende – konnte sie sich in Selbstvorwürfen ergehen ... aber nicht in diesem Augenblick. »Die Küchentür hat einen Riegel. Wenn er ihn vorgeschoben hat, kann man nicht hinein. Aber den Haupteingang auf der Seite zur Bucht – den benutzt er nie. Ich habe ihm dafür nie einen Schlüssel gegeben. Mit diesem hier kann man beide Schlösser öffnen.« Sie wühlte in ihrer Tasche und holte einen Schlüsselbund heraus. »Dieser hier.«

Sie erhob keine Einwände gegen Nancys Entschluß, allein zu fahren. Gemeinsam rannten die beiden Frauen zum Hinterausgang hinaus zu ihren Autos. Dorothy ließ Nancy die Vorfahrt. Sie hielt den Atem an, als Nancys Wagen schleuderte, rutschte – und sich dann wieder fing.

Es war fast unmöglich, etwas zu sehen. Der Graupel hatte auf der Windschutzscheibe eine dicke Eisschicht gebildet. Nancy drehte das Seitenfenster herunter und steckte den Kopf hinaus, um etwas zu sehen. Sie kniff die Augen gegen den prasselnden Graupel zusammen und raste mit ihrem Wagen die Straße hinab, über die Fernstraße 6 A hinweg und in die Straße hinein, die die Zufahrt zum ›Ausguck‹ verkürzte.

Als sie ansetzte, die gewundene Straße hinaufzufahren, kam der Wagen ins Schleudern. Sie drückte das Gaspedal bis auf den Boden durch. Die Vorderräder rutschten seitwärts, drehten den Wagen auf der vereisten Straße. Nancy trat heftig auf die Bremse, der Wagen drehte sich um seine Achse. Zu spät. Sie versuchte ihn abzufangen. Vorn tauchte drohend ein Baum auf. Sie riß das Steuer herum. Der Vorderteil des Wagens zog nach rechts herüber und prallte mit einem knirschenden Krachen gegen den Baum. Nancy wurde nach vorn geworfen und dann zurückgerissen. Die Räder drehten sich noch, als sie auf der Fahrerseite die Tür aufstieß und in den niederprasselnden Graupel hinauskletterte. Sie hatte keinen Mantel angezogen, doch sie spürte kaum, daß ihr der Graupel durch den Pullover und die Hose drang, als sie den gefährlichen Hang hinaufrannte.

An der Auffahrt zum Haus rutschte sie aus und fiel hin. Ohne den heftigen Schmerz in ihrem Knie zu beachten, lief sie auf das Haus zu. *Laß mich nicht zu spät kommen. Bitte, laß mich nicht zu spät kommen.* Als ob sich vor ihrem Blick plötzlich die Wolken zerteilten, sah sie plötzlich vor sich, wie sie damals auf die Steinplatten hinabstarrte, auf denen Lisa und Peter lagen... mit weißen Gesichtern, vom Wasser aufgetrieben mit Fetzen von Plastiktüten, die noch an ihnen klebten. *Bitte,* flehte sie. *Bitte!*

Sie erreichte das Haus und lief um das Gebäude herum zum Haupteingang. Der Schlüssel in ihrer Hand war feucht und kalt. Sie hielt ihn ganz fest in der Hand. Bis auf das obere Stockwerk war es ganz dunkel im Haus. Sie sah, daß oben durch den Vorhang an einem Fenster Licht nach draußen fiel. Als sie um das Haus rannte, hörte sie das hart krachende Tosen der Brandung, wenn sich die Wellen auf dem Felsenufer brachen. Auf dieser Seite gab es keinen Strand – nur Felsmassen.

Sie war sich gar nicht bewußt gewesen, daß das Gebäude so hoch war. Von den rückwärtigen Fenstern aus konnte man wahrscheinlich die ganze Stadt überblicken.

Sie atmete in tiefen keuchenden Zügen. Nancy spürte, wie heftig ihr Herz pochte. Nach dem hastigen Lauf in dem kalten Wind vermochte sie kaum Atem zu holen. Ihre erstarrten Finger fummelten mit dem Schlüssel herum. *Mach, daß der Schlüssel sich im Schloß dreht; bitte mach, daß er aufschließt.*

Sie spürte Widerstand, als der Schlüssel in das verrostete Schloß griff, sich erst verhakte, und sich schließlich langsam drehte; Nancy stieß die Tür auf.

Das Haus war dunkel – ganz schrecklich dunkel. Sie konnte nichts erkennen. Ein modriger Geruch lag in der Luft, und es war hier so still. Das Licht war aus dem Obergeschoß gekommen. Das war dort, wo das Apartment lag. Sie mußte die Treppe finden. Sie widerstand der Versuchung, Michaels Namen hinauszuschreien.

Dorothy hatte irgend etwas von zwei Treppen im Foyer hinter dem großen Vorderzimmer gesagt. Das hier war das Vorderzimmer. Unsicher bewegte sich Nancy vorwärts. In der absoluten Dunkelheit streckte sie ihre Arme nach vorn aus. Sie durfte keinen Lärm machen; durfte ihn nicht vorzeitig warnen. Sie stolperte über etwas, fiel nach vorn und fand das Gleichgewicht wieder, als sie sich an irgend etwas festhielt. Es war die Lehne einer Couch oder eines Sessels. Sie tastete sich daran vorbei. Wenn sie doch nur Streichhölzer hätte. Sie lauschte angestrengt... Hatte sie da etwas gehört... einen Schrei... oder war das nur der Wind, der im Kamin heulte?

Sie mußte die Treppe hinauf... mußte sie finden. Aber wenn sie gar nicht dort wären?... Was war, wenn sie zu spät käme?... Wenn es so war wie beim letzten Mal? – mit ihren kleinen Gesichtern, so still, so entstellt... Sie hatten ihr so vertraut. Lisa hatte sich an jenem Morgen an sie gehängt. »Vati hat mir weh getan«, war alles, was sie immer wieder sagte. Nancy war überzeugt gewesen, daß Carl sie geschlagen hatte, weil sie das Bett naß gemacht hatte... hatte sich verwünscht, daß sie zu müde gewesen war, nicht aufgewacht war. Sie hatte nicht gewagt, Carl Vorhaltungen zu machen... aber als sie das Bett beziehen wollte, war es gar nicht naß; Lisa hatte also gar nicht das Bett naß gemacht. Das hätte sie ihnen im Prozeß sagen sollen, aber sie brachte es nicht über sich. Sie war unfähig, einen Gedanken zu fassen, und sie war zu müde... und es war auch alles nicht mehr wichtig.

Die Treppe... Das war ein Treppenpfosten unter ihrem Arm... Der Treppenaufgang... drei Treppen... Geh am Rande... Sei ganz ruhig. Nancy faßte nach unten und riß sich die Schuhe von den Füßen. Sie waren so naß, daß sie quietschten... Jetzt ganz ruhig sein... *Muß nach oben gehen... Darf nicht wieder zu spät kommen... Zu spät beim letzten Mal... Hätte die Kinder nicht im Auto lassen dürfen... Hätte es wissen müssen...*

Die Treppe knarrte unter ihrem Fuß. *Darf ihn nicht erschrecken... Beim letztenmal geriet er in Panik... Vielleicht hat ihn Michaels Anruf in Panik versetzt... Beim letztenmal sagten sie, daß die Kinder erst ins Wasser geworfen wurden, als sie schon tot waren... Aber Michael lebte noch, noch vor wenigen Minuten... Vor zwanzig Minuten... und er glaubte, daß Missy krank war... Vielleicht war sie wirklich krank... Muß zu ihr...* Die erste Treppe... *Schlafzimmer auf dieser Etage... aber kein Licht, kein Laut...* Noch zwei Treppen... Im zweiten Stock auch nichts, kein Laut zu hören.

Am Fuß der letzten Treppe blieb Nancy stehen, um ihren rasselnden Atem unter Kontrolle zu bekommen. Die Tür am Ende der Treppe stand offen. An der Wand erblickte sie einen Schatten, von einem dünnen flackernden Licht geworfen. Dann hörte sie es wieder... eine Stimme – Michaels Stimme... »Das dürfen Sie nicht tun! Das dürfen Sie nicht!«

Sie rannte die Treppe hinauf, ohne nachzudenken, wie von Furien gejagt. Michael! Missy? Sie überstürzte sich, dachte nicht mehr daran, daß sie leise auftreten mußte, aber ihre dicken Socken dämpften ihren Schritt. Ihre Hand, die ans Treppengeländer faßte, machte kein Geräusch. Auf dem Treppenabsatz zögerte sie. Das Licht kam hinten vom Korridor her. Lautlos, ohne stehenzubleiben, hastete sie durch das düstere und verlassene Zimmer, wahrscheinlich das Wohnzimmer, auf das Kerzenlicht im Schlafzimmer zu, auf die riesige Gestalt zu, die mit dem Rücken zu ihr stand, die mit einer Hand eine kleine, sich windende Gestalt auf dem Bett festhielt und leise kichernd mit der anderen Hand eine glänzende Plastiktüte über einen blonden Kopf zog.

Nancy sah ein paar entsetzte, aufgerissene blaue Augen, Michaels blondes Haar, das ihm auf der Stirn klebte, sie sah, wie die Plastikfolie auf seinen Augenlidern und Nasenlöchern haftete. Sie schrie: »Laß ihn los, Carl!...« Erst als ihr der Name schon über die Lippen gekommen war, wurde ihr bewußt, daß sie ›Carl‹ gesagt hatte.

Der Mann fuhr herum. Sie sah, daß irgendwo in dieser riesigen Fleischmasse Augen lauerten, die glühend hin und her schossen. Nancy sah haftende Plastikfolie, Missys kleine Gestalt mit zerzaustem Haar auf dem Bett, daneben einen kleinen hellroten Haufen – ihre Windjacke.

Sie bemerkte, wie der Ausdruck von Verblüffung in Bösartigkeit umschlug. »Du.« An diese Stimme erinnerte sie sich. Die Stimme, die sie über sieben Jahre hinweg auszulöschen versucht hatte. Er kam drohend auf sie zu. Sie mußte um ihn herum kommen. Michael konnte nicht atmen.

Er machte einen Satz nach vorn. Sie wich zurück, fühlte seinen schweren Griff um ihr Handgelenk. Sie fielen zusammen hin, polternd, schwer. Sie spürte, wie sich sein Ellbogen in ihre Seite bohrte. Es war ein wahnsinniger Schmerz, aber einen Augenblick lang lockerte sich sein Griff. Sein Gesicht war dicht neben ihrem. Dick und fahl, die Züge verschwommen und vergröbert, und dann der säuerliche, modrige Geruch... noch genauso wie früher.

Wie von Sinnen holte sie mit aller Kraft aus und traf die dicke, schwammige Wange. Er heulte vor Wut auf und schlug um sich, aber er ließ sie los, und sie zog sich hoch. Sie spürte, wie seine Hand an ihr zerrte. Sie warf sich auf das Bett. Mit den Fingernägeln ritzte sie die straffe Plastikfolie auf; Michaels Augen traten darunter schon aus den Höhlen, und seine Wangen liefen blau an. Sie hörte noch seinen keuchenden Atem, als sie sich herumwand, um

Carls erneutem Angriff zu begegnen. Seine Arme zogen sie fest an sich. Sie spürte die krankhafte Wärme seines unbedeckten Körpers.

O Gott. Sie stieß sein Gesicht mit den Händen zurück und spürte, wie er sie nach hinten bog. Während sie sich loszureißen versuchte, spürte sie Missys Fuß unter sich, er berührte sie, bewegte sich. Er bewegte sich. Missy lebte noch. Sie wußte es, sie konnte es spüren.

Sie begann zu schreien – einen anhaltenden, durchdringenden Schrei um Hilfe, und dann verschloß ihr Carls Hand den Mund und die Nase. Vergebens versuchte sie, in die dicke Handfläche zu beißen, die ihr die Luft absperrte und ihr das Gefühl gab, als ob sich große schwarze Vorhänge über ihre Augen legten.

Sie versank schon in eine keuchende Bewußtlosigkeit, als die Hände ihren Druck abrupt lockerten. Sie würgte – langgezogene Gurgellaute. Von irgendwoher rief jemand ihren Namen. Ray! Es war Ray! Sie versuchte, laut zu rufen, aber sie brachte keinen Laut hervor. Sie kämpfte sich hoch, bis sie sich auf einen Ellbogen stützen konnte, sie schüttelte den Kopf. »Mami, Mami, er will Missy nehmen!« Michaels Stimme klang beschwörend, er zerrte mit der Hand an ihr.

Es gelang ihr, sich zu setzen. Dann stürzte Carl auf sie zu. Sein Arm langte an ihr vorbei und griff nach der kleinen Gestalt, die sich krümmte und schrie.

»Laß sie liegen, Carl. Rühr sie nicht an.« Sie vermochte nur noch zu krächzen. Er schaute sie mit wilden, wahnsinnigen Augen an und drehte sich um. Er preßte Missy an sich und lief in seiner unbeholfenen torkelnden Art davon. Sie hörte, wie er in der Dunkelheit des angrenzenden Zimmers gegen Möbel stieß, und sie taumelte hinter ihm her und kämpfte gegen das Schwindelgefühl an. Jetzt waren Fußtritte auf der Treppe zu hören – schwere, schnelle Schritte, die da heraufstürmten. Verzweifelt horchte sie, wo Carl geblieben war, hörte ihn hinten im Flur; sah, wie sich sein dunkler Schatten gegen das Flurfenster abzeichnete. Er kletterte die Treppe zum Dachboden hinauf. Er wollte auf den Dachboden. Sie rannte hinter ihm her, holte ihn ein, versuchte sich an seinem Bein festzuklammern. Der Dachboden war höhlenartig, roch nach Moder und hatte dicke Balken unter der niedrigen Decke. Und es war dunkel. So dunkel, daß es kaum möglich war, ihm zu folgen.

»Hilfe!« schrie sie. »Hilfe!« Endlich konnte sie wieder laut schreien. »Hier herauf. Ray. Hier herauf!« Ohne etwas sehen zu können, folgte sie stolpernd dem Geräusch von Carls Schritten. Aber wo war er jetzt? Die Leiter. Er kletterte die dünne, wackelige Leiter hinauf, die vom Dachboden direkt auf das Dach führte. Der Witwensteg. Er wollte auf den Witwensteg hinaus. Sie dachte an den schmalen, gefährlichen Balkon, der zwischen den beiden Türmchen um den Schornstein herumführte.

»Carl, geh da nicht hinauf. Es ist zu gefährlich. Carl, komm zurück, komm zurück!«

Sie konnte seinen rasselnden Atem hören, diesen hohen Ton, der eine Mischung aus Schluchzen und Kichern war. Sie versuchte, seinen Fuß festzuhalten, als sie hinter ihm herkletterte, aber er trat wie wild nach ihr aus, als er ihre Hände spürte. Seine dicke Schuhsohle streifte sie an der Stirn, und sie glitt die Leiter hinab. Ohne das warme, herabströmende Blut zu beachten, das ihr ins Gesicht lief, ohne die Gewalt des Stoßes zu spüren, begann sie erneut hinaufzuklettern, schreiend: »Carl, gib sie her. Carl, bleib stehen.«

Aber er war oben auf der Leiter und stieß die Tür auf, die auf das Dach führte. Dicker Graupel prasselte nieder, als sich die Tür nach oben knarrend öffnete. »Carl, du kannst nicht fliehen«, flehte sie. »Carl, ich will dir helfen. Du bist krank. Ich werde ihnen sagen, daß du krank bist.«

Der Wind erfaßte die Tür und riß sie auf, bis sie gegen

die Hauswand donnerte. Missy weinte jetzt – ein lautes, verschrecktes Wehklagen: »Mammmmmmi!«

Carl schob seine Gestalt ganz auf den Balkon hinaus. Nancy kletterte hinter ihm her, stemmte sich gegen den Türrahmen. Es war so eng. Zwischen dem Geländer und dem Schornstein war kaum für eine Person Platz.

Wahnsinnig vor Angst klammerte sie sich an seiner Kleidung fest – versuchte, sich irgendwo an ihm festzuhalten, ihn von dem niedrigen Geländer zurückzuziehen. Wenn er hinfiel oder Missy fallen ließ... »Carl, bleib stehen. Bleib stehen!«

Der Graupel prasselte auf ihn nieder. Er drehte sich um und versuchte wieder, nach ihr zu treten, stolperte aber rückwärts und riß Missy fest an sich. Er torkelte gegen das Geländer und fand das Gleichgewicht wieder. Sein Kichern klang jetzt wie ein fortwährender Schluckauf.

Der Steg war mit einer Eisschicht bedeckt. Er setzte Missy auf das Geländer und hielt sie mit einer Hand fest. »Komm jetzt nicht mehr näher, kleines Mädchen«, sagte er zu Nancy. »Wenn du das tust, lass' ich sie fallen. Sag ihnen, sie müssen mich laufenlassen. Sag ihnen, sie dürfen mich nicht anrühren.«

»Carl. Ich will dir helfen. Gib sie mir.«

»Du wirst mir nicht helfen. Du willst, daß sie mir weh tun.« Er schwang ein Bein über das Geländer.

»Carl. Nein. Tu's nicht. Carl, du magst doch kein Wasser. Du willst doch deinen Kopf nicht unter Wasser haben. Das weißt du doch. Darum hätte ich auch wissen müssen, daß du keinen Selbstmord verübt hast. Du warst gar nicht fähig, dich ins Wasser zu stürzen. Das weißt du doch, Carl.« Sie sprach mit ruhiger Stimme, wohlüberlegt und besänftigend auf ihn ein. Sie machte einen Schritt nur auf das Geländer zu. Missy streckte ihre Ärmchen aus, flehend.

Dann hörte sie es... ein knisterndes, knackendes Geräusch. Das Geländer brach! vor ihren Augen gaben die hölzernen Pfosten unter Carls Gewicht nach. Sein Kopf fiel nach hinten zurück; er riß seine Arme nach oben.

In dem gleichen Augenblick, als er Missy losließ, stürzte Nancy nach vorn und riß ihr Kind an sich. Ihre Hände verfingen sich in Missys langem Haar – faßten es, ihre Finger krümmten sich und hielten es fest. Sie schwankte am Rande des Ganges; das Geländer brach auseinander. Sie spürte, wie Carl im Fallen nach ihrem Bein griff. Er schrie.

Schon wurde sie nach vorn gerissen, als sie plötzlich von hinten von festen Armen umschlungen wurde – Arme, die sie festhielten und ihr Halt gaben. Eine starke Hand packte Missys Kopf, zog sie beide zurück, dann brach sie in Rays Armen zusammen, im gleichen Augenblick, als mit einem letzten verzweifelten Schrei Carl vom Balkon glitt und über das vereiste, schräg abfallende Dach tief hinab in die wütende, von Felsen durchfurchte Brandung stürzte.

31

Die Flammen züngelten hungrig an den dicken Klötzen empor. Der angenehme Geruch des Kaminfeuers zog durch das Zimmer und vermischte sich mit dem Duft des frisch gekochten Kaffees. Die Wiggins waren in ihr Geschäft gegangen und hatten Aufschnitt für die Butterbrote hergebracht. Während Nancy und Ray mit den Kindern noch im Krankenhaus waren, hatten Dorothy und sie ein kaltes Büfett vorbereitet.

Als sie wieder nach Hause zurückkehrten, bestand Nancy darauf, daß auch die Leute vom Fernsehen und die Reporter etwas zu essen bekamen, und Jonathan hatte alle in sein Haus eingeladen. Sie hatten Filmaufnahmen von Nancys und Rays Heimkehr gemacht, wie sie ihre Kinder aus dem Auto ins Haus trugen, und für den nächsten Tag war ihnen ein Interview zugesagt worden.

»In der Zwischenzeit«, hatte Ray in die Mikrofone gesagt, »möchten wir jedem einzelnen danken, dessen Gebete an diesem Tag geholfen haben, von unseren Kindern Unheil abzuwenden.«

Auch die Keeneys waren mitgekommen, aus dem Bedürfnis, an der allgemeinen Freude teilzuhaben; erschreckt darüber, daß sie gezögert hatten, sich mit ihrer Information hervorzuwagen; überzeugt, daß nur Gebete die Rettung möglich gemacht hatten. *Wir sind alle nur Menschen, und keiner ist unfehlbar,* dachte Ellen. Sie schauderte bei dem Gedanken, daß ihr Neil mit diesem Wahnsinnigen gesprochen hatte. Was wäre wohl geschehen, wenn er an jenem Tag Neil aufgefordert hätte, in seinen Wagen zu steigen...?

Nancy saß auf der Couch und hielt eine friedlich schlafende Missy in ihren Armen. Missy, die nach einem eukalyptushaltigen Einreibungsmittel roch, war mit warmer Milch und Aspirin beruhigt worden. Sie hielt ihre zerfranste Wolldecke, die sie ihre ›Biene‹ nannte, fest an ihr Gesicht gepreßt und kuschelte sich an ihre Mutter.

Michael unterhielt sich mit Lendon, der ihn behutsam ausfragte – er erzählte, wie alles gewesen war, und überdachte es noch einmal. Seine Stimme, zuerst etwas nervös und hastig, war jetzt ruhiger geworden, sogar ein wenig prahlerisch: »... und ich wollte auch nicht ohne Missy von dem Haus weglaufen, als der gute Mann mit dem anderen Mann zu kämpfen anfing und mir zuschrie, daß ich Hilfe holen sollte. Deshalb rannte ich zu Missy zurück und telefonierte mit Mami. Aber dann ging das Telefon nicht mehr. Und ich versuchte, Missy die Treppe hinunterzutragen, aber der böse Mann kam...«

Ray legte seinen Arm um ihn: »Guter Junge. Du bist schon ein toller Bursche, Mike.« Ray konnte seine Augen nicht von Nancy und Missy lösen. Nancys Gesicht war verschwollen und verfärbt, aber von einer so heiteren Schönheit, daß es ihm schwerfiel, den Klumpen herunterzuschlucken, der ihm im Hals steckte.

Captain Coffin setzte die Kaffeetasse ab und ging noch einmal die Erklärung durch, die er vor der Presse abgeben wollte: ›Professor Carl Harmon, alias Courtney Parrish, wurde noch lebend aus dem Wasser gezogen. Ehe er starb, war er noch in der Lage, ein Geständnis abzulegen, in dem er seine alleinige Schuld an der Ermordung seiner Kinder Lisa und Peter vor sieben Jahren zugab. Er hat auch zugegeben, daß er am Tod von Nancy Eldredges Mutter schuld war. Als er erkannte, daß sie seiner Ehe mit Nancy im Weg stand, hat er den Steuermechanismus ihres Wagens blockiert, während sie sich mit Nancy im Restaurant befand. Mr. John Kragopoulos, der von Professor Harmon heute tätlich angegriffen wurde, ist mit einer schweren Gehirnerschütterung ins Cape Cod Hospital eingeliefert worden. Es wird jedoch erwartet, daß er sich von seinen Verletzungen wieder erholt. Die Eldredge-Kinder wurden ärztlich untersucht. Sie sind sexuell nicht mißbraucht worden. Allerdings hat der Junge, Michael, von einem heftigen Schlag ins Gesicht eine Schwellung davongetragen.‹

Der Captain spürte, daß er völlig erschöpft war. Er würde die Erklärung abgeben und sich dann auf den Weg nach Hause machen. Delia würde schon auf ihn warten und genau von ihm wissen wollen, was passiert war. Das war ein Tag, sann er nach, an dem sich die Arbeit der Polizei gelohnt hatte. In seinem Beruf erlebte man so viel Leid und Unglück mit. Es gab Fälle, in denen man den Eltern mitteilen mußte, daß ihr Kind tot war. Augenblicke wie heute, oben im ›Ausguck‹, als sie feststellen konnten, daß beide Kinder in Sicherheit waren, mußten im Andenken bewahrt werden.

Morgen. Jed überlegte, daß er morgen nicht daran vorbeikam, seine eigenen schuldhaften Versäumnisse zu überdenken. Heute morgen hatte er gegen Nancy ein Vorurteil gefaßt, weil er darüber pikiert war, daß er sie nicht erkannt hatte. Durch dieses Vorurteil hatte er sich den Blick versperrt; deswegen hatte er ignoriert, was ihm Jonathan und Ray und der Doktor und Nancy selbst mitgeteilt hatten.

Aber er hatte wenigstens den Wagen gefahren und so dafür gesorgt, daß Ray gerade noch rechtzeitig – es ging dabei um Bruchteile von Sekunden... den Balkon auf dem Dach des ›Ausgucks‹ erreicht hatte. Niemand sonst wäre in der Lage gewesen, auf der vereisten Straße so schnell den Hügel hinaufzufahren. Als sie gesehen hatten, daß Nancys Wagen in der Straßenkurve gegen den Baum gekracht war, hatte Ray anhalten wollen, aber Jed war weitergefahren. Instinktiv hatte er gespürt, daß Nancy aus dem Wagen herausgekommen war und sich in dem Haus befand. Seine Ahnung hatte ihn nicht getrogen. Damit konnte er sich verteidigen.

Wortlos goß Dorothy Lendons Tasse wieder voll, als er zustimmend nickte. Mit Michael würde alles in Ordnung gehen, dachte Lendon. Er selbst würde bald wieder hierher kommen und sie besuchen. Er würde mit Nancy und den Kindern sprechen – ihr helfen, die Vergangenheit zu bewältigen, ihr helfen, es so zu sehen, wie es gewesen war, damit es dann endgültig abgetan werden konnte. Nancy würde nicht sehr viel Hilfe benötigen. Es war ein Wunder, daß sie die Zähigkeit besaß, all die fürchterlichen Geschehnisse, denen sie ausgesetzt gewesen war, zu überleben. Aber sie war eine starke Persönlichkeit. Auch von dieser letzten schweren Heimsuchung würde sie sich wieder erholen, fähig, ein normales Leben zu beginnen.

In Lendon war Frieden eingekehrt. Er hatte sein Versäumnis endlich wieder gutgemacht. Wenn er damals Nancy aufgesucht hätte, als Priscilla starb, wäre so vieles vermieden worden. Er hätte wohl gemerkt, daß mit Carl

Harmon etwas nicht stimmte, und er hätte sie irgendwie von ihm losbekommen. Aber dann wäre sie jetzt nicht hier, bei diesem jungen Mann, mit dem sie glücklich verheiratet war. Und diese Kinder lägen nicht in ihren Armen.

Lendon spürte, daß es ihn jetzt sehr nach Hause zu Allison zog.

»Kaffee?« Jonathan wiederholte Dorothys Frage. »Ja, vielen Dank. Gewöhnlich trinke ich so spät keinen mehr, aber ich glaube, daß es den meisten von uns heute nacht nicht schwerfallen wird, einzuschlafen.« Er sah Dorothy prüfend an. »Wie steht's mit Ihnen? Sie müssen doch ziemlich müde sein.«

Er bemerkte, daß sich eine unbestimmbare Schwermut auf ihr Gesicht legte, und er verstand auch den Grund dafür. »Ich glaube, ich muß Ihnen sagen«, meinte er bestimmt, »daß hier keinerlei Selbstvorwürfe geduldet werden. Wir alle haben heute in unglaublicher Weise Tatsachen übersehen, so daß es beinahe zu einer Katastrophe gekommen wäre. Ich zum Beispiel habe mich jeden Morgen, wenn ich an diesem Haus vorbeiging, geärgert, daß mich etwas blendete. Gerade heute morgen noch habe ich überlegt, ob ich Ray bitten sollte, mit dem Mieter im ›Ausguck‹ darüber zu sprechen, ganz gleich, was der hinter dem Fenster stehen hätte. Bei meiner juristischen Erfahrung hätte ich mich daran erinnern müssen. Eine Nachprüfung hätte uns sehr schnell zum ›Ausguck‹ geführt.

Und es ist auch eine unumstößliche Tatsache, daß Carl Harmon nicht von seinem scheußlichen Vorhaben abgehalten worden wäre, wenn Sie sich nicht entschlossen hätten, Ihre Verabredung einzuhalten und dieses Haus mit Mr. Kragopoulos zu besichtigen. Er hätte sich bestimmt nicht von Missy ablenken lassen. Sie haben doch bestimmt zugehört, wie Michael schilderte, was vor Ihrem Anruf gerade passierte.«

Dorothy hörte aufmerksam zu, dachte nach, und in ihrer grundsätzlichen Ehrlichkeit stimmte sie zu. Eine Last aus Schuld und Gewissensbissen fiel von ihr ab. Sie fühlte sich plötzlich erleichtert und fröhlich. Plötzlich vermochte sie sich rückhaltlos der Freude über die Wiedervereinigung hinzugeben. »Ich danke Ihnen, Jonathan«, sagte sie. »Ich hatte es wirklich nötig, das zu hören.«

Unbewußt hatte sie sich bei ihm eingehakt. Bewußt nahm er ihre Hand in seine. »Die Straßen sind immer noch tückisch glatt«, sagte er. »Wenn Sie jetzt nach Hause wollen, wäre ich ruhiger, wenn Sie mich fahren ließen.«

Es ist vorüber, dachte Nancy. *Es ist vorüber.* Sie drückte ihre Arme fester um ihr schlafendes Kind. Missy bewegte sich, murmelte »Mami« und atmete dann wieder gleichmäßig und leise weiter.

Nancy blickte zu Michael hinüber. Er hatte sich an Ray gelehnt. Nancy sah zu, wie Ray ihn behutsam auf seinen Schoß zog. »Du wirst langsam müde, mein Junge«, sagte Ray. »Ich glaube, daß ihr kleinen Racker so allmählich ins Bett müßt. Das war ja doch ein ziemlich anstrengender Tag.«

Nancy dachte daran, was sie empfunden hatte, als diese starken Arme sie umschlangen, sie gehalten und sie und Missy vor dem Absturz bewahrt hatten. Es würde wohl immer so mit Ray sein. Der würde sie immer beschützen. Und sie hatte heute die Augen aufgehalten und verstanden und rechtzeitig gehandelt.

Aus dem Urquell ihres Seins stieg ein Gebet in ihr empor, ins Herz und in die Seele: *Ich danke dir, ich danke dir, ich danke dir. Du hast uns vom Übel erlöst.*

Sie bemerkte, daß der Graupel nicht mehr gegen die Fenster prasselte und daß das Heulen des Windes verebbt war.

»Mami«, sagte Michael, und seine Stimme klang jetzt ganz müde. »Jetzt haben wir gar nicht deinen Geburtstag gefeiert, und ich habe gar kein Geschenk für dich bekommen.«

»Mach dir nur keine Sorgen, Mike«, sagte Ray. »Wir werden morgen Mamis Geburtstag feiern, und ich weiß auch schon ganz genau, was wir ihr schenken werden.« In einer wundersamen Weise wichen die Anspannung und die Müdigkeit aus seinem Gesichtsausdruck, und Nancy sah, wie es in seinen Augenwinkeln funkelte. Er blickte sie direkt an. »Ich werde dir sogar verraten, was es ist, Liebling«, sagte er freimütig. »Von den Kindern bekommst du Kunstunterricht bei einem wirklich guten Lehrer und von mir eine kleine Auftragsarbeit mit Farben im Schönheitssalon.«

Er stand auf, legte Michael bequem in den Sessel zurück und kam zu ihr herüber. Als er vor ihr stand, betrachtete er aufmerksam den Scheitel in ihrem Haar. »Ich hab' nämlich so das Gefühl, daß du eine verdammt hübsche Rothaarige bist, Liebling«, sagte er.

DAS ANASTASIA-SYNDROM

Frank »Tuffy« Reeves
in Liebe gewidmet

Und Mund um Mund verging vor Gier
Und klaffte warnend, weit und bang –
Da fuhr ich auf und fand mich hier
Auf dem kalten Hang.

Und darum harr ich hier noch aus
Und hink allein und bleich umher,
Sank auch das Schilf am See und singt
Kein Vogel mehr.

Aus dem Gedicht ›*La Belle Dame sans Merci*‹
von John Keats

[illegible]

[illegible] Arbeit [illegible] dieser Wohnung [illegible]

Liebe Edith Cass[illegible]

[illegible] Wohnung ist vom 1. September bis 1. Mai [illegible]. Ihre Referenzen sind überaus zufriedenstellend, und es ist nur ein [illegible]licher Gedanke, daß Sie an Ihrem [illegible] Buch schreiben werden. Der Bürgerkrieg im England des

Teils zögernd, teils erleichtert klappte Judith das Buch zu, das sie studiert hatte, und legte den Füller auf ihr dickes Notizbuch. Sie hatte stundenlang ohne Unterbrechung gearbeitet, und als sie jetzt den altmodischen Drehstuhl zurückschob und vom Schreibtisch aufstand, spürte sie ihren völlig verkrampften Rücken. Der Himmel war trübe und bewölkt, so daß sie schon vor einer ganzen Weile die starke Schreibtischlampe eingeschaltet hatte, eine Neuerwerbung anstelle der viktorianischen mit den kunstvollen Fransen, die zu dieser möblierten Mietwohnung in der Gegend von Knightsbridge gehörte.

Judith dehnte und streckte sich, während sie zum Fenster ging und auf die Montpelier Street hinunterblickte. An diesem grauen Januartag kündigte sich bereits um 15 Uhr 30 die nahende Dämmerung an, und die leicht vibrierenden Fensterscheiben zeugten von dem nach wie vor scharfen Wind.

Sie mußte unwillkürlich lächeln, als sie an den Brief dachte, den sie auf ihre Anfrage wegen dieser Wohnung erhalten hatte:

»Liebe Judith Case,
die Wohnung ist vom 1. September bis 1. Mai verfügbar. Ihre Referenzen sind überaus zufriedenstellend, und es ist mir ein tröstlicher Gedanke, daß Sie an Ihrem neuen Buch schreiben werden. Der Bürgerkrieg im England des

17. Jahrhunderts hat sich für romantische Fabulierer als nahezu unerschöpfliche Quelle erwiesen, und es ist erfreulich, daß eine seriöse Autorin historischer Werke von Ihrem Rang dieses Thema gewählt hat. Die Wohnung ist bescheiden, aber geräumig; ich nehme an, sie wird Ihnen entsprechen. Der Lift ist häufig außer Betrieb; immerhin sind drei Treppen ja durchaus zu meistern, meinen Sie nicht? Ich selber gehe am liebsten zu Fuß hoch.«

Der Brief trug die Unterschrift *Beatrice Ardsley* in deutlichen, hauchdünnen Buchstaben. Durch gemeinsame Freunde wußte Judith, daß Lady Ardsley dreiundachtzig war.

Als sie das Fensterbrett mit den Fingerspitzen berührte, spürte sie den naßkalten Luftstrom, der durch den Holzrahmen drang. Wenn sie sich beeilte, bliebe ihr gerade noch Zeit für ein heißes Bad, überlegte sie fröstelnd. Die Straße draußen war nahezu leer. Ein paar Passanten eilten vorbei, mit eingezogenem Kopf und hochgeschlagenem Mantelkragen. Als sie sich abwandte, sah sie ein Kleinkind, das direkt unter ihrem Fenster die Straße entlanglief. Entsetzt beobachtete Judith, wie das kleine Mädchen stolperte und auf die Fahrbahn fiel. Wenn ein Auto um die Ecke bog, würde der Fahrer sie nicht rechtzeitig bemerken. Etwas weiter unten näherte sich ein älterer Mann. Sie zerrte am Fenster, um ihn zu Hilfe zu rufen, aber da tauchte eine junge Frau aus dem Nichts auf, hastete auf die Fahrbahn, ergriff das Kind und barg es in den Armen.

»Mami, Mami«, hörte Judith es schreien.

Sie schloß die Augen und vergrub das Gesicht in den

Händen, als sie sich selber laut jammern hörte: »Mami, Mami.« Großer Gott. Nicht schon wieder!

Sie zwang sich, die Augen zu öffnen. Die Frau und das kleine Mädchen waren verschwunden, wie sie erwartet hatte. Nur der alte Mann tappte vorsichtig den Bürgersteig entlang.

Das Telefon klingelte, als sie eine Diamantnadel an der Jacke ihres Cocktailkostüms aus Ripsseide befestigte. Stephen.

»Wie ging's heute mit dem Schreiben, Darling?« fragte er.

»Sehr gut, denke ich.« Judith spürte, wie sich ihr Puls beschleunigte. Sechsundvierzig, und beim Klang von Stephens Stimme bekam sie Herzklopfen wie ein Schulmädchen.

»Judith, das Kabinett ist zu einer Dringlichkeitssitzung einberufen worden, und die wird sich hinziehen. Bist du sehr böse, wenn wir uns erst bei Fiona treffen? Ich schicke dir den Wagen.«

»Tu das nicht. Mit dem Taxi geht's schneller. Wenn du zu spät kommst, haben dich Staatsgeschäfte aufgehalten. Mir würde man es nur als schlechtes Benehmen ankreiden.«

Stephen lachte. »Du machst mir das Leben wahrhaftig leicht!« Er senkte die Stimme. »Ich bin vernarrt in dich, Judith. Laß uns nur so lange auf der Party bleiben, wie wir unbedingt müssen, und dann irgendwo in Ruhe zu Abend essen.«

»Ausgezeichnet. Auf Wiedersehen, Stephen. Ich liebe dich.«

Judith legte den Hörer auf, ein Lächeln umspielte ihre

Lippen. Vor zwei Monaten hatte sie bei einer Abendgesellschaft Sir Stephen Hallett als Tischnachbarn gehabt. »Einfach das Nonplusultra in England«, vertraute ihr Fiona Collins, die Gastgeberin, an. »Sieht phantastisch aus. Charmant. Hochintelligent. Innenminister. Er wird der nächste Premierminister, das ist allgemein bekannt. Und der Clou, Judith, mein Schatz, er ist zu haben.«

»Ich bin Stephen Hallett vor Jahren ein- oder zweimal in Washington begegnet«, erwiderte Judith. »Kenneth und ich hatten ihn sehr gern. Aber ich bin nach England gekommen, um ein Buch zu schreiben, nicht, um mich mit einem wenn auch noch so charmanten Mann einzulassen.«

»Ach, Unsinn«, fuhr Fiona sie an. »Du bist seit zehn Jahren Witwe, das reicht. Du hast dir als Schriftstellerin einen Namen gemacht. Es ist wirklich angenehm, Schätzchen, einen Mann im Haus zu haben, besonders wenn die Adresse Downing Street 10 lautet. Meine Nase sagt mir — ihr beide wärt ein ideales Paar. Du bist eine schöne Frau, Judith, aber du signalisierst ständig ›Bleibt mir vom Halse, ich bin nicht interessiert‹. Bitte spar dir das heute abend.«

Sie hatte nicht signalisiert. Und an jenem Abend hatte Stephen sie nach Hause begleitet und war auf einen Drink mit heraufgekommen. Sie hatten sich bis zum Anbruch der Dämmerung unterhalten. Zum Abschied hatte er sie leicht auf den Mund geküßt. »Ich kann mich nicht erinnern, je im Leben einen so anregenden Abend verbracht zu haben«, hatte er geflüstert.

Es war nicht ganz so einfach, ein Taxi zu finden, wie sie angenommen hatte. Judith wartete zehn Minuten in der Kälte, bis endlich eines vorbeikam. Als sie am Bordstein stand, versuchte sie, den Blick auf die Fahrbahn zu vermeiden. Dies war genau die Stelle, wo sie vom Fenster aus die Kleine fallen gesehen hatte. Oder es sich einbildete . . .

Fiona bewohnte eine Regency-Villa in Belgravia. Als Unterhausabgeordnete bereitete es ihr Vergnügen, mit der scharfzüngigen Lady Astor verglichen zu werden. Ihr Ehemann Desmond gehörte als Präsident eines weltweiten Verlagsimperiums zur Machtelite Englands.

Judith ließ ihren Mantel in der Garderobe und ging dann nach nebenan in die Damentoilette. Nervös tupfte sie sich etwas Glanz auf die Lippen und strich sich die vom Wind zerzausten Haare aus dem Gesicht. Sie hatte noch ihre natürliche dunkelbraune Haarfarbe und deshalb die paar Silbersträhnen bisher nicht tönen lassen. Ein Interviewer hatte ihre Augen einmal als saphirblau bezeichnet und ihren porzellanzarten Teint als Hinweis auf ihre vermeintliche englische Abstammung.

Es wurde Zeit, in den Empfangsraum zu gehen und sich von Fiona herumreichen zu lassen. Sie verzichtete dabei nie auf einen Kommentar, der sich wie der Werbetext für den Schlußverkauf anhörte: »Meine sehr liebe Freundin Judith Chase. Eine der angesehensten Schriftstellerinnen in Amerika. Pulitzer-Preis. American Book Award. Warum sich dieses bewundernswerte Wesen auf Revolutionen spezialisiert, wo ich ihr jede Menge köstlichen Klatsch liefern könnte, werde ich nie verstehen. Trotzdem sind ihre Bücher über die Französische und die Amerikanische Revolution einfach hervorragend und lesen sich dabei wie Romane. Jetzt schreibt sie über unseren Bürgerkrieg, Karl I. und Cromwell. Das Thema absorbiert sie restlos. Ich befürchte stark, daß sie einige finstere Geheimnisse herausfindet, die manche von uns lieber nicht über unsere Vorfahren wissen möchten.«

Fiona stoppte ihren Redefluß erst, wenn sie ganz sicher war, daß sie jeden Anwesenden über die Persönlichkeit Judiths aufgeklärt hatte; sobald dann Stephen erschien, machte sie eilends die Runde, um überall flüsternd zu verbreiten, der Innenminister und Judith seien hier, in diesem Hause, Tischnachbarn gewesen, und jetzt . . . Augenrollen und vielsagendes Schweigen.

Am Eingang zum Empfangsraum hielt Judith kurz inne, um das Bild in sich aufzunehmen. Fünfzig bis sechzig Personen, schätzte sie rasch, zumindest die Hälfte davon vertraute Gesichter: führende Parlamentarier, ihre englischen Verleger, Fionas adlige Freunde, ein berühmter Dramatiker . . . Sooft sie diesen Raum betrat, schoß es ihr durch den Kopf, war sie immer wieder hingerissen von der erlesenen Schlichtheit der in gedämpften Farbtönen bezogenen antiken Sofas, den museumsreifen Gemälden, den zauberhaft dezent drapierten schmalen Vorhängen, von denen die Glastüren zum Garten eingerahmt wurden.

»Miss Chase, das stimmt doch?«

»Ja.« Judith nahm ein Glas Champagner von einem Kellner entgegen, während sie Harley Hutchinson, Fernsehstar und Englands führender Klatschkolumnist, mit einem unverbindlichen Lächeln bedachte. Anfang Vierzig, lang und dürr, neugierige haselnußbraune Augen, glattes braunes Haar, das ihm in die Stirn fiel.

»Ich darf Ihnen doch sagen, daß Sie heute bezaubernd aussehen?«

»Vielen Dank.« Judith lächelte kurz und wollte weitergehen.

»Es ist immer ein Genuß, wenn eine schöne Frau auch noch einen untrüglichen Sinn für Mode besitzt. Eine Kombination, die man bei der Oberschicht hierzulande selten antrifft. Wie läuft's mit Ihrem Buch? Finden Sie unsere kleinen Querelen zu Cromwells Zeit ebenso interessant, wie über die französischen Bauern und die amerikanischen Kolonisten zu schreiben?«

»Nun, ich denke, Ihre kleinen Querelen können es mit den anderen durchaus aufnehmen.« Judith spürte, wie die durch ihre Halluzination von dem kleinen Mädchen hervorgerufene Angst zu schwinden begann. Der kaum verhüllte Sarkasmus, den Hutchinson als Waffe benutzte, brachte sie wieder ins Gleichgewicht.

»Eine Frage, Miß Chase. Halten Sie Ihr Manuskript bis zur Fertigstellung unter Verschluß, oder lassen Sie andere an dem Schreibprozeß teilhaben? Manche Schriftsteller sprechen gern über ihr Tagewerk. Wieviel weiß beispielsweise Sir Stephen über Ihr neues Buch?«

Judith fand es an der Zeit, ihn zu ignorieren. »Entschuldigen Sie mich bitte. Ich habe Fiona noch nicht begrüßt.« Sie durchquerte den Raum, ohne Hutchinsons Antwort abzuwarten. Fiona drehte ihr den Rücken zu. Als Judith sie ansprach, wandte sie sich um, küßte sie rasch auf die Wange und murmelte: »Gleich, Schätzchen. Endlich habe ich Dr. Patel erwischt und möchte unbedingt hören, was er zu sagen hat.«

Dr. Reza Patel, der weltbekannte Psychiater und Neurobiologe. Judith musterte ihn eingehend. Um die Fünfzig. Feurige schwarze Augen unter buschigen Brauen. Häufiges Stirnrunkeln, wenn er redete. Dichtes dunkles Haar, das sein ebenmäßiges braunes Gesicht umrahmte. Gutgeschnittener grauer Nadelstreifenanzug. Außer Fiona umdrängten ihn noch vier bis fünf andere und lauschten ihm — von skeptisch bis andächtig. Judith wußte, daß Patels Fähigkeit, Patienten unter Hypnose in die Frühkindheit zurückzuversetzen und sie traumatische Erfahrungen genau schildern zu lassen, als größter Durchbruch in der Psychoanalyse innerhalb einer Generation galt. Sie wußte auch, daß seine neue Theorie, die er das Anastasia-Syndrom nannte, die wissenschaftliche Welt schockiert und beunruhigt hatte.

»Ich rechne nicht damit, den Beweis für meine Theorie in absehbarer Zeit antreten zu können«, sagte Patel. »Aber immerhin haben noch vor zehn Jahren viele über mich gespottet, weil ich die Auffassung vertrat, eine Kombination von leichter Meditation und Hypnose könne die von der Psyche als Selbstschutz errichteten Blockierungen lösen. Heute ist diese Theorie akzeptiert und wird allgemein angewendet. Wozu muß sich ein Mensch einer jahrlangen Analyse unterziehen, um die Ursachen seines speziellen Problems herauszufinden, wenn sich das gleiche Resultat in ein paar kurzen Sitzungen erzielen läßt?«

»Aber beim Anastasia-Syndrom verhält es sich doch sicher ganz anders?« wandte Fiona ein.

»Anders ja, und trotzdem verblüffend ähnlich.« Patel machte eine Handbewegung. »Sehen Sie sich die Leute in diesem Raum an. Typische Vertreter der britischen Elite. Intelligent. Informiert. Bewährte Führungskräfte. Jeder von ihnen könnte sich als Vehikel eignen, die großen säkularen Führer zurückzubringen. Überlegen Sie nur, wieviel besser es um die Welt bestellt wäre, wenn uns heute beispielsweise der Rat von Sokrates zur Verfügung stünde. Sehen Sie, dort steht Sir Stephen Hallett. Meiner Meinung nach wird er einen vorzüglichen Premier abgeben, aber wäre es nicht eine zusätzliche Beruhigung, wenn man wüßte, daß Disraeli oder Gladstone als Ratgeber bereitstehen? Daß sie buchstäblich Teil seines Wesens sind?«

Stephen! Judith drehte sich rasch um, hielt dann inne, als Fiona losstürzte, um ihn zu begrüßen. Da sie merkte, daß Hutchinson sie beobachtete, blieb sie mit Vorbedacht bei Dr. Patel, als der Kreis um ihn sich auflöste. »Wenn ich Ihre Theorie richtig verstehe, Doktor, wurde diese Anna Anderson, die behauptete, Anastasia zu sein, wegen eines Nervenzusammenbruchs behandelt. Sie glauben nun, daß sie während einer Sitzung — unter Hypnose und Medikamenten — versehentlich in jenen Keller in Rußland zurückversetzt wurde, und zwar genau in dem Augenblick, in dem die Großfürstin Anastasia zusammen mit der übrigen Zarenfamilie ermordet wurde.«

Patel nickte. »Das ist exakt meine Theorie. Die Seele der Großfürstin ist nach dem Verlassen ihres Körpers nicht ins Jenseits, sondern in den von Anna Anderson eingegangen. Die beiden Persönlichkeiten wurden eins. Anna Anderson wurde in Wahrheit zur lebenden Verkörperung Anastasias — mit ihren Erinnerungen, ihren Gefühlen, ihrer Intelligenz.«

»Und was geschah mit Anna Andersons Persönlichkeit?« fragte Judith.

»Da gab es anscheinend keinerlei Konflikt. Sie war eine hochintelligente Frau, stellte sich aber bereitwillig der neuen Situation als überlebende Thronerbin Rußlands.«

»Aber warum Anastasia? Warum nicht ihre Mutter, die Zarin, oder eine ihrer Schwestern?«

Patel zog die Stirn hoch. »Eine sehr scharfsinnige Frage, Miß Chase. Damit haben Sie genau auf das einzige Problem beim Anastasia-Syndrom hingewiesen. Aus der Geschichte wissen wir, daß Anastasia unter den weiblichen Familienmitgliedern bei weiten die willensstärkste war. Vielleicht haben die anderen ihren Tod ergeben hingenommen und den Weg ins Jenseits angetreten. Sie war nicht bereit zu gehen, kämpfte um den Verbleib in dieser Zeitzone und nahm die zufällige Gegenwart von Anna Anderson wahr, um sich ans Leben festzuklammern.«

»Damit sagen Sie also, die einzigen Menschen, die Sie theoretisch zurückbringen könnten, wären diejenigen, die gegen ihren Willen starben, die verzweifelt weiterleben wollten?«

»Genau. Eben deshalb erwähne ich Sokrates, der gezwungen wurde, den Schierlingsbecher zu leeren, im Gegensatz zu Aristoteles, der eines natürlichen Todes starb. Aus dem gleichen Grund war es in der Tat leichtfertig dahingeredet, als ich meinte, Sir Stephen könnte ein geeignetes Medium sein, das Essentielle von Disraeli in sich aufzunehmen. Disraeli starb friedlich, aber eines Tages werde ich auch die Kenntnisse besitzen, um die in Frieden Ruhenden zurückzurufen, deren moralische Führungsqualitäten wieder benötigt werden. Und jetzt ist Sir

Stephen auf dem Weg zu Ihnen.« Patel lächelte. »Ich darf mir die Bemerkung erlauben, daß ich höchste Bewunderung für Ihre Bücher empfinde. Es macht Freude, einem derart fundierten Wissen zu begegnen.«

»Vielen Dank.« Sie mußte ihm diese Frage stellen, die sie nun heraussprudelte: »Sie konnten doch Menschen dazu verhelfen, Dr. Patel, sich frühkindliche Erinnerungen wieder ins Gedächtnis zu rufen, nicht wahr?«

»Ja.« Er betrachtete sie mit gespannter Aufmerksamkeit. »Das ist doch keine müßige Frage.«

»Nein.«

Patel griff in die Tasche und reichte ihr seine Karte. »Falls Sie mich zu sprechen wünschen, rufen Sie bitte an.«

Judith spürte eine Hand auf ihrem Arm und blickte hoch in Stephens Gesicht. Sie bemühte sich um einen neutralen Tonfall. »Stephen, schön, dich zu sehen. Kennst du Dr. Patel?«

Stephen nickte Patel kurz zu, hakte sie unter und steuerte sie zum anderen Ende des Raumes. »Darling«, murmelte er, »warum um Himmels willen verschwendest du auch nur ein Wort an diesen Scharlatan?«

»Er ist kein ...« Judith hielt inne. Von Stephen Hallett konnte man wohl am allerwenigsten erwarten, daß er Dr. Patels Theorien beipflichtete. Die Zeitungen hatten bereits über Patels These berichtet, daß Stephen ein geeigneter Kandidat wäre, Disraelis Geist zu rezipieren. Sie lächelte ihm zu, ohne sich in diesem Augenblick darum zu kümmern, daß fast sämtliche Anwesenden sie beobachteten.

Die Szene geriet in Bewegung, als die Premierministerin von der Gastgeberin an der Tür begrüßt wurde. »Oft lasse ich mich nicht auf diesen Cocktailparties sehen, aber Ihnen zuliebe . . .« sagte sie zu Fiona.

Stephen legte den Arm um Judith. »Es wird allmählich Zeit, daß du die Premierministerin kennenlernst, Darling.«

Sie aßen in Brown's Hotel zu Abend. Bei Salat und Seezunge Véronique berichtete ihr Stephen von seinem Tagesablauf. »Vielleicht der frustrierendste seit mindestens einer Woche. Zum Kuckuck, Judith, die Premierministerin muß die Denkpause schleunigst beenden. Die Stimmung im Land verlangt Neuwahlen. Wir brauchen ein Mandat, und das weiß sie auch. Labour weiß es, und wir sind an einem toten Punkt angelangt. Und trotzdem verstehe ich's. Falls sie nicht für die Wiederwahl kandidiert, dann ist der Fall damit natürlich erledigt. Wenn meine Zeit gekommen ist, wird es mir sehr schwerfallen, mich aus dem öffentlichen Leben zurückzuziehen.«

Judith stocherte in ihrem Salat herum. »Das öffentliche Leben ist dein ein und alles, stimmt's, Stephen?«

»In all den Jahren von Janes Krankheit war es meine Rettung. Es nahm mich zeitlich, geistig und kräftemäßig voll in Anspruch. Ich kann dir gar nicht schildern, mit wie vielen Frauen ich in den drei Jahren seit ihrem Tod bekanntgemacht wurde. Mit einigen bin ich ausgegangen und merkte dann, daß ihre Namen und Gesichter alle ineinander verschmolzen. Soll ich dir einen interessanten Test für Frauen verraten? Wenn sie eine gemeinsame Unternehmung geplant hat und er aus zwingenden Gründen zu spät kommt, zeigt sie da ihren Ärger? An einem kalten Novemberabend bin ich dann dir bei Fiona begegnet, und das Leben hat sich verändert. Wenn sich jetzt die Schwierigkeiten auftürmen, flüstert eine leise Stimme: ›In ein paar Stunden triffst du Judith‹.«

Er langte über den Tisch und berührte ihre Hand. »Nun laß mich meine Frage stellen. Du hast dir eine überaus erfolgreiche Karriere geschaffen. Wie du mir erzählt hast, arbeitest du manchmal die Nacht durch oder verkriechst dich tagelang, um einen Termin einzuhalten. Ich würde deine Arbeit ebenso respektieren wie du die meine, aber es könnte sehr oft vorkommen, daß ich dich brauche, um mit mir zusammen irgendwelche Veranstaltungen zu besuchen oder um mich auf Auslandsreisen zu begleiten. Wäre das eine Belastung, Judith?«

Judith starrte in ihr Glas. In den zehn Jahren seit Kenneth' Tod war es ihr gelungen, sich ein neues Leben aufzubauen. Sie hatte als Journalistin bei der *Washington Post* gearbeitet, als Kenneth, Korrespondent für Potomac Cable Network im Weißen Haus, bei einem Flugzeugabsturz ums Leben kam. Die Versicherungssumme reichte, um ihre Stellung aufzugeben und sich an die Verwirklichung des Plans zu machen, der sie verfolgte, seitdem sie das erste Buch von Barbara Tuchman gelesen hatte. Sie war fest entschlossen, seriöse historische Bücher zu schreiben.

Die unzähligen Stunden für mühselige Recherchen, die langen Nächte an der Schreibmaschine, das Umschreiben und Redigieren — all das hatte sich gelohnt. Ihr erstes Buch über die Amerikanische Revolution *The World Is Upside Down,* erhielt den Pulitzer-Preis und wurde ein Bestseller. Ihr zweites, vor zwei Jahren erschienenes Buch über die Französische Revolution, *Darkness at Versailles*, war ebenso erfolgreich und wurde mit dem American Book Award ausgezeichnet. Die Kritiker nannten sie »eine fasziniernede Geschichtenerzählerin, die kenntnisreich wie ein Universitätslehrer in Oxford schreibt«.

Judith fixierte Stephen. Das gedämpfte Licht der Wandleuchter und der Kerze, die unter einem Glassturz auf dem Tisch flackerte, ließ die scharfen Konturen seiner aristokratischen Gesichtszüge weicher erscheinen und unterstrich das tiefe Graublau der Augen. »Ich denke, ich liebe meine Arbeit genau wie du und habe mich darin vergraben, um zu verdrängen, daß ich im wahren Sinn des Wortes kein eigenes Leben hatte, seit Kenneth starb. Es gab eine Zeit, da konnte ich Termine einhalten und trotzdem alle Verpflichtungen als Ehefrau eines Korrespondenten beim Weißen Haus spielend einbauen. Ich finde, es trägt reiche Früchte, Frau und Schriftstellerin zugleich zu sein.«

Stephen griff lächelnd nach ihrer Hand. »Du siehst, wir denken auf der gleichen Wellenlänge, stimmt's?«

Judith zog ihre Hand zurück. »Eines solltest du dir reiflich überlegen, Stephen. Mit vierundfünfzig bist du nicht zu alt, eine Frau zu heiraten, die dir ein Kind schenken kann. Ich habe mir immer Familie gewünscht, und diese Hoffnung wurde nicht erfüllt. Mit sechsundvierzig besteht da bestimmt keine Aussicht mehr.«

»Mein Neffe ist ein großartiger junger Mann und hängt sehr an Edge Barton Manor. Ich freue mich für ihn, daß er es eines Tages zusammen mit dem Titel erben wird. In meinem Alter fühle ich mich mit einer Vaterschaft einfach überfordert.«

Stephen kam auf einen Brandy mit nach oben. Sie tranken sich feierlich zu, um zu besiegeln, daß sie beide ihr Privatleben vor der Öffentlichkeit abschirmen wollten. Judith konnte jetzt, während sie an ihrem Buch schrieb, keine Klatschkolumnisten gebrauchen, die sie mit neugierigen Fragen belästigten. Und Stephen wollte, wenn es zu Neuwahlen kam, Auskunft über politische Sachfragen geben, nicht über seine Beziehung zu ihr. »Obwohl sie dich natürlich ins Herz schließen werden«, bemerkte er. »Schön, begabt und eine britische Kriegswaise. Kannst du dir vorstellen, was das für ein Fest für sie ist, wenn sie uns in Verbindung bringen?«

Plötzlich stand ihr die Erinnerung an den Zwischenfall vom Nachmittag wieder lebhaft vor Augen. Das kleine Mädchen, *»Mami, Mami!«* Als sie vergangene Woche bei der Statue von Peter Pan in Kensington Gardens war, hatte sie die quälende Erinnerung verfolgt, schon einmal dort gewesen zu sein. Vor zehn Tagen war sie in Waterloo Station beinahe ohnmächtig geworden, fest überzeugt davon, daß sie eine Detonation gehört, die Trümmer herabregnen gespürt hatte . . . »Es gibt da etwas, Stephen, das mir sehr wichtig ist. Ich weiß, daß sich niemand gemeldet hat, als ich in Salisbury gefunden wurde, aber ich war gut gekleidet, offensichtlich wohlbehütet. Gibt es irgendeinen Weg, wie ich meine leiblichen Angehörigen aufspüren könnte? Hilfst du mir dabei, Stephen?«

Sie fühlte, wie sich seine Arme strafften. »Meine Güte, Judith, daran solltest du nicht mal im Traum denken! Du hast mir erzählt, daß sämtliche Anstrengungen unternommen wurden, deine Angehörigen ausfindig zu machen, und kein einziger Anhaltspunkt zutage kam. Deine nächsten Verwandten sind vermutlich bei den Luftangriffen umgekommen. Und selbst wenn es möglich wäre, hätte es uns gerade noch gefehlt, irgendeinen obskuren Vetter aufzustöbern, der sich dann als Dealer oder als Terrorist herausstellt. Bitte, schlag dir das mir zuliebe aus dem Kopf, zumindest so lange, wie ich in der Öffentlichkeit stehe. Danach helfe ich dir, das verspreche ich.«

»Cäsars Frau muß ohne Fehl sein?«

Er zog sie an sich. Sie spürte die feine Wolle seines Jacketts an ihrer Wange, spürte die Kraft seiner Arme, die sie umschlossen. Sein Kuß, leidenschaftlich, verlangend, erregte sie, erweckte Gefühle und Wünsche in ihr, die sie entschlossen unterdrückt hatte, als sie Kenneth verlor. Doch trotzdem wußte sie, daß sie mit der Suche nach ihren leiblichen Angehörigen nicht endlos warten konnte.

Sie löste sich aus der Umarmung. »Du hast doch in aller Herrgottsfrühe eine Konferenz«, erinnerte sie ihn. »Und ich möchte versuchen, heute nacht noch ein Kapitel zu schreiben.«

Stephens Lippen streiften ihre Wange. »Das habe ich mir selbst eingebrockt, ich weiß. Aber du hast ganz recht, zumindest für den Augenblick.«

Judith beobachtete am Fenster, wie Stephens Chauffeur ihm die Tür des Rolls-Royce aufhielt. Es mußte zu Neuwahlen kommen. Würde sie demnächst als Frau des Premierministers von Großbritannien in diesem Rolls-Royce fahren? Sir Stephen und Lady Hallett . . .

Sie liebte Stephen. Weshalb dann diese Angst? Ungeduldig ging sie ins Schlafzimmer, zog ein Nachthemd und einen warmen wollenen Morgenrock an und kehrte an ihren Schreibtisch zurück. Nach wenigen Minuten schrieb sie konzentriert an dem nächsten Kapitel ihres Buches über den Bürgerkrieg in England. Die Ursachen des Konflikts hatte sie bereits behandelt, die verheerenden Steuerforderungen, die Auflösung des Parlaments, das Beharren auf der königlichen Gerichtsbarkeit, die Hinrichtung Karls I., die Jahre Cromwells, die Restauration der Monarchie. Nun würde sie sich mit dem Schicksal der Königsmörder befassen, der Männer, die den Hinrichtungsbefehl für Karl I. geplant, unterzeichnet oder vollstreckt hatten und dafür die rasche Vergeltung durch seinen Sohn, Karl II., zu spüren bekamen.

Ihr erstes Ziel am nächsten Morgen war das Staatsarchiv in Chancery Lane. Harold Wilcox, der stellvertretende Leiter, zog bereitwillig Stapel von vergilbten Dokumenten heraus, in denen sich der Staub von Jahrhunderten gesammelt zu haben schien.

Wilcox hegte größte Bewunderung für Karl II. »Als knapp Sechzehnjähriger mußte er zum erstenmal aus dem Land flüchten, um dem Schicksal, das seinem Vater drohte, zu entgehen. Ein schlaues Kerlchen, der Prinz. Entwischte durch die Linien der Rundköpfe in Truro und segelte nach Jersey und weiter nach Frankreich. Er kam zurück, um die Royalisten zu führen, floh abermals nach Frankreich, hielt sich dort und in Holland auf, bis England zur Vernunft kam und um seine Rückkehr bat.«

»Er lebte bei Brede. Ich bin dort gewesen«, warf Judith ein.

»Ein interessanter Ort, finden Sie nicht? Und wenn Sie sich umschauen, entdecken Sie bei vielen gewisse charakteristische Merkmale der Stuarts. Karl II. war ein Frauenfreund. In Breda unterzeichnete er die berühmte Erklärung, die den Henkern seines Vaters Begnadigung verhieß.«

»Er hat sein Versprechen nicht gehalten. Tatsächlich war diese Erklärung nichts weiter als eine wohlformulierte Lüge.«

»Er schrieb, er werde Gnade walten lassen, wo dies *erwünscht* und *verdient* sei. Doch weder er noch seine Berater glaubten, daß jeder diese Gnade verdiente. Neunundzwanzig Männer wurden wegen Königsmord vor Gericht gestellt. Andere zeigten sich selbst an und wurden ins Gefängnis gesteckt. Die für schuldig Befundenen wurden gehängt, ausgeweidet und gevierteilt.«

Judith nickte. »Ja. Aber es gab nie eine eindeutige Erklärung dafür, daß der König auch bei der Enthauptung einer Frau zugegen war, Lady Margaret Carew, verheiratet mit einem der Königsmörder. Was für ein Verbrechen hatte sie begangen?«

Harold Wilcox runzelte die Stirn. »Um historische Ereignisse ranken sich immer Gerüchte. Damit befasse ich mich nicht.«

Auf das naßkalte winterliche Wetter der letzten paar Tage war strahlender Sonnenschein mit einer fast linden Brise gefolgt. Vom Staatsarchiv ging Judith zu Fuß bis Cecil Court und stöberte den Rest des Vormittags in den alten Buchhandlungen. In der Gegend wimmelte es von Touristen, für sie ein Beweis, daß die Reisesaison sich jetzt über volle zwölf Monate erstreckte. Und dann machte sie sich klar, daß sie in den Augen der Briten ebenfalls eine Touristin war.

Beide Arme mit Büchern beladen, beschloß sie, sich

auf die Schnelle einen Lunch in einer der kleinen Teestuben um Convent Garden zu genehmigen. Als sie sich über den belebten Marktplatz einen Weg bahnte, blieb sie stehen, um den Jongleuren und Holzschuhtänzern zuzusehen, die an diesem unverhofft schönen Tag besonders fröhlich gestimmt schienen.

Und dann geschah es. Das anhaltende, durchdringende Heulen der Sirenen erfüllte die Luft. Die Bomben verdunkelten die Sonne, stürzten auf sie zu; das Gebäude hinter den Jongleuren löste sich in Schutt und Asche auf. Sie erstickte. Der heiße Rauch versengte ihr Gesicht, nahm ihr den Atem. Ihre Arme erschlafften, und die Bücher fielen auf den Boden.

Verzweifelt tastete sie umher, auf der Suche nach einer hilfreichen Hand. »Mami«, flüsterte sie, »ich kann dich nicht finden, Mami.« Ein Schluchzen stieg ihr in die Kehle, als die Sirenen verstummten, die Sonne wiederkam, der Rauch sich verzog. Sobald die Sehschärfe zurückkehrte, merkte sie, daß sie sich am Ärmel einer zerlumpten Frau festklammerte, die eine Schale mit Plastikblumen trug. »Alles in Ordnung, Kindchen?« erkundigte sich die Frau. »Sie werden doch jetzt nicht schlappmachen?«

»Nein. Nein. Mir geht's gut.« Irgendwie schaffte sie es, die Bücher aufzusammeln, eine Teestube anzusteuern. Von der Speisekarte, die ihr die Kellnerin reichte, nahm sie keine Notiz, sondern bestellte nur Tee und Toast. Als er kam, zitterten ihre Hände noch immer so heftig, daß sie die Tasse kaum halten konnte.

Beim Bezahlen zog sie die Karte, die ihr Dr. Patel auf Fionas Party gegeben hatte, aus der Brieftasche. In Convent Garden hatte sie eine Telefonzelle entdeckt. Von dort würde sie ihn anrufen.

Laß mich ihn erreichen, betete sie, während sie die Nummer wählte.

Die Sprechstundenhilfe wollte sie nicht mit ihm verbinden. »Dr. Patel hat gerade die letzte Konsultation beendet. Nachmittags ist keine Sprechstunde. Ich kann Ihnen für nächste Woche einen Termin geben.«

»Sagen Sie ihm nur meinen Namen und daß es sich um einen Notfall handelt.« Judith schloß die Augen. Das Heulen der Sirenen. Es fing von neuem an.

Und dann hörte sie Dr. Patels Stimme. »Sie haben ja meine Adresse, Miß Chase. Kommen Sie sofort her.«

Als sie seine Praxis in der Welbeck Street betrat, hatte sie sich wieder einigermaßen unter Kontrolle. Eine magere Vierzigerin im weißen Kittel, das blonde Haar zu einem straffen Nackenknoten aufgesteckt, ließ sie herein. »Ich bin Rebecca Wadley, Dr. Patels Assistentin«, erklärte sie. »Der Doktor erwartet Sie.«

Das Wartezimmer war klein, sein Behandlungsraum dagegen recht groß. Mit Kirschholz getäfelt, einer Bücherwand, einem massiven Schreibtisch aus Eichenholz, mehreren bequemen Sesseln und in der Ecke eine unauffällige Couch mit verstellbarer Rückenlehne, wirkte es wie ein Studierzimmer. Keine Spur von klinischer Atmosphäre.

In ihrem Unterbewußtsein registrierte Judith sämtliche Einzelheiten, als sie auf seine Aufforderung hin ihre Taschen auf einem Marmortisch neben der Tür zum Wartezimmer ablegte. Ein automatischer Blick in den darüber hängenden Spiegel zeigte ihr zu ihrer Bestürzung, daß ihr

Gesicht leichenblaß war, die Lippen aschgrau, die Pupillen geweitet.

»Ja, Sie sehen aus wie jemand, der gerade einen Schock erlitten hat«, stellte Dr. Patel fest. »Kommen Sie, setzen Sie sich. Erzählen Sie mir genau, was passiert ist.«

Die gewisse Jovialität, die er bei der Party hervorgekehrt hatte, war verschwunden. Er hörte mit ernster, gesammelter Miene zu. Gelegentlich unterbrach er sie, um mit einer gezielten Frage nachzuhaken. »Sie waren noch keine zwei Jahre alt, als man Sie, in Salisbury herumirrend, fand. Sie hatten entweder noch nicht angefangen zu sprechen oder konnten wegen des Schocks kein Wort herausbringen. Sie trugen keine Erkennungsmarke. Für mich heißt das, Sie müssen mit einem Erwachsenen gefahren sein. In solchen Fällen hatte leider meist die Mutter oder das Kindermädchen die Erkennungsmarken bei sich.«

»Mein Kleid und der Pullover waren handgemacht, das spricht meiner Meinung nach nicht dafür, daß man mich ausgesetzt hat.«

»Es wundert mich, daß eine Adoption genehmigt wurde, noch dazu einem amerikanischen Ehepaar«, bemerkte Patel.

»Meine Adoptivmutter hat mich gefunden; sie war beim britischen *Women's Royal Naval Service* und mit einem amerikanischen Marineoffizier verheiratet. Ich war im Waisenhaus und fast vier, als sie die Adoptionsgenehmigung bekamen.«

»Sind Sie vorher schon einmal in England gewesen?«

»Wiederholt. Edward Chase, mein Adoptivvater, war nach dem Krieg im diplomatischen Korps. Wir haben in vielen Ländern gelebt, bis ich aufs College kam. Bei unseren Reisen nach England sind wir sogar in dem Waisenhaus gewesen. Merkwürdigerweise hatte ich daran nicht die leiseste Erinnerung. Es schien, als hätte ich von jeher bei ihnen gelebt, und ich habe mir darüber auch nie Gedanken gemacht. Aber jetzt sind sie seit Jahren tot, und ich habe fünf Monate in England verbracht und mich in die britische Geschichte vertieft. Dabei sind offenbar all meine englischen Gene in Aufruhr geraten. Ich fühle mich hier heimisch. Ich gehöre hierher.«

»Und nun werden die Abwehrmechanismen, die Sie in der Frühkindheit aufgebaut haben, ins Wanken gebracht?« Patel seufzte. »Das kommt vor. Doch meiner Meinung nach steckt mehr hinter diesen Vorfällen, diesen Halluzinationen, als Sie realisieren. Weiß Sir Stephen, daß Sie mich aufgesucht haben?«

Judith schüttelte den Kopf. »Nein. Er wäre darüber sehr ärgerlich.«

»Er etikettiert mich vermutlich als ›Scharlatan‹, richtig?«

Sie antwortete nicht. Ihre Hände zitterten immer noch. Sie verschränkte sie fest im Schoß.

»Schon gut«, sagte Patel. »Ich sehe hier drei Faktoren. Sie versenken sich in die englische Geschichte — zwingen gewissermaßen Ihr Gedächtnis, zurückzugehen in die Vergangenheit. Ihre Adoptiveltern sind tot, und Sie empfinden es nicht mehr als Treulosigkeit ihnen gegenüber, wenn Sie nach Ihren leiblichen Angehörigen forschen. Und schließlich beschleunigt das Leben in London diese Vorfälle. Daß Sie in Ihrer Phantasie ein kleines Kind die Peter Pan-Statue in Kensington Gardens berühren sahen, läßt sich wahrscheinlich ganz leicht erklären. Sie könnten sehr wohl dort als Kind gespielt haben. Die Sirenen, die Bomben. Vielleicht haben Sie Luftangriffe erlebt, wobei sich dann allerdings die Frage erhebt, wieso Sie allein in Salisbury herumirrten. Und nun möchten Sie, daß ich Ihnen helfe?«

»Bitte, Sie haben gestern gesagt, daß Sie Menschen in die früheste Kindheit zurückversetzen können.«

»Das gelingt nicht immer. Willensstarke Personen, zu denen ich Sie mit Sicherheit rechnen würde, kämpfen gegen die Hypnose an. Sie haben das Gefühl, Hypnose bedeutet, sich einem fremden Willen zu unterwerfen. Deshalb brauche ich Ihre Einwilligung, diesen Widerstand, falls nötig, durch Verabreichung eines leichten Medikaments zu neutralisieren. Denken Sie darüber nach. Können Sie nächste Woche wiederkommen?«

»Nächste Woche?« Natürlich durfte sie nicht erwarten, daß er sie sofort behandeln könnte. Judith rang sich ein Lächeln ab. »Morgen früh rufe ich Ihre Sprechstundenhilfe an wegen eines Termins.« Sie wollte auf den Tisch zugehen, auf dem sie ihre Umhängetasche und die Bücher deponiert hatte.

Und sah sie. Dieselbe Kleine. Diesmal lief sie aus dem Zimmer. So nahe an ihr vorbei, daß sie das Kleid, das sie anhatte, sehen konnte. Den Pullover. Die gleichen Sachen, die *sie* getragen hatte, als sie in Salisbury aufgefunden wurde, und die jetzt in ihrer Wohnung in Washington in einem Kleiderschrank lagen.

Sie ging rasch einen Schritt vorwärts, weil sie das Gesicht des Kindes sehen wollte, doch die Kleine mit dem goldblonden Lockenkopf verschwand.

Judith wurde ohnmächtig.

Als sie wieder zu sich kam, lag sie auf dem Sofa in Dr. Patels Sprechzimmer. Rebecca Wadley hielt ihr ein Glasfläschchen unter die Nase. Der beißende Ammoniakgeruch ließ Judith zurückschrecken. Sie stieß die Flasche weg. »Mir geht's gut«, erklärte sie.

»Erzählen Sie mir, was passiert ist«, verlangte Patel. »Was haben Sie gesehen?«

Stockend schilderte Judith die Halluzination. »Werde ich langsam verrückt?« fragte sie. »Das bin einfach nicht *ich*. Kenneth hat immer gesagt, ich hätte mehr gesunden Menschenverstand als ganz Washington zusammengenommen. Was geschieht da?«

»Das ist ein Indiz, daß Sie dem Durchbruch nahe sind, näher, als ich annahm. Meinen Sie, daß Sie sich stark genug fühlen, jetzt mit der Behandlung zu beginnen? Werden Sie die erforderliche Einverständniserklärung unterschreiben?«

»Ja. Ja.« Judith schloß die Augen, als Rebecca Wadley ihr erläuterte, sie werde ihr jetzt die Bluse aufknöpfen, die Stiefel ausziehen und sie leicht zudecken. Aber dann unterschrieb sie mit ruhiger Hand die Formulare, die Rebecca Wadley ihr gab.

»Gut, Miß Chase, der Doktor wird jetzt die Behandlung einleiten. Liegen Sie bequem?«

»Ja.« Judith spürte, wie ihr Ärmel hochgerollt und eine Manschette um den Arm gelegt wurde; darauf folgte der Einstich in die Hand.

»Öffnen Sie die Augen, Judith. Sehen Sie mich an. Und dann fühlen Sie, wie Sie sich zu entspannen beginnen.«

Stephen, dachte Judith, als sie in das verschwimmende Gesicht von Reza Patel starrte. Stephen . . .

Der Zierspiegel hinter dem Sofa war in Wirklichkeit ein Spion, der es ermöglichte, die Hypnosesitzungen vom Labor aus zu beobachten und zu filmen, ohne den Patienten zu beunruhigen. Rebecca Wadley eilte ins Labor. Sie schaltete eine Videokamera ein, den Monitor, die Gegensprechanlage und die Apparate, die Judiths Puls und Blutdruck kontrollieren sollten. Sorgfältig beobachtete sie, wie sich der Herzschlag verlangsamte und der Blutdruck fiel, als Patels Bemühungen, Judith in Hypnose zu versetzen, Wirkung zu zeigen begannen.

Judith fühlte, wie sie sich treiben ließ, wie sie reagierte auf Patels sanften Zuspruch, sie solle sich entspannen, in einen ruhigen Schlaf fallen. Nein, dachte sie. Nein. Sie begann, gegen die einlullende Schläfrigkeit anzukämpfen.

»Keine Reaktion. Abwehr«, sagte Revecca Wadley leise.

Patel nickte und injizierte Judith eine kleine Dosis des Mittels in die Hand.

Judith wollte den Wachzustand unbedingt erzwingen. Ihr Körper signalisierte ihr, nicht nachzulassen. Sie mühte sich mit aller Kraft, die Augen zu öffnen.

Abermals spritzte ihr Patel etwas von der Flüssigkeit ein.

»Sie sind an der Höchstgrenze, Doktor. Sie will es sich nicht gestatten, hypnotisiert zu werden. Sie gewinnt den Kampf.«

»Geben Sie mir die Flasche mit dem Litencum«, befahl Patel.

»Doktor, ich glaube nicht . . .«

Patel hatte mit Hilfe dieser Droge bei schweren psychischen Störungen Blockierungen aufgehoben. Sie besaß die gleichen Eigenschaften wie die bei der Behandlung von Anna Anderson verwendete Substanz. In großer Menge verabreicht, würde sie nach Patels Überzeugung das Anastasia-Syndrom hervorrufen.

Rebecca Wadley, die Reza Patel als Genie verehrte und als Mann liebte, bekam es mit der Angst zu tun. »Tun Sie's nicht, Reza«, flehte sie.

Judith hörte ihre Stimme wie aus weiter Ferne. Die Schläfrigkeit verging. Sie bewegte sich.

»Geben Sie mir die Flasche«, befahl Patel.

Rebecca holte sie, machte sie auf, während sie vom Labor ins Sprechzimmer zurückeilte, sah zu, wie Patel einen Tropfen aufzog und ihn Judith in die Vene injizierte.

Judith spürte, wie sie davonglitt. Der Raum verschwand. Es war dunkel und warm, und sie trieb wieder schwerelos dahin.

Rebecca ging zurück ins Labor und kontrollierte die Monitore. Judiths Herzschlag hatte sich abermals verlangsamt. Ihr Blutdruck fiel. »Sie ist weg.«

Der Arzt nickte. »Judith, ich stelle Ihnen jetzt ein paar Fragen. Sie sind leicht zu beantworten. Sie werden dabei keinerlei Unbehagen oder Schmerz empfinden. Sie werden sich warm und wohl fühlen und so, als ob Sie dahintreiben. Wir beginnen mit dem heutigen Vormittag. Erzählen Sie mir von Ihrem neuen Buch. Haben Sie nicht dafür recherchiert?«

Sie war im Staatsarchiv, sprach mit dem stellvertretenden Leiter, berichtete Patel von der Restauration der Monarchie, von der Episode, die sie bei ihren ersten Recherchen entdeckt hatte und die sie faszinierte.

»Was war das für eine Episode, Judith?«

»Der König war bei der Enthauptung einer Frau zugegen. Karl II. war ungewöhnlich barmherzig. Er verhielt sich Cromwells Witwe gegenüber großzügig, verzieh sogar Cromwells Sohn, der Lordprotektor geworden war. In England sei genug Blut vergossen worden, erklärte er. Er war lediglich bei den Hinrichtungen der Männer anwesend, die das Todesurteil für seinen Vater unterzeichnet hatten. Wieso war er dann derart wütend auf eine Frau, daß er sich entschloß, ihrer Hinrichtung beizuwohnen?«

»Das fasziniert Sie?«

»Ja.«

»Und nach dem Staatsarchiv?«

»Ging ich nach Covent Garden.«

Rebecca Wadley hörte aufmerksam zu, als Dr. Patel begann, Judith zeitlich zurückzuversetzen — von ihrem Hochzeitstag mit Kenneth zu ihrem sechzehnten, dann ihrem fünften Geburtstag, vom Waisenhaus zu ihrer Adoption.

Judith war keine Durchschnittsfrau, das wurde Rebecca beim Zuhören bewußt. Die Klarheit ihrer Erinnerungen war verblüffend, selbst als sie immer weiter in die Kindheit zurückging. Rebecca hatte den Ablauf schon unzählige Male verfolgt und war stets von neuem zutiefst beeindruckt, wenn sie miterlebte, wie sich das Innere öffnete und seine Geheimnisse enthüllte, wenn sie einen selbstbewußten, differenzierten Erwachsenen sich undeutlich lallend wie ein Kleinkind artikulieren hörte.

»Judith, bevor Sie in das Waisenhaus gebracht wurden, bevor man Sie in Salisbury fand — erzählen Sie mir, woran Sie sich erinnern.«

Unruhig warf Judith den Kopf hin und her. »Nein. Nein.«

Der Monitor zeigte an, daß Judiths Herzschlag sich beschleunigte. »Sie versucht, abzublocken«, teilte Rebecca rasch mit. Dann sah sie zu ihrem Schrecken, daß Patel abermals etwas Flüssigkeit aus der Flasche aufzog. »Tun Sie's nicht, Doktor!«

»Sie ist ganz dicht dran. Ich darf jetzt nicht aufhören.«

Rebecca starrte auf den Bildschirm. Judiths Körper befand sich in einem völlig entspannten Zustand. Die Pulsfrequenz lag unter vierzig, der Blutdruck bei siebzig zu fünfzig. Gefährlich, dachte Rebecca, viel zu riskant. Sie wußte, daß in Patel ein Fanatiker steckte, hatte ihn aber noch nie so leichtfertig handeln gesehen.

»Erzähl mir, was dir Angst gemacht hat, Judith. Versuch's.«

Judiths Atem ging flach und stoßweise. Sie bildete jetzt keine vollständigen Sätze mehr und sprach mit der leisen, aber hohen Stimme eines Kleinkindes. Sie wollten mit dem Zug fahren. Sie hielt Mamis Hand. Sie begann zu schreien, das verängstigte Wimmern eines Kindes.

»Was ist geschehen? Erzähl's mir.« Patels Stimme klang sanft und freundlich.

Judith hielt sich krampfhaft an der Decke fest und jammerte laut nach ihrer Mutter. »Sie kommen wieder, genau wie da, wo wir gespielt haben. Mami hat gesagt: ›Lauf, lauf!‹ Mami wollte mich nicht an die Hand nehmen. Es ist so dunkel . . . Ich renne die Treppe rauf. Der

Zug ist da . . . Mama hat gesagt, wir wollen mit dem Zug fahren.«

»Bist du in den Zug eingestiegen, Judith?«

»Ja. Ja.«

»Hast du mit jemand gesprochen?«

»Da war niemand. Ich war so müde. Ich wollte schlafen, damit Mami da ist, wenn ich aufwache.«

»Wann bist du aufgewacht?«

»Der Zug hat gehalten. Es war wieder hell. Ich bin die Treppe runtergegangen . . . Danach kann ich mich an nichts erinnern.«

»Schon gut. Denk nicht mehr daran. Du bist ein gescheites kleines Mädchen. Kannst du mir sagen, wie du heißt?«

»Sarah Marrssh.«

Marsh oder Marrish, dachte Rebecca. Judith sprach jetzt wie eine Zweijährige.

»Wie alt bist du, Sarah?«

»Zwei.«

»Weißt du, wann du Geburtstag hast?«

»Vier'n Mai.«

Rebecca schaltete auf volle Lautstärke, machte sich Notizen, wobei sie Mühe hatte, das Kleinkindgetuschel zu deuten.

»Wo wohnst du, Sarah?«

»Kent Court.«

»Bist du gern dort?«

»Mami weint dauernd. Molly und ich spielen.«

»Molly? Wer ist Molly, Sarah?«

»Meine Schwester. Ich will zu Mami. Ich will zu meiner Schwester.«

Judith begann zu weinen.

Rebecca beobachtete den Monitor. »Steigende Pulsfrequenz. Sie wehrt sich wieder gegen Sie.«

»Wir hören jetzt auf«, erklärte Patel. Er berührte Judiths Hand. »Judith, Sie werden jetzt aufwachen. Sie fühlen sich ausgeruht, frisch und munter. Sie erinnern sich an alles, was Sie mir erzählt haben.«

Rebecca seufzte erleichtert auf. Gott sei Dank, dachte sie. Sie wußte, wie Patel darauf brannte, mit Litencum zu experimentieren. Sie wollte den Fernseher ausschalten und erstarrte, als sie in Judiths angstverzerrtes Gesicht blickte, ihren Aufschrei hörte: »Halt! Tut ihr das nicht an!«

Die Meßdaten auf den Monitoren gerieten aus den Fugen. »Herzflimmern«, erklärte Rebecca knapp.

Patel ergriff Judiths Hände. »Hören Sie zu, Judith. Sie müssen mir gehorchen.«

Doch Judith konnte ihn nicht hören. Sie stand auf einem Richtblock vor dem Tower — am 10. Dezember 1660 . . .

Entsetzt beobachtete sie, wie eine Frau in dunkelgrünem Kleid und Cape an den Toren des Tower vorbei durch die johlende Menge geführt wurde. Ihrem Aussehen nach mußte sie Ende Vierzig sein. Ihr kastanienbraunes Haar war von grauen Strähnen durchzogen. Sie ging aufrecht, ohne die Wächter, die sich um sie scharten, eines Blickes zu würdigen. Ihre schön gemeißelten Züge waren zu einer von Wut und Haß erfüllten Maske erstarrt. Man hatte ihr die Hände vorne mit dünnen, drahtartigen Schnüren zusammengebunden. Unten am Daumen glänzte eine rote sichelförmige Narbe im Morgenlicht.

Judith sah, daß die Menge sich teilte, um Dutzenden von Soldaten Platz zu machen, die in geordneter Formation auf eine drapierte Einfassung neben dem Richtblick zumarschierten. Die Reihen öffneten sich, um einen schlanken jungen Mann mit Federhut, dunklen Kniehosen und besticktem Wams vortreten zu lassen. Die Menge brach in lauten Jubel aus, als Karl II. die Hand zum Gruß hob.

Wie in einem Alptraum sah Judith die Frau, die zum Richtblock geführt wurde, vor einem langen Pfahl innehalten, auf den ein Schädel aufgespießt war. »Marsch, vorwärts«, befahl ein Soldat und versetzte ihr einen Stoß.

»Verwehrt ihr mir, von meinem Gatten Abschied zu nehmen« fragte sie voll eisiger Verachtung.

Die Soldaten drängten sie zu dem Platz, wo jetzt der König saß. Der neben ihm stehende Würdenträger verlas eine Schriftrolle. »Lady Margaret Carew, Seine Majestät hat es für unziemlich erachtet, daß Ihr gehenkt, ausgeweidet und gevierteilt werdet.«

Das Volk in unmittelbarer Nähe begann aufzuheulen. »Sieht die inwendig etwa anders aus wie meine Frau?« brüllte einer.

Die Frau bebachtet sie nicht. »Simon Hallett«, sagte sie erbittert, »Ihr habt meinen Gatten verraten. Ihr habt mich verraten. Und sei's aus der Hölle, ich werde einen Weg finden, das an Euch und den Euren zu ahnden.«

»Kein Wort mehr.« Der Befehlshaber der Wachmannschaft packte die Frau und versuchte, sie zu der Plattform zu drängen, wo der Henker wartete. Mit einer letzten herausfordernden Bewegung wandte sie den Kopf und spuckte dem König auf den Fuß.

»Lügner!« schrie sie. »Ihr habt Gnade verheißen, Lügner.

Ein Jammer, daß man Eurer nicht habhaft wurde, als es Euren Vater den Kopf kostete.«

Ein Soldat versetzte ihr einen Schlag auf den Mund und zerrte sie weiter. »Dieser Tod ist zu gut für Euch. Wenn es nach mir ginge, würde ich Euch pfählen und auf dem Scheiterhaufen verbrennen.«

Judith rang nach Luft, als sie entdeckte, daß sie und die Gefangene einander verblüffend ähnelten. Lady Margaret wurde auf die Knie gezwungen. »Untersteht Euch, das wieder herunterzuziehen«, höhnte ein Soldat, als er ihr eine weiße Kappe über das Haar stülpte.

Der Henker hob das Beil. Es schwebte sekundenlang über dem Richtblock. Lady Margaret wandte den Kopf. Sie durchbohrte Judith mit den Blicken – fordernd, zwingend. Judith schrie: »Halt! Tut ihr das nicht an!« Sie stürzte auf das Schafott, warf sich zu Boden und umfing die Verurteilte, als das Beil herabsauste.

Judith schlug die Augen auf. Dr. Patel und Rebecca Wadley standen über sie gebeugt. Sie lächelte ihnen zu. »Sarah«, sagte sie. »So heiß ich in Wirklichkeit, stimmt's?«

»An wieviel von dem, was Sie uns erzählt haben, erinnern Sie sich noch?« fragte Patel vorsichtig.

»Kent Court. Das ist doch die Straße, von der ich gesprochen habe? Ich erinnere mich jetzt. Meine Mutter. Wir waren in der Nähe vom Bahnhof. Sie hielt mich an der Hand, mich und meine Schwester. Die Raketen, ich meine wohl die V 1, kamen. Am Himmel ein Dröhnen, wie Flugzeuge. Die Sirenen. Das Motorengeräusch verstummte. Und dann überall schreiende Menschen. Irgend etwas traf mich im Gesicht. Ich konnte meine Mutter nicht finden. Ich rannte und kletterte in den Zug. Und mein Name — Sarah, das hab ich Ihnen erzählt. Und dann Marsh oder Marrish.« Sie stand auf und ergriff Patels Hand. »Wie soll ich Ihnen danken? Zumindest habe ich jetzt einen Ausgangspunkt für meine Suche. Direkt hier in London.«

»Was war das letzte, woran Sie sich erinnern, bevor ich Sie aufweckte?«

»Molly. Ich hatte eine Schwester, Doktor! Auch wenn sie an jenem Tag starb, auch wenn Mutter an jenem Tag starb, so weiß ich doch jetzt etwas über sie. Ich werde im Geburtenregister nachforschen, bis ich die kleine Sarah gefunden habe — das Kind, das ich damals war.«

Judith knöpfte die Bluse zu, rollte den Ärmel herunter, fuhr mit den Fingern durchs Haar, bückte sich nach ihren Stiefeln. »Falls ich meine Geburtsurkunde nicht aufspüren sollte, können Sie mich dann noch mal hypnotisieren?«

»Nein«, erklärte Patel bestimmt. »Zumindest vorläufig nicht.«

Nachdem er Judith verabschiedet hatte, ging Patel wieder ins Labor zu Rebecca. »Zeigen Sie die letzten paar Minuten des Bandes.«

Bedrückt sahen sie, wie Judiths Ausdruck sich von Schock und Entsetzen in erbitterte Wut verwandelte, hörten wieder ihren Aufschrei: »Halt! Tut ihr das nicht an!«

»Was soll man ihr nicht antun?« fragte Rebecca. »Was hat Judith Chase erlebt?«

Patel runzelte die Stirn, in seinen Augen spiegelte sich

quälende Sorge. »Keine Ahnung. Sie hatten recht, Rebecca. Ich hätte ihr niemals Litencum injizieren dürfen. Aber vielleicht ist ja auch alles in Ordnung. Was immer sie erlebt haben mag, es ist ihr jedenfalls nichts davon im Gedächtnis geblieben.«

»Das wissen wir nicht«, wandte Rebecca ein. Sie legte ihm die Hand auf die Schulter. »Ich habe Sie zu warnen versucht, Reza. Sie dürfen nicht mit unseren Patienten herumexperimentieren, so gern Sie ihnen auch helfen möchten. Judith Chase geht es dem Anschein nach gut. Geb's Gott, daß es auch stimmt.« Rebecca hielt inne. »Mir ist da nur etwas aufgefallen, Reza. Hatte Judith unter dem rechten Daumen eine blasse sichelförmige Narbe, als sie herkam? Ich habe keine Spur davon bemerkt, als ich auf dem Handrücken die Vene für die Injektionsnadel suchte. Aber schauen Sie sich die letzte Sequenz vor dem Aufwachen an. Jetzt hat sie eine.«

Stephen Hallett hatte keinen Blick für die liebliche englische Landschaft, über der an diesem sonnigen Nachmittag bereits ein Hauch von Vorfrühling lag, als er nach Chequers, dem Landsitz der Premierministerin, chauffiert wurde. Sie war nach ihrem kurzen Auftritt auf Fionas Party dorthin gefahren. Daß sie ihn plötzlich morgens zu sich zitiert hatte, konnte nur eines bedeuten: Endlich würde sie ihm mitteilen, daß sie zurückzutreten gedachte, und sich dazu äußern, welchen Kandidaten sie als Nachfolger für den Parteivorsitz favorisierte.

Stephen wußte, daß die Wahl unvermeidlich auf ihn gefallen wäre, wenn es nicht diesen einen dunklen Punkt in seiner Vergangenheit gegeben hätte. Wie lange würde dieser gräßliche Skandal vor nunmehr dreißig Jahren ihn noch verfolgen? Hatte er ihm auch jetzt die Chancen verdorben? War die Premierministerin so großzügig, ihm persönlich mitzuteilen, daß sie ihn nicht unterstützen könne, oder beabsichtigte sie, ihm ihren Beistand anzukündigen?

Rory, sein langjähriger Fahrer, und Carpenter, sein Leibwächter von Scotland Yard Special Branch, beides hochintelligente Männer, waren sich über die Bedeutung dieser Zusammenkunft im klaren, das spürte er genau. Als sie vor dem stattlichen Gebäude hielten, stieg Carpenter aus und salutierte, während Rory ihm die Wagentür aufriß.

Die Premierministerin war in der Bibliothek. Warmer Sonnenschein durchflutete den hübschen Raum, dennoch trug sie eine dicke Strickjacke, und auch ihre vitale Energie schien irgendwie abhanden gekommen zu sein. Als sie ihn begrüßte, klang selbst ihre Stimme nicht so kraftvoll wie sonst.

»Es ist nicht gut, wenn man die Kampfeslust verliert, Stephen. Ich habe gerade mit meiner Psyche gehadert, weil sie mich so schmählich im Stich läßt.«

»Verständlich, Premier . . .« Stephen stockte. Er würde sie nicht mit hohlen Phrasen beleidigen. Die Medien ergingen sich seit Monaten in Spekulationen über ihre offensichtliche Erschöpfung.

Die Premierministerin bedeutete ihm, Platz zu nehmen. »Ich habe eine sehr schwierige Entscheidung getroffen. Ich werde mich ins Privatleben zurückziehen. Zehn Jahre in diesem Amt sind für jeden genug. Außerdem möchte ich mehr Zeit mit meiner Familie verbringen. Das Land ist zu Wahlen bereit, und den Wahlkampf muß ein neu gekürter Parteiführer leiten. Ich glaube, Stephen, Sie sind der ideale Nachfolger für mich. Sie haben alles, was man dazu braucht.«

Stephen wartete auf das nächste Wort — nach seinem Dafürhalten ein Aber. Er irrte sich.

»Ohne Zweifel wird die Presse den alten Skandal wieder aufwärmen. Ich selber habe ihn nochmals untersuchen lassen.«

Der alte Skandal.

Mit fünfundzwanzig hatte Stephen als Anwalt in der Kanzlei seines Schwiegervaters gearbeitet. Ein Jahr darauf wurde Reginald Harworth, sein Schwiegervater, der Veruntreuung überführt und zu fünf Jahren Gefängnis verurteilt.

»Sie wurden in vollem Umfang entlastet«, setzte die Premierministerin hinzu, »aber Affären dieser Art werden eben immer wieder hervorgezerrt. Ich bin jedoch nicht der Meinung, daß man wegen Ihres unglückseligen Schwiegervaters dem Land Ihre Fähigkeiten und Dienste vorenthalten sollte.«

Stephen spürte die Anspannung am ganzen Körper. Die Premierministerin war im Begriff, sich hinter ihn zu stellen.

Ihr Gesicht wurde hart. »Ich verlange eine ehrliche Antwort. Gibt es irgend etwas in Ihrem Privatleben, das die Partei in Verlegenheit bringen, das uns die Wahl kosten könnte?«

»Nichts.«

»Keine von diesen Nutten, die es darauf anlegen, ihre

Lebensgeschichte an die Presse zu verkaufen? Sie sind ein attraktiver Mann und verwitwet.«

»Ich stoße mich an der stillschweigenden Folgerung.«

»Kein Grund. Ich muß das wissen. Judith Chase. Sie haben uns gestern abend miteinander bekanntgemacht. Ich bin mit ihrem Vater, das heißt mit ihrem Adoptivvater, im Laufe der Jahre mehrmals zusammengekommen. Sie scheint ohne Fehl und Tadel zu sein.«

Cäsars Frau muß ohne Fehl sein, dachte Stephen. Waren das nicht Judiths Worte vom Vorabend?

»Ich hoffe und erwarte, Judith zu heiraten. Wir sind uns darüber einig, daß wir derzeit keinerlei Wert auf irgendwelche Publicity legen.«

»Sehr vernünftig. Nun zählen Sie Ihre Pluspunkte zusammen. Die Adoptiveltern gehörten zur Oberschicht, und sie bringt als britische Kriegswaise einen Schuß Romantik mit. Sie ist eine von uns.« Die Premierministerin lächelte warm und herzlich. »Gratuliere, Stephen. Labour wird uns schwer zu schaffen machen, aber wir werden gewinnen. Sie werden der nächste Premierminister, und niemand wird sich mehr freuen als ich, wenn Sie sich der Königin vorstellen. Und jetzt seien Sie so nett und schenken uns beiden einen ordentlichen Scotch ein. Wir müssen sorgfältig planen.«

Judith fuhr von Patels Praxis direkt nach Hause. Im Taxi merkte sie, wie sie immer wieder flüsterte: »Sarah Marsh, Sarah Marrish.« Mein richtiger Name gefällt mir zunehmend, dacht sie vergnügt. Morgen würde sie mit der Nachforschung im Geburtenregister beginnen. Sie konnte nur hoffen, daß sie in London zur Welt gekommen war. Wenn sie sich richtig an ihren Namen und das Geburtsdatum erinnert hatte, würde das die Suche enorm erleichtern. Kein Wunder, daß man sie nicht identifizieren konnte. Wenn sie in London in einen Zug geklettert und in Salisbury ausgestiegen war und dann die Erinnerung an das Geschehene verdrängt hatte, würde das erklären, warum sich niemand gemeldet und Anspruch auf sie erhoben hatte. Sie war überzeugt davon, daß ihre Mutter und Molly an jenem Tag umgekommen sein mußten. Aber Vettern oder Kusinen, dachte Judith. Wer weiß, vielleicht habe ich zahlreiche Verwandte, die gleich um die Ecke wohnen.

»Wir sind da, Miß.«

»Oh.« Sie kramte nach ihrer Geldbörse. »Ich habe offenbar geträumt.«

In der Wohnung machte sie sich eine Tasse Tee und setzte sich sofort an den Schreibtisch. Ja, morgen wäre noch Zeit genug, mit der Suche nach Sarah Marrish anzufangen. Heute sollte sie es besser bei Judith Chase belassen und weiter an ihrem Buch schreiben. Sie las die Notizen durch, die sie sich im Staatsarchiv gemacht hatte, und grübelte wieder darüber nach, was für ein Verbrechen diese Lady Margaret Carew, die in Gegenwart des Königs hingerichtet wurde, wohl begangen haben mochte.

Es war kurz vor 18 Uhr, als Stephen anrief. Das schrille Läuten schreckte Judith auf, die sich wie immer völlig auf das Schreiben konzentriert und die Umwelt vergessen hatte. Erstaunt stellte sie fest, wieviel Zeit verstrichen war, und daß außer der Schreibtischlampe in der ganzen Wohnung nirgends Licht brannte. Sie angelte nach dem Telefon. »Hallo.«

re mich genau, wie Fiona mir mitteilte, daß sie mich beim Abendessen neben dich plaziert habe. Du wärst einfach umwerfend, sagte sie. Sie hatte recht. Gegenüber deinen Neuigkeiten sind meine wirklich nicht der Rede wert. Ich wollte dir von einem hochinteressanten Schwatz mit dem stellvertretenden Leiter des Staatsarchivs berichten. Ihm imponierte es anscheinend, daß Karl II. ein Auge für Frauen hatte.« Sie bot ihm die Lippen, umschlang ihn, spürte sein Verlangen. Ich liebe ihn so, dachte sie und sagte es ihm.

Am Freitagabend fuhren sie zu Stephens Landsitz in Devon. In diesen drei Stunden erzählte er ihr von Edge Barton Manor. »Das liegt in Branscombe, einem schönen alten Dorf. Erbaut während der Eroberung durch die Normannen.«

»Vor ungefähr neunhundert Jahren«, warf Judith ein.

»Ich muß unbedingt daran denken, daß ich es mit einer Historikerin zu tun habe. Die Familie Hallett erwarb den Landsitz, als Karl II. auf den Thron zurückkehrte. Bei deinen Recherchen wirst du vermutlich auf entsprechende Hinweise stoßen. Ein ansehnlicher Besitz. Auf meinen Vorfahren, Simon Hallett, bin ich nicht besonders stolz. Er muß ein aalglatter, gerissener Knabe gewesen sein. Aber ich glaube und hoffe, du wirst Edge Marton genauso lieben wie ich.«

Das Anwesen lag auf einer Felsbank nahe einer bewaldeten Talschlucht. Hinter den mehrteiligen Fenstern brannten helle Lampen, deren Strahlen über die Steinfassade glitten. Das Schieferdach schimmerte dunkel im Schein der Mondsichel. Der von einem Giebel gekrönte dreistöckige Seitenflügel, laut Stephen der älteste Teil des Gebäudes, erhob sich zur Linken majestätisch über den Baumwipfeln. Stephen wies auf die oben halbrunde Tür mit der Lünette und den blanken Riegeln in der Nähe des rechten Flügels. »Um die reißen sich die Antiquitätenhändler ständig. Morgen früh kannst du die Reste des Burggrabens sehen. Er ist jetzt ausgetrocknet, war aber vor tausend Jahren offenbar ein recht wirksamer Schutz.«

Bei den Recherchen für ihr Buch hatte sich Judith mit alten Gebäuden vertraut gemacht, doch als der Wagen vor dem Haupteingang von Edge Barton hielt, wurde ihr klar, daß sie hier in jeder Beziehung völlig anders reagierte als bei anderen historischen Häusern.

Stephen beobachtete ihr Gesicht. »Nun, Darling, es scheint deinen Beifall zu finden.«

»Mir ist, als ob ich heimkomme.«

Arm in Arm erkundeten sie das Innere des Hauses. »Seit Jahren schon bin ich immer viel zu kurz hier gewesen«, erklärte Stephen. »Jane war ja so krank und hielt sich deswegen lieber in London auf, wo ihre Freunde sie mühelos besuchen konnten. Ich bin allein hergekommen und gerade so lange geblieben, um die Runde in meinem Wahlkreis zu machen.«

Der Salon, das Speisezimmer, der große Saal, der Tudorkamin im Schlafzimmer über dem Salon, die normannische Treppe im alten Teil, die prachtvollen Fenster mit den Hohlkehlen, der glatte, weiche Bierstein im oberen Saal, auf dem Generationen von Kindern Schiffe und Menschen, Pferde und Hunde, Initialen und Namen und Daten gemalt hatten. Judith blieb stehen, um sie zu betrachten, als ein Diener die Treppe heraufkam. Sir Stephen wurde am Telefon verlangt. »Ich bin gleich wieder da, Darling«, murmelte er.

Eine Inschrift an der Wand schien förmlich zu lodern. V.C. 1635. Judith strich mit den Händen darüber. »Vincent«, flüsterte sie. »Vincent.« Benommen durchquerte sie den Raum bis zu der Treppe, die zu dem Ballsaal im vierten Stock führte. Es war stockfinster. Sie tastete sich an der Wand entlang, fand den Lichtschalter und sah dann zu, wie sich der Saal mit Menschen in der Gesellschaftskleidung des 17. Jahrhunderts füllte. Die Narbe an ihrer Hand begann sich rot zu verfärben. Es war der 18. Dezember 1641 . . .

»Edge Barton ist ein prachtvoller Wohnsitz, Lady Margaret.«

»Das kann ich nicht abstreiten«, entgegnete Margaret Carew in eisigem Ton dem stutzerhaft herausgeputzten jungen Mann, dessen sorgfältig gekräuseltes Haar ebenso wenig die ebenmäßigen Züge und die geschniegelte Kleidung den verschlagenen, doppelzüngigen Eindruck zu verwischen vermochten, den Hallett, Bastard des Herzogs von Rockingham, erweckte.

»Euer Sohn Vincent beobachtet uns argwöhnisch. Ich glaube nicht, daß er mir sonderlich gewogen ist«, sagte er.

»Hat er Grund, Euch nicht gewogen zu sein?«

»Vielleicht spürt er, daß ich in seine Mutter verliebt bin. Im Ernst, Margaret, John Carew ist kein Mann für Euch. Mit fünfzehn habt Ihr ihn geehelicht. Mit zweiunddreißig übertrifft Eure Schönheit die aller anderen Frauen in diesem Saal. Wie alt ist John? Fünfzig? Und seit seinem Jagdunfall noch dazu ein Krüppel.«

»Und er ist der Gatte, den ich von Herzen liebe.« Margaret lenkte den Blick ihres Sohnes auf sich und nickte ihm zu. Mit raschen Schritten durchquerte er den Saal.

»Mutter.«

Er war ein hübscher Junge, hochgewachsen und gut entwickelt für seine sechzehn Jahre. An seinen Gesichtszügen war deutlich der Carew zu erkennen, doch Margaret pflegte ihn damit zu necken, daß er seine dichte kastanienbraune Mähne und die blaugrünen Augen ihr zu verdanken habe, Familienmerkmale der Russells.

»Simon, Ihr kennt ja meinen Sohn Vincent. Du erinnerst dich doch an Simon Hallett.«

»In der Tat.«

»Und woran genau erinnert Ihr Euch da, Vincent?« Hallett lächelte herablassend.

»Ich erinnere mich Eurer Gleichgültigkeit gegenüber den neuen Steuern, Sir, die jedem der hier Anwesenden drohen. Doch wie mein Vater bemerkte — wenn ein Mann nichts zu versteuern hat, ist es leicht, einem Herrscher Treue zu geloben, der an das Gottesgnadentum glaubt. Setzt Euresgleichen denn nicht in der Tat seine Hoffnungen darauf, Mr. Hallett, daß die von der Krone wegen nichtbezahlten Steuern konfizierten Besitzungen eines Tages den Verteidigern des Königs verliehen werden? Euch selbst? Mein Vater hat sehr wohl wahrgenommen, wie begierig Ihr dreinschaut, wenn Ihr Eure Freunde nach Edge Barton Manor begleitet. Dann übt also dieses Haus große Anziehungskraft auf Euch aus, was sich auch in Eurem offensichtlichen Interesse für meine Mutter kundtut?«

Hallett stieg Zornesröte ins Gesicht. »Ihr seid unverschämt.«

Lady Margaret lachte und nahm den Arm ihres Sohnes. »Nein, er ist ein sehr gescheiter junger Mann. Er hat Euch genau das zu verstehen gegeben, was ich ihn zu übermitteln bat. Ihr habt ganz recht, Mr. Hallett. Sir John, mein Gatte, fühlt sich nicht wohl, und daher möchte ich ihn auch nicht bedrängen, mit Euch zu sprechen. Betretet dieses Haus nicht wieder unter dem Vorwand, gemeinsame Freunde zu begleiten. Ihr seid hier unwillkommen. Und wenn Ihr dem König wirklich so nahesteht, wie Ihr uns glauben macht, dann teilt Seiner Majestät mit, weshalb viele von uns seinen Hof meiden: weil wir seine Verachtung des Parlaments nicht ertragen können, seinen Anspruch auf Gottesgnadentum, seine Gleichgültigkeit gegenüber den wahren Bedürfnissen und Rechten seines Volkes. Meine Familie hat seit Gründung des Parlaments sowohl im Unterhaus wie im Oberhaus Dienst geleistet. In unseren Adern fließt das Blut der Tudors, doch das bedeutet nicht, daß wir zu den Zeiten zurückkehren werden, da dem Herrscher allein sein eigener Wunsch und Wille als Recht galt.«

Musik ertönte. Margaret kehrte Hallett den Rücken, lächelte ihrem Mann zu, der, den Stock neben sich, mit Freunden zusammensaß, und ging mit ihrem Sohn zur Tanzfläche.

»Du hast die Grazie deines Vaters«, sagte sie. »Vor seinem Unfall pflegte ich ihn den besten Tänzer in England zu nennen.«

Vincent erwiderte ihr Lächeln nicht. »Was wird geschehen, Mutter?«

»Wenn der König die Reformen, die das Parlament fordert, nicht bewilligt, gibt es Bürgerkrieg.«

»Dann werde ich auf der Seite des Parlaments kämpfen.«

»Gott gebe, daß alles abgetan ist, bis du das notwendige Alter erreicht hast. Selbst Karl muß wissen, daß er diesen Gewissenskampf unmöglich gewinnen kann.«

Judith öffnete die Augen. Stephen rief sie. Kopfschüttelnd lief sie zur Treppe. »Hier oben, Darling.« Als er bei ihr war, legte sie ihm die Arme um den Hals. »Mir kommt's so vor, als ob ich Edge Barten schon immer gekannt habe.« Sie merkte nicht, daß die Narbe an ihrer Hand, die sich scharlachrot verfärbt hatte, abermals zu einem nahezu unkenntlichen Strich verblaßt war.

***

Am Montag fuhr Judith nach Worcester, wo 1651 die letzte große Auseinandersetzung des Bürgerkriegs stattgefunden hatte. Sie ging zuerst zur Kommandantur, dem Holzbau, der Karl II. als Hauptquartier gedient hatte. Von Grund auf restauriert, waren dort jetzt Uniformen, Helme und Musketen zu sehen — Anschauungsmaterial, das die Besucher zur Hand nehmen und studieren durften. Als sie eine Captain-Uniform der Cromwell-Armee näher betrachtete, empfand sie herzzerreißende Traurigkeit. In einer audiovisuellen Darstellung wurde die historische Auseinandersetzung mitsamt den Ereignissen, die dazu geführt hatten, dokumentiert. Mit brennenden Augen verfolgte sie die überaus realistische Aufzeichnung, merkte nicht, daß sie die Hände zu Fäusten geballt hatte.

Ein Aufseher gab ihr eine Karte, die den Ablauf der Schlacht von Worcester übersichtlich darstellte, und erklärte: »Die Royalisten hatten in der Schlacht von Naseby eine schwere Niederlage erlitten. An jenem Tag war der Krieg praktisch zu Ende, von Cromwell und seinem Parlamentsheer gewonnen. Doch er zog sich immer noch weiter hin. Die letzte große bewaffnete Auseinandersetzung fand hier statt. Die Royalisten wurden von dem erst einundzwanzigjährigen Karl angeführt, dem die Historiker ›beispiellose Tapferkeit‹ bescheinigen, aber das nützte nichts. Sie hatten bei Naseby fünfhundert Offiziere verloren und sich davon nie mehr erholt.«

Judith verließ die Kommandantur. Es war ein typischer naßkalter Januartag. Sie hatte einen Burberrry an und den Kragen hochgeschlagen. Aus dem zum Nackenknoten aufgesteckten Haar ringelten sich ein paar widerspenstige Strähnen um ihr aschfahles Gesicht mit den weit aufgerissenen Augen.

Sie folgte der Karte bei ihrem Rundgang durch die Stadt, blieb zwischendurch stehen, um ihre eigenen Notizen zu konsultieren und Eindrücke festzuhalten. Beim Blick vom Turm der Kathedrale erinnerte sie sich, daß Karl II. von derselben Stelle aus Cromwells Vorbereitungen für die Schlacht beobachtet hatte. Und als sich die Niederlage eindeutig abzeichnete, hatten sich die royalistischen Truppen, den sicheren Tod vor Augen, zum letzten verzweifelten Angriff dem Parlamentsheer entgegengeworfen, um ihrem zukünftigen Herrscher bei seiner Flucht Deckung zu geben. Von hier aus hatte Karl den langen, qualvollen Weg durch England angetreten, um in Frankreich Asyl zu suchen.

Ein Jammer, daß er entkommen ist, dachte sie verbittert, als die Narbe an der Hand sich zu verfärben begann. Sie sah die winterliche Landschaft um Worcester nicht mehr, sondern fuhr an einem warmen Juliabend des Jahres 1644 in einer Kutsche nach Marston Moor mit der Hoffnung, Vincent noch am Leben zu finden . . .

Trommelwirbel begleitete ein kleines Kommando der Roundhead-Truppen. Beim Anblick der herannahenden Kutsche traten zwei Wachen heraus, sperrten mit langen Stangen den Weg ab.

Lady Margaret entstieg der Kutsche. Sie trug ein dunkelblaues Tageskleid aus feinem Leinen und von einfachem Schnitt mit weißem Rüschenkragen, dazu ein passendes Schultercape. Außer dem Ehering hatte sie keinerlei Schmuck angelegt. Ihr dichtes kastanienbraunes, jetzt von Silberfäden durchzogenes Haar war im Nacken zusammengebunden. Die blaugrünen Augen, ein Erbe der Adelsfamilie Russell, wurden vom Schmerz verdunkelt.

»Bitte«, flehte sie. »Ich weiß, daß viele Verwundete unversorgt daliegen. Mein Sohn hat hier gekämpft.«

»Auf welcher Seite?« fragte der Soldat höhnisch grinsend.

»Er ist Offizier in Cromwells Heer.«

»Eurem Aussehen nach hätte ich ihn bei den Kavalieren vermutet. Bedaure, Madam, es suchen schon zu viele Frauen auf diesen Feldern. Wir haben Befehl, keine mehr durchzulassen. Um die Leichen kümmern wir uns.«

»Bitte«, flehte Margaret. »Bitte.«

Ein Offizier kam heran. »Wie ist der Name Eures Sohnes, Madam?«

»Captain Vincent Carew.«

Der Lieutenant, ein Mittdreißiger mit offenem Gesicht, blickte ernst. »Ich kenne Captain Carew. Seit Ende der Schlacht habe ich ihn nicht gesehen. Er hat an der Attacke gegen das Longdale Regiment teilgenommen. Das war in dem feuchten Gelände zur Rechten. Vielleicht solltet Ihr Eure Suche dort beginnen.«

Die Felder waren übersät mit Toten und Sterbenden, dazwischen Frauen jeden Alters, auf der Suche nach ihren Gatten und Brüdern, Vätern und Söhnen. Zertrümmerte Waffen und Pferdekadaver zeugten von der Heftigkeit der Kämpfe. Insektenschwärme umschwirrten die Gefallenen. Da und dort ertönte ein verzweifelter Aufschrei, wurde ein Angehöriger mit lautem Weinen betrauert.

Margaret nahm die Suche auf. Viele Soldaten lagen mit dem Gesicht auf der Erde, doch sie brauchte sie nicht umzudrehen. Sie hielt Ausschau nach kastanienbraunem Haar, das nicht kurzgeschoren war wie bei Cromwells 'Rundköpfen', sondern sich dicht um ein jungenhaftes Gesicht lockte.

Vor ihr sank eine junge Frau von etwa neunzehn auf die Knie und umschlang einen Gefallenen in Kavaliersuniform. Wehklagend wiegte sie ihn in den Armen. »Edward, mein Gemahl.«

Margaret legte ihr mitfühlend die Hand auf die Schulter. Und dann sah sie es. Der Tote hielt sein Schwert noch umklammert, an dem Tuchfetzen hingen. Unweit davon lag ein junger Offizier der Cromwell-Armee auf der Erde, die Brust aufgeschlitzt. Margaret erbleichte, denn sie wußte instinktiv, daß die Stoffasern seines Waffenrocks mit den am Schwert hängenden übereinstimmten. Der kastanienbraune Haarschopf, die hübschen, aristokratischen Züge, die denen seines Vaters so sehr glichen. Die blaugrünen Augen der Russells, die blicklos zu ihr emporstarrten.

»Vincent, Vincent.« Sie kniete sich neben ihn, wiegte seinen Kopf an ihrer Brust, der Brust, die ihn vor zwanzig Jah-

ren gesäugt hatte. ». . . Dann werde ich auf der Seite des Parlaments kämpfen.« — »Gott gebe, daß alles abgetan ist, bis du das notwendige Alter erreicht hast. Selbst Karl muß wissen, daß er diesen Gewissenskampf unmöglich gewinnen kann.«

Die junge Frau, deren Mannes Schwert Vincent getötet hatte, begann zu schreien. »Nein . . . nein . . . nein . . .«

Margaret starrte sie an. Sie ist jung, dachte sie. Sie findet wieder einen Gatten. Ich werde nie wieder einen Sohn haben. Mit unendlicher Zärtlichkeit küßte sie Vincent auf den Mund und auf die Stirn und bettete ihn auf den sumpfigen Boden. Der Kutscher würde ihr helfen, den Toten zum Wagen zu tragen. Einen Augenblick verharrte sie bei der schluchzenden jungen Frau. »Ein Jammer, daß sich das Schwert Eures Gatten nicht in des Königs Herz gesenkt hat«, sagte sie. »Wäre es mein gewesen, so hätte es da sein Ziel gefunden.«

Judith erschauerte. Die Sonne war weg, und der Wind blies stärker. Sie bemerkte, daß eine Gruppe Touristen in der Nähe stand. Einer bemühte sich, die Aufmerksamkeit des Fremdenführers auf sich zu lenken. »In welchem Jahr wurde Karl I. hingerichtet?«

»Er wurde am 30. Januar 1649 enthauptet«, sagte Judith. »Viereinhalb Jahre nach der Schlacht von Marston Moor.« Sie lächelte. »Entschuldigung. Ich wollte mich nicht einmischen.« Sie hastete die Treppe hinunter, wollte auf schnellstem Wege von hier weg, dann zu Hause ein Feuer im Kamin anzünden, einen Sherry trinken. Merkwürdig, dachte sie auf der Fahrt durch den immer dichter werdenden Verkehr, als ich mit dem Buch anfing, hatte ich wesentlich mehr Sympathien für die Royalisten. Ich fand die Stuards, bis zurück zu Maria, entweder sehr dumm oder sehr verschlagen und in Karl I. beides vereint, aber trotzdem hätte man ihn nicht hinrichten dürfen. Je intensiver ich recherchierte, desto mehr bin ich davon überzeugt, daß die Parlamentsmitglieder, die den Hinrichtungsbefehl unterzeichnet haben, im Recht waren und daß ich mich ihnen gegebenenfalls angeschlossen hätte . . .

Tags darauf ging Judith herzklopfend über die flache Stufe zur Drehtür des Zentralen Standesamtes, St. Catherine's House, Kingsway. Laß dies die richtige Stelle sein, betete sie im stillen; dabei erinnerte sie sich an die Erzählungen ihrer Adoptiveltern, wie die Behörden in Salisbury sämtliche Geburtenregister überprüft und ihr Foto in den umliegenden Gemeinden ausgehängt hatten, um ihre Angehörigen ausfindig zu machen. Aber wenn sie nun in London geboren und zufällig in den Zug geraten war . . . Laß es stimmen, dachte sie. Laß es wahr sein.

Sie hatte den Besuch hier bereits für den Vortag geplant, aber dann festgestellt, daß da in ihrem Terminkalender die Fahrt nach Worcester eingetragen war, worauf sie sofort beschloß, sich an ihre ursprüngliche Planung zu halten. Lag es daran, daß sie befürchtete, in eine Sackgasse zu geraten, daß die Erinnerung an die in Bahnhofsnähe gefallenen Bomben, an die Namen Sarah und Molly Marsh oder Merrish nur ein während der Hypnose entstandes Zufallsprodukt sein könnte?

Am Auskunftsschalter reihte sie sich in eine unvermutet lange Warteschlange ein. Aus Gesprächsfetzen schloß sie, daß die meisten Familienforschung betrieben. Als sie endlich dran war, teilte ihr der Beamte mit, daß die Geburtenregister in der ersten Abteilung archiviert seien, in dicken, entsprechend beschrifteten Jahresbänden.

»Jedes Jahr ist in vier Quartale unterteilt, und die Bände sind März, Juni, September, Dezember markiert«, wurde sie informiert. »Welches Datum brauchen Sie? . . . 4. oder 14. Mai? Dann müssen Sie im Juni-Band nachschlagen. Der enthält die Register für April, Mai und Juni.«

In dem Raum herrschte rege Betriebsamkeit. Einen Sitzplatz gab es nur an einem der langen, bankartigen Tische. Judith zog das jägergrüne Cape mit Kapuze aus, das sie sich morgens spontan bei Harrods gekauft hatte. »Bildschön, finden Sie nicht?« hatte die Verkäuferin gesagt. »Und genau richtig bei diesem komischen Wetter. Nicht zu schwer, aber mit einem Pullover darunter mollig warm.«

Sie trug einen grobmaschigen, handgestrickten Pulli, Stretchhosen und Stiefel, ihr Lieblingsaufzug. Die bewundernden Blicke, die ihr folgten, bemerkte sie nicht und nahm sich den Band mit der Aufschrift Juni 1942 vor.

Unter den Familiennamen Marrish oder Marsh fand sie zu ihrer Bestürung keinerlei Eintragung, die auf Sarah oder Molly lautete. War alles, was sie unter Hypnose gesagt hatte, lediglich ein Hirngespinst? Sie stellte sich wieder in der Schlange an und landete nach einer Weile vor dem Auskunftsschalter.

»Muß die Registrierung nicht binnen eines Monats nach der Geburt des Kindes erfolgen?«

»Ganz recht.«

»Dann habe ich den richtigen Band.«

»Nicht unbedingt. 1942 war ein Kriegsjahr. Durchaus möglich, daß die Eintragung erst im nächsten Quartal oder noch später vorgenommen wurde.«

Judith kehrte zu ihrem Platz zurück und begann unter Marrish und Marsh nach Vornamen mit dem Anfangsbuchstaben S zu suchen. Vielleicht war Sarah aber auch mein zweiter Vorname, dachte sie. Mit dem pflegt man ja Kinder zu rufen, die nach der Mutter genannt sind. Doch es fand sich keine entsprechende Eintragung. In jeder Rubrik war der Familienname aufgeführt, dann der Vorname des Neugeborenen, der Mädchenname der Mutter und der Bezirk, in dem das Kind zur Welt gekommen war. Mit diesen Angaben waren noch der Band und die Seitenzahl des Registers aufgeführt, die zur Ausfertigung von Kopien der Geburtsurkunde benötigt wurden. Ohne den richtigen Namen lande ich also in einer Sackgasse, dachte sie.

Sie verließ das Amt erst bei Dienstschluß. Das stundenlange Hocken über den Büchern hatte ihr Muskelkater in den Schultern, Augenbrennen und Kopfschmerzen eingebracht. Leicht würde sie jedenfalls nicht ans Ziel gelangen. Wenn sie doch nur Stephens Unterstützung gewinnen könnte. Durch seine Intervention ließe sich vermutlich sachkundige Hilfe finden. Vielleicht gab es Methoden, in den Registern nachzuforschen, von denen sie keine Ahnung hatte ... Und vielleicht war diese Sarah Marrish oder Marsh auch nur ein Produkt ihrer Phantasie, ein Streich, den ihr das Unterbewußtsein gespielt hatte.

Auf dem Anrufbeantworter befand sich eine Nachricht von Stephen. Beim Klang seiner Stimme würden ihre Lebensgeister wieder wach. Rasch wählte sie die Nummer seines Direktanschlusses im Ministerium. »Machst du wieder mal Nachtschicht?« erkundigte sie sich, als sie zu ihm durchgestellt wurde.

Er lachte. »Das gleiche könnte ich dich fragen. Wie war's in Worcester? Beeindruckt von unserem Mangel an Bruderliebe?«

Sie hatte angedeutet, daß sie diesen Tag nochmals in Worcester verbringen würde. Von der Suche nach ihren leiblichen Angehörigen wollte sie ihm keinesfalls erzählen.

Nach kurzem Zögern sprudelte sie heraus: »Mit den Recherchen war's heute ein bißchen lahm, aber das gehört auch dazu. Hast du das Wochenende ebenso genossen wie ich, Stephen?«

»Ich habe dauernd daran gedacht. Für mich im Moment ein wahrer Lichtblick . . .«

Sie waren am Samstag und am Sonntag in Edge Barton ausgeritten. Stephen hatte sechs Pferde im Stall. Marker, sein kohlschwarzer Wallach, und Jumper, eine Stute, waren seine Lieblinge, beides Springer. Stephen war ganz begeistert, daß Judith das Tempo mithielt, als sie durch das Gelände galoppierten und mühelos über die Zäune setzten.

»Du hast mir doch erzählt, daß du ein bißchen reiten kannst«, sagte er vorwurfsvoll.

»Früher bin ich viel geritten. In den letzten zehn Jahren hatte ich kaum noch Zeit dafür.«

»Das merkt man überhaupt nicht. Als mir einfiel, daß

ich dich nicht auf den Bach aufmerksam gemacht habe, bekam ich einen Mordsschreck. Die Pferde scheuen, wenn der Reiter da nicht aufpaßt.«

»Irgendwie hab ich damit gerechnet«, hatte sie geantwortet.

Nach dem Absteigen waren sie Arm in Arm vom Stall zurückgeschlendert. Außer Sichtweite der Stallburschen hatte Stephen sie in die Arme geschlossen.

»Jetzt ist es definitiv, Judith. In drei Wochen wird die Premierministerin ihren Rücktritt erklären, und dann kommt es zur Wahl des neuen Parteivorsitzenden.«

»Und das wirst du sein.«

»Ich habe ihre Unterstützung. Um den Posten reißen sich auch noch andere, doch es dürfte wohl klappen. In den paar Wochen bis zu den Wahlen wird es dann reichlich hektisch zugehen. Wir werden sehr wenig Zeit für uns haben. Kannst du das akzeptieren?«

»Selbstverständlich. Und sollte ich das Buch abschließen können, während du dich im Wahlkampf tummelst, um so besser. Nebenbei bemerkt, Sir Stephen, ich bin entzückt, dich im Reitdress zu sehen und nicht im Straßen- oder Abendanzug, so erinnerst du mich ein bißchen an Ronald Colman. Ich habe mir nachts leidenschaftlich gern alte Filme angeschaut, und er war mein erklärter Liebling. Allmählich komme ich mir vor wie das Liebespaar in *Random House.* Smithy und Paula waren ja ungefähr in unserem Alter, als sie sich wiederfanden.«

»Judith!« Stephens Stimme schien weit entfernt.

»Entschuldige, Stephen. Ich habe gerade an dich und an

das Wochenende gedacht und überlegt, ob du jetzt wohl aussiehst wie Ronald Colman.«

»Ich muß dich leider enttäuschen, Darling, aber der Vergleich ist unfair gegenüber dem verstorbenen Mr. Colman. Was machst du heute abend?«

»Ich richte mir irgendwas zu essen her und setze mich an die Schreibmaschine. Außendienst muß sein, aber damit ist noch nichts am Manuskript getan.«

»Sieh zu, daß du es abschließt. Die Wahl findet am 13. März statt, Judith. Wäre dir eine stille Hochzeit im April recht, am liebsten in Edge Barton? Dort fühle ich mich wirklich zu Hause, mehr als irgendwo sonst. Seit meiner Geburt war es für mich gleichbedeutend mit Zuflucht, Trost und Frieden. Und ich spüre, daß du ähnlich darauf reagiert hast.«

»Das ist mir bewußt.«

Als Judith den Hörer auflegte, hatte sie den sehnlichen Wunsch, sich ein einfaches Abendbrot zurechtzumachen, ins Bett zu gehen und noch eine Weile zu lesen. Doch sie hatte einen kostbaren Tag mit dem Einkauf bei Harrods und dem Standesamt vertrödelt.

Sie beschloß, sich nicht zu verweichlichen, duschte, zog einen warmen Pyama an, darüber den Morgenrock, wärmte sich eine Dosensuppe und ging zurück an den Schreibtisch. Zufrieden überflog sie das Manuskript: Im ersten Drittel befaßte sie sich mit den Ereignissen, die schließlich im Bürgerkrieg gipfelten; der Mittelteil behandelte das Leben in England während des Krieges, das Auf und Ab im Kampfgeschehen, die verpaßten Chancen für eine Versöhnung zwischen König und Parlament und Gefangennahme, Prozeß und Hinrichtung von Karl I.

Jetzt war sie bereits bei der Rückkehr von Karl II. aus dem französischen Exil, seinem Versprechen, Religionsfreiheit zu gewähren, dem Prozeß gegen die Männer, die den Hinrichtungsbefehl für seinen Vater unterzeichnet hatten.

Karl kehrte am 29. Mai 1660, seinem dreißigsten Geburtstag, nach England zurück. Judith nahm den Füller, um ihrer Notizen über die zahlreichen Petitionen zu unterstreichen, mit denen ihn Royalisten wegen Titeln und von den Cromwell-Anhängern beschlagnahmten Besitzungen bestürmten.

Ihr Kopf hämmerte. Die Narbe an ihrer rechten Hand begann sich feuerrot zu färben. »Oh, Vincent«, flüsterte sie. Es war der 24. September 1660 . . .

In den sechzehn Jahren seit Vincents Tod hatten Lady Margaret und Sir John zurückgezogen in Edge Barton gelebt. Nur in der Hinrichtung des Königs und der Niederlage der royalistischen Truppen fand Lady Margaret etwas Trost. Zumindest hatte die Sache gesiegt, für die ihr Sohn gefallen war. Doch in jenen Jahren war es auch zu einer Entfremdung zwischen ihr und John gekommen. Nur auf ihr hartnäckiges Drängen hin hatte er widerstrebend den Hinrichtungsbefehl für den König unterzeichnet und sich das nie verziehen.

»Verbannung hätte vollauf genügt«, stellte er immer wieder bekümmert fest. »Und was haben wir statt dessen bekommen? Einen Lordprotektor, der sich wie ein König gebärdet und mit seinem Puritanertum England die Religionsfreiheit und uns alle Freuden, die wir einst kannten, genommen hat.«

Sie liebte ihren Gatten fast ebensosehr, wie sie den hingerichteten König haßte, und mußte nun zusehen, wie John zum vergeßlichen alten Mann verfiel; sie wußte, daß er ihr nicht verzeihen konnte, auf ihr Drängen zum Königsmörder geworden zu sein. All dies und der tägliche Gram, die Sehnsucht nach ihrem toten Sohn hatten Margaret verändert, sie verbittert gemacht. Ihr ungezügeltes Temperament wurde legendär, und der Spiegel zeigte ihr, daß sie keinerlei Ähnlichkeit mehr besaß mit der schönen Tochter des Herzogs von Wakefield, die man bei Hof mit Trinksprüchen gefeiert hatte, als sie Sir John Carew ehelichte. Nur wenn sie mit John zusammensaß und ihn mehr und mehr von der Vergangenheit reden hörte, vermochte sie sich zu erinnern, wie glücklich ihr Leben einst gewesen war.

Karl II. war im Mai nach England zurückgekehrt. Es sei genug Blut vergossen worden, erklärte er und verkündete eine allgemeine Amnestie, die Männer ausgenommen, die direkt in den Mord an seinem Vater verwickelt waren. Von den einundfünfzig Unterzeichnern des Hinrichtungsbefehls lebten noch neunundvierzig. Karl versprach denjenigen, die sich freiwillig stellten, besondere Berücksichtigung ihres Falles.

Margaret traute dem König nicht. Es war deutlich erkennbar, daß John nur noch wenig Zeit blieb. Die Anzeichen von geistiger Verwirrung mehrten sich. Oft rief er nach Vincent, der mit ihm ausreiten sollte. Er schaute Margaret wieder mit dem Ausdruck tiefer Liebe an, die er ihr in so vielen Jahren bezeigt hatte. Er sprach von seiner Absicht, bei Hof zu erscheinen und den Jahresball in Edge Barton zu veranstalten. Die flache Atmung und die aschfahle Farbe zeigten Margaret, daß sein Herz versagte.

Mit Hilfe von ein paar zuverlässigen Dienern entwarf sie einen raffinierten Plan. John würde sich nach London aufmachen, um sich dem König zu ergeben. Pächter und Dorfbewohner könnten die Kutsche abfahren sehen, die dann bei Dunkelheit zurückkehren würde. In den geheimen Räumen, die einst als Priesterversteck benutzt wurden, hatten sie ihm eine Wohnung hergerichtet. Dort hatten Angehörige des katholischen Klerus zur Zeit von Königin Elizabeth I. Zuflucht gefunden, wenn sie nach Frankreich zu entkommen suchten. Danach würde die Kutsche zu einer abgelegenen Stelle nahe der Strecke nach London zurückfahren und so zugerichtet werden, als ob Straßenräuber sie überfallen und die Insassen umgebracht hätten.

Der Plan funktionierte. Der Kutscher, mit einem stattlichen Betrag entlohnt, war unterwegs in die amerikanischen Kolonien. Johns Kammerdiener blieb mit ihm in der Geheimwohnung. Margaret schlich sich nachts in die Küche und bereitete ihnen mit Hilfe von Dorcas, einem angejahrten Küchenmädchen, etwas zu essen.

Als die Nachricht kam, daß man die Königsmörder in Charing Cross gehängt, ausgeweidet und gevierteilt hatte, wußte Margaret, daß ihre Entscheidung die einzig mögliche gewesen war. John würde friedlich in Edge Barton sterben.

Von einem Trupp royalistischer Soldaten begleitet, erschien Simon Hallett am 2. Oktober bei Morgengrauen. Margaret war gerade in ihre Gemächer zurückgekehrt. Sie hatte die Nacht bei John verbracht, seinen gebrechlichen Körper umfangen und die nahende Todeskälte gespürt. Sie wußte, daß er nur mehr Wochen oder gar Tage zu leben hatte. Hastig griff sie nach einem Schlafrock und band ihn zu, während sie die Treppe hinuntereilte.

Seit achtzehn Jahren hatte sie Simon Hallett nicht mehr zu Gesicht bekommen. Er war bei Kriegsende zum König nach Frankreich ins Exil gegangen. Seine einst schwächlichen Züge waren schärfer geworden. Anstelle des verschlagenen Ausdrucks, der sie so abgestoßen hatte, war Anmaßung getreten.

»Wie schön, Euch wiederzusehen, Lady Margaret«, begrüßte er sie zynisch, als sie die große Holztür öffnete. Ohne ihre Aufforderung abzuwarten, ging er an ihr vorbei und schaute sich um. »Edge Barton ist nachlässig gepflegt worden, seitdem ich das letzte Mal hier war.«

»Während Ihr in Frankreich Eurem königlichen Herrn und Meister schmachtend zu Füßen lagt, zahlten andere Engländer zu Hause hohe Steuern als Ausgleich für die Kriegskosten.« Margaret hoffte, daß ihre Augen nicht verrieten, wie furchtbar verängstigt sie war. Argwöhnte Simon Hallett, daß Johns Kutsche gar nicht von Wegelagerern überfallen worden war? Der Befehl, den er den Soldaten erteilte, bestätigte diese Befürchtung.

»Durchsucht jeden Winkel dieses Hauses. Hier muß es ein Priesterversteck geben. Aber seid vorsichtig, damit ihr keinen Schaden verursacht. Es wird sowieso kostspielig genug, den Besitz wieder ordentlich herzurichten. Sir John hat sich hier irgendwo verkrochen. Wir gehen nicht weg ohne ihn.«

Lady Margaret bot alles an Verachtung und Zorn auf, was in ihrer Seele brannte. »Ihr irrt Euch«, erklärte sie. »Mein Gatte würde Euch mit dem Schwert empfangen, wenn er hier wäre.« Und das würdest du auch, John, dachte sie, aber du bist ja nicht hier. Du lebst in einer glücklichen Vergangenheit . . .

Raum für Raum wurde das große Haus untersucht. Sie rissen Schränke auf, klopften Wände ab nach Geheimgängen. Stunden verstrichen. Margaret saß in dem großen Saal an dem Feuer, für das ein Diener gesorgt hatte, und fragte sich, ob sie Hoffnung schöpfen durfte. Hallett wanderte im Haus umher, wurde immer ungeduldiger. Schließlich kehrte er in den großen Saal zurück. Dorcas hatte Margaret eben Tee und Brot gebracht. Als Halletts Blick nachdenklich auf die ältliche Frau fiel, wußte Margaret, daß es aus war. Mit einem behenden Satz durchquerte er den Raum, packte sie an den Armen und drehte sie ihr auf dem Rücken zusammen. »Du weißt, wo er ist«, herrschte er sie an. »Los, sag es mir.«

»Weiß nicht, was Ihr meint, Sir, bitte«, wimmerte Dorcas. Ihr Flehen steigerte sich zu einem schrillen Aufschrei, als Hallett ihr abermals die Arme verdrehte und das gräßliche Geräusch brechender Knochen durch den Saal hallte.

»Ich zeig's Euch, wo er ist«, kreischte sie. »Nicht mehr! Bitte nicht mehr!«

»Mach schon.« Hallett trieb die schluchzende Alte die große Treppe hinauf, drehte ihr dabei weiterhin die Arme auf dem Rücken zusammen.

Kurz darauf zerrten zwei Soldaten Sir John Carew gefesselt die Treppe hinunter. Simon Hallett steckte sein Schwert wieder in die Scheide. »Dieser Diener hat für seine Frechheit mit dem Leben gebüßt«, teilte er Margaret mit.

Wie betäubt stand sie auf und eilte zu ihrem Mann. »Ich bin anscheinend etwas unpäßlich, Margaret«, sagte John; es klang bestürzt. »Es ist sehr kalt. Könntest du bitte nachlegen lassen. Und schick Vincent zu mir. Ich habe den Jungen den ganzen Tag nicht gesehen.«

Margaret schloß ihn in die Arme. »Ich folge dir nach London.« Als die Soldaten John aus dem Haus scheuchten, fixierte sie Hallett. »Sogar diese Verrückten können seinen Zustand sehen. Und wenn sie unbedingt jemand vor Gericht stellen wollen, dann sollen sie mir den Prozeß machen. Ich war es, die von meinem Gatten verlangt hat, den Hinrichtungsbefehl für den König zu unterzeichnen.«

»Seid bedankt für diese Auskunft, Lady Margaret.« Hallett wandte sich an den kommandierenden Offizier. »Ihr könnt ihr Geständnis bezeugen.«

Margaret wurde vom Prozeß ihres Mannes ausgeschlossen. Freunde hielten sie auf dem laufenden. »Sie behaupten, er habe den Narren gespielt, es aber dennoch verstanden, einen schlauen Fluchtplan auszuhecken. Das Urteil lautet auf Königsmord, binnen drei Tagen zu vollstrecken.«

Gehenkt in Charing Cross. Sein Leichnam ausgeweidet und gevierteilt. Sein Kopf aufgespießt zur Schau gestellt.

»Ich muß den König sehen«, sagte Margaret. »Ich muß es ihm begreiflich machen.«

Ihre Vettern hatten es weder verstanden noch verziehen, daß sie es mit den Parlamentariern hielt. Doch sie stammte aus einer der großen Familien Englands. Sie verschafften ihr eine Audienz.

An dem Tag, an dem John hingerichtet werden sollte, wurde Margaret zu Karl II. geführt. Dem Vernehmen nach hatte der König seinen Ratgebern erklärt, er sei es leid und wünsche keinen weiteren Tod durch den Strang. Sie würde darum bitten, daß Sir John friedlich in Edge Barton sterben dürfe, und sich selbst als Ersatz anbieten.

Simon Hallett stand zur Rechten des Königs. Belustigt sah er zu, wie Margaret in einem tiefen Hofknicks versank.

»Sire, bevor Ihr Lady Margaret anhört, die höchst überzeugend sein kann, darf ich Euch andere Zeugen präsentieren?«

Margaret war starr vor Entsetzen, als der Captain der Wache, der John verhaftet hatte, hereingeführt wurde und dem Monarchen berichtete: »Lady Margaret hat beteuert, sie habe von ihrem Gatten verlangt, den Hinrichtungsbefehl für den König zu unterzeichnen.«

»Aber genau das wollte ich Euch ja hier kundtun. Sir John wollte es nicht unterzeichnen. Er hat mir nie verziehen, daß ich ihn dazu nötigte«, schrie sie.

»Eure Majestät«, unterbrach Simon Hallett. »Sein ganzes Leben, sein Militärdienst, seine Jahre im Parlament zeigen Sir John Carew als einen Mann mit unerschütterlichen Überzeugungen, der sich nicht von einem nörgelnden Eheweib beeinflussen läßt. Ich sage dies nicht, um ihn zu entschuldigen, sondern um Euch, bei all Eurer Großzügigkeit und Milde, begreiflich zu machen, daß Ihr einer Frau ins Antlitz blickt, die ebenso schuldig ist, als ob sie selbst jene unverzeihliche Urkunde unterzeichnet hätte. Und ich habe noch eine weitere Person, für die ich Euer Augenmerk erbitten möchte — Lady Elizabeth Sethbert.«

Eine Frau in den Dreißigern trat ein. Warum kam sie ihr so bekannt vor? Auf diese Frage erhielt Margaret bald die Antwort. Es war der Gatte von Lady Elizabeth, der Vincent getötet hatte. »Ich werde es nie vergessen, Euer Majestät«, sagte Lady Elizabeth, wäahrend sie Margaret mit eisiger Verachtung fixierte. »Als ich meinen Gatten in den Armen hielt, stolz und froh, daß er im Dienste Seiner Majestät sein Leben hingegeben hatte, sagte diese Frau, es sei ein Jammer, daß sich sein Schwert nicht in das Herz des Königs gesenkt habe. Und dann: ›Wäre es mein gewesen, so hätte es da sein Ziel gefunden.‹ Als sie gegangen war, erkundigte ich mich bei einem Offizier des Parlamentarierheeres nach ihrem Namen, denn sie war eindeutig eine Adelige. Den Schrecken jenes Augenblicks habe ich nie vergessen und die Geschichte oft erzählt, deshalb hat auch Simon Hallett davon erfahren.«

Der König musterte Margaret scharf. Sie hatte gehört, daß er sich einbildete, ein fachkundiger Physiognomiker zu sein und aus dem Gesichtsausdruck eines Menschen dessen Wesen deuten zu können. »Sire, ich bin hier, um meine Schuld einzugestehen«, sagte sie. »Verfahrt mit mir ganz nach Eurem Belieben, aber verschont einen kranken, geistesschwachen alten Mann.«

»Sir John Carew ist schlau genug, sich verrückt zu stellen, Sire«, bemerkte Hallett. »Und wenn es ihm dank Eurer huldvollen Begnadigung gestattet wird, nach Edge Barton zurückzukehren, wird er bald auf wundersame Weise genesen. Dann werden er und seine Gemahlin weiterhin mit den gefährlichen Revolutionären unter ihren Standesgenossen die Köpfe zusammenstecken. Diese Schurken planen für Eure Majestät dasselbe Schicksal, das Euer Vater, unser verblichener König, erlitten hat.«

Margaret starrte Hallett entgeistert an. Ihre Vettern hatten ihr erzählt, hinter der lächelnden Fassade werde Karl II. von der Vorahnung verfolgt, ihm sei es bestimmt, das Schicksal seines Vaters zu erleiden.

»Lügner!« schrie sie Hallett entgegen. »Lügner!« Sie wollte auf den König zueilen. »Euer Majestät, mein Gatte, verschont meinen Gatten.«

Simon Hallett warf sich über sie, riß sie zu Boden, lag mit seinem ganzen Gewicht auf ihr. Sie sah einen Dolch in seiner Hand blitzen. Sie nahm an, er beabsichtige, sie damit zu erstechen, daher versuchte sie, ihm die Waffe zu entwenden. Der Dolch brachte ihr an der Daumenwurzel eine tiefe Schnittwunde bei; dann zog er sie hoch und zwang sie dabei, den Griff mit den Fingern zu umschließen.

»Ihr wolltet den König ermorden!« brüllte Hallett. »Seht her, Sire, sie hat eine Waffe zur Audienz mitgebracht!«

Margaret wußte, daß jeder Protest zwecklos war. Blut strömte aus der Wunde, als man ihr die Hände fesselte und sie fortschaffte. Hallett folgte ihr nach draußen. »Laßt mich mit Lady Margaret reden«, wandte er sich an die Wachen. »Tretet bitte etwas zurück.« Er raunte ihr zu: »In diesem Augenblick baumelt Sir John in Charing Cross am Strang, und man reißt ihm die Eingeweide heraus. Der König hat mich bereits zum Baronet ernannt. Zum Lohn dafür, daß ich ihn vor Eurer Wahnsinnstat beschützt und so sein Leben gerettet habe, werde ich Edge Barton erbitten und dann verliehen bekommen.«

Reza Patel hatte über das Wochenende mehrmals versucht, Judith telefonisch zu erreichen. Er hinterließ keine Nachricht auf ihrem Anrufbeantworter. Sein Vorschlag, sie solle zu einer Blutdruckkontrolle in die Praxis kommen, um eine körperliche Beeinträchtigung durch das bei der Hypnose verabreichte Mittel sicherheitshalber auszuschließen, sollte ganz spontan klingen.

Am Montag war sie ebenfalls nicht zu Hause. Am Dienstag blieben er und Rebecca abends nach der Sprechstunde noch in der Praxis und sahen sich abermals die Aufzeichnung von Judiths Hypnose an.

»Psychisch ist da irgend etwas vorgegangen«, erläuterte

Patel. »Wir wissen das. Schauen Sie sich ihr Gesicht an – die Wut, der Haß darin. Was für ein Geschöpf hat Judith zurückgebracht? Und von woher? Wenn meine Theorie richtig ist, hat der Geist, das innerste Wesen der Großfürstin Anastasia sich Anna Andersons bemächtigt, sie buchstäblich überwältigt. Wird das auch Judith Chase widerfahren?«

»Judith Chase ist eine sehr starke Frau«, erinnerte ihn Rebecca. »Deshalb haben Sie ja auch eine so große Dosis gebraucht, um sie in die Kindheit zurückzuversetzen. Sie wissen doch, daß Sie nicht sicher sein können, ob all das, was ihr widerfahren sein mag, nicht sein Ende fand, als Sie sie aufweckten. Sie hatte keinerlei Erinnerung daran. Ist es nicht sehr vermessen, daß Sie sich so gewiß sind, den Beweis für das Anastasia-Syndrom erbracht zu haben?«

»Ich wünsche bei Gott, daß ich mich irre, aber das ist nicht der Fall.«

»Können Sie Judith dann nicht abermals hypnotisieren, sie an den Punkt zurückführen, von dem sie jenen Wesenskern in sich aufgenommen und mitgebracht hat, und ihr befehlen, ihn dort wieder fallenzulassen?«

Patel schüttelte den Kopf. »Ich weiß ja nicht, wohin ich sie dabei schicken würde. Versuchen wir's lieber noch mal mit dem Anrufen.«

Diesmal wurde das Telefon abgenommen. Er nickte Rebecca zu, um ihr zu bedeuten, daß Judith sich gemeldet hatte. Rebecca beugte sich herüber und stellte den Anrufbeantworter auf Konferenzschaltung.

»Ja?«

Rebecca und Patel sahen sich verwirrt an. Das war Judiths Stimme und doch wieder nicht. Das Timbre war anders, der Ton schroff und hochfahrend.

»Miß Chase?« Judith Chase?«

»Judith ist nicht da.«

»Ihr Name«, flüsterte Rebecca.

»Darf ich fragen, wie Sie heißen, Madam? Sind Sie eine Freundin von Miss Chase?«

»Eine Freundin? Wohl kaum.« Die Verbindung wurde abgebrochen.

Patel barg den Kopf in den Händen. »Was habe ich getan, Rebecca? Judith ist in zwei Persönlichkeiten gespalten. Die neue weiß von Judiths Existenz. Sie ist bereits die dominierende.«

Stephen Hallett kam erst um Mitternacht nach Hause. Den ganzen Tag hatten Konferenzen stattgefunden. Gerüchte über den Entschluß der Premierministerin kursierten überall. Er hatte sich nicht geirrt mit der Annahme, daß es Einwände gegen seine Wahl zum Parteivorsitzenden geben würde. Hawkins, ein jüngerer Minister, war besonders lautstark. »Ohne Stephen Halletts klar Vorzüge und Verdienste zu leugnen, muß ich Sie alle warnend darauf hinweisen, daß man den alten Skandal wieder aufleben lassen wird. Für die Presse wird das ein wahres Festessen. Vergessen Sie nicht, Stephen ist haarscharf an einer Anklage vorbeigekommen.«

»Und wurde vollständig entlastet«, schoß Stephen zurück. Er hatte bei dem Wortgefecht gewonnen. Er würde auch bei der Wahl zum Parteivorsitzenden gewinnen. Aber diese Belastung, wegen des Verbrechens, das ein anderer begangen hat, unter dem Schatten eines Verdachts leben zu müssen, dachte er, als er sich müde auszog. Im Bett schaute er auf die Uhr. Mitternacht. Viel zu spät für einen Anruf bei Judith. Er schloß die Augen. Gott sei Dank, daß es sie gab — so, wie sie war. Gott sei Dank, daß sie verstand, weshalb er sie davon abhalten mußte, mit der Nachforschung nach ihren leiblichen Angehörigen zu beginnen. Er wußte, wieviel er ihr damit abverlangt hatte. Beim Einschlafen gelobte er sich, ihr das bis ans Ende ihrer Tage zu vergelten.

Das Himmelbett, seit nahezu dreihundert Jahren in Familienbesitz, knarrte, als er sich umdrehte. Stephen dachte an die Freuden, die ihn erwarteten, wenn er dieses Bett mit Judith teilte, an den Stolz, den er empfinden würde, wenn sie ihn als seine Ehefrau bei offiziellen Anlässen begleitete. Sein letzter und schönster Gedanke vor dem Eindämmern galt der Aussicht auf die Zeit, die sie ganz für sich in Edge Barton, seinem geliebten Refugium, genießen würden . . .

Um zehn Minuten nach Mitternacht blickte Judith auf, sah auf die Uhr und stellte bestürzt fest, daß die Suppe auf dem Tablett neben ihr kalt, daß sie selber völlig durchfroren war. Konzentration ist eine Sache, aber das hier ist heller Wahnsinn, dachte sie auf dem Weg zum Bett. Rasch streifte sie den Morgenrock ab, zog dankbar die Decke hoch, stopfte sie fest um den Hals. Diese verdammte Narbe an der Hand. Sie war wieder ziemlich rot, verblaßte indes zusehends. Ein Zeichen, daß du alt wirst, wenn all deine alten Narben wieder sichtbar werden, dachte sie, während sie hinüberlangte und das Licht ausknipste.

Sie schloß die Augen und begann, über Stephens Wunsch nach einer Hochzeit im April nachzusinnen. Das hieße, in zehn bis elf Wochen. Ich werde dieses verdammte Buch abschließen und dann einkaufen gehen, gelobte sie sich. Sie stellte fest, daß sie Stephens Vorschlag entzückte, sich in Edge Barton trauen zu lassen. In den vergangenen Wochen war die Erinnerung an die Kindheitsjahre mit ihren Adoptiveltern, an all die Jahre, die sie mit Kenneth in Washington gelebt hatte, immer weiter weggerückt. Es war, als habe ihr Leben an jenem Abend begonnen, an dem sie Stephen kennenlernte, als habe sie mit allen Fasern ihres Seins erkannt, daß England ihr Zuhause war. Sie war sechsundvierzig, Stephen vierundfünfzig. Er stammte aus einer langlebigen Familie. Wir könnten eine Chance für fünfundzwanzig gute gemeinsame Jahre haben, überlegte sie. Stephen. Das förmliche, mitunter großspurige Gehabe, mit dem sich ein einsamer, sogar —, kaum glaublich —, ein recht unsicherer Mensch tarnte. Was er ihr über seinen Schwiegervater erzählt hatte, erklärte vieles . . .

Ich muß unbedingt meinen richtigen Namen erfahren, Stephen, dachte sie, als sie die Augen schloß. Wenn ich nicht alles erfunden habe, bin ich der Wahrheit vielleicht schon ganz nahe. Falls es stimmt, daß ich bei einem V 1-Angriff von meiner Mutter und Schwester getrennt wurde, werde ich den Rest der Geschichte auch noch irgendwie herauskriegen. Wahrscheinlich sind beide an jenem Tag ums Leben gekommen. Ich wünschte, ich könnte ihnen Blumen aufs Grab legen, aber ich verspreche dir feierlich, keine obskuren Vettern aufzuspüren, die dich in Verlegenheit bringen könnten. Sie schlief ein mit dem glücklichen Gedanken, wie sehr sie das Leben als Lady Hallett genießen würde.

Den ganzen nächsten Vormittag über arbeitete Judith an ihrem Schreibtisch und registrierte zutiefst befriedigt den ständig wachsenden Stapel von Manuskriptseiten neben der Schreibmaschine. Sämtliche befreundeten Autoren redeten ihr zu, sich einen Computer anzuschaffen. Nach diesem Buch lege ich eine Pause ein, beschloß sie. Dann kann ich lernen, wie man einen Computer bedient. So schwierig dürfte die Umstellung nicht sein. Kenneth nannte mich immer »Mrs. Fix und fertig« — ich hätte Ingenieur werden sollen, sagte er. Aber wenn man dauernd im ganzen Land herumfährt und recherchiert, ist das wohl kaum die günstigste Voraussetzung, sich einen Schnelldrucker auszusuchen, mußte sie zugeben. Sie dehnte und streckte sich energisch.

Wenn sie und Stephen verheiratet wären, würde sie das nachholen. Er hatte starke Befürchtungen, es würde sie unglücklich machen, wenn sie die offiziellen Verpflichtungen, die sie mit ihm zusammen wahrnehmen mußte, so beanspruchten, daß ihr für ihre eigenen Vorhaben zu wenig Zeit blieb. Sie freute sich auf beide Aspekte dieses Lebens. Die zehn Ehejahre mit Kenneth waren wunderbar, aber zugleich überaus hektisch verlaufen, weil sie beide ihre Karriere aufbauten. Die niederschmetternde Enttäuschung, daß sie kinderlos blieben. Dann die zehn Jahre als Witwe, in denen Arbeit Lebenszweck und Rettung zugleich gewesen war. Bin ich denn immer nur gerannt? fragte sie sich. Habe ich bis jetzt nie wirklich Ruhe gefunden?

Die Sonne schien hell herein. Wie zauberhaft England

selbst im Januar sein kann, dachte sie. Den ganzen Vormittag hatte sie über die Zeit der Restauration geschrieben, als — wie Samuel Pepys in seinem Tagebuch vermerkte — zahlreiche Freudenfeuer brannten und die Kirchenglocken in der Londoner City läuteten. Man trank auf den König, und in den Dörfern waren wieder Maibäume zu sehen. Anstelle der düsteren Grautöne der Puritaner traten leuchtende Farben, und der König fuhr mit der Königin durch den Hyde Park.

Um 13 Uhr entschloß sich Judith zu einem Spaziergang durch die Umgebung von Whitehall Palace, um dort vielleicht etwas von der Erleichterung nachzuempfinden, mit der das Volk die Wiederherstellung der Monarchie ohne einen weiteren Bürgerkrieg aufgenommen hatte. Vor allem wollte sie das Standbild von Karl I. besichtigen. Die älteste und schönste Reiterstatue von London hatte man einem Schrotthändler überlassen mit der Auflage, sie während der Ära Cromwell zu vernichten. Aus Loyalität dem toten König gegenüber und in Erkenntnis des unschätzbaren Wertes, hatte der Schrotthändler den Befehl nicht ausgeführt, sondern das Standbild bis zur Rückkehr von Karl II. versteckt. Man ließ einen prachtvollen Sockel anfertigen und stellte das Denkmal schließlich am Trafalgar Square auf, mit direktem Blick über Whitehall zu dem Platz, auf dem Karl I. hingerichtet worden war.

Sie hatte den ganzen Vormittag im Morgenrock an der Schreibmaschine gesessen. Jetzt duschte sie rasch, schminkte sich die Lippen und tuschte sich die Wimpern, rieb sich das Haar trocken, wobei sie feststellte, daß es zu lang wurde. Es sieht ja gar nicht übel aus, mußte sie zugeben, als sie sich kritisch im Spiegel musterte. Aber mit beinahe siebenundvierzig setze ich doch wohl besser auf die persönliche Note. Dann zog sie die Augenbrauen hoch. Du siehst nicht aus wie siebenundvierzig, Kindchen. Ihr Spiegelbild wirkte durchaus beruhigend. Dunkelbraunes Haar mit leichtem Goldschimmer. Als Kind war sie blond. Der englische Teint. Ovales Gesicht, große blaue Augen. Sie fragte sich, ob sie wohl ihrer leiblichen Mutter ähnlich sah.

Sie zog sich rasch an, dunkelgraue Hose, weißer Rollkragenpullover, Stiefel. Meine Uniform, dachte sie. Wenn ich erst mit Stephen verheiratet bin, kann ich mich in diesem Aufzug nicht in die Stadt wagen. Sie schwankte, ob sie den Burberrry oder das neue Cape nehmen sollte. Das Cape. Sie ergriff die Schultertasche mit den Notizblocks und dem eventuell benötigten Nachschlagematerial und machte sich auf den Weg.

Als Judith am Trafalgar Square stand und die prachtvolle Statue des hingerichteten Königs betrachtete, fielen ihr ein paar Zeilen aus einem Gedicht von Lionel Johnson ein, die ihren Eindruck bestätigten. Die staatliche Figur mit schulterlangem Haar, gepflegtem Bart, hocherhobenem Haupt und königlicher Haltung wirkte tatsächlich ruhig, friedvoll. Der Hengst, auf dem er saß, schien mit den Hufen zu scharren und losgaloppieren zu wollen.

Und dennoch war Karl I. so verhaßt, dachte Judith. Wie würde die Welt heute aussehen, wenn es ihm gelungen wäre, das Parlament abzuschaffen? Hinter ihr näherte sich hörbar eine der unvermeidlichen Touristengruppen. Der Fremdenführer wartete, bis sich seine Herde im

Halbkreis um ihn geschart hatte, um dann seinen Redeschwall vom Stapel zu lassen. »Was wir heute Trafalgar Square nennen, war ursprünglich Teil von Charing Cross«, erklärte er. »Passenderweise hat man dieses Denkmal genau an der Stelle errichtet, wo viele der Königsmörder hingerichtet wurden, eine feinsinnige Form, den toten König zu rächen, finden Sie nicht? Die Hinrichtungen waren kein sanfter Tod. Die Verurteilten wurden gehenkt, ausgeweidet und gevierteilt, die Eingeweide schnitt man ihnen bei lebendigem Leibe heraus.«

John mußte auf diese Weise sterben . . . Ein kranker, verwirrter alter Mann . . .

»Am 30. Januar wurde der König enthauptet. Wenn Sie am nächsten Dienstag herkommen, können Sie den Kranz besichtigen, den die Royal Stuart Society am Sockel niederlegt. Das ist Tradition, seitdem man das Standbild hier aufgestellt hat. Manchmal bringen Touristen und Schulkinder auch eigene Kränze oder Blumen. Wirklich rührend, so was.«

»Man müßte die Statue vernichten und die Dummköpfe, die Kränze niederlegen, bestrafen.«

Der Fremdenführer drehte sich zu Judith um. »Entschuldigen Sie, Madam, haben Sie mich etwas gefragt?«

Lady Margaret antwortete nicht. Sie nahm die Büchermappe in die linke Hand, holte mit der rechten die dunkle Brille hervor und zupfte an der Kapuze des Capes, so daß sie ihr Gesicht halb verdeckte.

Eine Zeitlang wanderte sie ziellos am Victoria Embankment die Themse entlang bis zum Big Ben und dem Parlamentsgebäude. Dort blieb sie stehen, starrte auf die Bauten, völlig blind gegen die Passanten, von denen sie manche neugierig musterten.

Ihre eigenen Worte klangen ihr in den Ohren. »Man müßte die Statue vernichten und die Dummköpfe, die Kränze niederlegen, bestrafen.« Aber wie, John, fragte sie sich. Wie soll ich das anfangen?

Unschlüssig ging sie die Bridge Street hinunter, überquerte die Parliament Street, bog rechts ab und fand sich in der Downing Street. Vor den Häusern am Ende der Straße waren Polizisten postiert. Eins davon war Downing Street 10. Der Amtssitz des Premierministers. Das zukünftige Heim von Stephen Hallett, Nachfahre von Simon Hallett. Margaret lächelte bitter. Es hat so lange gedauert, dachte sie. Und jetzt bin ich endlich hier, um John und mir Gerechtigkeit widerfahren zu lassen.

Zuerst das Standbild, beschloß sie. Am 30. Januar würde sie zusammen mit anderen einen Kranz niederlegen. Doch an ihrem würde zwischen Blättern und Blüten Sprengstoff versteckt sein.

Sie erinnerte sich an das Schießpulver, das im Bürgerkrieg so viele Häuser zerstört hatte. Was für Sprengstoffe benutzte man heutzutage? Drei Blocks weiter passierte sie eine Baustelle, blieb stehen und sah zu, wie ein schweißtriefender, muskulöser junger Mann den Preßlufthammer schwang. Sie erschauerte.

Das Beil wird gehoben, saust hinunter. Der furchtbare Moment der Todesqual, der Kampf, weiter in diesem Dasein zu verweilen, zu warten, immer zu wissen, daß sie irgendwie zurückkehren würde. Die Erkenntnis, daß dieser Moment gekommen war, als Judith Chase herbeieilte, sie zu retten.

Der muskulöse Arbeiter hatte bemerkt, daß sie ihn beobachtete. Ein durchdringender Pfiff ertönte. Sie lächelte verführerisch und winkte ihn heran. Sie verließ ihn mit dem Versprechen, sich um 18 Uhr mit ihm in seiner Wohnung zu treffen.

Dann begab sie sich in die Handbibliothek beim Leicester Square, wo ein höflicher Bibliothekar Bücher hinlegte und dabei flüsternd die Titel nannte: Die Pulververschwörung, Machtkämpfe im 17. Jahrhundert, Die Geschichte der Sprengstoffe.

Als sie an jenem Abend in den schweißbedeckten Armen des Arbeiters lag, vertraute Margaret ihm zwischen Liebkosungen und Schmeicheleien an, sie müsse auf ihrem Landgut einen verrotteten Wagenschuppen beseitigen und habe einfach nicht das Geld, ein Abbruchunternehmen anzuheuern. Rob war doch so geschickt. Könnte er ihr vielleicht zu dem Zeug verhelfen, das sie dafür brauchte, und ihr zeigen, wie sie es benutzen sollte? Sie würde ihn gut bezahlen.

Robs Mund preßte sich auf ihre Lippen. »Du bist selber eine echte Dynamitbombe. Wir treffen uns morgen abend hier, Schätzchen. Mein Bruder kommt auch. Aus Wales. Arbeitet dort in einem Steinbruch. Für den ein Kinderspiel, das zu organisieren, was du brauchst.«

Als Judith um 22 Uhr nach Hause kam, hatte der Anrufbeantworter zwei Telefonate von Stephen registriert. Um 21 Uhr 30 war sie in eine Kneipe in Soho gegangen, wo sie mit Erschrecken feststellte, wie spät es geworden war. Entsetzt wurde ihr klar, daß sie sich als letztes bewußt erinnerte, an dem Denkmal von Karl I. gestanden zu haben. Das war gegen 14 Uhr gewesen. Was hatte sie in den dazwischenliegenden Stunden getan? Sie hatte vorgehabt, nochmals die Geburtenregister zu studieren. Das habe ich vermutlich auch gemacht, dachte sie. Wenn es wiederum erfolglos war, könnte ich dann eine Art psychischer Reaktion gehabt haben? Auf diese Frage fand sie keine Antwort.

Beunruhigt runzelte sie die Stirn, als sie Stephens dringende Bitte um Rückruf hörte. Aber vorher wird geduscht, beschloß sie. Der ganze Körper tat ihr weh und schien irgendwie beschmutzt. Sie hakte das Cape auf. Was hatte sie bloß zu diesem Kauf veranlaßt? Ihr war jetzt klar, daß sie sich darin unbehaglich fühlte. Sie stopfte es hinten in den Schrank, strich leicht über den Burberry. »Du bist mehr mein Stil«, sagte sie laut.

Sie brauste Gesicht, Haar und Körper gründlich ab. Heißes Wasser, duftende Seife und Shampoo, prickelndes kaltes Wasser. Aus unerfindlichen Gründen ging ihr ein Zitat aus *Macbeth* durch den Kopf: *Kann wohl des großen Meergotts Ozean dies Blut von meiner Hand wegwaschen?* Wie komme ich ausgerechnet darauf? fragte sich Judith. Natürlich, dachte sie beim Abtrocknen, die verdammte Narbe hat sich wieder knallrot verfärbt.

Den Bademantel um die schlanke Taille gegürtet, ein Handtuch um das feuchte Haar gewunden, an den Füßen bequeme Slipper, ging Judith zum Telefon, um Stephen anzurufen. An seiner Stimme erkannte sie sofort, daß er geschlafen hatte. »Das tut mir leid, Darling«, sagte sie.

Er fiel ihr ins Wort. »Sollte ich nachts wach werden, wird mir sehr viel wohler sein, wenn ich weiß, daß ich mit dir gesprochen habe. Wo hast du denn nur gesteckt, Darling? Fiona hat mich angerufen. Sie hat dich heute abend erwartet. Stimmt etwas nicht?«

»Du lieber Himmel, Stephen, das hab ich total vergessen.« Judith biß sich nervös auf die Zunge. »Ich hatte den Anrufbeantworter eingeschaltet und das Band gerade erst abgehört.«

Stephen lachte. »Du bist von entwaffnender Aufrichtigkeit. Aber du solltest dich lieber mit Fiona versöhnen, Darling. Sie war schon sauer, daß sie mich nicht als potentiellen Parteivorsitzenden vorführen konnte. Vielleicht überlassen wir es ihr, nach der Wahl eine Verlobungsparty für uns zu veranstalten. Wir verdanken ihr eine Menge.«

»Ich verdanke ihr den Rest meines Lebens«, sagte Judith leise. »Ich rufe sie gleich morgen früh an. Gute Nacht, Stephen. Ich liebe dich.«

»Gute Nacht, Lady Hallett. Ich liebe dich.«

Ich verabscheue Lügen, dachte Judith, als sie den Hörer auflegte, und ich habe eben gelogen. Am nächsten Tag würde sie Dr. Patel aufsuchen. Es gab keine Sarah Marrish oder Marsh im Geburtenregister für Mai 1942. Hatte sie alles erfunden, was sie ihm erzählt hatte? Und wenn ja, spielte ihr Geist ihr weiterhin Streiche? Wieso hatte sie an diesem Tag sieben Stunden als verloren zu buchen?

Am nächsten Morgen um 10 Uhr setzte sich Dr. Reza Patels Sprechstundenhilfe über seine Anweisung hinweg, ihm Anrufe fernzuhalten, und läutete durch, um ihm mitzuteilen, Miss Chase sei am Apparat, es handle sich um einen Notfall. Er und Rebecca hatten abermals die potentielle Gefahr von Judiths Zustand erörtert. Patel drückte auf die Knöpfe für Konferenzschaltung und Recorder. Gemeinsam mit Rebecca hörte er angespannt zu, was Judith über ihre siebenstündige Gedächtnislücke zu berichten hatte.

»Ich bin der Meinung, Sie sollten sofort herkommen«, erklärte Patel. »Sie erinnern sich vermutlich, daß Sie eine Vereinbarung unterschrieben haben, die mir eine Aufzeichnung Ihrer Hypnose gestattet. Das Band möchte ich Ihnen gern vorführen. Vielleicht hilft es Ihnen. Ich habe keinen Grund zu der Annahme, daß Ihre Kindheitserinnerung nicht korrekt war. Und machen Sie sich nicht zuviel Gedanken über diesen vermeintlichen Gedächtnisverlust. Sie besitzen eine enorme Konzentrationsfähigkeit. Das wurde zu Anfang der Hypnose deutlich. Sie haben mir selber erzählt, daß Sie beim Arbeiten überhaupt nicht merken, wie die Zeit vergeht.«

»Das stimmt«, bestätigte Judith. »Aber es ist eins, wenn das passiert, während ich am Schreibtisch sitze, und etwas völlig anderes, um 14 Uhr am Trafalgar Square zu stehen und mich um 21 Uhr 30 in einer Kneipe in Soho wiederzufinden. Ich komme jetzt zu Ihnen in die Praxis.«

Diesmal trug sie beigefarbene Hosen, einen gleichfarbigen Kaschmirpullover mit einem an der Schulter geknoteten Schal in Beige, Braun und Gelb und braune Stiefel. Sie knöpfte den Burberry zu, schnallte den Gürtel um; er gab ihr ein warmes, angenehm vertrautes Gefühl, und sie bedauerte wiederum, dreihundert Pfund für das Cape ausgegeben zu haben.

In Patels Praxis erkundigte sich Rebecca verblüfft: »Sie haben doch sicher nicht vor, ihr die Bandaufzeichnung zu zeigen?«

»Nur bis zu der Stelle, wo sie in die Kindheit zurückversetzt wurde. Sie stellt bereits Fragen, Rebecca. Sie hat sich ganz auf diesen Aspekt konzentriert und nicht darauf, was ihr widerfahren sein mag. Wir wissen nach wie vor nicht, wie man ihr helfen kann. Daran wird sich auch nichts ändern, wenn wir nicht irgendwie eruieren können, wer diese zweite Persönlichkeit in ihr ist. Kopieren Sie jetzt rasch das Band bis zu der Stelle, wo ich ihr den ersten Befehl zum Aufwachen erteile.«

Im Taxi wurde Judith auf dem Weg in Patels Praxis klar, daß sie zutiefst beunruhigt war. Er hatte ihr eine Droge verabreicht. Sie erinnerte sich an die Artikelserien, die sie seinerzeit als Journalistin über LSD und dessen Wirkungen geschrieben hatte. Sie bemühte sich, die Folgeerscheinungen zu rekonstruieren. Halluzinationen, Gedächtnisverlust, Blackouts. Mein Gott, dachte sie, was habe ich mir selbst angetan?

Doch als sie kurz darauf vor dem Bildschirm saß, war sie zuinnerst aufgewühlt durch das, was sie wahrnahm. Patels gezielte Fragen. Ihre eingehenden Berichte über Geburtstage, die Ehe mit Kenneth, ihre Adoptiveltern. Die Art, wie Patel sie schrittweise in die frühe Kindheit zurückführte. Ihr offensichtliches Zögern, über den Bombenangriff zu reden. Tränen brannten ihr in den Augen, als sie in hypnotisiertem Zustand um ihre Mutter und Schwester weinte. Und dann wurde ihr etwas klar. Die Namen. *Molly. Marrish.* »Stop. Halten Sie bitte das Band an.«

»Selbstverständlich.« Rebecca drückte die entsprechende Taste auf der Fernbedienung.

»Können Sie zurückspulen? Ich erinnere mich nämlich, daß ich als Kind einen Sprachfehler hatte. Ich soll große Schwierigkeiten mit dem P gehabt haben. Als ich den Namen meiner Schwester auf dem Band hörte, war ich mir nicht sicher, ob es 'Molly' oder 'Polly' heißen sollte. Und stellen Sie den Ton lauter, wo ich 'Marrish' oder 'Marsh' sage. Das kommt wirklich nicht ganz deutlich, oder?«

Gespannt beobachteten sie den Ablauf. »Durchaus möglich«, meinte Patel. »Vielleicht haben Sie sich bemüht, so etwas wie 'Parrish' zu sagen.«

Judith stand auf. »Zumindest ist da noch eine Alternative durchzukämmen — nachdem ich Marsh und Marrish und March und Markey und Markham und Marmac und wer weiß wie viele sonst noch abgehakt habe. Sagen Sie's mir offen, Doktor. Gibt es etwas, das ich über die Behandlung wissen sollte? Warum sind wir gestern diese Stunden einfach verlorengegangen?«

Sie spürte, daß Patel jedes Wort sorgfältig abwog. Er saß an dem schweren Schreibtisch und spielte mit einem Brieföffner. Sie bemerkte den Tisch und den Spiegel in der Ecke. Auf diesen Tisch war sie zugegangen, als ihr das kleine Kind erschien.

Reza Patel beobachtete Judiths Blickrichtung und wußte genau, was sie dachte. Erleichtert erkannte er, daß er einen Weg gefunden hatte, ihr zu antworten. »Sie sind vorige Woche zu mir gekommen, weil Sie wiederholt Halluzinationen hatten, die ich lieber als Gedächtnisdurchbrüche bezeichnen würde. Dieser Prozeß geht weiter, eventuell in leicht veränderter Form. Gestern waren Sie unterwegs zum Standesamt. Sie hatten dort bereits eine heftige Enttäuschung erlitten. Ich möchte annehmen, daß Sie wahrscheinlich abermals hingegangen sind und die Register zum zweitenmal ergebnislos durchgesehen haben. Ich glaube, deshalb hat Ihre Psyche zur erprobten Selbstschutzmaßnahme gegriffen und abgeblockt. Vielleicht haben Sie heute etwas Wichtiges erkannt, Judith. Möglicherweise ist der Name, den auszusprechen Sie sich bemühten, Parrish, nicht Marrish, oder ähnlich wie Parrish. Es hat Sie frustriert, daß Sie die gewünschte Information nicht schnell herausfinden können. Ich bitte Sie, geben Sie sich noch eine Chance. Achten Sie auf jedes Phänomen, eine Rückblende, ein Gefühl, Stunden verloren zu haben, einen Namen oder Gedanken, der Ihnen durch den Kopf geht und abwegig erscheint. Die Psyche versucht auf seltsame Weise, uns Anhaltspunkte zu liefern, wenn wir in das Unterbewußtsein eindringen.«

Das klang plausibel, doch Judith wiederholte ihre Frage. »Dann gab es also nichts — weder bei der Behandlung noch bei dem Mittel, das Sie verwendet haben —, was jetzt irgendeine Reaktion bewirken könnte?«

Rebecca betrachtete die Fernbedienung, die sie noch in der Hand hielt. Reza Patel hob den Blick und sah Judith direkt in die Augen. »Absolut nichts.«

Nachdem Judith gegangen war, wandte sich Patel mit der verzweifelten Frage an Rebecca: »Was könnte ich ihr sonst sagen?«

»Die Wahrheit«, entgegnete Rebecca ruhig.

»Was würde es nützen, ihr Angst einzujagen?«

»Ich denke, Sie sollten sie warnen.«

Judith fuhr direkt nach Hause. Sie wollte es nicht riskieren, das Standesamt heute abermals aufzusuchen. Stattdessen ließ sie sich am Schreibtisch nieder, die aufgeschlagenen Notizbücher um sich ausgebreitet, die angejahrte Schreibmaschine, die mit ihrem Anschlag vertraut war, links von ihr auf dem Tischchen. Sie arbeitete ununterbrochen bis zum frühen Nachmittag, in der tröstlichen Gewißheit, gut mit dem Buch voranzukommen. Um 14 Uhr machte sie sich geschwind ein Sandwich und eine Kanne Tee und brachte das Tablett zum Schreibtisch. Wenn sie bis in den Spätnachmittag weiterschrieb, könnte sie das nächste Kapitel vollenden. Sie war mit Stephen zu einem späten Abendessen verabredet.

Um 16 Uhr 30 begann sie mit dem Tippen ihrer Notizen über den Prozeß gegen die Königsmörder: *Von manchen wurde die Ansicht vertreten, daß die Verfahren fair waren, daß man ihnen mehr Achtung und Rücksichtnahme erwies, als sie ihrem König gezollt hatten. Sie standen in den überfüllten Gerichtssaal, verhöhnt vom royalistischen Mob, sprachen unbeirrt von ihrer Gewissenspflicht, von ihrem festen Vertrauen, daß ihnen ihr Gott ein gnädiger Richter sein würde.«*

Sie ließ die Finger von den Tasten sinken. Die Narbe an ihrer Hand begann zu pochen. Judith stieß den Stuhl zurück und sah auf die Uhr. Sie hatte doch eine Verabredung getroffen, oder?

Lady Margaret eilte zum Schrank und langte nach dem grünen Cape. Du dachtest, du könntest es verstecken, Judith, höhnte sie. Sie knöpfte es am Hals zu, doch bevor sie sich die Kapuze über den Kopf zog, drehte sie das Haar zu einem Nackenknoten. Sie hastete zurück, suchte und fand die dunkle Brille in Judiths großer Schultertasche und verließ die Wohnung.

Rob erwartete sie in seinem Zimmer. Auf dem Fenster-

brett standen zwei Bierdosen. »Du bist spät dran«, begrüßte er sie.

Lady Margaret lächelte zurückhaltend. »Ungern. Es ist nicht immer so einfach, wegzukommen.«

»Wo wohnst du, Schätzchen?« fragte er, während er ihr das Cape aufknöpfte und sie in die Arme schloß.

»In Devon. Hast du das Versprochene mitgebracht?«

»Das hat doch noch viel Zeit.«

Eine Stunde später lag sie neben ihm auf dem zerwühlten Bett und hörte mit gespannter Aufmerksamkeit zu, als Rob erklärte: »Jetzt weißt du also, daß du dich mit dem Zeug ins Jenseits jagen kannst, darum merk dir ja gut, was ich dir eingetrichtert hab. Die Menge reicht glatt, um Buckingham Palace wegzupusten, aber ich muß schon zugeben, ich steh auf dich. Morgen abend um die gleiche Zeit?«

»Natürlich. Und ich hab versprochen, dich für deine Mühe zu bezahlen. Reichen zweihundert Pfund?«

Um zehn vor neun blickte Judith hoch. Meine Güte, dachte sie. Der Wagen kann jede Minute hier sein. Sie stürzte ins Schlafzimmer, um sich umzuziehen, beschloß aber dann, zu duschen. Weil ich von dem langen Sitzen so verdammt steif bin, dachte sie. Sie konnte gar nicht verstehen, weshalb sie sich auch diesmal wieder irgendwie schmutzig vorkam.

Der 30. Januar war ein kalter, klarer Montag, strahlender Sonnenschein, trockene, belebende Luft. Lehrer behielten die Scharen von Schülern scharf im Auge, als sie sich hinter den beiden für die Kranzniederlegung am Denkmal von Karl I. Ausersehenen versammelten.

Weitere Blumenspenden türmten sich dort bereits. Kameras klickten, und Touristengruppen lauschten gebannt dem dramatischen Bericht über Leben und Tod des hingerichteten Königs.

Lady Margaret hatte ihren Kranz bereits niedergelegt. Jetzt hörte sie spöttisch zu, wie ein bebrillter Zwölfjähriger mit verlegenem Stolz das Gedicht von Lionel Johnson zu rezitieren begann.

Ein Polizist unter den Zuschauern lächelte über die ernsten Gesichter der Kinder. Die beiden, die den Kranz hielten, waren deutlich von ihrer Wichtigkeit durchdrungen. Sauber geschrubbt und strahlend, dachte er. Gut geschulte, wohlerzogene britische Kinder, die ihren geschundenen Monarchen ehren. Der Polizist warf einen Blick auf die Kränze, die bereits am Denkmalssockel lehnten. Seine Augen verengten sich. Rauch. Durch die Blumenberge quoll langsam Rauch . . .

»Zurücktreten!« brüllte er. »Alles zurück!« Er stürmte los, vor die aufgereihten Kinder. »Macht kehrt, lauft, was ihr könnt. Zurück, sag ich euch.« Verängstigt und konfus drehten sich die Kinder um, und der Kreis um die Statue verbreiterte sich. »Zurück, könnt ihr denn nicht hören?« brüllte er. »Schafft Platz!«

Jetzt erkannten die Touristen, daß Gefahr bestand, und ergriffen die Flucht.

Starr vor Wut sah Margaret zu, wie der Polizist die Kränze wegschob, das braune Päckchen hervorholte, das sie unter ihre Blumen gelegt hatte, und es auf den geräumten Platz schleuderte. Angstschreie verschmolzen mit der Detonation zu einem Inferno, als ein Splitterhagel auf die Menge niederprasselte.

Während sie sich davonstahl, entdeckte Margaret, daß ein Tourist die Szene mit einer Videokamera aufzeichnete. Sie zog die Kapuze tiefer ins Gesicht und verschwand unter den zahlreichen Passanten, die herbeieilten, um den verletzten Kindern zu helfen. Von Big Ben ertönte das Mittagsläuten.

Das Laufen kostete sie zuviel Zeit, fand Judith, als sie um 12 Uhr 30 durch die Drehtür das Standesamt betrat. Zugegeben, sie hatte seit Tagesanbruch am Schreibtisch gesessen. Trotzdem hätte sie keine knappe Stunde für den Weg von der Wohnung bis hierher brauchen dürfen. Die Zeit wäre besser auf die Durchsicht der Register zu verwenden gewesen.

Es wurde immer schwieriger, Stephen zu verheimlichen, was sie tat. Anfangs hatte sie sein Interesse an ihren Recherchen entzückt. Jetzt, da sie Stunden im Standesamt und in der Bibliothek zubrachte, vertieft in die Berichte über die Luftangriffe auf London im Jahre 1942, wußte sie, daß ihre Antworten auf Stephens Fragen nach ihren Aktivitäten zu vage klangen. Überdies werde ich verdammt nachlässig, dachte sie. Irgendwie hatte sie zweihundert Pfund aus ihrer Geldbörse verloren.

Auf dem bekannten Weg zu den Regalen fiel ihr plötzlich ein, daß sie schon wieder vergessen hatte, Fiona anzurufen. Wenn ich Pause mache, erledige ich das von hier aus, nahm sie sich vor.

Sie vermied es geflissentlich, die mit »p« markierten Ordner durchzusehen, bis sie sicher war, daß sie in den Geburtenregistern für Mai 1942 jede nur denkbare Variante des Namens Marrish überprüft hatte.

Eine ältere Frau machte ihr höflich Platz an dem dicht besetzten Tisch.

»Ist das nicht grauenvoll?« fragte sie. Als Judith sie erstaunt ansah, fügte sie hinzu: »Vor einer halben Stunde hat jemand versucht, das Denkmal von Karl I. in die Luft zu jagen. Dutzende von Kindern wurden verletzt. Ohne den geistesgegenwärtigen Polizisten wären sie jetzt tot. Der hat den Rauch gesehen und sofort geschaltet. Hundsgemein, so was. Diese Terroristen verdienen wahrhaftig die Todesstrafe, das sollte sich das Parlament mal hinter die Ohren schreiben, sag ich Ihnen.«

Erschrocken erkundigte sich Judith nach näheren Einzelheiten.

»Ich war neulich erst da«, sagte sie. »Der Fremdenführer hat erwähnt, daß heute eine feierliche Kranzniederlegung stattfinden soll. Das müssen doch Verrückte sein, wenn sie dazu imstande sind.«

Immer noch ungläubig den Kopf schüttelnd, nahm sie sich abermals die Vierteljahresbände für 1942 vor und konsultierte ihre Notizen. Sie dachte an die Bandaufzeichnung von Dr. Patel. Ich habe ganz deutlich »Mai« gesagt, überlegte sie. Mit »vier'n« konnte nur der Vierte gemeint sein. Aber vielleicht sollte es auch Vierzehnter oder Vierundzwanzigster heißen? Ich habe mich offensichtlich bemüht, »Rakete« zu sagen. Ihre Recherchen hatten ergeben, daß die erste Rakete am 13. Juni 1944 London traf. Am 24. Juni schlug eine in der Nähe von Waterloo Station ein. Ich erinnere mich, in einen Zug geklettert zu sein, dachte Judith. Ich trug nur einen leichten Pulli über dem Kleid, also muß es ziemlich warm gewesen sein. Angenommen, wir waren an jenem Tag unterwegs zur Waterloo Station. Mutter und Schwester wurden getötet. Ich wanderte in den Bahnhof und kletterte in den Zug. Am nächsten Morgen wurde ich in Salisbury aufgefunden. Das würde erklären, warum in London niemand, der mich vielleicht kannte, mein Bild gesehen hat.

Sie hatte gesagt, daß sie in Kent Court wohnte. Am 13. Juni 1944 war die Kensington High Street von einer Rakete getroffen worden, ein paar Tage danach die Kensington Church Street. *Kensington Court* war eine nahegelegene Wohnstraße.

Die Peter Pan-Statue stand in Kensington Gardens, dem an die Gegend angrenzenden Park. Eine ihrer Halluzinationen hatte ihr ein Kleinkind gezeigt, das die Peter Pan-Statue anfaßte. Anhand von Stadtplänen und Recherchen ließ sich beweisen, daß sie den ersten Raketenangriff auf Kensington durchaus miterlebt haben konnte, wenn sie tatsächlich in der Gegend gewohnt hatte.

Judith spürte, daß sie zu zittern begann. Wieder passierte es — der Tisch und die Regale verschwanden, der Raum wurde dunkel.

Das kleine Mädchen. Sie sah es durch den Schutt stolpern, hörte es schluchzen. Der Zug. Die offene Tür. Die aufgestapelten Pakete und Säcke.

Das Bild verschwand, doch diesmal war Judith klar, daß sie es positiv aufgenommen hatte. Ich schaffe tatsächlich Durchbrüche, dachte sie triumphierend. Es war eine Art Güterwagen. Deswegen hat mich niemand gesehen. Ich hab mich hingelegt, auf irgendwas Hartes, und bin eingeschlafen. Die Daten passen.

Am folgenden Tag, dem 25. Juni 1944, stieß Amanda Chase, die beim *Women's Royal Navel Service* und mit dem amerikanischen Marineoffizier Edward Chase verheiratet war, auf eine Zweijährige, die allein in Salisbury herumlief, das handgenähte, gesmogte Kleid und der wollene Pullover verschmiert und schmutzig. Das Kind, still und großäugig, brachte kein Wort heraus, war anfangs mißtrauisch, flüchtete sich dann in die liebevoll ausgestreckten Arme. Das Kind ohne Erkennungsmarke. Das Kind, nach dem niemand suchte. Amanda und Edward Chase besuchten die Kleine, die sie Judith nannten, im Waisenhaus, machten mit ihr Ausflüge. Als sie zu sprechen begann, sagte sie Mami und Papi zu ihnen. Nachdem sämtliche Bemühungen, ihre leiblichen Angehörigen zu finden, erfolglos geblieben waren, erhielten Amanda und Edward Chase zwei Jahre später die Genehmigung, Judith zu adoptieren.

Judith erinnerte sich noch an den Tag, an dem die beiden sie im Waisenhaus abholten. »Darf ich wirklich bei euch wohnen?«

Mit strahlenden braunen Augen drückte Amanda sie an sich. »Wir haben wirklich alles getan, was in unseren Kräften stand. Aber jetzt gehörst du zu uns.«

Edward Chase, hochgewachsen, ruhig, liebevoll, wurde nun ihr Vater. »Du bist genau das Kind, das wir uns gewünscht haben. Das geht Adoptiveltern leicht über die Lippen — aber in unserem Fall ist es die volle Wahrheit.«

Sie waren so gut zu mir, dachte Judith, als sie mit neuer Hoffnung zu einer weiteren langen, mühsamen Suche ansetzte. Ich war so glücklich bei ihnen.

Edward Chase, Absolvent der Marineakademie von Annapolis, wurde nach dem Krieg Marineattaché im Weißen Haus. Judith hatte noch schwache Erinnerungen an das Ostereiersuchen auf dem Rasen des Weißen Hauses, an Präsident Trumans Frage, was sie denn später einmal werden wolle. Danach wurde Edward Chase Militärattaché in Japan, dann Botschafter in Griechenland und Schweden.

Wer hätte sich liebevollere Eltern wünschen können, fragte sich Judith, als sie den Band in die mit »M« markierte Regalreihe zurückstellte. Sie waren in den Dreißigern, als sie sie adoptierten, starben vor acht Jahren kurz hintereinander, hinterließen ihr beachtliches Vermögen ihrer »geliebten Tochter Judith«.

Und jetzt wurde ihr klar, daß sie den beiden Toten gegenüber keinerlei Schuldgefühle empfand, wenn sie versuchte, ihre Erzeuger ausfindig zu machen. Stunden verrannen. Marsh. March. Mars. Merrit. In den Registern für Mai 1942 gab es keine Variante von Marrish oder sonst irgendeinen Namen mit dem Anfangsbuchstaben M, unter denen »Sarah« als erster oder zweiter Vorname verzeichnet war. Es wurde Zeit, unter »P« zu suchen in der Hoffnung, daß sie sich vielleicht bemüht hatte, »Parrish« zu sagen, und das nicht richtig aussprechen konnte.

Sie überflog mehrere Seiten, bis sie den Namen Parrish fand. Parrish, Ann, Bezirk Knightsbridge; Parrish, Arnold, Bezirk Piccadilly. Und dann sah sie es.

		Mädchenname der Mutter	Bezirk	Band	Seite
Parrish	Mary Elizabeth	Travers	Kensington	6B	32

Parrish! Kensington! Mein Gott, dachte sie. Sie legte den Zeigefinger auf diese Reihe und ging in Windeseile den Rest der Seite durch. Parrish, Norman, Bezirk Liverpool; Parrish, Peter, Bezirk Brighton; Parrish, Richard,

Bezirk Chelsea; *Parrish, Sarah Courtney, Mädchenname der Mutter Travers, Bezirk Kensington, Band 6B, Seite 32.*

Judith wagte ihren Augen nicht zu trauen und raste zum Auskunftsschalter. »Was bedeutet das?«

Die Beamtin hatte ihr kleines Transitorradio auf dem Schreibtisch ganz leise gestellt und riß sich nur zögernd von den BBC-Nachrichten los. »Furchtbar, dieser Sprengstoffanschlag«, verkündete sie. Und nach einer Pause: »Entschuldigung. Was hatten Sie gefragt?«

Judith deutete auf die Namen Mary Elizabeth und Sarah Courtney Parrish. »Sie sind am gleichen Tag geboren. Der Mädchenname der Mutter ist bei beiden derselbe. Könnte es sich um Zwillinge handeln?«

»Es sieht ganz so aus. Und bei Zwillingen wird genauestens registriert, welcher zuerst geboren wurde. Das ist ja häufig ausschlaggebend dafür, wer den Titel erbt. Möchten Sie die kompletten Geburtsurkunden erwerben?«

»Ja, selbstverständlich. Noch eine Frage. Ist Polly in England nicht ein Kosename für Mary?«

»Sehr oft. Meine Kusine, zum Beispiel. Für die Ausfertigung der Geburtsurkunden müssen Sie die entsprechenden Formulare ausfüllen und die Gebühren entrichten — für jede fünf Pfund, Sie können Ihnen zugeschickt werden.«

»Welche Angaben enthalten sie?«

»Eine ganze Menge. Geburtsdatum und -ort. Mädchenname der Mutter. Name und Beruf des Vaters. Adresse.«

Judith ging wie in Trance nach Hause. An einem Zeitungsstand sah sie die reißerischen Schlagzeilen über den Sprengstoffanschlag am Trafalgar Square. Die Titelseite war vollgepflastert mit Fotos von blutüberströmten Kindern. Angewidert von dem Anblick kaufte Judith die Zeitung und las sie, sobald sie zu Hause war. Wenigstens keine lebensgeführlichen Verletzungen, dachte sie. Das Blatt berichtete ausführlich über die stürmische Parlamentssitzung. Der Innenminister, Sir Stephen Hallett, hatte eine dramatische Rede gehalten: »Ich trete seit langem für die zwingende Notwendigkeit ein, für Terroristen die Todesstrafe wiedereinzuführen. Diese verabscheuenswerten Leute haben heute heimlich eine Sprengladung an einen Platz gelegt, von dem sie wußten, daß Schulkinder ihn aufsuchen würden. Wäre eines dieser Kinder getötet worden, müßten dann die Terroristen jetzt nicht um ihren Hals bangen? Teilt die Labour Party diese Ansicht, oder sollen wir diese Möchtegernmörder weiterhin mit Samthandschuhen anfassen?«

In einem anderen Artikel stand, daß es sich bei dem Sprengstoff um Gelatinedynamit gehandelt habe und daß eine großangelegte Untersuchung eingeleitet worden sei, um festzustellen, woher sich die Täter den Sprengstoff verschafft hatten.

Judith legte die Zeitung beiseite und sah auf die Uhr. Kurz vor sechs. Sie wußte, daß Stephen anrufen würde und es entschieden besser wäre, wenn sie ihm diesmal mitteilen könnte, sie habe sich mit Fiona in Verbindung gesetzt.

Fiona war viel zu interessiert an den Tagesereignissen, um sich über Judiths Versäumnis zu ärgern. »Ist das nicht grauenvoll, meine Liebe? Das Parlament ist total in Aufruhr. Die Todesstrafe wird garantiert ein Wahlkampfthema. Kann dem lieben Stephen nur nützen. Die Leute sind einfach schockiert. Armer alter König Karl. Ich nehme an, sie wollten sein Standbild komplett zertrümmern. Das wäre wirklich jammerschade gewesen. Die hinreißendste Reiterstatue im ganzen Land. Da gibt's andere, die von mir aus ruhig verschrottet werden könnten. Manche sehen mehr wie Droschkengäule aus und nicht wie königliche Reitpferde. Nun ja.«

Eine Viertelstunde später rief Stephen an. »Es wird heute abend sehr spät, Darling. Ich habe eine Besprechung mit dem Leiter von Scotland Yard und einigen seiner Leute.«

»Fiona hat mir von dem Aufruhr im Parlament erzählt. Haben irgendwelche Terroristen die Verantwortung für den Anschlag übernommen?«

»Bisher nicht. Deshalb habe ich ja die Besprechung mit Scotland Yard. Als Innenminister fallen Terroranschläge unter meine Zuständigkeit. Ich hatte gehofft, wenn wir als zivilisierter Staat die Todesstrafe abschaffen, wäre das endgültig, aber der heutige Tag hat zweifellos bewiesen, daß sie unerläßlich ist. Ich halte sie für ein Abschreckungsmittel.«

»Vermutlich werden dir viele zustimmen, doch ich kann es leider nicht. Der Gedanke an Hinrichtung läßt mir das Blut in den Adern gefrieren.«

»Vor zehn Jahren war ich genau der gleichen Meinung«, entgegnete Stephen ruhig. »Jetzt nicht mehr. Nicht wenn das Leben so vieler Unschuldiger ständig in Gefahr ist. Ich muß gehen, Darling. Ich will versuchen, daß es nicht zu spät wird.«

»Du kannst jederzeit kommen, ich warte.«

Reza Patel und Rebecca Wadley wollten gerade essen gehen, als das Telefon im Sprechzimmer klingelte. Rebecca nahm ab. »Miss Chase, wie schön, Ihre Stimme zu hören. Wie geht es Ihnen? Der Doktor sitzt neben mir.«

Patel drückte automatisch auf die Knöpfe für die Konferenzschaltung und die Bandaufzeichnung. Gemeinsam mit Rebecca hörte er Judith zu, als sie von ihrer Entdeckung berichtete. »Ich brannte darauf, das loszuwerden«, sagte sie glücklich, »und dabei wurde mir klar, daß Sie und Rebecca die einzigen sind, die über mich Bescheid wissen und verstehen können, was da geschehen ist. Sie haben ein Wunder vollbracht, Doktor. Sarah Courtney Parrish. Ein sehr hübscher Name, finden Sie nicht? Mit den Geburtsurkunden bekomme ich auch eine Adresse. Ist es nicht unglaublich, daß Polly meine Zwillingsschwester war?«

»Sie entwickeln sich zu einem hervorragenden Detektiv«, bemerkte Patel in bemüht heiterem Ton.

»Recherchen«, lachte Judith. »Mit der Zeit lernt man, Spuren zu verfolgen. Aber ich muß die Sache jetzt ein paar Tage aufschieben. Morgen muß ich unbedingt an der Schreibmaschine bleiben, und dann möchte ich mir eine Ausstellung in der National Portrait Gallery anschauen, mit einer Menge Bildern vom Hof Karls I. Dürfte interessant sein.«

»Um welche Zeit werden Sie dort sein?« fragte Patel schnell. »Ich habe nämlich auch vor, sie zu besichtigen. Vielleicht könnten wir eine Tasse Tee miteinander trinken.«

»Sehr gern. Paßt es Ihnen 15 Uhr?«

Als er den Hörer auflegte, sprudelte Rebecca heraus:

»Was hat es für einen Sinn, sich mit ihr in der Galerie zu treffen?«

»Ich habe keinen Grund, sie noch einmal herzubitten, und möchte sehen, ob ich bei ihr irgendeinen Hinweis auf eine Persönlichkeitsveränderung entdecke.«

Judith zog einen pfirsichfarbenen seidenen Hausanzug und passende Slipper an, löste den Nackenknoten, bürstete sich das Haar, damit es locker auf die Schultern fiel, legte frisches Make-up auf und besprühte die Handgelenke mit Joy Eau de Cologne. Sie machte sich einen Salat und Rühreier, kochte eine Kanne Tee und stellte alles auf das unvermeidliche Tablett. Sie aß geistesabwesend, während sie das Exposé für das nächste Kapitel skizzierte. Um 21 Uhr stellte sie eine Käseplatte, Crackers und Kognakschwenker bereit und setzte sich dann wieder an den Schreibtisch.

Stephen erschien um 23 Uhr 15. Sein Gesicht war ganz grau vor Müdigkeit. Schweigend schloß er sie in die Arme. »Mein Gott, tut das gut, hier zu sein.«

Judith massierte ihm die Schultern, während sie ihn küßte. Dann gingen sie eng umschlungen zu der mit kastanienbraunem Damast völlig überpolsterten Couch, die Lady Beatrice Ardsley offensichtlich hoch in Ehren hielt. Eine alte Decke war schützend darüber gebreitet und überall festgestopft, um das Prachtstück zu schonen. Judith schenkte Kognak ein und reichte Stephen sein Glas. »Ich finde, ich sollte diese uralte Decke wirklich zu Ehren des künftigen Premierministers herunternehmen und darauf bauen, daß du nicht die Beine hochlegst und Lady Ardsleys kostbares Möbel entweihst.«

Sie wurde mit dem Anflug eines Lächelns belohnt. »Vorsicht. Wenn ich die Augen zumache, verbringe ich garantiert die Nacht zusammengerollt auf dem guten Stück. Der Tag hatte es wirklich in sich, Judith.«

»Wie ist die Besprechung mit Scotland Yard gelaufen?«

»Zufriedenstellend. Zum Glück hat ein japanischer Tourist seine Videokamera laufen lassen, und wir kriegen den Film. Außerdem haben viele dort geknipst. Über die Medien ist die Aufforderung ergangen, sämtliche Bilder einzureichen. Es wird eine beträchtliche Belohnung ausgesetzt, falls eines davon zur Verhaftung und Verurteilung des Täters verhilft. Es gibt nämlich einen glücklichen Umstand: Die Sprengladung muß ein bis zwei Minuten, nachdem sie versteckt wurde, zu qualmen angefangen haben. Es könnte immerhin möglich sein, daß wir einen Schnappschuß von demjenigen bekommen, der sie gerade am Denkmalssockel deponiert.«

»Hoffentlich. Die Fotos von den blutüberströmten Kindern waren herzzerreißend.« Um ein Haar hätte Judith gesagt, daß sie sich dadurch an ihre Halluzinationen von dem Kind, das in einen Luftangriff geraten war, erinnert fühlte, hielt aber den Mund. Es fiel schwer, dem Mann, den sie so sehr liebte, zu verschweigen, daß sie glaubte, ihre wahre Identität herausgefunden zu haben.

Es gab ein sicheres Mittel, ihr Geheimnis zu wahren. Sie rückte dicht an ihn heran und umarmte ihn.

Deputy Assistant Commissioner Philip Barnes war Leiter der Anti-Terror-Abteilung von Scotland Yard. Ein schmächtiger, leise sprechender Endvierziger mit gelichtetem braunen Haar und haselnußbraunen Augen, glich er mehr einem Landpfarrer als einem höheren Polizeibeamten. Seine Leute hatten rasch mitbekommen, daß die sanfte Stimme schneidend scharf werden konnte, wenn sie wegen eines geringfügigen Vergehens oder eines haarsträubenden Fehlers heruntergeputzt wurden. Trotzdem empfanden sie nahezu ehrfürchtigen Respekt vor Barnes, und manche besaßen sogar den Mut, ihn aufrichtig zu mögen.

An diesem Morgen war Commissioner Barnes einesteils aufgebracht, andernteils zufrieden. Aufgebracht darüber, daß die Terroristen sich ausgerechnet ein so sinnloses Objekt wie das Reiterstandbild ausgesucht und obendrein einen Tag gewählt hatten, an dem es dort von Schulkindern und Touristen wimmelte; zufrieden, weil niemand getötet oder verstümmelt wurde. Außerdem war er auch frustriert. »Für die Libyer oder Iraner bringt es doch nichts, wenn sie sich auf die Statue stürzen«, meinte er. »Wenn die IRA ein Denkmal in die Luft jagen wollte, hätte sie sich Cromwell vorgeknöpft. Der war es doch, der ihr Land kujoniert hat, nicht der arme, alte Karl.«

Seine Leute schwiegen — sie wußten, daß er keine Antwort erwartete.

»Wie viele Fotos sind eingegangen?« erkundigte er sich.

»Dutzende«, erwiderte Commander Jack Sloane, sein ranghöchster Assistent. Sloane war ein ziemlich farbloser Typ: lang und dünn, rotblond, hellblaue Augen, wetterfeste Haut des aktiven Sportlers. Bruder eines Baronet und eng befreundet mit Stephen. Bindon Manor, der Landsitz seiner Familie, lag zehn Kilometer von Edge Barton entfernt. »Einige müssen noch entwickelt werden, Sir. Das geschieht gerade. Außerdem haben wir noch das Videoband, Sie können es sich jederzeit ansehen.«

»Wie stehen die Ermittlungen wegen des Sprengstoffs?«

»Vielleicht haben wir da bereits einen Hinweis. Der Aufseher eines Steinbruchs in Wales hat das Gelände nach einem fehlenden Quantum Gelatinedynamit abgesucht.«

»Wann hat er gemerkt, daß es abhanden gekommen ist?«

»Vor vier Tagen.«

Das Telefon läutete. Die Sekretärin von Commissioner Barnes hatte Anweisung, keine Anrufe durchzustellen, mit einer Ausnahme. »Sir Stephen«, sagte Barnes, bevor er den Hörer abnahm.

Rasch informierte er Stephen über das fehlende Gelatinedynamit, die von Touristen aufgenommenen Fotos, das Videoband. »Wir wollen es uns jetzt ansehen, Sir. Ich berichte Ihnen, wenn sich irgendwelche Anhaltspunkte ergeben sollten.«

Fünf Minuten später ließen sie sich in dem verdunkelten Raum das Band vorführen. Sie hatten das übliche unzulängliche Produkt eines Amateurfotografen erwartet und waren angenehm überrascht, einen klaren, scharf eingestellten Ausschnitt zu sehen. Das Panorama von Trafalgar Square. Die bereits niedergelegten Kränze und Blumensträuße.

»Stop«, befahl Sloane.

Der routinierte Vorführer hielt den Film sofort an.

»Gehen Sie ein oder zwei Bilder zurück.«

»Was sehen Sie denn?« erkundigte sich Commissioner Barnes.

»Die Rauchfahne. Als dieses Bild aufgenommen wurde, war die Sprengladung bereits da.«

»Verdammter Mist, daß die Kamera die Person und den Tathergang nicht mehr erwischt hat!« schimpfte Barnes. »Na schön. Weitermachen.«

Die Schulkinder. Die Touristen. Die beiden Schüler, die den Kranz tragen. Die anfänglichen Hemmungen beim Rezitieren des Gedichtes. Der Polizist, der zum Denkmal rast, die Kinder zurückdrängt.

»Der Polizist sollte für das Georgskreuz vorgeschlagen werden«, murmelte Barnes.

Die sich zerstreuende Menge. Die Detonationen. Die Kameraschwenks.

»Anhalten.«

Wiederum stoppte der Vorführer die Kamera und ließ den Film zurücklaufen.

»Die Frau mit dem Cape und der dunklen Brille. Sie hat gemerkt, daß sie gefilmt wurde. Sehen Sie sich an, wie sie die Kapuze tiefer ins Gesicht zieht. Alle übrigen Erwachsenen stürzen los, um den Kindern zu helfen. Sie dreht sich um und geht weg.« Sloane wandte sich an einen Assistenten. »Lassen Sie sämtliche Bilder von ihr herauskopieren und vergrößern. Vielleicht können wir sie identifizieren. Immerhin möglich, daß uns das weiterbringt.«

Jemand knipste das Licht an. »Und noch etwas«, fuhr Sloane fort. »Achten Sie besonders darauf, ob sich unter den Schnappschüssen der Touristen welche von der Frau im Cape finden.«

***

Als Judith sich am Nachmittag für den Besuch in der National Portrait Gallery umzog, entschied sie sich widerstrebend für ein hellgraues Kostüm, hohe Absätze und den Zobelmantel. In den paar Tagen seit Stephens Wahl zum Parteivorsitzenden hatten verschiedene Zeitungen Kurzbiographien gebracht und ihn übereinstimmend als den begehrtesten und attraktivsten reiferen Junggesellen Englands bezeichnet. In einem Blatt hieß es, seit Edward Heath habe es keinen unverheirateten Premierminister mehr gegeben, und Sir Stephen werde, unbestätigten Gerüchten zufolge, wohl bald eine Verbindung eingehen, die der englischen Bevölkerung zusagen dürfte.

Diese Formulierung stammte von dem Klatschkolumnisten Harley Hutchinson. Also sollte ich lieber nicht wie ein Hippie aus Greenwich Village aussehen, wenn ich mich in der Öffentlichkeit zeige, dachte Judith seufzend, bürstete sich sorgfältig das Haar, legte Lidschatten auf, tuschte die Wimpern. Dann steckte sie sich eine silberne Rose ans Revers und musterte ihr Spiegelbild.

Vor zwanzig Jahren hatte sie sich mit Kenneth im traditionellen weißen Brautkleid mit Schleier trauen lassen. Was würde sie bei der Hochzeit mit Stephen tragen? Ein schlichtes Nachmittagskleid, beschloß sie. Die Feier im kleinsten Freundeskreis. Damals waren es bei dem Empfang im Chevy Chase Country Club fast dreihundert Gäste gewesen. Daß einem das zweimal im Leben beschieden ist, dachte sie. Kein Mensch verdient so viel Glück.

Sie packte ihre Brieftasche und die Schminkutensilien in die zu den Pumps passende graue Wildledertasche und kramte eine kleinere Version ihrer überdimensionalen

Schultertasche hervor. In Gala oder nicht, meine Notizbücher brauche ich, dachte sie kleinlaut.

Die National Portrait Gallery war am St. Martin's Place Ecke Orange Street. In der Sonderausstellung wurden höfische Szenen von den Tudors bis zu den Stuarts gezeigt. Es handelte sich um private Leihgaben aus ganz Großbritannien und dem Commonwealth; die Namen der auf den Bildern dargestellten Randfiguren waren, soweit bekannt, auf gerahmten Tafeln angegeben. Bei Judiths Ankunft war die Galerie noch stark frequentiert, und sie beobachtete amüsiert, wie die Leute die gedruckten Namenslisten studierten, offensichtlich in der Hoffnung, einen längst vergessenen Vorfahren zu entdecken.

Sie interessierte sich besonders für die Bilder, auf denen Karl I., Cromwell und Karl II. dargestellt waren, und ging dabei nicht chronologisch, sondern in umgekehrter Richtung vor. So hatte sie Gelegenheit, die festliche Gewandung von Karl II. nach seiner Rückkehr aus dem Exil mit den puritanisch streng und schmucklos gekleideten Vertrauten Cromwells zu vergleichen. Die Gemälde mit Karl I. und seiner Gemahlin Henrietta Maria faszinierten sie ungemein. Sie wußte, daß Königin Henrietta für prunkvolle Schauspiele schwärmte und sich von dem strengen Tadel der Puritaner überhaupt nicht beirren ließ. Besonders ein Bild erregte ihre Aufmerksamkeit: Es zeigte das Königspaar als Hauptfiguren in der Szenerie von Whitehall Palace. Der Hofstaat war offensichtlich für eine Aufführung kostümiert. Hirtenstäbe, Engelsflügel, Heiligenscheine und Gladiatorenschwerter in Hülle und Fülle.

»Guten Tag, Miss Chase.«

Judith, völlig in die Betrachtung des Gemäldes versunken, fuhr zusammen, drehte sich um und sah Dr. Patel. Auf seinen ebenmäßigen Zügen lag ein Lächeln, doch sein ernster Blick entging ihr nicht.

Sie strich ihm leicht über den Arm. »Sie wirken elegisch, Doktor.«

Er verbeugte sich flüchtig. »Und ich dachte gerade, daß Sie wunderschön aussehen.« Und mit gesenkter Stimme: »Ich muß mich wiederholen — Sir Stephen kann sich wirklich glücklich schätzen.«

Judith schüttelte den Kopf. »Bitte nicht hier. Soweit ich sehe, wimmelt es hier von Pressevertretern.« Sie wandte sich dem Bild zu. »Ist es nicht faszinierend?« fragte sie. »Wenn man bedenkt, daß es 1640 gemalt wurde, unmittelbar vor der Auflösung des ›Kurzen Parlaments‹ durch den König.«

Reza Patel betrachtete das Gemälde. Unten auf der Plakette stand: *»Unbekannter Künstler. Gemalt schätzungsweise zwischen 1635 und 1640.«*

Judith deutete auf ein stattliches Paar, das neben dem sitzenden König stand. »Die beiden waren ganz außer sich an jenem Tag. Sie wußten, was passieren würde, wenn der König das Parlament auflöste. Lady Margarets Vorfahren waren von Anfang an Abgeordnete. In ihrer Familie gab es damals schreckliche Auseinandersetzungen in bezug auf Loyalität.«

Patel studierte den Begleittext. Namentlich genannt waren König und Königin, ihr ältester Sohn Karl, Herzog von York, und ein halbes Dutzend Mitglieder der königlichen Familie, die übrigen dargestellten Personen jedoch nicht. »Ihre Recherchen müssen ja hervorragende

Resultate gebracht haben«, meinte er. »Sie hätten sie den Historikern hier zur Verfügung stellen sollen.«

Lady Margaret erkannte ihren Fehler — sie hätte Reza Patel nicht von sich und John erzählen dürfen. Abrupt kehrte sie ihm den Rücken und eilte hinaus.

An der Tür holte er sie ein. »Miss Chase, Judith. Was ist los?«

Sie starrte ihn unverwandt an. Hochmütig entgegnete sie: »Judith ist jetzt nicht da.«

»Wer sind Sie?« drängte er. Alarmiert entdeckte er die grellrote Narbe an ihrer rechten Hand.

Sie deutete auf das Bild. »Das sagte ich Ihnen bereits. Ich bin Lady Margaret Carew.«

Sie ließ ihn stehen und stürmte nach draußen.

Perplex kehrte Patel zu dem Gemälde zurück und studierte die von Judith als Lady Margaret Carew bezeichnete Figur. Er stellte fest, daß zwischen den beiden eine verblüffende Ähnlichkeit bestand.

Zutiefst besorgt verließ er die Galerie, ohne auch nur wahrzunehmen, daß ihn viele der angeregt plaudernden Besucher grüßten. Wenigstens weiß ich, wer diese zweite Persönlichkeit in Judith ist, sagte er sich. Nun mußte er in Erfahrung bringen, was Margaret Carew zugestoßen war, und versuchen, ihren nächsten Schritt einzukalkulieren.

Ein scharfer Wind war aufgekommen. Als er auf den St. Martin's Place einbog, hielt ihn jemand fest. »Dr. Patel«, lachte Judith. »Es tut mir furchtbar leid. Ich war so auf die Bilder fixiert, daß mir unsere Verabredung zum Tee erst auf dem Heimweg einfiel. Entschuldigen Sie bitte.«

Ihre rechte Hand. Die Narbe verblaßte zusehends, bis die Konturen kaum noch zu erkennen waren.

Am nächsten Tag, dem 1. Februar, regnete es in Strömen. Judith beschloß, zu Hause zu bleiben und zu arbeiten. Stephen teilte ihr telefonisch mit, er werde zu Scotland Yard und dann aufs Land fahren. *»Wählt konservativ, wählt Hallett«*, scherzte er. »Schade, daß ich auf deine Stimme nicht rechnen kann, du Yankee.«

»Du würdest sie kriegen«, beteuerte Judith. »Und vielleicht nützt dir die Geschichte, die ich von meinem Vater habe. Er hat behauptet, in Chicago stünde die Hälfte derjenigen, die längst auf dem Friedhof ihre letzte Ruhestätte gefunden hätten, immer noch in den Wählerlisten.«

»Den Trick mußt du mir beibringen.« Stephen lachte. Dann wurde seine Stimme wieder ernst. »Ich fahre für ein paar Tage nach Edge Barton, Judith. Das Dumme ist, ich werde kaum zu Hause sein, aber möchtest du nicht trotzdem mitkommen? Zu wissen, daß du mich am Abend erwartest, würde mir so viel bedeuten.«

Judith schwankte. Einerseits wollte sie brennend gern wieder nach Edge Barton. Andererseits verschaffte ihr die Tatsache, daß der bevorstehende Wahlkampf Stephen restlos beanspruchte, freie Hand, in aller Ruhe ihrer Vergangenheit nachzuforschen. Schließlich sagte sie: »Ich möchte schon, aber für die Arbeit ist es bekömmlicher, wenn ich an meinem gewohnten Schreibtisch sitze. Wir würden uns kaum sehen, da halte ich es für besser, hierzubleiben. Ich habe mir vorgenommen, bis zur Wahl meinem Lektor das fertige Manuskript zu schicken.

Wenn ich das schaffe, werde ich ein neuer Mensch sein, das schwöre ich dir.«

»Sind die Wahlen erst mal gelaufen, ist es auch mit meiner Geduld vorbei, Darling.«

»Hoffentlich nicht. Leb wohl, Stephen. Ich liebe dich.«

Die Vergrößerungen der eingesandten Schnappschüsse waren in einem eigenen Raum in Scotland Yard ausgestellt. Auf mehreren war die Frau mit der dunklen Brille und dem Cape zu sehen, freilich nur im Profil, mehr oder minder konturiert. Ihr Gesicht wurde von der Kapuze fast ganz verdeckt, schone ehe sie die Videokamera bemerkte und sie tiefer hinunterzog. Sämtliche Fotos mit ihr hatte man vergrößert und ihr Bild herauskopiert. »Etwa 1,70 m«, bemerkte Commander Sloane. »Sehr schlank, oder? Zwischen 50 und 60 kg, mehr nicht. Dunkles Haar und ein finsterer Zug um den Mund. Hilft nicht viel weiter, stimmt's?«

Inspector David Lynch nahte mit flottem Schritt. »Ich glaube, hier haben wir etwas Brauchbares, Sir. Weitere Aufnahmen, eben reingekommen. Würden Sie sich die mal anschauen?«

Die neuen Bilder zeigten die Frau im Cape, wie sie am Denkmalssockel von Karl I. einen Kranz niederlegte. Die Kamera hatte eine Ecke des braunen Päckchens unter dem Kranz mitfotografiert.

»Bravo!« lobte Sloane.

»Das ist längst noch nicht alles«, erklärte Lynch. »Wir haben uns auf sämtlichen Baustellen in der Umgebung umgehört. Ein Polier gab uns den Wink, daß eine sehr attraktive Frau im dunklen Cape mit einem von seinen Leuten geflirtet und daß dieser Rob Watkins damit angegeben hat, sie würde zu ihm auf die Bude kommen.« Lynch legte genüßlich eine Kunstpause ein. »Wir haben eben seine Wirtin befragt. Ist noch keine zehn Tage her, da hatte er Damenbesuch. Sie erschien an zwei Abenden hintereinander gegen 18 Uhr und blieb etwa zwei Stunden bei ihm. Dunkles Haar, dunkle Brille, Ende Dreißig oder Anfang Vierzig, und sie trug ein dunkelgrünes Cape mit Kapuze, ein sehr teures, wie die Wirtin erzählt. Dazu ebenfalls sehr teure Lederstiefel, eine riesige Umhängetasche. Mit den Worten der Vermieterin hielt sie sich wohl für die Königin persönlich, sehr von oben herab.«

»Wir sollten lieber gleich mal mit Mr. Rob Watkins plaudern«, meinte Sloane. Und zu einem Assistenten gewandt: »Nehmen Sie alle Vergrößerungen von der Lady im Cape runter. Mal sehen, ob der Knabe sie ohne diese Hilfestellung in der Menge erkennt.«

»Noch ein interessanter Hinweis«, ergänzte Lynch. »Die Wirtin sagt, die Frau war zweifellos Engländerin, hatte aber irgendwas Komisches an sich — der Akzent oder die ganze Art oder die Sprechweise.«

»Was soll das heißen?« fuhr Sloane ihn an.

»Soweit ich's verstanden habe, war's der *Tonfall*, der seltsam wirkte. Die Wirtin sagt, es hörte sich so an wie in den alten Filmen, in denen die Leute Wörter gebrauchen wie ›wahrlich‹.«

Sloanes Gesichtsausdruck quittierte er mit einem Kopfschütteln. »Bedaure, Sir. Ich kapier's auch nicht.«

***

Am 10. Februar erfolgte die langerwartete Ankündigung der Premierministerin. Sie werde sich zur Königin begeben und sie um Auflösung des Parlaments ersuchen. Eine Wiederwahl strebe sie nicht an.

Am 12. Februar wurde Stephen zum Parteivorsitzenden der Konservativen gewählt. Am 16. Februar löste die Königin das Parlament auf, und der Wahlkampf begann.

Wenn sie ihn sehen wolle, schalte sie ihren Fernseher ein, witzelte Judith. Für gewöhnlich trafen sie sich in seiner Wohnung, sofern es sich einrichten ließ. Sein Wagen holte sie dann ab, und Rory fuhr zum Hintereingang des Hauses. Auf diese Weise konnten sie dem Ansturm der allgegenwärtigen Medienvertreter entgehen.

Dennoch empfand Judith es als glückliche Fügung, daß Stephen im Wahlkampf unterwegs war, während sie ihr Buch vollendete. Ungeduldig wartete sie auf das Eintreffen der Geburtsurkunden, ihre Stimmung schwankte zwischen Hoffnung und Angst. Wenn sie nun eine Sarah Parrish nur als Kind gekannt hatte? Was dann?

Sie wußte, als Ehefrau des britischen Premierministers würde man sie immer und überall erkennen. Dann wären ihr private Unternehmungen wie diese nicht mehr möglich.

Stephen rief sie regelmäßig frühmorgens und nochmals am späten Abend an, oft ganz heiser von den vielen Wahlreden. Sie spürte, wie erschöpft er war. »Es wird wesentlich knapper, als wir annahmen, Darling«, erklärte er. »Labour kämpft hart, und die Konservativen sind über ein Jahrzehnt an der Regierung, so daß viele gegen sie und damit für einen Wechsel stimmen werden.« Das klang so sorgenvoll, daß Judith ihm seinen Egoismus, ihr bei den Nachforschungen nach ihrer Herkunft jede Hilfe zu verweigern, völlig verzieh. Sollte er die Wahl verlieren, wäre seine Enttäuschung nur vergleichbar mit dem Schmerz, den sie empfinden würde, wenn sie plötzlich feststellen müßte, daß sie nicht mehr schreiben konnte, daß ihr diese Gabe abhanden gekommen war . . .

Es drängte Judith, das Buch zu vollenden und ihre Nachforschungen fortzusetzen, deshalb stellte sie den Wecker immer weiter vor. Sie stand jetzt um vier Uhr früh auf, arbeitete bis mittags, machte sich ein Sandwich und eine Kanne Tee und schrieb weiter bis 23 Uhr.

Alle paar Tage lief sie durch Kensington, in der Meinung, bei entsprechender Konzentration könnte ihr eines der alten Wohnhäuser vielleicht plötzlich bekannt vorkommen. Jetzt wünschte sie die Halluzination herbei, das kleine Mädchen, das vor ihr herrannte, zu dem Eingang, der zu ihrer einstigen Wohnung führte. Hatte sie in diesen Halluzinationen sich selbst gesehen oder Polly? Darauf fiel ihr blitzartig ein: *Ich bin immer Polly gefolgt. Sie konnte schneller laufen* . . . Das Fenster zur Vergangenheit öffnete sich ein klein wenig weiter . . . Warum dauerte es mit den Geburtsurkunden so lange?

Gesellschaftlich war derzeit in London nicht viel los. Fiona kämpfte verbissen um ihren Sitz im Parlament. Die Einladungen zu Partys und Dinners, die Judith bekam, konnte sie unbedenklich absagen. Sie achtete peinlich genau auf die Zeit und war ganz sicher, daß keine Gedächtnisstörungen mehr auftraten. Dr. Patel rief regelmäßig an, und sie registrierte amüsiert seinen besorgten Tonfall zu Anfang jedes Gesprächs, als ob er Schreckensmeldungen über geistige Entgleisungen erwarte.

Am 28. Februar hatte sie die erste Manuskriptfassung fertig und stellte beim Durchlesen fest, daß sie das Ganze nur geringfügig überarbeiten mußte und dann an den Verlag schicken konnte. An jenem Abend kam Stephen von einer Wahlkampfreise aus Schottland zurück.

Sie hatten sich fast zehn Tage nicht gesehen. Als sie ihm die Tür öffnete, blickten sie sich lange nur in die Augen. Stephen hielt sie umschlungen, seufzte tief auf, küßte sie. Judith spürte die Wärme und Kraft seiner Arme, den Schlag seines Herzens, als er sie an sich zog. Ihre Lippen trafen sich, und wieder einmal wurde ihr bewußt, daß sie bei aller aufrichtigen Liebe zu Kenneth erst in der Beziehung zu Stephen volle Erfüllung fand.

Beim Drink nahmen sie sich gegenseitig genauer in Augenschein und gelangten zu übereinstimmenden Ergebnissen. »Du bist viel zu dünn, Darling«, konstatierte Stephen. »Wieviel hast du abgenommen?«

»Das kontrolliere ich nicht. Keine Sorge, das hole ich alles wieder auf, wenn das Buch ankommt. Und nebenbei bemerkt, Sir Stephen, du bist auch ein paar Pfund losgeworden.«

»Die Amerikaner denken, nur bei ihnen sind die Hühnchen zäh wie Kaugummi. Großer Irrtum. A propos, ich rufe jetzt lieber zu Hause an und sage Bescheid, daß wir zum Essen kommen.«

»Nicht nötig. Ich habe alles parat. Sehr einfach. Koteletts, Salat und eine herrlich große gebackene Kartoffel für die Kohlenhydratzufuhr. Genügt das?«

»Und kein einziger Wähler, der mir Glück wünscht oder mich wegen Steuern löchert.«

Sie arbeiteten gemeinsam in der winzigen Küche, Judith machte den Salat an, Stephen behauptete, niemand könne Koteletts so perfekt grillen wie er. Die Hemdsärmel aufgekrempelt, eine Küchenschürze umgebunden, lebte er sichtbar auf. »In meiner Kindheit hat meine Mutter dem Personal sonntags freigegeben, außer wenn wir Wochenendbesuch hatten. Sie fand es herrlich, für meinen Vater und mich zu kochen. Ich habe mich immer nach diesen wunderbaren Tagen zurückgesehnt, an denen wir ganz unter uns waren. Bei unserer Hochzeit schlug ich Jane vor, diese Tradition fortzusetzen.«

»Und was hat Jane dazu gesagt?« erkundigte sich Judith ahnungsvoll.

Stephen lachte in sich hinein. »Sie war entsetzt.« Er schaute wieder nach den Koteletts. »Noch ungefähr drei Minuten, denke ich.«

»Der Salat kann aufgetragen werden. Kartoffeln und Brötchen stehen schon auf dem Tisch.« Judith wusch sich die Hände, trocknete sie ab und umfaßte Stephens Wangen. »Möchtest du die alte Tradition wiederaufnehmen? Wenn ich nicht an der Schreibmaschine frone, bin ich eine verdammt gute Köchin.«

Als sie sich vier Minuten später immer noch in den Armen lagen, schnupperte Stephen und rief erschrocken: »Großer Gott, die Koteletts!«

Die Fahndung nach der Frau, die am Denkmalssockel die Bombe deponiert hatte, war in eine Sackgasse geraten. Rob Watkins, der junge Bauarbeiter, war unerbittlich verhört worden, ohne Erfolg. Zwar konnte er die Frau im dunklen Cape auf den Fotos sehr schnell als diejenige identifizieren, der er das Gelatinedynamit gegeben hatte, beharrte aber unerschütterlich auf seiner Darstellung, Margaret Carew habe ihm gesagt, sie brauche es zur Sprengung eines alten Gemäuers auf ihrem Grundstück in Devonshire. Watkins wurde auf Herz und Nieren überprüft. Scotland Yard kam zu dem Schluß, daß er haargenau das war, was er zu sein schien: ein Arbeiter, der sich als Weiberheld aufspielte, an Politik völlig uninteressiert war und dessen Bruder sich aus einem Steinbruch alles verschaffen konnte, was er brauchte. Für den neu eingebauten Kamin im Einfamilienhaus seiner Eltern in Wales waren Marmorplatten verwendet worden, die eindeutig vom letzten Arbeitsplatz des Bruders stammten.

Zögernd pflichtete Deputy Assistant Commissioner Philip Barnes seinem Mitarbeiter, Commander Jack Sloane, bei, daß Watkins von der dunkelhaarigen Frau als Werkzeug benutzt worden war. Seine wiederholte Beteuerung, die Frau, die sich Margaret Carew nannte, habe an der rechten Daumenwurzel eine grellrote Narbe gehabt, war der einzige Hinweis, an den sie etwas Hoffnung knüpfen konnten.

Diese Information gelangte nicht in die Medien. Watkins wurde wegen Entgegennahme und Weitergabe von Diebesgut angeklagt und in Untersuchungshaft behalten, weil er die Kaution nicht stellen konnte. Ob man ihn der Beihilfe zu einem Terroranschlag anklagen würde, hing von seiner künftigen Kooperationsbereitschaft ab.

Jeder Polizist in England erhielt eine Vergrößerung des Fotos von der Frau mit Cape und dunkler Brille und den zusätzlichen Hinweis, es handle sich um eine dunkelhaarige Vierzigerin mit einer Narbe an der Hand.

Je näher der Wahltermin rückte, desto geringer wurde das Interesse der Öffentlichkeit an dem Sprengstoffanschlag auf das Denkmal. Schließlich war dabei niemand schwer verletzt worden. Keine Gruppe hatte die Verantwortung übernommen. In den Fernsehprogrammen kam schwarzer Humor auf. »Armer alter Karl. Als ob es nicht genügt, ihm den Kopf abzuschlagen, will man ihn dreihundert Jahre später auch noch in die Luft jagen. Jetzt braucht er eine Galgenfrist.«

Am 5. März gab es im Tower in dem Raum, in dem die Kronjuwelen ausgestellt waren, eine Explosion. Dabei wurden 43 Personen verletzt, sechs schwer, und ein Aufseher und ein amerikanischer Tourist in vorgerücktem Alter getötet.

Am Morgen des 5. März stellte Judith fest, daß sie mit ihrer Beschreibung vom Tower unzufrieden war. Ihrer Meinung nach war es ihr nicht gelungen, jene Atmosphäre zu vermitteln, in der die Königsmörder und ihre Komplizen hier dem Ende entgegengebangt hatten. Sie wußte, daß ein Besuch des geschilderten Schauplatzes ihr häufig half, die jeweilige Stimmung zu veranschaulichen.

Draußen war es frisch und windig. Sie knöpfte den Burberry zu, band sich einen Seidenschal um, suchte Handschuhe heraus und entschied sich gegen die Umhängetasche. Sie hatte sie so viele Stunden mit sich geschleppt, daß sie nun Schmerzen in der Schulter bekam. Also steckte sie nur Geld und ein Taschentuch ein. Sie hatte nicht vor, sich Notizen zu machen, sondern wollte lediglich im Tower herumwandern.

Wie üblich wimmelte es in den Höfen und Räumen

von Touristen. Fremdenführer erläuterten in vielen Sprachen die Geschichte des imposanten Bauwerks. »Als Wilhelm der Eroberer 1066 zum König von England gekrönt wurde, begann er sofort, London gegen Angriffe zu befestigen. Ursprünglich wurde der Tower als Fort geplant und gebaut, aber später mehrfach erweitert.«

Obwohl ihr das alles bestens bekannt war, folgte Judith der Gruppe auf ihrem Rundgang. Die Räumlichkeiten, in denen Sir Walter Raleigh dreizehn Jahre gefangengehalten wurde, erregten allgemeines Interesse. »Viel größer als mein Studio«, kommentierte eine junge Frau.

Eine weit bessere Unterbringung, als sie die meisten armen Teufel hatten, dachte Judith. Sie zitterte vor Kälte, wurde von Angst und Panik ergriffen und lehnte sich an die Wand. Sieh zu, daß du hier rauskommst, sagte sie sich. Mach dich nicht lächerlich, dachte sie gleich darauf, genau das will ich ja in dem Buch verdeutlichen.

Die Hände in den Manteltaschen zu Fäusten geballt, ging sie mit der Gruppe weiter in den Wakefield-Tower, wo die Kronjuwelen ausgestellt waren. »Seit den Tudors wurden in diesem Turm adlige Gefangene untergebracht«, erklärte der Fremdenführer. »Während der Cromwell-Ära ließ das Parlament den Krönungsschmuck einschmelzen und die Steine verkaufen. Ein echter Jammer. Nach der Rückkehr von Karl II. suchte man die alten Regalien zusammen und fertigte neuen Schmuck daraus an für seine Krönung im Jahre 1661.«

Judith schlenderte langsam durch den unteren Raum, blieb vor den Exponaten stehen, um sie zu betrachten: der Salblöffel; das Reichsschwert; die Sankt-Eduards-Krone; das Gefäß für das heilige Öl, mit dem der König gesalbt wurde, die »Eagle Ampulla«; das Zepter mit dem »Stern von Afrika«, dem größten geschliffenen Diamanten der Welt . . .

Das Zepter und der Krug wurden für seine Krönung angefertigt, dachte Margaret. John und ich haben von dem Prachtaufwand gehört. Öl, um die Brust eines Lügners zu salben, ein Zepter, das in einer rachedurstigen Hand ruht, eine Krone, die einem weiteren Despoten aufs Haupt gesetzt wird.

Abrupt eilte Margaret an dem Yeoman Warder vorbei hinaus. Der Raum, in dem man mich gefangenhielt, lag im Wakefield-Tower. Ich könne von Glück sagen, erklärte man mir, daß man mich bis zu meiner Hinrichtung nicht ins Verlies geworfen habe. Der König sei deshalb so gnädig mit mir verfahren, weil ich die Tochter eines Herzogs bin, der ein Freund seines Vaters war. Doch sie ersannen subtile Foltermethoden. O Gott, es war bitterkalt, und sie ergötzten sich damit, mir Johns Tod zu schildern. Er rief im Sterben nach mir und Vincent, sie spießten seinen Kopf auf einen Pfahl, wo ich ihn auf dem Weg zu meiner Richtstatt sehen würde. Hallett hat all dies geplant. Hallett suchte mich auf und verhöhnte mich mit seinen Geschichten vom Leben und Treiben in Edge Barton.

»Fehlt Ihnen etwas, Miß Chase?«

Die besorgte Stimme des Aufsehers folgte Margaret, die blindlings die Wendeltreppe emporstürmte, die gemächlichen Touristen beiseite schob. Im Hof strich sie sich mit der Hand über die Stirn, und stellte fest, daß die Narbe genau so grellrot war wie damals, als sie hier eingesperrt war. Hallett hat meine Hand genommen und die Narbe untersucht, erinnerte sie sich. Ein Jammer, daß eine so wunderschöne

Hand so entstellt sei, meinte er. Sie wandte sich um, blickte auf die alten Waterloo Barracks. Die Krone und all der Zierrat, die für Karl II. angefertigt wurden, sollen niemals Karls III. Haupt und Hände schmücken, gelobte sie.

»Wieder die Lady im dunkelgrünen Umhang.« Deputy Commissioner Barnes verlieh seiner Erbitterung laut Ausdruck. »Jedem Polizisten in London wurde eingeschärft, nach ihr Ausschau zu halten, und sie hat es prompt fertiggekriegt, ausgerechnet im Tower eine Bombe zu plazieren. Was ist denn mit unseren Leuten los?«

»Es waren viele Touristen dort, Sir«, entgegnete Sloane ruhig. »Eine Frau inmitten einer Gruppe fällt nicht ins Auge, und Capes sind dies Jahr sehr beliebt. Ich vermute, die Polizisten waren in den ersten paar Wochen auf Draht, und als dann nichts weiter passierte, haben sie ihr Gedächtnis umprogrammiert und die Frau zurückgestuft . . .«

Es klopfte. Inspector Lynch stürzte herein. Seine beiden Vorgesetzten bemerkten sofort, wie erschüttert er war. »Ich komme gerade aus dem Krankenhaus«, meldete er. »Der zweite Aufseher im Wakefield-Tower wird den Anschlag nicht überleben, ist aber noch so weit bei Bewußtsein, um sprechen zu können. Er wiederholt ununterbrochen einen Namen — Judith Chase.«

»Judith Chase!« riefen Philip Barnes und Jack Sloane gleichermaßen erstaunt wie aus einem Mund.

»Großer Gott«, sagte Barnes. »Wissen Sie denn nicht, wer sie ist, Mann? Die Schriftstellerin. Einsame Spitze.« Er runzelte die Stirn. »Moment mal. Da hab ich doch was gelesen — sie schreibt ein Buch über den Bürgerkrieg, über die Zeit zwischen Karl I. und Karl II. Vielleicht sind wir da auf was gestoßen. Auf dem Rücken ihres letzten Buches ist ein Bild von ihr — wir haben es zu Hause. Jemand soll rasch ein Exemplar besorgen. Wir können dann das Foto mit unseren vergleichen und es Watkins zeigen. *Judith Chase!* In was für einer Welt leben wir eigentlich?«

Jack Sloane zögerte und sagte schließlich: »Es darf kein Mensch erfahren, daß wir Judith Chase überprüfen, Sir, das ist sehr wichtig. Ich besorge das Buch. Und bitte auch kein Wort zu Ihrer Sekretärin, daß wir uns für die Lady interessieren.«

Barnes runzelte die Stirn. »Worauf wollen Sie hinaus?«

»Sie wissen ja, Sir, meine Familie wohnt in Devonshire etwa acht Kilometer von Edge Barton entfernt, dem Landsitz von Sir Stephen Hallett.«

»Na und?«

»Miss Chase war im vergangenen Monat bei Sir Stephen in Edge Barton zu Gast. Es heißt, daß sie unmittelbar nach der Wahl heiraten wollen.«

Philip Barnes trat ans Fenster und blickte hinaus, ein typischer Reflex, den seine Leute bestens kannten. Er analysierte die Situation und wägte ihre Brisanz sorgfältig ab. Als Innenminister war Sir Stephen im Kabinett zuständig für die Justiz. Zum Premier gewählt, würde Sir Stephen einer der mächtigsten Männer der Welt. Fiele jetzt auch nur der leiseste Schatten eines Skandals auf ihn, könnte sich das durchaus auf die Wahlen auswirken.

»Was hat der Aufseher genau gesagt?« erkundigte er sich bei Lynch.

Lynch zog sein Notizbuch heraus. »Ich hab's aufgeschrieben, Sir. ›Judith Chase. Wieder da. Narbe‹.«

Judiths Bild wurde aus dem Schutzumschlag herausgeschnitten und Rob Watkins gezeigt. »Da ist sie!« rief er, dann schwankte er, ließ die konsternierten Beamten warten. »Nein. Sehnse sich bloß mal die Hände an. Keine Narbe. Und dann der Mund, und die Augen. Irgendwie *anders.* Also, da ist schon 'ne Ähnlichkeit. Könnten Schwestern sein, die beiden.« Er warf das Bild beiseite, zuckte mit den Achseln. »Hätte nichts dagegen, mit der da schwofen zu gehen. Könnten Sie das nicht einfädeln?«

Judith stellte den Fernseher für die Spätnachrichten an und hörte die Schreckensmeldung über den Sprengstoffanschlag im Tower. »Ich war heute vormittag dort«, berichtete sie Stephen entsetzt, als er kurz darauf anrief. »Ich wollte bloß etwas von der Atmosphäre mitkriegen. Die armen Menschen, Stephen. Wie kann jemand nur so brutal sein?«

»Das weiß ich auch nicht, Darling. Ich danke Gott, daß du nicht in dem Raum warst, als die Bombe detonierte. Wenn meine Partei gewinnt und ich Premierminister werde, setze ich die Todesstrafe für Terroristen durch, zumindest bei Anschlägen, die Todesopfer fordern.«

»Nach dem heutigen Vorfall wirst du breitere Zustimmung finden, auch wenn ich dir trotzdem nicht beipflichten kann. Wann bist du wieder in London, Darling? Du fehlst mir.«

»Erst in etwa einer Woche, aber wenigstens sind wir beim Countdown, Judith. Noch zehn Tage bis zur Wahl, und dann fängt unser gemeinsames Leben an, so oder so.«

»Du wirst gewinnen, und ich bin schon bei der redaktionellen Feinarbeit. Die Passagen, die ich nachmittags über den Tower geschrieben habe, sind mir wirklich sehr gut gelungen. Ich glaube, ich konnte darin einen lebendigen Eindruck vermitteln, wie einem Gefangenen im Tower zumute war. Ich genieße es, wenn bei der Arbeit alles läuft. Da verliere ich jedes Zeitgefühl und bin völlig versunken.«

Nach dem Gespräch mit Stephen ging Judith ins Schlafzimmer und stellte überrascht fest, daß die Türen des für Lady Ardsleys Garderobe reservierten Kleiderschrankteils einen Spalt breit offenstanden. Vermutlich sind sie von Anfang an nicht richtig zugemacht worden, dachte Judith, drückte sie fest zusammen, bis sie das Schloß klicken hörte. Den billigen Rucksack, der hinter Lady Ardsleys konventionellen Kleidern und Schneiderkostümen halb versteckt lag, bemerkte sie nicht.

Am nächsten Vormittag um zehn ertönte zu Judiths Erstaunen der Summer der Gegensprechanlage in der Diele. Es gehört zu den Vorzügen von London, daß nie jemand hereinschneit, ohne zuvor angerufen zu haben, dachte sie. Widerstrebend stand sie vom Schreibtisch auf und ging hinaus, um sich zu erkundigen. Der Besucher war Jack Sloane, Stephens Freund aus Devonshire, der um ein kurzes Gespräch bat.

Ein attraktiver Mann, dachte sie, während sie ihm beim Kaffeetrinken beobachtete. Ein Mittvierziger. Sehr britisch mit dem blonden Haar und den blauen Augen. Ein bißchen schüchtern, wie so viele wohlerzogene Engländer. Sie hatte ihn mehrmals auf Fionas Partys getroffen und wußte, daß er bei Scotland Yard war. Konnte es sein, daß er sich durch Gerüchte über sie und Stephen veranlaßt sah, sie amtlich zu überprüfen? Sie wartete, überließ ihm die Gesprächsführung.

»Schrecklich, dieser Sprengstoffanschlag gestern im Tower«, sagte er.

»Grauenhaft. Ich war vormittags dort, nur ein paar Stunden, ehe es passierte.«

Jack Sloane beugte sich vor. »Miß Chase, Judith, wenn ich Sie so nennen darf, deshalb bin ich hergekommen. Einer der Aufseher bei den Kronjuwelen hat Sie offenbar erkannt. Hat er Sie angesprochen?«

Judith seufzte. »Ich weiß, das hört sich jetzt idiotisch an. Ich bin in den Tower gegangen, weil in einem Kapitel meines neuen Buches die Atmosphäre nicht ganz stimmig wirkte. Wenn ich mich konzentriere, bin ich leider ziemlich in mich gekehrt. Falls er mich angesprochen hat, habe ich's nicht gehört.«

»Um welche Zeit war das?«

»Gegen 10 Uhr 30, glaube ich.«

»Miß Chase, versuchen Sie uns zu helfen. Sie sind sicher eine scharfe Beobachterin, auch wenn Sie durch Ihr eigenes Vorhaben absorbiert waren, wie Sie sagen. Irgend jemand hat es geschafft, am Nachmittag eine Bombe reinzuschmuggeln. Eine von diesen Plastikvorrichtungen, aber ziemlich schludrig zusammengeschustert, soweit wir beurteilen können. Das Ding kann höchstens ein paar Minuten dagelegen haben, bevor es detonierte. Als der Aufseher den Sack bemerkte und aufhob, kam auch schon der Knall. Haben die Wachen vor der Schatzkammer gut aufgepaßt, als Ihre Handtasche die Sicherheitskontrolle passierte?«

»Ich hatte gestern keine Handtasche dabei, mir nur etwas Geld in die Regenmanteltasche gesteckt.« Judith lächelte. »Die letzten drei Monate habe ich überall in England recherchiert und meine Schulter mit dem Schleppen von Büchern und Kameras etwas überstrapaziert. Gestern sah ich, daß ich nur Geld fürs Taxi und für die Eintrittskarte brauchen würde, deshalb kann ich Ihnen leider nicht weiterhelfen.«

Sloane erhob sich. »Darf ich Ihnen meine Karte dalassen?« fragte er. »Gelegentlich nehmen wir ja etwas wahr und vergraben es im Unterbewußtsein. Wenn wir dann unser Gedächtnis, ähnlich wie einen Computer, auf eine Art Spurensuche programmieren, werden oft erstaunlich nützliche Informationen zutage gefördert. Ich bin sehr froh, daß Sie zur Zeit des Sprengstoffanschlags nicht im Tower waren.«

»Ich habe den ganzen Nachmittag über wieder am Schreibtisch gesessen«, erklärte Judith und deutete auf das Arbeitszimmer.

Sloane bemerkte die neben der Schreibmaschine aufgestapelten Manuskriptseiten. »Sehr beeindruckend. Ich beneide Sie um Ihre Begabung.«

Mit flinken Augen registrierte er den Grundriß der Wohnung, als sie zur Tür gingen. »Nach der Wahl, wenn sich alles wieder normalisiert hat, würde meine Familie sich freuen, Sie kennenzulernen.«

Er weiß Bescheid über Stephen und mich, dachte Judith. Lächelnd streckte sie ihm die Hand hin. »Das wäre reizend.«

Ein rascher Blick nach unten. Jack Sloane entdeckte kaum sichtbare Spuren einer alten Narbe oder auch eines

Muttermals an ihrer rechten Hand, aber nichts, was den von Watkins beschriebenen purpurrot leuchtenden Mondsichel glich. Eine besonders nette Frau, dachte er, als er die Treppe hinunterlief. Als er die Haustür öffnete, kam ihm eine bejahrte Frau entgegen, schwer bepackt mit Einkaufstaschen. Sie keuchte. Der Lift war außer Betrieb, wie Sloane wußte.

»Kann ich Ihnen das tragen?« fragte er.

»O vielen Dank«, japste die Frau. »Ich hab gerade überlegt, ob ich die drei Treppen schaffe, wenn wieder mal weit und breit keine hilfreiche Seele zu sehen ist.« Dann musterte sie ihn scharf, ob er etwa mit diesem Trick nur in ihre Wohnung gelangen wollte.

Jack Sloane erriet ihre Gedanken. »Ich bin ein Freund von Miß Chase im dritten Stock und komme gerade von ihr«, erklärte er.

Die Frau strahlte. »Ich wohne direkt gegenüber von ihr. Eine reizende Person. Und so hübsch. Fabelhafte Schriftstellerin. Wußten Sie, daß Sir Stephen Hallett bei ihr verkehrt? Ach, das hätte ich nicht sagen sollen. Das war sehr unfein.«

Sie stiegen langsam die Treppe hoch, Jack trug die Taschen. Sie machten sich miteinander bekannt. Martha Hayward, Mrs. Alfred Hyward, stellte sie sich vor. Aus ihrer leicht umflorten Stimme schloß Jack, daß der Ehemann nicht mehr lebte.

Er deponierte die Einkäufe auf Mrs. Haywards Küchentisch und wandte sich zum Gehen. Beim Abschied kam ihm, völlig unerwartet, die Frage über die Lippen: »Trägt Miß Chase gelegentlich ein Cape?«

»Aber ja doch«, erwiderte Mrs. Hayward. »Oft hab ich

sie ja nicht damit gesehen, aber es ist ein sehr schönes Stück. Als ich es letzten Monat bewunderte, sagte sie, sie hätte es eben bei Harrods gekauft.«

Reza Patel las die Morgenzeitungen in der Praxis. Die Kaffeetasse in seiner Hand klirrte, als er die Fotos von toten und verletzten Opfern des Sprengstoffanschlags im Tower betrachtete. Glücklicher- oder unglücklicherweise hatte die Bombe ihr Ziel verfehlt. Sie lag an einer Stelle, von der aus sie unter den Kronen und dem Krönungszubehör ein Höchstmaß an Schaden angerichtet hätte, doch als der Aufseher sie aufhob, verlagerte sich der Explosionsdruck, so daß zwar die Glasvitrinen zersprangen, die kostbaren Exponate dagegen unversehrt blieben. Seine mutige Tat hatte den Aufseher das Leben gekostet und ebenso den unmittelbar neben ihm stehenden Touristen.

Ein gesonderter Artikel schilderte die Geschichte der königlichen Kleinodien, ihre Zerstörung nach der Hinrichtung Karls I. und die Wiederherstellung für die Krönung von Karl II. »Wieder Karl I. und Karl II.«, seufzte Patel. »Das ist Judiths Werk. Ich weiß es.«

»Nicht Judith — Lady Margaret Carew«, verbesserte Rebecca. »Ist es nicht Ihre Pflicht, sich an Scotland Yard zu wenden, Reza?«

Er schlug mit der Faust auf den Tisch. »Nein, Rebecca, nein. Ich habe Judith gegenüber die Pflicht, alles zu versuchen, sie von diesem bösen Geist zu befreien. Doch ich weiß nicht, ob ich das kann. Sie ist von allen das unschuldigste Opfer, sehen Sie das denn nicht? Unsere einzige Hoffnung ist ihre starke Persönlichkeit. Anna Anderson hat sich bereitwillig von Anastasias Wesen unterjochen lassen. Judith wird unterbewußt um ihre Identität kämpfen. Wir müssen ihr Zeit lassen.«

Tagsüber versuchte Patel mehrfach, Judith telefonisch zu erreichen, doch es meldete sich nur der Anrufbeantworter. Kurz bevor er die Praxis verließ, probierte er es noch einmal. Judith war am Apparat, eine Judith, die vor Freude jubelte. »Dr. Patel, ich habe die Geburtsurkunden bekommen. Können Sie sich vorstellen, daß sie falsch adressiert waren? Deshalb hat es so lange gedauert. Wir haben in Kent House am Kensington Court gewohnt. Erinnern Sie sich? Ich habe versucht, Ihnen zu sagen, daß ich am Kent Court wohne. Das trifft's doch annähernd, oder? Ich habe recht gehabt, meine Mutter hieß Elaine. Mein Vater war Offizier bei der Royal Air Force, Hauptmann Jonathan Parrish.«

»Das sind ja lauter gute Nachrichten, Judith! Was haben Sie als nächstes vor?«

»Morgen gehe ich zum Kent House. Vielleicht erinnert sich jemand an die Familie, jemand, der damals jung war und noch dort wohnt. Falls das nicht klappt, werde ich eruieren, wo und wie man die Akten der RAF einsehen kann. Meine einzige Sorge dabei ist, daß Stephen irgendwie davon erfahren könnte, wenn ich in staatlichen Unterlagen herumschnüffle. Sie kennen ja seine Einstellung.«

»Allerdings. Und was macht das Buch?«

»In ungefähr einer Woche werde ich es durchredigiert haben. Haben Sie gelesen, daß die Konservativen in den Meinungsumfragen vorne liegen? Wäre es nicht toll, wenn ich mit dem Buch fertig bin und er gleichzeitig die Wahl gewinnt und ich als Zugabe noch meine richtige Familie ausfindig mache?«

»Ja, einfach wunderbar. Aber arbeiten Sie nicht zu hart. Hatten Sie irgendwelche Probleme mit zeitlichen Abläufen?«

»Überhaupt keine. Ich sitze nur an der Schreibmaschine, von morgens bis abends.«

Als Patel auflegte, schaute er zu Rebecca hinüber, die mitgehört hatte. »Was halten Sie davon?« fragte sie.

»Es besteht Hoffnung. Sobald Judith das Buch abgeschlossen hat, wird auch diese starke Konzentration auf den Bürgerkrieg enden. Mit der Aufdeckung ihrer Herkunft wird ein tief sitzendes Bedürfnis befriedigt. Die Ehe mit Sir Stephen wird sie voll beanspruchen. Die Macht, die Lady Margaret über sie hat, wird schwinden. Wir müssen sie im Auge behalten und abwarten.«

Commander Sloane meldete sich bei Deputy Assistand Commissioner Barnes in Scotland Yard zurück. Nur Inspector Lynch wurde noch zugezogen. »Sie haben mit Miß Chase gesprochen?« erkundigte sich Barnes.

Sloane stellte fest, daß die Wochen seit dem ersten Bombenanschlag in dem mageren Gesicht von Barnes tiefe Spuren hinterlassen hatten. Als Leiter der Anti-Terror-Abteilung unterrichtete Barnes gewöhnlich den Assistant Commissioner for Crime, nach dem Commissioner der ranghöchste Beamte von Scotland Yard. Er wußte, daß Barnes die schwere Verantwortung auf sich genommen hatte, seine Vorgesetzten nicht über den möglichen Zusammenhang zwischen Judith Chase und den Sprengstoffanschlägen zu informieren. Einer von beiden wäre ohne Zögern zu Stephen Hallett gegangen. Der Commissioner mochte Stephen nicht und hätte die Gelegenheit begrüßt, ihn aus der Fassung zu bringen. Sloane bewunderte Barnes wegen der Entscheidung, Judiths Namen zurückzuhalten; gleichzeitig beneidete er Barnes wahrhaftig nicht um die Folgen, falls sich diese Maßnahme als falsch erweisen sollte.

Im Büro war es zwar warm, aber bei dem kalten, trüben Wetter verlangte es Sloane nach einer Tasse Kaffee. Ihm widerstrebte dieser Bericht, den er gleich erstatten mußte.

Barnes teilte seiner Sekrektärin über die Gegensprechanlage mit, sie solle keine Gespräche durchstellen, zögerte, knurrte dann: »Bis auf die klaren Fälle.« Er lehnte sich im Sessel zurück, hielt die zusammengelegten Hände senkrecht vor sich, für seine Mitarbeiter ein Signal, daß er präzise Antworten auf seine Fragen erwartete.

»Sie haben also mit ihr gesprochen, Jack«, herrschte er Sloane an. »Was ist dabei herausgekommen?«

»Von einer Narbe kann keine Rede sein. Sie hat zwar ein ganz schwaches Mal an der rechten Hand, aber das sieht man nur auf Millimeterabstand. Sie war gestern *vormittag* im Tower, nicht am Nachmittag. Sie hat nicht mit dem Aufseher gesprochen, und falls er sie angeredet haben sollte, so hat sie's nicht gehört.«

»Dann stimmt also ihre Darstellung mit dem Bericht des Aufsehers im großen ganzen überein. Aber was hat er mit dem ›Wieder da‹ gemeint?«

»Sir«, meldete sich Lynch zu Wort. »Scheint es sich nicht um den gleichen Tatbestand zu handeln, den Watkins beschreibt — nicht dieselbe Frau, aber eine starke Ähnlichkeit?«

»Sieht ganz so aus. Wir sollten wohl Gott danken, daß

wir nicht vor dem Problem stehen, die Zukünftige des nächsten Premierministers verhaften zu müssen«, erklärte Barnes. »Gentlemen, was in dem offiziellen Bericht unbedingt enthalten sein muß, liegt auf der Hand — nämlich die Tatsache, daß der Aufseher Miß Chase gesehen und daß sie bestätigt hat, vormittags im Tower gewesen zu sein. Dagegen ist dieses ›wieder da‹ nicht hervorzuheben — ich wiederhole, in keiner Weise zu betonen. Bei der gesuchten Frau handelt es sich eindeutig um eine Person, die Ähnlichkeit mit Miss Chase hat, die Watkins gegenüber behauptete, sie heiße Margaret Carew, doch ihr Name darf hier nicht auftauchen, das ist ein Gebot der Fairness, sowohl Sir Stephen als auch Miß Chase gegenüber.«

Commander Sloane dachte an seine langjährige Freundschaft mit Stephen, an die Betroffenheit von Judith Chase, als sie über den Sprengstoffanschlag sprachen. Stirnrunzelnd und mit gedämpfter Stimme sagte er: »Es gibt noch etwas, das Sie wissen müssen. Judith Chase besitzt ein teures dunkelgrünes Cape, das sie vor etwa einem Monat bei Harrods gekauft hat.«

Judith stand vor Kent House, 34 Kensington Court, und blickte an dem Wohnhaus im Tudorstil mit den zinnenartigen Brüstungen und dem reich verzierten Turm hoch. Hierher hatte man Mary Elizabeth Parrish und Sarah Courtney Parrish nach ihrer Geburt im Queen Mary Hospital gebracht. Sie klingelte beim Hausmeister und fragte sich mit Blick auf den verblichenen Marmorfußboden im Aufgang, ob die Phantasie ihr einen Streich spielte. Erinnerte sie sich wirklich, vor so langer Zeit über diesen Marmor zu dieser Treppe gelaufen zu sein?

Die Frau des Hausmeisters war Ende Fünfzig. Langer Pullover, lappiger Wollrock, blauweiße Kunstlederschuhe, freundliches Gesicht ohne jedes Make-up, umrahmt von gewelltem weißem Haar. Sie öffnete die Tür nur einen Spaltbreit. »Bedaure, wir haben nicht eine freie Wohnung zu vermieten«, sagte sie.

»Deswegen bin ich auch nicht gekommen.« Judith gab der Frau ihre Karte. Sie hatte sich bereits zurechtgelegt, was sie sagen wollte. »Meine Tante hatte eine sehr liebe Freundin, die im Krieg in diesem Haus wohnte. Ihr Name war Elaine Parrish. Sie hatte zwei kleine Töchter. Es ist ja sehr lange her, aber meine Tante hofft trotzdem, sie irgendwie ausfindig zu machen.«

»Tja, meine Liebe, ich fürchte, da gibt's nicht mal mehr schriftliche Unterlagen. Das Haus ist ein paarmal verkauft worden, wozu sollte man da Aktenordner aufheben, über Mieter, die ausgezogen sind? Wie lange ist das her? Fünfundvierzig oder sogar fünfzig Jahre! Hoffnungslos.« Sie wollte die Tür zumachen.

»Einen Moment noch«, bat Judith. »Ich weiß ja, wieviel Sie zu tun haben, aber wenn ich Sie nun für den Zeitaufwand entschädige?«

Die Frau lächelte. »Ich bin Myrna Brown. Möchten Sie nicht reinkommen, meine Liebe? Es gibt tatsächlich ein paar alte Unterlagen im Keller.«

Zwei Stunden später verließ Judith den ihr zur Verfügung gestellten Raum und machte sich auf die Suche nach Myrna Brown. Beim Hantieren mit den verstaubten Aktenordnern waren ihr die Nägel abgebrochen, und sie sehnte sich nach Wasser und Seife. »Leider haben Sie recht, Mrs. Brown. Ein ziemlich hoffnungsloser Fall. In den zwanzig Jahren, über die Sie Unterlagen hier haben, hat es ja sehr viel Wechsel gegeben. Mit einer Ausnahme — Wohnung 4 B. Soweit ich feststellen kann, haben da die Mieter erst vor vier Jahren gewechselt.«

Myrna Brown schlug die Hände über dem Kopf zusammen. »So was von dämlich! Natürlich. Wir sind erst drei Jahre hier, aber der Hausmeister, der in Rente gegangen ist, hat uns alles über Mrs. Bloxham erzählt. Mit Neunzig hat sie schließlich die Wohnung aufgegeben und ist in ein Altersheim gegangen. Sie soll geistig voll auf der Höhe gewesen und unter Protest ausgezogen sein, aber ihr Sohn wollte nicht, daß sie weiter allein lebte.«

»Wie lang hat sie hier gewohnt?« Judith fühlte, wie ihr der Mund trocken wurde.

»Seit 'ner Ewigkeit. Sie ist wohl als junge Frau mit Zwanzig hier eingezogen.«

»Lebt sie noch?«

»Keine Ahnung. Wahrscheinlich nicht, würde ich sagen. Aber man kann ja nie wissen, stimmt's?«

Judith schluckte. So nahe. So greifbar nahe. Sie mußte sich fassen und Haltung bewahren, schaute sich in dem kleinen Wohnzimmer um — bunte Blumentapete, straff mit Roßhaar gepolsterte Couchgarnitur, elektrische Heizkörper unter langen, schmalen Fenstern.

Der Heizkörper. Sie und Polly waren um die Wette gerannt. Sie war gestolpert und gegen den Heizkörper gefallen. Sie erinnerte sich an den gräßlichen Geruch nach verbrannter Haut, an das Gefühl, wie ihr Haar am Metall festklebte. Und dann Arme, die sie hielten, sie beruhigten, sie die Treppe hinuntertrugen. Die junge, erschrockene Stimme ihrer Mutter, die nach Hilfe rief.

»Die Post mußte doch Mrs. Bloxham bestimmt nachgeschickt werden.«

Das Postamt darf keine Adressen herausgeben, aber warum rufen wir nicht bei der Hausverwaltung an? Die könnten sie doch haben.«

Am Spätnachmittag fuhr Judith in einem Leihwagen durch das Tor vom Preakness Retirement Home in Bath. Sie hatte sich vorher telefonisch erkundigt und erfahren, daß Muriel Bloxham noch dort wohnte, aber sehr vergeßlich geworden sei.

Die Heimleiterin führte sie in den Gesellschaftsraum — breite, hohe Fenster, sonnig, helle Vorhänge und Teppiche. Vier oder fünf alte Leute im Rollstuhl waren vor dem Fernseher versammelt. Drei Frauen, schätzungsweise Ende Siebzig, unterhielten sich und strickten dabei. Ein weißhaariger Mann mit hagerem Gesicht blickte starr vor sich hin und dirigierte. Im Vorbeigehen stellte Judith fest, daß er dazu erstaunlich richtig summte. Mein Gott, dachte sie, diese armen Menschen . . .

Die Heimleiterin hatte wohl ihren Gesichtsausdruck bemerkt. »Ohne Frage haben manche von uns ein allzu langes Leben, aber ich kann Ihnen versichern, daß sich unsere Gäste durchweg sehr wohlfühlen.«

Judith fühlte sich zurechtgewiesen. »Das sehe ich auch«, entgegnete sie ruhig. Ich bin so müde, dachte sie. Das Ende des Buches, das Ende des Wahlkampfes, vielleicht das Ende der Spurensuche. Die Heimleiterin hielt sie wahrscheinlich für eine Verwandte der alten Mrs. Bloxham — die womöglich sogar an einem Schuldkomplex litt und nun einen hastigen Pflichtbesuch absolvierte.

Sie waren am Fenster angelangt, mit Aussicht auf eine Parklandschaft. »Na, Mrs. Bloxham«, begann die Heimleiterin in herzlichem Ton. »Wir haben Besuch gekriegt. Ist das nicht schön?«

Mrs. Bloxham, gebrechlich, aber immer noch kerzengerade im Rollstuhl sitzend, erwiderte: »Mein Sohn ist in den Staaten. Sonst erwarte ich niemand.« Ihre Stimme klang fest und klar.

»Na aber, behandelt man denn so einen lieben Gast?« murrte die Heimleiterin.

Judith legte ihr die Hand auf den Arm. »Bitte, wir kommen schon zurecht.« Sie holte sich den Stuhl, der an einem kleinen Tisch stand, und setzte sich neben die alte Frau. Ein wunderbares Gesicht, dachte sie, und die Augen immer noch so intelligent. Muriel Bloxhams rechter Arm lag auf der Decke, in die sie eingehüllt war. Mager und runzelig.

»Na los, wer sind Sie?« fragte Mrs. Bloxham. »Ich werde alt, das weiß ich selber, aber ich erkenne Sie nicht.« Die Stimme war schwach, doch sehr deutlich. Sie lächelte. »Ob ich Sie nun kenne oder nicht, ich bekomme gern Besuch.« Ihr Gesicht verdüsterte sich. »Müßte ich sie kennen? Mein Gedächtnis soll angeblich nachlassen.«

Judith merkte sofort, wie sehr das Sprechen die alte Frau anstrengte. Sie mußte gleich auf ihre Fragen kommen. »Ich bin Judith Chase. Ich halte es für denkbar, daß Sie vor langer Zeit meine Angehörigen gekannt haben, und danach möchte ich Sie fragen.«

Mrs. Bloxham zog den linken Arm unter der Decke hervor und tätschelte Judiths Wange. »Sie sind so hübsch. Sie sind Amerikanerin, stimmt's? Mein Bruder war mit einer Amerikanerin verheiratet, aber das liegt lange zurück.«

Judiths Finger umschlossen die kalte, blaugeäderte Hand. »Ich rede auch von einer lange zurückliegenden Zeit. Es war während des Krieges.«

»Mein Sohn war im Krieg. Er war in Gefangenschaft, kam aber schließlich zurück. Nicht wie viele andere.« Ihr Kopf sank auf die Brust herab, die Augen fielen zu.

Sinnlos, dachte Judith. Sie wird sich nicht erinnern. Muriel Bloxham begann regelmäßig zu atmen und schlief ein. Das gab Judith Gelegenheit, die Züge der alten Frau ganz genau zu studieren. *Blammy hat sich viel mit Polly und mir abgegeben. Sie hat kleine Kuchen gebacken und uns Geschichten vorgelesen.*

Es verging eine knappe halbe Stunde, bis Muriel Bloxham die Augen aufschlug. »Pardon. Das kann passieren, wenn man so alt ist.« Ihr Blick war wieder hellwach.

Judith wußte, daß sie keine Zeit verlieren durfte. »Versuchen Sie nachzudenken, Mrs. Bloxham. Erinnern Sie sich an eine Familie namens Perrish, die während des Krieges in Kent House wohnte?«

Kopfschütteln. »Nein, den Namen habe ich nie gehört.«

»Blammy, versuchen Sie's«, bat Judith. »Versuchen Sie's.«

»Blammy.« Muriel Bloxham strahlte auf. »Seit den Zwillingen hat mich niemand so genannt.«

Judith bemühte sich, die Stimme nicht zu heben. »Die Zwillinge?«

»Ja. Polly und Sarah. Bildhübsche kleine Mädchen. Elaine und Jonathan sind nach der Hochzeit eingezogen.

Sie — hellblond. Er — dunkelhaarig, groß und stattlich. Die beiden waren so verliebt ineinander. Er wurde abgeschossen, eine Woche nach Geburt der Zwillinge. Ich bin oft hingegangen und habe Elaine geholfen. Sie war völlig gebrochen. Nachdem die Raketen ganz in der Nähe gefallen waren, beschloß sie, die Kinder aufs Land zu bringen. Die beiden hatten keine Angehörigen. Deshalb habe ich ihr bei meinen Freunden in Windsor eine Bleibe verschafft. Am Abfahrtstag schlug eine Bombe in Bahnhofsnähe ein.«

Ihre Stimme zitterte. »Furchtbar. Elaine tot. Die kleine Sarah und ein paar andere total zerfetzt, bis zur Unkenntlichkeit. Polly so schwer verletzt.«

»Polly ist nicht umgekommen?«

Mrs. Bloxhams Gesicht wurde ausdruckslos. »Polly?«

»Polly Parrish, Blammy. Was ist mit ihr passiert?« Judith stiegen Tränen in die Augen. »Sie können sich erinnern.«

Blammy begann zu lächeln. »Weinen Sie nicht, Herzchen. Polly geht's gut. Sie schreibt mir manchmal. Sie hat eine Buchhandlung in Beverley, in Yorkshire. Parrish Pages nennt sie sich.«

»Tut mir leid, Miß, aber Sie müssen jetzt gehen. Ich habe Sie über die Besuchszeit hinaus bleiben lassen.« Die Heimleiterin schaute mißbilligend drein.

Judith erhob sich, beugte sich hinunter und küßte die alte Frau auf den Scheitel. »Leb wohl, Blammy, alles Gute. Ich komme dich wieder besuchen.«

Im Weggehen hörte sie, wie Muriel Bloxham der Heimleiterin von den Zwillingen erzählte, die sie Blammy nannten.

Der ausgedehnte Apparat von Scotland Yard nahm die Ermittlungen auf und begann das Leben von Judith Chase zu durchleuchten. Binnen weniger Tage stapelten sich die Ergebnisse auf dem Schreibtisch von Commander Sloane. Unterlagen, die in die Kindheit zurückreichten, psychologische Berichte, Artikel, die sie für die *Washington Post* geschrieben hatte. Erwähnung in den Gesellschaftsspalten, Schulzeugnisse, Aktivitäten, Klubs, diskrete Interviews mit Kollegen in Washington, ihrem Verleger, ihrem Steuerberater.

»Insgesamt die reine Lobeshymne«, befand Sloane, als er Philip Barnes gegenübersaß. »Da ist nicht der leiseste Hinweis auf Protestaktionen gegen die Regierung oder auf Verbindung zu rakikalen Gruppen, von Geburt an. Dreimal Klassensprecherin in der Schule, Vorsitzende der Studentenvertretung in Wellesley, sozial und karitativ sehr engagiert. Ein wahres Glück, Sir, daß wir das nicht als Überprüfung deklariert haben. Wir hätten uns ja lächerlich gemacht.«

»Da ist nur ein Punkt, der mich stutzig macht.« Barnes hatte das Jahrbuch ihrer Schule aufgeschlagen. Unter dem Klassenfoto der üblichen Kurzbiographie stand ein Satz, der er herausstrich: *Miß Fixundfertig. Sagt, sie will Schriftstellerin werden, aber erst mal abwarten, ob sie nicht statt dessen Brücken baut.«*

»Die Bomben waren primitiv, aber sehr wirkungsvoll. Wenn Watkins nur das Gelatinedynamit geliefert hat, brauchte es ein beachtliches technisches Geschick, sie so zu montieren, daß sie nicht entdeckt wurden.«

»Ich kann daran nichts Besonders finden, Sir«, widersprach Sloane. »Meine beiden Schwestern haben ein angeborenes technisches Geschick, aber ob sie das für terroristische Zwecke benutzen würden, wage ich zu bezweifeln.«

»Trotzdem wünsche ich, daß Miß Chase weiterhin rund um die Uhr überwacht wird. Haben Lynch oder Collins irgendwas zu berichten?«

»Nicht direkt, Sir. Sie ist die meiste Zeit zu Hause, aber gestern war sie in Kent House am Kensington Court. Sie hat sich nach einer Familie erkundigt, die dort vor vielen Jahren wohnte — Bekannte ihrer Tante.«

»Ihrer Tante?« Barnes blickte ihn scharf an. »Sie hat doch gar keine Verwandten.«

Sloane runzelte die Stirn. Das war es, was ihn gestört hatte. »Da hätte ich einhaken müssen, aber sie fuhr von Kent House zu einem Altenheim in Bath und sprach dort mit einer uralten Frau, das alles wirkte völlig harmlos.«

»Nach wem hat sie sich erkundigt?«

»Das können wir nicht genau mit Sicherheit sagen. Als Lynch mit der alten Frau zu reden versuchte, war sie geistig ziemlich weggetreten. Das scheint bei ihr zu schwanken.«

»Dann schlage ich vor, daß Sie die alte Dame aufsuchen und sehen, ob Sie mit ihr reden können. Vergessen Sie nicht, Judith Chase war eine britische Kriegswaise. Nach allem, was wir wissen, hat sie Personen aus der Vergangenheit ausfindig gemacht, die sie möglicherweise beeinflussen.«

Barnes stand auf. »Nur noch sechs Tage bis zu den Wahlen. Es ist nach wie vor ein Kopf-an-Kopf-Rennen, aber ich denke, die Konservativen machen's. Deswegen müssen wir Judith Chase einwandfrei entlasten, bevor wir in die peinliche Lage geraten, die neue Regierung noch vor dem Amtsantritt bloßzustellen.«

Nach der Rückkehr aus Bath fühlte sich Judith seelisch und körperlich restlos ausgepumpt. Sie ließ sich ein Bad ein, lag zwanzig Minuten im heißen Wasser, zog dann Nachthemd und Morgenrock an. Ein Blick in den Spiegel zeigte ihr, daß sie leichenblaß war, jetzt wirklich dringend einen Haarschnitt benötigte und daß ihr abgemagertes Gesicht geradezu unschön wirkte. Ich muß mir einen freien Tag gönnen, dachte sie — morgen gehe ich zur Kosmetik und zur Maniküre und zum Friseur . . . Sie würde das Buch ein bis zwei Tage liegenlassen, sich dann die Seiten vornehmen, die noch zu redigieren waren. Und sie würde morgen bei Parrish Pages in Beverley anrufen und feststellen, ob Blammy recht hatte mit Polly Parrish . . .

Polly, *am Leben!* Meine *Schwester*, dachte Judith. Meine *Zwillingsschwester!*

Die Erkenntnis, daß sie vielleicht wirklich eine nahe Verwandte hatte, war erregend und zugleich erschreckend. Ich fahre hin und gehe in die Buchhandlung, dachte sie. Diesmal werde ich nur etwas herumstöbern. Sie wuße, daß sie sich Polly nicht zu erkennen geben durfte, bis sie mehr über sie wußte. Doch später, nach dem Wahlkampf, konnte Stephen sie überprüfen lassen. Dagegen würde er keine Einwände erheben, solange niemand den Grund für die Nachforschungen kannte. Aber das wird ihr garantiert nichts anhaben, erhoffte sich Judith, als sie zu Bett ging, zu müde, um sich einen Teller

Suppe aufzuwärmen. Komisch, sie hat auch mit Büchern zu tun ... Ich wüßte gern, ob sie es jemals mit Schreiben versucht hat.

Sie schlief so fest, daß sie das Telefon erst nach einem Dutzend Klingelzeichen hörte. Stephens besogte Stimme machte sie wach.

»Judith, ich war schon richtig beunruhigt. Bist du so müde?«

»So glücklich«, erwiderte sie. »Ich mache zwei Tage blau, um wieder einen klaren Kopf zu kriegen, dann redigiere ich das Manuskript fertig und schicke es ab.«

»Darling, vor den Wahlen komme ich nicht mehr nach London. Schlimm?«

Judith lächelte. »Ich bin beinahe froh darüber. Ich sehe nämlich aus wie eine Vogelscheuche. Ein paar zusätzliche Tage geben mir die Chance, mich akzeptabel zu restaurieren.«

Sie schlief wieder ein. *Stephen, ich liebe dich* ..., dachte sie. *Polly, ich bin's ... Sarah ...*

Margaret spürte, daß ihr Einfluß auf Judith schwächer wurde. Sie wußte, daß Judith nach Beendigung des Buches ihre Aufmerksamkeit vom Bürgerkrieg abwenden würde.

Margaret hatte ihre Energie darauf gerichtet, sich auf die Zeit vorzubereiten, in der sie Judith beherrschen konnte. Jetzt wußte sie, daß sie Judiths Sprechweise kopieren konnte ohne den Tonfall, den Rob Watkins so amüsant gefunden hatte. Sie fühlte sich mit Judiths Welt vertraut. Sie hatte heute gemerkt, was Judith entgangen war. Man folgte ihnen.

Es gab so viel zu tun. Sie hatte beschlossen, wo die nächste

Sprengladung plaziert werden sollte. Besaß sie die Kraft, Judith abermals zu bezwingen?

Inspector Lynch verbrachte einen guten Teil des folgenden Tages vor dem Kosmetiksalon von Harrods. Als Judith um 17 Uhr auftauchte, wirkte sie ausgeruht und glücklich – seidig glänzendes Haar, strahlendes Gesicht, makellos gefeilte Fingernägel.

Pure Zeitverschwendung, dachte Lynch, als er ihr zu einem Lokal folgte, wo sie eine Portion Spaghetti vertilgte und Chianti dazu trank, danach direkt nach Hause ging. Wenn die 'ne Terroristin sein soll, dann ist's meine Großmutter schon lange, murmelte er vor sich hin, als er gegenüber von ihrer Haustür in einem Wagen Stellung bezog.

Sam Collins würde ihn bald ablösen. Die Version für Collins, einen überaus zuverlässigen Beamten, besagte, ein anonymes Schreiben habe Miß Chase beschuldigt, in die Sprengstoffanschläge verwickelt zu sein, was man zwar für lächerlich halte, dem man aber dennoch nachgehen müsse. Die Sache sei »streng geheim«, hatte man ihm eingeschärft.

Lynch registrierte, daß das Vorderfenster von Judiths Wohnung hell wurde. Nach Commander Sloanes Beschreibung mußte dort das Arbeitszimmer sein, also saß sie wieder am Schreibtisch. Kurz darauf erschien Collins. »Sie werden eine ruhige Nacht haben, das kann ich Ihnen versprechen«, meinte Lynch. »Sie ist kein vergnügungssüchtiger Typ.«

Collins nickte. Er hatte grobe Züge und wirkte recht hausbacken. Doch der Schein trog. Lynch wußte aus Erfahrung, daß Collins geradezu verblüffend flink und wendig war.

Ursprünglich hatte Judith nicht vorgehabt zu arbeiten, aber nach der Massage samt kosmetischer Behandlung, Pediküre, Maniküre und Friseur fühlte sie sich so angenehm belebt, daß sie sich die noch zu redigierenden Seiten vornehmen wollte. Die strahlende Laune, in die sie der Anruf in Beverley morgens versetzt hatte, hielt den ganzen Tag über an. Die Auskunft gab ihr sofort die Nummer von Parrish Pages. Sie erkundigte sich daraufhin dort telefonisch nach den Öffnungszeiten und fragte beiläufig: »Ist die Inhaberin immer noch Polly Parrish?«

»Freilich«, lautete die Antwort. »Sie muß jeden Moment hier sein. Soll sie Sie zurückrufen?«

»Nicht nötig. Jedenfalls vielen Dank.«

Morgen, hatte Judith tagsüber ständig gedacht. Morgen werde ich sie sehen. Und bis zu den Wahlen sind es nur noch ein paar Tage. In den vergangenen Wochen hatte sie den Gedanken an die vor ihr liegenden gemeinsamen Jahre mit Stephen beiseite geschoben. Jetzt wünschte sie sich sehnlich, nach Edge Barton zu fahren und ungestört Tage und Wochen mit ihm zu verbringen. Tage und Wochen ungestört, wenn Stephen Premierminister wurde? Judith lächelte traurig — sie könnten sich glücklich schätzen, wenn sie ungestörte *Stunden* hätten!

Die Hand ans Kinn gelegt, sah sie sich liebevoll in Lady Ardsleys winziger Bibliothek um, die sie als Arbeitszimmer benutzte. Alte Klassikerausgaben, dazwischen Renaissancedichtungen, viktorianischer Krimskrams neben hauchdünnem alten Porzellan, ein gestärktes Spitzendeckchen auf einem bildschönen Tisch aus der Zeit Jakobs I.

Edge Barton, mit den hohen, großen Räumen, den bezaubernden Fenstern und alten Türen ... Innen brauchte es ein paar behutsame Maßnahmen, eine weibliche Note. Manche Möbel müßten neu bezogen und aufgepolstert werden. Ebenso waren die Vorhänge zu erneuern. Eine lohnende Aufgabe, dachte Judith, Edge Barton meinen persönlichen Stempel aufzudrücken ...

Zurück an die Arbeit. Das Royal Hospital.

Das hörte sich fast an wie der Befehl einer inneren Stimme. Verdutzt strich sie sich das Haar aus der Stirn und bemerkte, daß sich die Narbe an der Hand hellrot verfärbt hatte. Ich werde einen plastischen Chirurgen aufsuchen wegen dieser verdammten Narbe, gelobte sie. Das ist doch verrückt, wie die dauernd kommt und geht.

Sie schlug rasch das letzte Kapitel ihres Manuskriptes auf, wo sie den Abschnitt über das Chelsea Royal Hospital markiert hatte. Karl II. hatte den entzückenden, wunderbar erhaltenen Bau als Heim für Invaliden und Veteranen errichten lassen.

Die Veteranen Karls II. Die Simon Halletts dieser Welt, die an den Rockschößen des Merry Monarch hingen! So nannten sie ihn – the Merry Monarch. Vincent auf dem Schlachtfeld gefallen, John hingerichtet, ich selbst hintergangen und gemordet – und der fröhliche Monarch baut ein Heim für seine Soldaten, wo sie leben sollten »wie im College oder Kloster«.

Margaret schob das Manuskript beiseite, fegte absichtlich ganze Abschnitte vom Schreibtisch auf den Boden. Sie erhob sich rasch, ging ins Schlafzimmer und holte den Sack, den Rob Watkins ihr gegeben hatte, aus dem Kleiderschrank. In der Küche war das Licht besser. Sie nahm den Sack mit und breitete den Inhalt auf dem Tisch aus.

Draußen beobachtete Sam Collins mit wachsendem Interesse, wie in der Wohnung von Lady Ardsley nacheinander Licht gemacht wurde. Judith Chase mußte das Arbeitszimmer verlassen haben, ohne auszuknipsen, wollte also wahrscheinlich dorthin zurückkehren. Es war erst 19 Uhr 45.

Bedeutete die Beleuchtung im Schlafzimmer, daß sie sich hinlegen wollte? Oder zog sie sich vielleicht um, machte es sich bequem? Er beobachtete, wie es in der Küche hell wurde, zog dann den Grundriß der Wohnung zu Rate, den Sloane ihm gegeben hatte. Die Fenster von Arbeitszimmer, Küche, Wohnzimmer und Schlafzimmer gingen sämtlich zur Straße; Wohnungstür und Diele lagen nach hinten.

Sam konstatierte den rapiden Wetterumschwung. Anfangs war der Abend sternklar mit Halbmond. Jetzt waren dichte Wolken aufgezogen, und die feuchte Luft kündigte Regen an. Die wenigen Passanten hasteten dahin, um möglichst noch trocken ans Ziel zu gelangen.

In der Geborgenheit seines unauffälligen Fahrzeugs behielt Sam die Wohnung von Lady Ardley weiterhin scharf im Auge. Das Licht in der Küche und gleich darauf im Schlafzimmer ging aus. Wahrscheinlich hat sie sich nur umgezogen und eine Kanne Tee aufgegossen, dachte er, und wollte sich zurücklehnen. Dann erstarrte er. Der Schatten am Fenster des Arbeitszimmers hatte sich bewegt. Sekundenlang konnte er Judith Chase deutlich sehen. Sie schaute direkt auf seinen Wagen hinunter, trug jetzt eine Art Überwurf.

Sam zog sich in das dunkle Wageninnere zurück. Sie weiß, daß ich hier sitze, sagte er sich. Sie will ausgehen. Bei seinem ersten Nachtdienst hatte er das Terrain sondiert – auf der Rückseite des Hauses gab es einen Lieferanteneingang und einen schmalen Hof, durch den man in die nächste Straße gelangen konnte.

Er wartete kurz ab, kam dann zu dem Schluß, daß Judith wohl das Licht im Arbeitszimmer brennen lassen würde. Er stieg aus und sauste über den betonierten Durchgang zwischen den Häusern. Die Hintertür öffnete sich, und Judith kam heraus. Sam trat zurück und spähte um die Seitenmauer. In der Beleuchtung konnte er eben noch erkennen, daß sie ein dunkles Cape trug. An dem anonymen Hinweis scheint doch was dran zu sein, dachte er. Vielleicht hat sie tatsächlich etwas mit den Sprengstoffanschlägen zu tun! Was hat sie jetzt vor? Ein Geheimtreffen mit Terroristen? Er sonnte sich in dem Vorgefühl; derjenige zu sein, der den Fall des Londoner Bombenlegers gelöst hatte. Kann der Karriere bestimmt nicht schaden, dachte er . . .

Margaret eilte durch die wenig belebten Straßen. Der Mann von Scotland Yard war inzwischen bestimmt in seinem Wagen eingenickt. Unter ihrem Cape trug sie das Päckchen, das sie präpariert hatte. Es lag ganz harmlos in einer kleinen Einkaufstasche vom nächsten Supermarkt, darüber waren

Weintrauben und Äpfel gepackt — das typische Mitbringsel für einen Besuch im Veteranen-Heim. Die Besuchszeit war bald zu Ende. Für sie wurde es knapp.

Geräuschlos folgte Sam Collins der schlanken Gestalt, die rasch die Stadt in Richtung Themse durchquerte. Als sie fast eine halbe Stunde später in die Royal Hospital Road einbog, stutzte er.

Was hatte sie vor? Wollte sie einfach nur einen Pensionär besuchen? Hatte sie bemerkt, daß sie beschattet wurde, und den Hinterausgang genommen, um den lästigen Verfolger abzuschütteln? Sie trug ein dunkelgrünes Cape, aber das war in dieser Saison der letzte Schrei, das hatte ihm seine Frau auseinandergesetzt und ihrer Tochter eins zum Geburtstag gekauft.

In dem von einer Kuppel überwölbten Vestibül des prachtvollen Gebäudes herrschte reger Betrieb. Es war 20 Uhr 20, wie ein Blick auf den Schreibtisch im Empfang zeigte. Sam sah, wie Judith direkt dorthin steuerte und eine kleine Tasche mit Obst darauf deponierte.

Nachdem sie die Besuchserlaubnis erhalten hatte, würde er sich nach dem Namen des Pensionärs erkundigen, zu dem sie wollte, beschloß er. Doch dann riet ihm sein untrüglicher Instinkt, sich hinter ihr am Schreibtisch anzustellen, als vermeintlichen Besucher.

»Ich möchte Sir John Carew einen Besuch abstatten«, sagte Margaret leise, gehetzt.

Carew! Collins trat vor. »Kann ich Sie kurz sprechen, Madam?«

Margaret wirbelte herum, ihre Augen funkelten wütend.

Sie bemerkte, wie der massige Mann, der ihr gefolgt sein mußte, auf ihre Hand starrte. Die Narbe hatte sich flammend purpurrot verfärbt.

Sie ergriff die Tasche auf dem Schreibtisch und schleuderte sie quer durch die Vorhalle auf drei Gepäckträger, die eben heruntergekommen waren.

Das Päckchen enthielt eine Bombe, das wußte Sam instinktiv. Sekundenschnell durchquerte er den Raum und bückte sich danach ...

Margaret befand sich im Hof, als der Sprengsatz detonierte und das Vestibül in ein Inferno verwandelte – einstürzende Wände, herumfliegende Splitter, schreiende Opfer. Berstende Fensterscheiben. Eine scharfkantige Scherbe streifte ihre Wange, als sie sich im Schutz der Dunkelheit, von Regenschleiern umhüllt, davonstahl.

Reza Patel und Rebecca saßen vor dem Fernseher, als die Kurznachricht über das Drama im Royal Hospital eingeblendet wurde. Fünf Tote, zwölf Schwerverletzte. Patel, aschgrau im Gesicht, rief bei Judith an. Sie meldete sich sofort. »Ich sitze am Schreibtisch, Doktor. Arbeite wie üblich.« Für Patel klang ihre Stimme munter und normal. Dann lachte Judith. »Ich kann nur hoffen, daß meine Leser auf mein Buch nicht genauso reagieren wie ich heute abend. Ich bin bei der Lektüre buchstäblich eingeschlafen.«

Ich muß praktisch bewußtlos gewesen sein, dachte Judith, als sie noch eine Seite entdeckte, die sie beim Aufsammeln des Manuskriptes vom Fußboden übersehen hatte. Sie löschte das Licht im Arbeitszimmer, ging ins Schlafzimmer und zog sich rasch aus. Stephen hatte ihr gesagt, daß er sie wegen einer Nachtsitzung wohl nicht mehr anrufen würde.

Die Beine taten ihr weh. Man könnte meinen, ich hätte beim Marathonlauf mitgemacht, dachte sie. Vielleicht sollte sie ein Aspirin nehmen. Sie musterte sich kurz im Spiegel, als sie die Arzneipackung aus dem Apothekenschränkchen nahm.

Ihre neue Frisur war zerzaust. Die etwas ins Gesicht gekämmten Strähnen ringelten sich, und beim Zurückstreichen merkte sie, daß sie ein wenig feucht waren. Das Arbeitszimmer muß überheizt gewesen sein, befand sie. Aber ich schwitze doch nie . . .

Sie cremte sich das Gesicht ein und entdeckte verblüfft einen Blutstropfen auf der Wange. Da war ein kleiner Kratzer. Sie erinnerte sich an keinerlei Schmerzempfindung während der Gesichtsmassage, aber die Kosmetikerin hatte lange Fingernägel . . .

Auf dem Weg ins Bett stellte sie irritiert fest, daß die Türen von Lady Ardsleys Kleiderschrank wieder etwas aufgesprungen waren. Ich werde sie festbinden, dachte sie. Wäre es nicht furchtbar peinlich, wenn sie zufällig vorbeikäme und annehmen müßte, ich stöbere in ihren Sachen herum?

Sie legte sich hin, löschte das Licht und versuchte, sich zu entspannen, doch die Beine taten ihr weh, sie hatte Kopfschmerzen und wurde von einer tiefen Depression erfaßt. Die viele Arbeit, dachte sie, und das ausgefallene abendliche Gespräch mit Stephen. »Stephen und Polly«, flüsterte sie, aber die Namen brachten ihr diesmal keinen

Trost. Ihr war verzweifelt zumute, als ob ihr beide entglitten.

Auf dem Gesicht von Deputy Assistant Commissioner Barnes hatten Zorn und Schmerz tiefe Spuren hinterlassen. Commander Sloane und Inspector Lynch, die Augen rotgerändert vor Müdigkeit, konnten kaum noch aufrecht an Barnes' Schreibtisch sitzen. Beide hatten die ganze Nacht am Tatort verbracht, doch ohne jedes Ergebnis. Ein Arzt, der den Gang entlangkam, hatte gesehen, wie ein Päckchen durch das Vestibül flog und ein stämmiger Mann hinterher stürzte. Instinktiv war er mit einem Satz in den Korridor zurückgewichen — eine Reaktion, die dem Arzt zweifellos das Leben gerettet hatte. Die anderen Verletzten hatten niemand bemerkt, der ein Päckchen trug. Die drei Gepäckträger, denen die Bombe vor die Füße gefallen war, die Empfangsdame und Inspector Collins waren tot.

»Die Frage ist, ob Collins tatsächlich Judith Case auf den Fersen war«, sagte Barnes scharf. »Alles deutet darauf hin. Die einzige andere Möglichkeit besteht darin, daß jemand aus ihrer oder einer anderen Wohnung in ihrem Haus kam, der bei Collins Verdacht erregte. Sie haben Miss Chase angerufen, Jack?«

»Ja, Sir, vor ungefähr einer Stunde. Unter dem reichlich lahmen Vorwand, wir suchten verzweifelt nach jedem noch so kleinen Hinweis. Ich habe sie gefragt, ob sie sich an irgend etwas Ungewöhnliches erinnern könne, als sie die Kronjuwelen besichtigte.«

»Ihre Antwort?«

»Offen, direkt. Absolut nichts. Sie hat noch mal wiederholt, wie konzentriert sie bei Recherchen ist. Daß sie sich dann weitgehend gegen die Außenwelt abschirmt.«

»Haben Sie in ihrem Ton irgendwelche Anzeichen von Nervosität entdeckt?«

Lynch runzelte die Stirn. »Nervosität nicht, Sir. Gedämpft, würde ich eher sagen. Sie sei mit dem Buch fertig, hat sie gesagt, und jetzt ziemlich erledigt. Sie will den ganzen Tag im Bett bleiben und es durchlesen, dann ihrem Agenten schicken.«

Barnes schlug mit der Faust auf den Schreibtisch, ein Warnsignal für seine Untergebenen, daß sie nun heruntergeputzt würden. »Warum zum Teufel hat Collins uns nicht informiert, daß er den Wagen verläßt? Über Autotelefon hätte das keine dreißig Sekunden gedauert.«

»Vielleicht hatte er diese dreißig Sekunden nicht, Sir.«

»Oder es war ihm vielleicht nicht so wichtig. Verflixt noch mal, Sam war einer unserer besten Leute. Er hat mindestens einem Dutzend Menschen das Leben gerettet, als er sich auf die Bombe stürzte. Die alte Frau, die Judith Chase besucht hat, Jack. Was genau hat sie Ihnen erzählt?«

»Überhaupt nichts, Sir. Nicht ein logisch zusammenhängender Gedanke. Sie kann völlig klar sein, wie mir die Heimleiterin sagte. Dann ist sie wieder tagelang total geistesabwesend. Die einzige Information, die ich bekam, war, daß Mrs. Bloxham unmittelbar nach dem Besuch von Miss Chase der Heimleiterin von zweijährigen Zwillingsschwestern, Sarah und Polly, erzählte, die sie immer Blammy nannten.«

»*Zwillinge!*« Inspector Lynch sprang auf, seine Müdigkeit war verflogen. »Wie Sie wissen, Sir, wurde Judith als

Zweijährige in Salisbury aufgefunden. Auf die Suchmeldungen hat sich nie jemand gemeldet, obwohl es sich hier um ein sehr gut angezogenes, gepflegtes Kind handelte. Ist es denkbar, daß sie versuchte, ihre leiblichen Angehörigen ausfindig zu machen oder es vielleicht schon geschafft hat? Und dabei eine Zwillingsschwester entdeckte?«

Barnes biß sich auf die Unterlippe und strich ungeduldig die Haarstähnen zurück, die ihm in die Stirn gefallen waren. »Eine Zwillingsschwester, die ihr vielleicht sehr ähnlich sieht und die womöglich Verbindungen zu politisch suspekten Gruppen hat? Das ergäbe einen Sinn. Übermorgen finden die Wahlen statt. Wir müssen dahinterkommen. Judith Chase hat die alte Dame erst vor zwei Tagen ausgefragt. Das hört sich nicht so an, als ob sie schon alles gefunden hat, wonach sie sucht. Folglich können wir nicht voraussetzen, daß sie schon mit Personen aus ihrer Vergangenheit in Verbindung steht. Wenn das nicht der Fall ist — und wenn wir die Betreffenden identifizieren und eine Kontaktaufnahme verhindern können —, dann gelingt es uns vielleicht, sie und Sir Stephen aus der Sache herauszuhalten. Sollte sie jedoch mit ihrer Suche Erfolg gehabt und sich irgendwie mit einer üblen Clique eingelassen haben, so möchte ich das wissen, bevor Sir Stephen Premierminister wird. Jack!«

Sloane erhob sich. »Sir.«

»Gehen Sie noch mal in das Altenpflegeheim. Schnappen Sie sich einen Psychiater und sagen Sie ihm, was Sie in Erfahrung bringen wollen. Vielleicht weiß der einen Weg, Mrs. Bloxham, oder wie sie heißt, zu befragen. Judith Chase hat doch neulich die Hausmeisterin in Kent House ausgequetscht, stimmt's?«

»Ja.«

»Knöpfen Sie sich diese Hausmeisterin noch mal vor. Ferner sind sämtliche Pensionäre im Royal Hospital zu überprüfen. Stellen Sie fest, wer von ihnen gestern abend Besuch hatte, der gegen 20 Uhr 30 gegangen ist. Reden Sie mit diesen Besuchern. Vielleicht hat einer Collins gesehen und die Person, der er dorthin gefolgt ist. Und stellen Sie um Himmels willen sicher, daß Judith Chase auf Schritt und Tritt beschattet wird.«

Das Telefon auf seinem Schreibtisch läutete penetrant. Die Stimme der Sekretärin klang atemlos. »Entschuldigen Sie die Störung. Der Commissioner läßt Ihnen ausrichten, daß Sir Stephen eine Dringlichkeitssitzung anberaumt hat, um sich über den Fortgang der Ermittlungen zu informieren.«

Stephen rief Judith am nächsten Morgen um 9 Uhr an und weckte sie aus tiefem Erschöpfungsschlaf. Sie griff nach dem Hörer, und dann drang seine Stimme an ihr Ohr. Ihr war, als habe sie in warmem, dunklen Wasser geschwommen und versucht, das Ufer zu erreichen.

Sie riß sich zusammen, murmelte seinen Namen, stützte sich plötzlich auf, als er sagte: »Ich sitze im Wagen, Darling, nur zehn Minuten von dir entfernt. Ich bin unterwegs zu einer Sondersitzung bei Scotland Yard. Ich muß zwar direkt zurückfahren, aber wie wär's mit einer Tasse Kaffee für einen Mann, der darauf brennt, dich zu sehen?«

»Wie schön, Stephen! Natürlich kriegst du deinen Kaffee.«

Judith legte auf und sprang aus dem Bett. Im Badezimmerspiegel sah sie, daß sie ganz verquollene Augen hatte. Der kleine Kratzer an der Wange war blutverkrustet. Ein erbärmlicher Anblick, dachte sie. Sie drehte den Hahn für die Brause auf, zog das Nachthemd aus, nahm die Duschhaube und ließ abwechselnd heißes und eiskaltes Wasser über sich rinnen, um die Schlaftrunkenheit abzuschütteln.

Sie deckte den Kratzer mit etwas Make-up-Grundierung ab. Ein Hauch von Rouge kaschierte die Blässe, die ruinierte Frisur ließ sich durch kräftiges Bürsten halbwegs reparieren. Ein Kaftan aus leichter Wolle, lebhaft gemustert mit orangegelben, blauen, violetten und fuchsroten Kringeln auf schwarzem Grund sorgte für Farbe. Sie eilte in die Küche, kochte Kaffee und begann, den kleinen Tisch am Fenster zu decken. Da entdeckte sie etwas auf dem Fußboden und bückte sich danach. Ein Stück Drahtspirale. Wo mochte das herkommen? fragte sie sich und warf es in den Papierkorb. Der Summer der Gegensprechanlage ertönte. »Der Kaffee ist fertig, Sir«, sagte sie. »Beeil dich.«

Sie öffnete ihm, und dann fielen sie sich in die Arme.

Bei Kaffee und Marmeladentoast erzählte ihr Stephen von dem schrecklichen Sprengstoffanschlag im Royal Hospital.

»Ich habe lange gearbeitet und den Fernseher nicht eingeschaltet«, erklärte Judith. »Was für ein krankhaftes Hirn heckt sich eine so bestialische Idee aus, in einem Veteranenheim eine Bombe zu legen, Stephen?«

»Das wissen wir nicht. Gewöhnlich bekennt sich irgendeine Gruppe zu der Tat. Wenn nichts dergleichen erfolgt, ist es oft reine Glückssache, den Schuldigen zu finden. Die Öffentlichkeit hat mit heller Empörung reagiert. Sogar der Buckingham Palast hat seine tiefe Betroffenheit bekundet und den Angehörigen der Opfer kondoliert.«

»Wie wird sich das auf die Wahlen auswirken?«

Stephen schüttelte den Kopf. »Darling, es wäre mir zuwider, für den Rest meines Lebens den Gedanken mit mir herumschleppen zu müssen, daß ich ins Amt gekommen bin, weil jemand London in die Luft jagt, aber mein festes Beharren auf der Todesstrafe für Terroristen spielt zweifellos bei der Wahl eine Rolle. Labour wird auch jetzt keinen Sinneswandel vollziehen, und dieses Plädoyer für die unbedingte Erhaltung des Lebens findet wenig Gehör bei einer Bevölkerung, die sich die Frage stellen muß, ob ihre Kinder beim nächsten Schulausflug zu einem Denkmal oder bei einer Mandeloperation im Krankenhaus womöglich von einer Sprengladung getroffen werden.«

Aus den fünf Minuten, die Stephen angeblich bleiben konnte, wurden dreißig.

Beim Abschied sagte er: »Ich glaube wirklich, Judith, daß ich die Wahl gewinne. In dem Fall werde ich in den Buckingham Palast bestellt und von der Königin ersucht, eine neue Regierung zu bilden. Es wäre unpassend, dich zu dieser Audienz mitzunehmen, aber würdest du mit mir hinfahren?«

»Nichts, was ich lieber täte.«

»Da wüßte ich eine ganze Menge, aber es wäre ein guter Auftakt für unser gemeinsames Leben.« Stephen küßte sie noch einmal und wollte gerade die Tür aufmachen, als Judith ihn spontan zurückzog. »Kennst du den uralten

Schlager ›Halt mich fest, laß mich nie mehr fort von dir‹?« fragte sie. Es klang fast traurig.

Eine lange Minute drückte er sie fest an sich, und Judith betete im stillen, daß es so bleiben und nie etwas zwischen sie treten möge.

Als Stephen weg war, schenkte sie sich noch eine Tasse Kaffee ein und ging wieder ins Bett. Ich habe wahrscheinlich irgendein Virus erwischt, beruhigte sie sich. Deshalb fühle ich mich so elend. Unmöglich, daß ich heute wegfahre. Ich bleibe zu Hause und redigiere das Manuskript zu Ende. In dem Zustand möchte ich Polly nicht kennenlernen.

Mittags läutete das Telefon. Dr. Patel erkundigte sich, wann sie nach Beverley fahren wolle.

»Nicht vor morgen«, antwortete Judith. »Ich habe beschlossen, es um einen Tag zu verschieben. Ich glaube, ich habe einen kleinen Infekt, mir tut alles weh. Aber Sie können sich darauf verlassen, ich rufe Sie gleich an, wenn ich sie gesehen habe.«

Reza Patel bemühte sich um einen beiläufigen Tonfall. »Sie sind doch Expertin für das 17. Jahrhundert, Judith. Ist Ihnen bei Ihren Recherchen eine Lady Margaret Carew untergekommen?«

»Natürlich. Faszinierende Person. Hat offenbar ihren Mann überredet, den Hinrichtungsbefehl für Karl I. zu unterzeichnen, ihren einzigen Sohn in einer der großen Schlachten des Bürgerkrieges verloren, dann versucht, Karl II. nach seiner Rückkehr an die Macht zu ermorden. Er war so fuchsteufelswild, daß er gegen seine sonstigen Gepflogenheiten ihrer Hinrichtung beiwohnte.«

»Wissen Sie das Datum?«

»Das habe ich irgendwo notiert. Wieso fragen Sie?«

Diese Frage hatte Patel erwartet. »Erinnern Sie sich an unsere Begegnung in der Portrait Gallery? Ein Freund von mir war ebenfalls dort und meinte, Lady Margaret auf einem Gruppenbild zu erkennen. Zumindest hat sie starke Ähnlichkeit mit der Frau, die von seinem Zweig der Familie strikt abgelehnt wurde. Er ist einfach neugierig.«

»Ich werde meine Notizen durchsehen. Aber vielleicht sollte er sie lieber vergessen. Lady Margaret war ein großes Problem.«

Nachdem sie aufgelegt hatten, wandte sich Patel an Rebecca. »Ich weiß, das war riskant, aber die einzige Hoffnung für Judith besteht darin, sie in die Todesstunde von Lady Margaret zurückzuversetzen. Wenn ich das tun will, muß ich das genaue Datum kennen. Judith hat keinerlei Verdacht geschöpft.«

Rebecca Wadley fühlte sich bereits als Dauerbesetzung für die Rolle der Kassandra. »Morgen um diese Zeit ist Judith vielleicht absolut sicher, nicht nur eine lebende Verwandte, sondern eine Zwillingsschwester gefunden zu haben, ganz gleich, ob sie sich ihr zu erkennen gibt oder nicht. Aus welchem Grund sollte sie sich dann noch hypnotisieren lassen? Haben Sie etwa vor, ihr die Wahrheit zu sagen?«

»Nein!« explodierte Patel. »Selbstverständlich nicht. Sehen Sie denn nicht, was das für Judith Chase heißen würde? Sie würde sich moralisch verantwortlich fühlen, egal, was ich ihr erzählt habe. Ich muß einen Weg finden, sie zurückzuversetzen, ohne daß sie den Grund kennt.«

Auf Rebeccas Schreibtisch lagen die aufgeschlagenen Morgenzeitungen. Sie waren voll mit Fotos von dem Blutbad im Royal Hospital. »Tun Sie's lieber schnell«, drängte sie Patel. »Ob es Ihnen nun paßt oder nicht, Sie leisten jetzt einer Mörderin Beihilfe, Sie decken sie.«

Der im Bett verbrachte Tag half Judith nichts. Beim gründlichen Durchlesen ihres Manuskriptes konnte sie ein paar kleine Tippfehler und Wiederholungen korrigieren — und sich außerdem klar darüber werden, daß es zum einen ihr bisher bestes Buch war und zum anderen weitaus tendenziöser gegenüber Karl I. und Karl II., als sie es je beabsichtigt hatte. Ich habe mich für die Sache des Parlaments stark gemacht, dachte sie, wenn ich das jetzt ändern wollte, müßte ich das ganze Buch umschreiben. Irgendwie spürte sie nichts von dem Wohlgefühl und der Erleichterung, die sonst immer den Abschluß eines Buches begleiteten.

Auch in dieser Nacht litt sie unter Schlafstörungen, so daß sie um fünf Uhr früh kapitulierte und wach in Lady Ardsleys Prachtbett lag. Was ist bloß los mit mir? fragte sie sich. Als ich vor sechs Monaten nach England kam, hatte ich keinen Menschen, der zu mir gehörte. Jetzt werde ich den Mann heiraten, den ich liebe, und heute meine Zwillingsschwester kennenlernen. Warum weine ich? Mit einer ungeduldigen Bewegung wischte sie sich die Tränen aus den Augen.

Um 6 Uhr 30 stand sie auf, um sich für die Fahrt nach Beverley fertigzumachen. Sie wollte den 8-Uhr-Zug nehmen. Es sind nur die Nerven, sagte sie sich, als sie duschte und sich anzog. Ich möchte Polly unbedingt sehen und habe zugleich Angst davor.

Flüchtig schoß ihr der Gedanke durch den Kopf, daß es ratsam sein könnte, ihr neues Cape zu tragen, weil die Kapuze das Gesicht großenteils verdeckte, aber aus irgendeinem Grund war ihr die Vorstellung unangenehm. Statt dessen holte sie den alten Burberry heraus und fischte in der Schublade nach einem weichen, breiten Schal, den sie sich um den Kopf band. Die extra große dunkle Brille und das Kopftuch genügten, sie unkenntlich zu machen für den Fall, daß sie und Polly sich sehr ähnlich sahen.

Auf dem Weg zum Bahnhof ließ sie ihr Manuskript fotokopieren und schickte das Original mit einem kurzen Brief an ihren Agenten in New York. Dann ging sie nach Kings Cross zum Zug.

Bildete sie sich das nur ein, daß sie sich jetzt deutlich an den Augenblick erinnerte, in dem die Bomben fielen? Ihre Hand, die nach der ihrer Mutter suchte, Pollys Schreien, die Dunkelheit, das hastige Fußgetrappel und sie hinterher, schluchzend bei dem Gedanken, ihre Mutter habe sie im Stich gelassen: Als sie den Zug bestieg, konnte sie nachempfinden, wie hoch das Trittbrett für eine Zweijährige gewesen sein mußte. An ihrem Fensterplatz erinnerte sie sich — oder meinte, sich zu erinnern —, wie der Zug geruckelt hatte, als er Waterloo Station verließ. Sie konnte den Sack förmlich spüren, auf dem sie gelegen hatte, steif und fest. Postsäcke, dachte sie, bis oben hin vollgestopft, mit einer Kordel verschnürt. Sie war so in diese Erinnerungen vertieft, daß sie den Vierziger mit dem hageren Gesicht, der einen Platz hinter ihr auf der anderen Gangseite saß, weder bemerkte noch auf die Idee kam, daß Inspector David Lynch, hinter der Morgenzeitung verschanzt, sie nicht aus den Augen ließ.

In Scotland Yard hatte es ebenfalls einen Durchbruch gegeben. Bei seinem Besuch im Altenpflegeheim hatte Commander Sloane diesmal bei Mrs. Bloxham ein völlig klares Erinnerungsvermögen vorgefunden. Ihre Stimme zitterte vor Bewegung, als sie ihm von den bildhübschen Zwillingsschwestern erzählte, die mit ihrer verwitweten Mutter nebenan gewohnt hatten; von dem Raketenangriff, bei dem Elaine Parrish umkam, als sie ihre kleinen Töchter aufs Land bringen wollte; von der kleinen Sarah, deren Leiche man nie gefunden hatte; von Polly, die in Beverley in Yorkshire eine eigene Buchhandlung hatte. Im Büro wurde dann seine Begeisterung über diese Informationen durch die Nachricht gedämpft, daß Judith nach Yorkshire unterwegs war und von Inspector Lynch beschattet wurde. »Ich wünschte, wir hätten Gelegenheit, Nachforschungen über Polly Parrish anzustellen, bevor Miss Chase sich zu erkennen gibt, sofern sie das vorhat«, machte er bei Commander Barnes seinem Herzen Luft.

Es gab noch einen Lichtblick, wenn man es denn so nennen konnte, erfuhr Sloane. Die Besucherbefragung hatte Resultate gebracht. Ein Mann, der um 20 Uhr 20 gegangen war, hatte einer Frau im dunkelgrünen Cape die Tür aufgehalten, die an ihm vorbeifegte, ohne auch nur zu nicken. Er erinnerte sich, an ihrer Hand eine auffallend rote Narbe bemerkt zu haben. Ein paar Schritte hinter ihr konnte sich ein stämmiger Mann gerade noch durch die Tür quetschen. »Da haben wir also wieder die

Lady mit der Narbe und dem Cape«, sagte Barnes. »Morgen bringen wir Judith Chase her zur Befragung.«

»Mit welcher Begründung?« erkundigte sich Sloane.

»Wir erzählen ihr, daß die Person, nach der wir fahnden, offenbar starke Ähnlichkeit mit ihr hat, und daß wir wissen möchten, ob sie leibliche Verwandte ausfindig gemacht hat. Außerdem werden wir sie fragen, ob sie eine Frau namens Margaret Carew kennt.«

»Und wenn ja?«

»Morgen sind die Wahlen. Wir warnen Sir Stephen, sich von ihr fernzuhalten. Sollte natürlich eine Zeitung von der Beziehung der beiden Wind bekommen haben, und die Sache ausschlachten, müßte er trotzdem den Parteivorsitz niederlegen, und das heißt, jemand anderer wird Premierminister.«

»Verdammt schade, für ihn und für das Land!« platzte Sloane heraus.

»Viel schlimmer, wenn die Dame im Cape, wer immer sie sein mag, weiter ihr Unwesen treibt und mit ihm in Verbindung gebracht wird.«

Die Reise dauerte drei Stunden. Judith stieg in Hull um. Von dort war es nur noch eine kurze Fahrt bis Beverley. Als sie über den Marktplatz ging, nahm sie die herrlichen Sakralbauten kaum wahr. Ein Polizist wies ihr den Weg zur Queen Mary Lane, eine schmale Nebenstraße, in der sich die Buchhandlung Parrish befand. Es wehte ein leichter, aber scharfer Wind. Sie zog das Kopftuch ins Gesicht und stellte den Mantelkragen hoch. Sie trug bereits die überdimensionale dunkle Brille. Sie kam an einer Apotheke, einer Obst- und Gemüsehandlung, einem Blumengeschäft vorbei. Dann sah sie das Schild. Parrish Pages. Sie war bei der Buchhandlung angelangt.

Judith öffnete die Tür und hörte das leise Klingeln der Ladenglocke. Eine junge Frau mit freundlichem Gesicht und riesiger runder Brille stand hinter der Kasse. Sie blickte auf, lächelte, bediente dann weiter.

Dankbar registrierte Judith, daß mindestens ein halbes Dutzend Leute in den Regalen herumstöberte. Das gab ihr Zeit, sich umzusehen.

Ein langer, ziemlich schmaler Raum, in dem jeder Zentimeter ausgenutzt war und trotzdem die anheimelnde Atmosphäre einer Privatbibliothek gewahrt blieb. Der rückwärtige Teil war als Wohnzimmer eingerichtet, mit einem alten Ledersofa, einem riesigen samtbezogenen Sessel und Beistelltischchen mit Leselampen. An einem schweren Eichenschreibtisch arbeitete eine Frau — beim Anblick ihres Profils meinte Judith in den Spiegel zu schauen. Ihr Herz begann zu jagen, und sie spürte, wie ihre Hände klamm wurden. Polly! Das mußte Polly sein.

»Suchen Sie ein bestimmtes Buch?« Das war die junge Frau von der Kasse.

Judith schluckte. Sie hatte einen Kloß im Hals. »Ich stöbere nur ein bißchen herum, aber ich finde bestimmt etwas Passendes. Ein zauberhafter Laden.«

»Dann sind Sie bestimmt zum erstenmal hier?« Sie lächelte. »Parrish Pages ist berühmt. Die Kunden kommen von weit her. Haben Sie schon mal von Miss Parrish gehört?«

Judith schüttelte den Kopf.

»Sie ist sehr bekannt als Vortragskünstlerin. Sie erzählt

Märchen und Geschichten, überall reißt man sich um sie, aber sie hat lieber ihre eigene Sendung hier im Funk, jeden Sonntag und in der Woche zwei Stunden für Kinder. Das ist viel einfacher als dauernd herumzureisen. Sie sitzt drüben am Schreibtisch. Möchten Sie sie kennenlernen?«

»Ach, ich weiß nicht recht. Ich möchte sie nicht stören.«

»Das ist doch keine Störung, im Gegenteil. Miß Parrish freut sich, wenn sie neue Gäste begrüßen kann.«

Im Handumdrehen hatte sie Judith nach hinten gebracht. Sie stand jetzt vor dem Schreibtisch. Polly blickte auf, Judith schlug das Herz bis zum Hals.

Polly war ein paar Pfund gewichtiger als sie. Das dunkelbraune Haar war stark silbergrau meliert. Ihr Gesicht, ohne jedes Make-up, strahlte viel Kraft und Wärme aus, es wirkte ungemein natürlich und doch zugleich attraktiv.

»Wir haben hier eine Erstbesucherin, Miss Parrish«, verkündete die Angestellte.

Polly Parrish lächelte und streckte Judith die Hand hin. »Wie reizend von Ihnen, mal bei uns hereinzuschauen.«

Judith reichte ihr die Hand und realisierte, daß sie körperlichen Kontakt mit ihrer Zwillingsschwester aufnahm. »Ich bin . . . ich bin Judith Kurner.« Instinktiv benutzte sie ihren Ehenamen. Polly, dachte sie, Polly. Sekundenlang lag es ihr auf der Zunge zu sagen: *»Ich bin's, Sarah«*, aber sie wußte, daß sie damit noch warten mußte. Polly war eine bekannte Vortragskünstlerin. Sie hatte ihre eigene Sendung und diese bezaubernde Buchhandlung. Ach, Stephen, dachte sie, *diese* Verwandte brauchen wir nicht zu verstecken!

Inspector Lynch beobachtete die Szene aus einer Ecke. Er spitzte die Lippen, als wolle er pfeifen. Bis auf das Haar sah die Frau haargenau wie Judith Chase aus. Gefärbt oder mit einer dunklen Perücke wäre Polly Parrish ein Spiegelbild von Judith Chase. Wäre es nicht ein Geschenk des Himmels, wenn sie Polly Parrish bei einer Überprüfung mit einer terroristischen Vereinigung in Verbindung bringen könnten? Ihm war sofort klar, daß Judith sich nicht zu erkennen geben würde. Sie will sie sich gründlich anschauen, dachte er. Deshalb das Kopftuch und die dunkle Brille. Wie gut, daß sie so vernünftig ist.

Lynch wußte, daß er Judith Chase unbedingt von jedem Verdacht, die Frau mit dem Cape zu sein, reinwaschen wollte.

Nachdem er ihre Bücher und das von Scotland Yard über sie zusammengetragene Dossier gelesen hatte, empfand er Sympathie und Bewunderung für sie. Er mußte sich selbst ermahnen, streng objektiv zu bleiben. Dann runzelte er die Stirn.

Im gleichen Augenblick, in dem Judith es sah, erfaßte er, daß Polly Parrish in einem Rollstuhl saß.

Judith kam kurz vor 18 Uhr nach Hause zurück. Nach dem Besuch bei Polly hatte sie in einem kleinen Lokal um die Ecke Tee getrunken. Die irische Kellnerin war mit einem Redeschwall auf ihre geschickten, scheinbar beiläufigen Fragen eingegangen. Polly Parrish war hier in Beverley aufgewachsen. Eine reizende Familie nahm sie zu sich, als sie endlich aus dem Krankenhaus entlassen wurde. Bei dem Raketenangriff, in dem ihre Mutter und Schwester geötet wurden, hat sie sich die Wirbelsäule gebrochen. Sie lebte allein, in einem allerliebsten Häuschen, nur ein paar Kilometer entfernt. Mehrere Zeitschriften und Zeitungen haben sie lobend erwähnt. Und wenn sie eine Geschichte erzählt, dann sitzen die Leute, vom Baby bis zum Tattergreis, mucksmäuschenstill da und verschlingen jedes Wort von ihr. »Ich sag Ihnen, Miß, das ist die reine Zauberei.«

»Erzählt sie alte Sagen oder denkt sie sich selber Geschichten aus?« brachte Judith mühsam heraus; ihre Kehle war wie zugeschnürt.

»Beides.« Dann hatte die Kellnerin ihren Bericht unterbrochen und nachdenklich festgestellt: »Wissen Sie, ich werd einfach den Gedanken nicht los, daß sie einsam ist, haben Sie das denn nicht gemerkt? Freunde jede Menge, aber niemand, der wirklich zu ihr gehört.«

Aber jetzt hat sie einen Menschen, der endlich zu ihr gehört, dachte Judith, als sie den Mantel aufhängte. Sie hat *mich!*

Auf der Rückfahrt tauchten weitere Erinnerungsfetzen auf. Polly und sie beim Spielen in der Wohnung im Kent House. Wir hatten die gleichen Korbpuppenwagen, fiel Judith ein. Meiner hatte ein gelbes Verdeck, der von Polly ein hellrotes.

Am folgenden Tag fanden die Wahlen statt. Auf dem Bahnhof hatte sie die führenden Zeitungen gekauft. Alle sagten einen Sieg der Konservativen voraus. Wie sämtliche Meinungsumfragen zeigten, kam der Ruf der Labour Party nach einem Regierungswechsel beim Durchschnittswähler nicht an, den der Terrorismus zutiefst beunruhigte, so daß Sir Stephen Halletts Forderung nach Wiedereinführung der Todesstrafe viele waschechte Labour-Anhänger veranlassen würde, gegen die Parteilinie und für ihn zu stimmen.

Das Buch war abgeschlossen. Sie hatte Polly gefunden. Morgen würden die Konservativen die Wahl gewinnen, und tags darauf würde Stephen Premierminister. Wie war es möglich, daß sie nicht vor Freude außer sich geriet, fragte sich Judith. Warum fühlte sie sich so unendlich traurig, so ohne jede Hoffnung?

Typische Streßreaktionen, befand sie, als sie sich Salat und ein Omelett zubereitete. Sie saß am Küchentisch, las beim Essen die Zeitungen und dachte daran, daß sie tags zuvor zusammen mit Stephen auf der schmalen Bank gehockt hatte.

Sie konnte die Wärme spüren, wenn seine Schulter die ihre streifte, seine Hand auf der ihren lag, während sie Kaffee tranken. In ein paar Tagen würde sie sich öffentlich an seiner Seite zeigen. Sobald die Wahl hinter ihm lag, bestand kein Grund mehr für Heimlichkeiten. Lächelnd goß sie sich aus der runden Porzellankanne eine Tasse Tee ein – Harley Hutchinson, dieser lästige Klatschkolumnist, würde sich vermutlich damit brüsten, er habe von Anfang an genau Bescheid gewußt über ihre Beziehung.

Sie wusch erst noch das bißchen Geschirr ab und räumte es weg, bevor sie ins Arbeitszimmer ging und die Nachricht auf ihrem Anrufbeantworter entdeckte. Commander Jack Sloane von Scotland Yard würde es sehr begrüßen, wenn sie am nächsten Vormittag dort vorbeikommen könnte. Würde sie bitte anrufen, um den genauen Termin zu vereinbaren?

Um 11 Uhr am Wahltag befand sich Sloane im Büro von Deputy Assistand Commissioner Barnes. Beide erörterten sachlich und nüchtern die Lage.

»Eine heikle Geschichte«, gab Barnes zu. »Ich bin nicht bereit, Miß Chase zu sagen, daß es sich um eine Untersuchung handelt. Laut Lynch könnte Polly Parrish, die Schwester, ohne die grauen Strähnen glatt eine Doppelgängerin sein, wie geklont. Haben Sie die Geburtenregister durchforsten lassen und sich die Personalakte der Royal Air Force über den Vater angesehen?«

Sloane nickte. »Es gab sonst keine Geschwister.«

»Das schließt nicht aus, daß vielleicht eine Kusine oder eine völlig Fremde existiert, die Miss Chase täuschend ähnlich sieht. Wir haben nur den einen direkten Anhaltspunkt, daß Collins Judith Chase beschattet hat und sich im Royal Hospital befand, als der Sprengkörper explodierte. Wissen Sie, wie ein Anwalt mit dieser Art von Beweisführung verfahren würde? Er würde ein halbes Dutzend Doppelgängerinnen von der Chase auftreiben, und der Fall wäre gestorben.«

»Und in der Zwischenzeit hätten wir den Ruf von Miss Chase zerstört.«

»Genau.«

»Diese Narbe, die Watkins und der Zeuge aus dem Royal Hospital erwähnten – besteht eventuell die Möglichkeit, daß es sich um einen Humbug handelt, daß sie sich die auf die Hand malt, als eine Art Symbol für irgendwelche schwarze Magie?«

»Dazu wurde Watkins in die Zange genommen. Er behauptet, sie aus nächster Nähe betrachtet und betastet zu haben. Offenbar habe sich niemand die Mühe gemacht, sie ordentlich zu vernähen, die Haut sei wie Leder, rissig und verschrumpelt. Zum Beweis berichtete er, daß er sie im Bett gebeten haben, ihm damit über den Rücken zu streichen, das sei ein toller Lustgewinn gewesen.«

Jack Sloane war sichtlich angeekelt. »Judith Chase gehört nicht zu der Sorte von Frauen, die mit einem solchen Mistkerl ins Bett gehen.«

»Wir wissen nicht, wer Judith Chase ist«, entgegnete Barnes scharf. »Höchste Zeit, das herauszufinden. Sie haben sie um elf herbestellt, stimmt's?«

»Ja, Sir. Jetzt ist's gerade elf.«

Sloane hoffte, daß Judith den Deputy Assistant Commissioner nicht warten lassen würd; Barnes schätzte Pünktlichkeit über alles. Er brauchte sich keine Sorgen zu machen. In dem Moment meldete die Sekretärin Judith an.

Das vage Unbehagen der letzten zwei Tage hatte Judith veranlaßt, sich sorgfältig anzuziehen. Es lag ein Hauch von Frühling in der Luft, und sie trug ein erstklassig geschnittenes fuchsrotes Straßenkostüm mit schmalem Rock und loser Jacke, um den Hals einen schwarz und fuchsrot gemusterten Schal, am Revers eine goldene Anstecknadel, die an ein Einhorn erinnerte. Ihre schmale Schultertasche aus schwarzem Kalbsleder stammte von Gucci und paßte zu den eleganten Laufschuhen. Das Haar fiel weich und locker um ihr Gesicht, dessen perfekt aufgetragenes Make-up die ins Veilchenblau spielende Augenfarbe voll zur Wirkung brachte.

Bei ihrem Anblick dachten die beiden Männer spontan, daß sie von Erscheinung und Auftreten her geradezu prädestiniert war, Frau des Premierministers zu werden.

Judith reichte Commissioner Barnes die Hand. Als er sie ergriff, betrachtete er sie rasch. Keinerlei Narbe. Allerhöchstens schwache Spuren einer uralten Verletzung, aber mehr nicht. Mit Sicherheit keine rissige oder verfärbte Haut. Er empfand tiefe Erleichterung — er wollte diese Frau einfach nicht als Schuldige.

Commander Sloane beobachtete diese genaue Prüfung von Judiths Hand. Wenigstens diesen Punkt haben wir ausgeräumt, dachte er.

Barnes kam direkt zur Sache. Ihr einziger stichhaltiger Hinweis war, daß ein Bauarbeiter Sprengstoff beschafft hatte für eine Frau, die sich Margaret Carew nannte und offenbar eine starke Ähnlichkeit mit Judith besaß. »Kennen Sie zufällig eine Person dieses Namens?«

»Margaret Carew!« rief Judith. »Sie lebte im 17. Jahrhundert. Ich bin bei meinen Recherchen auf sie gestoßen.«

Beide lächelten. »Das hilft uns nicht viel weiter«, meinte Barnes. »Es gibt weitere zehn im Londoner Telefonbuch, drei in Worcester, zwei in Bath, sechs in Wales. Ein gängier Name. Miß Chase, war am Dienstag abend irgend jemand bei Ihnen?«

»Letzten Dienstagabend? Nein. Ich war beim Friseur, habe dann in einem Pub zu Abend gegessen und bin von dort direkt nach Hause gegangen, um mich an die Schlußredaktion meines Buches zu machen. Das Manuskript habe ich gerade abgeschickt. Warum fragen Sie?« Judith spürte, wie ihr an den Handflächen der kalte

Schweiß ausbrach. Man hatte sie nicht hergebeten, nur weil sie am Tag der Explosion im Tower gewesen war.

»Sie haben Ihre Wohnung nicht verlassen?«

»Ganz bestimmt nicht. Was unterstellen Sie mir, Commissioner?«

»Ich unterstelle gar nichts, Miß Chase. Der Bauarbeiter, der unserer Überzeugung nach der Frau, die sich Margaret Carew nannte und die Bomben gelegt hat, den Sprengstoff gab, sah Ihr Bild auf der Rückseite Ihres Buches und sagte aus, daß zwischen dieser Margaret Carew und Ihnen eine große Ähnlichkeit besteht. Er betonte ausdrücklich, daß nicht Sie es waren, mit der er zu tun gehabt hatte. Diese Frau hat nämlich eine Narbe an der Hand. Der Aufseher im Tower schien kurz vor seinem Tod sagen zu wollen, Sie seien zurückgekommen, also haben wir auch hier eine Frau, die offenbar Ähnlichkeit mit Ihnen hat. Schließlich haben wir Schnappschüsse von dem Sprengstoffanschlag auf das Reiterstandbild, und auf einem ist eine Frau mit Cape und dunkler Brille zu erkennen, als sie das Päckchen mit der Bombe am Sockel plaziert, und auch die sieht Ihnen ähnlich. Diese Aufnahme wurde vielfach vergrößert, und die Narbe ist deutlich sichtbar. Die Kernfrage lautet — es gibt eine Person, die starke Ähnlichkeit mit Ihnen hat und diese Wahnsinnstaten begeht. Haben Sie irgendeine Idee, wer sie sein könnte?«

Sie wissen von Polly, dachte Judith. Dessen war sie ganz sicher. Ich bin überwacht worden. »Sie meinen eine Person, die meine Zwillingsschwester sein könnte, nur daß die gelähmt ist? Wie lange wurde ich beschattet?«

Barnes antwortete mit einer Gegenfrage. »Miß Chase,

hatten Sie Kontakt mit irgendwelchen anderen leiblichen Angehörigen, insbesondere einer, die starke Ähnlichkeit mit Ihnen hat?«

Judith stand auf. Die Narbe, dachte sie, die Narbe. Lady Margaret Carew. Die zeitweise Amnesie, von der sie Patel erzählt hatte. »Sir Stephen war vor ein paar Tagen hier zu einer Dringlichkeitssitzung über den Stand der Ermittlungen. Ist mein Name gefallen?«

»Nein.«

»Weshalb nicht? Er hätte doch wohl über Ihre Besorgnisse unterrichtet werden müssen.«

Sloane antwortete anstelle von Barnes. »Miß Chase, selbst bei Konferenzen auf höchster Ebene sickert etwas an die Presse durch. Um Ihretwillen, um Sir Stephens willen möchten wir unbedingt vermeiden, daß Ihr Name in dieser Angelegenheit auch nur einmal auftaucht, und sei es hinter vorgehaltener Hand. Doch Sie können uns helfen. Sie haben ein dunkelgrünes Cape?«

»Ja. Ich trage es nicht oft. Offen gesagt, das Modell, das ich bei Harrods gekauft habe, ist so oft kopiert worden, daß anscheinend die Hälfte aller Frauen in London diesen Winter damit herumläuft.«

»Das wissen wir. Sie haben Ihres nie verliehen?«

»Nein. Wünschen Sie sonst noch etwas von mir?«

»Nein«, erwiderte Barnes. »Bitte, Miss Chase, darf ich betonen . . .?«

»Bemühen Sie sich nicht.« Mit größter Willensanstrengung gelang es Judith, ihre Stimme zu beherrschen.

Stumm hielt Jack ihr die Tür auf. Als er sie hinter ihr geschlossen hatte, schaute er seinen Chef an. »Sie wurde geisterhaft bleich unter dem Make-up, als ich die Narbe erwähnte«, kommentierte Barnes. »Lassen Sie sofort ihr Telefon anzapfen.«

Nach ihrer Rückkehr rief Judith in Patels Praxis an. Es meldete sich niemand.

Der Auftragsdienst teilte ihr mit, Dr. Patel und Rebecca Wadley seien bei einem zweitägigen Seminar in Moskau und würden frühestens am späten Abend zurückfragen.

»Er möchte mich bitte anrufen, egal, wann er sich bei Ihnen meldet«, bat Judith.

Sie stellte den Fernseher an und saß regungslos davor. Eine Sequenz zeigte Stephen bei der Stimmabgabe in seinem Wahlkreis. Die Müdigkeit war ihm deutlich vom Gesicht abzulesen, doch die Augen blickten zuversichtlich. Eine Sekunde lang schaute er direkt in die Kamera, und es schien Judith, als sehe er sie an. Mein Gott, dachte sie, ich liebe ihn so.

Sie ging zum Schreibtisch und verglich die Daten der Sprengstoffanschläge minutiös mit ihrem Terminkalender. Mit wachsender Verzweiflung stellte sie fest, daß die Explosionen zeitlich zusammenfielen mit den Phasen, in denen sie entweder am Schreibtisch eingeschlafen war oder nicht bemerkt hatte, wie viele Stunden über der Arbeit verstrichen waren.

In der Woche vor Beginn der Anschläge hatte sie Anfälle von Gedächtnisverlust gehabt und Dr. Patel davon berichtet. Weshalb wohl hatte Patel sie nach dem genauen Todesdatum von Margaret Carew gefragt? Und wieso war die Narbe an ihrer Hand plötzlich flammendrot geworden?

Sie kehrte an den Fernseher zurück und wartete begierig darauf, daß Stephen ins Bild kam. Sie sehnte sich danach, bei ihm zu sein und in seinen Armen zu liegen. »Ich brauche dich, Stephen«, sagte sie laut. »Ich brauche dich.«

Um 15 Uhr rief er an, jubelte förmlich. »Man soll zwar den Tag nicht vor dem Abend loben, Darling, aber es spricht alles dafür, daß wir's geschafft haben.«

»*Du* hast es geschafft.« Irgendwie gelang es ihr doch, aufgeregt und glücklich zu klingen. »Wann weißt du's genau?«

»Die Wahllokale schließen erst um 21 Uhr, und die ersten Ergebnisse sind kurz vor Mitternacht zu erwarten. Der allgemeine Trend wird sich in den frühen Morgenstunden abzeichnen. Die Medien sagen einen erdrutschartigen Sieg für uns voraus, aber wir alle wissen ja, daß Niederlagen nie ausgeschlossen werden können. Ach, Judith, ich wünschte, du wärst jetzt bei mir. Das würde das Warten leichter machen.«

»Ich verstehe dich.« Judith umklammerte den Hörer, als sie merkte, daß ihre Stimme zu schwanken begann. »Ich liebe dich, Stephen. Auf Wiedersehen, Darling.«

Sie ging ins Schlafzimmer, zog ein warmes Nachthemd und einen Flanellmorgenrock an und legte sich zu Bett. Sie fest sie sich auch in die Decken einwickelte, der Schüttelfrost hörte nicht auf. Tiefste Verzweiflung machte ihren Körper steif und schwer. Selbst eine Tasse Tee zu kochen war viel zu anstrengend. Stunde um Stunde lag sie da, starrte an die Decke, bemerkte nicht, daß es dunkel wurde.

Am nächsten Morgen um 6 Uhr rief Dr. Patel sie aus Moskau an. »Ist etwas nicht in Ordnung?«

Die Frage nahm ihr den Rest von Selbstbeherrschung. »Das wissen Sie doch genau. Was haben Sie mit mir gemacht?« schrie sie. »Was haben Sie mit mir gemacht, während ich in Hypnose war? Warum haben Sie mich nach Margaret Carew gefragt?«

Patel unterbrach sie. »Judith, ich trete gleich den Heimflug an. Kommen Sie um 14 Uhr in die Praxis. Sie müssen das genaue Todesdatum von Margaret Carew bei sich haben. Kennen Sie es?«

»Ja, aber wozu? Ich will wissen — *wozu*?«

»Es hängt mit dem Anastasia-Syndrom zusammen.«

Judith legte auf und schloß die Augen. *Das Anastasia-Syndrom.* Nein, dachte sie. Das ist unmöglich.

Sie zwang sich, aufzustehen, duschte, zog einen dicken Pullover und Hosen an, machte sich Tee und Toast und schaltete den Fernseher an.

Kurz vor Mittag gab Labour die Niederlage zu. Mit vor Schmerz brennenden Augen sah sie Stephen in der County Hall als Wahlsieger seine Ansprache halten. Er dankte seinen Wahlhelfern und seinen Gegnern für einen fairen Wahlkampf und erhielt stürmischen Beifall. Von dort wurde er nach Edge Barton gefahren, wo ihn eine Schar von Gratulanten erwartete. Er stand auf den Stufen, händeschüttelnd, lächelnd.

Judiths Blick war nun starr auf ihn gerichtet, auf das schöne Haus, das sie sich wieder als Heim auserkoren hatte.

Wieder? fragte sie sich.

Stephen winkte der Menge ein letztes Mal zu und verschwand in Edge Barton. Gleich darauf hörte Judith das Telefon läuten. Sie wußte, das war Stephen. Mit gewaltiger Anstrengung schaffte sie es abermals, froh und aufgeregt zu klingen. »Ich wußte es, ich wußte es, ich wußte es!« rief sie. »Ich gratuliere, Darling.«

»Ich fahre jetzt nach London. Um 16 Uhr 30 mache ich der Königin meine Aufwarung. Rory wird dich um 15 Uhr 45 abholen und zu mir bringen. Dann haben wir ein paar Minuten für uns, bevor wir zum Buckingham Palace müssen. Ich wünschte nur, ich könnte dich mitnehmen, aber das wäre nicht die passende Gelegenheit. Wir gehen übers Wochenende nach Edge Barton und geben dann unsere Verlobung bekannt. Ach, Judith, endlich, endlich ist es soweit.«

Tränen strömten ihr über die Wangen, ihre Stimme brach, doch Judith gelang es, Stephen zu überzeugen, daß sie vor Freude weinte.

Als sie den Hörer auflegte, begann sie, die Wohnung zu durchsuchen.

In Scotland Yard hörten sich Commissioner Barnes und Commander Sloane die Bandaufzeichnung des Gesprächs zwischen Judith und Dr. Patel bereits zum zehntenmal an.

Barnes lauschte voll Erstaunen, als Sloane ihm Patels Theorie des Anastasia- Syndroms erklärte. »Menschen aus anderen Epochen zurückbringen? Was ist denn das für ein Blödsinn? Aber ist es möglich, daß er Judith Chase hypnotisiert und ihr diese Sprengstoffanschläge suggeriert hat? Wir werden uns mal ein bißchen mit ihm unterhalten, bevor Miss Chase dort erscheint.«

Judith sah erbarmungswürdig aus, als sie in Dr. Patels Praxis eintraf. Aschfahle Lippen. Lodernde Augen in einem totenblassen Gesicht. Über dem Arm trug sie das dunkelgrüne Cape, in der Hand eine ausgebeulte Einkaufstasche.

Sie wußte nicht, daß Commissioner Barnes und Commander Sloane sie hinter dem Spionspiegel im Labor beobachteten und mithörten.

»Ich konnte letzte Nacht nicht schlafen«, berichtete sie Dr. Patel. »Immer wieder bin ich alles durchgegangen, was ungewöhnlich erschien. Wissen Sie was? Ich hatte mich geärgert, weil die Türen des für Lady Ardsley reservierten Kleiderschranks dauernd aufsprangen. Das haben sie aber nicht von allein getan. Jemand hat sie geöffnet. *Ich* war das. Das hier ist mein Cape. Meines Wissens habe ich es höchstens ein- bis zweimal getragen, und das nur bei gutem Wetter, aber der Saum ist von Schmutz verkrustet. Die Stiefel, die ich dazu trage, sind völlig verschmutzt.« Sie warf beides auf einen Sessel. »Und schauen Sie sich das hier an – Sprengpulver, Drähte. Mit dem Zeug könnte man mühelos selber eine Bombe zusammenbasteln.« Behutsam legte sie das Päckchen auf den antiken Tisch mit dem passenden Spiegel neben der Tür. »Ich habe Angst, dem Ding zu nahe zu kommen. Aber wozu habe ich das alles? *Was haben Sie nur mit mir gemacht?*«

»Setzen Sie sich, Judith«, befahl Patel. »Ich habe Ihnen neulich nicht das komplette Videoband von Ihrer Hypnose gezeigt. Wenn Sie es jetzt sehen, werden Sie das Ganze besser verstehen.«

Im Labor beobachtete Rebecca Wadley die beiden Beamten, die mit ungläubiger Miene die Videoaufzeichnung von Judiths Hypnose verfolgten.

»Bis hierher habe ich es Ihnen schon vorgeführt. Nun kommt der Rest«, erklärte Patel.

Fassungslos nahm Judith wahr, was der Film zeigte – die jähe Veränderung in ihrem Verhalten, ihr verzweifelter Aufschrei, ihr sich windender Körper auf der Couch.

»Ich habe Ihnen eine zu hohe Dosis injiziert. Das hat Sie in die Epoche zurückversetzt, die Ihr Denken absorbiert hatte. Sie haben den Beweis für meine Theorie erbracht, Judith. Es ist möglich, eine Persönlichkeit aus der Vergangenheit zurückzuholen, sie präsent zu machen, aber diese Fähigkeit darf niemals benutzt werden. Wann starb Lady Margaret Carew?«

Das kann doch mir nicht geschehen, dachte Judith. Ausgeschlossen, nicht mir . . . »Sie wurde am 10. Dezember 1660 enthauptet.«

»Ich werde Sie jetzt wieder in diesen Augenblick zurückversetzen. Sie haben die Hinrichtung beobachtet. Diesmal wenden Sie sich ab. Schauen Sie nicht zu. Sehen Sie Lady Margaret nicht ins Gesicht. Blickkontakt wäre überaus gefährlich. Lassen Sie sie sterben, Judith. Machen Sie sich frei von ihr.«

Patel drückte auf den Knopf an seinem Schreibtisch, und Rebecca brachte aus dem Labor ein Tablett mit der Injektionsspritze und dem Fläschchen Litencum.

Sloane und Barnes beobachten alles hinter dem Spionspiegel, beide vollauf damit beschäftigt, über den komplexen Vorgang mit all seinen Verästelungen nachzudenken.

Diesmal verabreichte Patel sofort die Höchstdosis Litencum; Die Monitore zeigten, daß Judith in einen fast komatösen Zustand versank.

Patel saß dicht neben der Couch, auf der sie lag, die Hand auf ihrem Arm. »Judith, als Sie das letzte Mal hier waren, geschah etwas sehr Schlimmes. Sie haben die Hinrichtung von Lady Margaret Carew am 10. Dezember 1660 mit angesehen. Sie gehen zurück, driften durch die Jahrhunderte zurück zu diesem Datum und zum Ort der Hinrichtung. Als Sie zuvor dort waren, hatten Sie Mitleid mit Lady Margaret. Sie wollten sie retten. Diesmal müssen Sie ihr den Rücken zukehren, denken Sie daran. Lassen Sie sie in den Tod gehen. Es ist der 10. Dezember 1660. Sagen Sie mir, Judith – entsteht vor Ihrem inneren Auge ein Bild?«

Lady Margaret stieg die Stufen zum Schafott empor, wo der Henker wartete. Beinahe war es ihr gelungen, Judith zu bezwingen, selber Judith zu werden, und nun hatte man sie zu diesem schrecklichen Augenblick zurückgebracht. Jetzt zu sterben wäre Verrat an Vincent und John. Wütend schaute sie sich um. Wo war Judith? Sie konnte sie nicht finden in dieser Menge, unter all diesen derben, bäurischen Gesichtern, die rot vor Aufregung dem Spektakel entgegenfieberten – es war ihnen einen Tagesausflug wert, mit eigenen Augen zu sehen, wie man ihr den Kopf abschlug. »Judith!« rief sie. »Judith!«

»Da ist eine solche Menschenmenge«, sagte Judith leise. »Alle brüllen. Sie gieren nach der Hinrichtung. Der König ist an einem umzäunten Platz. Sehen Sie sich doch den Mann an, der neben ihm steht. Er hat Ähnlichkeit mit Stephen. Sie bringen Lady Margaret her. Sie hat eben den König angespuckt. Sie schreit Simon Hallett an.«

Margaret Carew muß immer noch Verbindung zu ihr haben, sonst könnte Judith keinen identifizieren, dachte Patel. »Judith, bleiben Sie nicht dort. Machen Sie kehrt. Laufen Sie.«

Margaret sah Judiths Hinterkopf. Judith versuchte, sich einen Weg durch die Menge zu bahnen, die jedoch vorwärts drängte und sie mit sich riß – zurück zum Schafott. Margaret war am Richtblock. Kräftige Pranken packten sie bei den Schultern und zwangen sie in die Knie. Man stülpte ihr die weiße Kappe über das Haar. »Judith!« schrie sie.

»Sie ruft nach mir. Ich drehe mich nicht um! Ich will es nicht!« schrie Judith auf. Sie gestikulierte heftig. »Laßt mich vorbei. Laßt mich doch durch.«

»Laufen Sie«, befahl Patel. »Nicht umdrehen.«

»Judith!« kreischte Margaret. »Schau her. Stephen ist hier. Sie wollen Stephen hinrichten.« Judith wirbelte herum und begegnete dem gebieterischen, unerbittlichen Blick von Lady Margaret Carew. Sie begann zu schreien, außer sich vor Angst und Schrecken.

»Was ist, Judith?« Was ist geschehen?« fragte Patel.

»Das Blut. Blut strömt aus ihrem Hals. Ihr Kopf. Sie haben sie getötet. Ich möchte nach Hause. Ich möchte zu Stephen.«

»Sie kommen nach Hause, Judith. Ich werde Sie jetzt aufwecken. Sie werden sich ganz ruhig fühlen, warm, erfrischt. Ein paar Minuten werden Sie sich an alles erinnern, was geschehen ist, und wir werden darüber sprechen. Und dann werden Sie es vergessen. Lady Margaret wird bedeutungslos für Sie, nichts anderes als eine historische Figur, die in Ihrem Buch vorkommt. Sie werden Ihr Cape, die Stiefel und die Drähte und das Sprengpulver, die Sie mitgebracht haben, zurücklassen. Dies sowie sämtliche Unterlagen über die Angelegenheit werden vernichtet. Sie werden Sir Stephen Hallett heiraten und sehr glücklich mit ihm sein. Wachen Sie jetzt auf, Judith.«

Sie öffnete die Augen und wollte sich aufsetzen. Patel legte den Arm um sie. »Ganz langsam«, warnte er. »Sie haben eine lange, schwere Reise hinter sich.«

»Es war so grauenhaft«, flüsterte sie. »Ich meinte zu wissen, was man mit diesen Menschen gemacht hat, aber diese Massenhysterie zu sehen . . . Für die Leute war es ein Ausflug zu einem Volksfest. Doch nun ist sie tot, Doktor. Sie ist tot. Aber habe ich ein Recht auf Stephen? Ich muß ihm sagen, was geschehen ist.«

»Sie werden sich nicht mehr daran erinnern. Gehen Sie zu Stephen. Teilen Sie ihm alles Notwendige über Ihre Schwester mit. Dann nehmen Sie mit ihr Kontakt auf. Ich bin felsenfest davon überzeugt — als Ihre Zwillingsschwester muß sie sein wie Sie.«

Tränen rannen ihr über die Wangen. Mit einer ungehaltenen Bewegung wischte sie sie weg und eilte zum Spiegel.

»Judith fängt schon an zu vergessen«, sagte Rebecca Wadley zu den beiden Beamten.

»Sie erwarten doch nicht von uns zu glauben, was wir eben gesehen haben?« fuhr Barnes sie an. »Das gesamte Material wird beschlagnahmt. Wir schicken einen Polizisten her, um sicherzustellen, daß nichts angerührt wird. Es ist nicht unsere Aufgabe, über Wesen und Inhalt dieses Falles zu entscheiden.«

Sloane beobachtete Judith. Sie legte Lidschatten auf. Er konnte ihr Spiegelbild über dem antiken Tisch sehen. Sie lächelte glückstrahlend. »Ich habe zu lange gebraucht«, sagte sie zu Patel. »Ich darf Stephen nicht warten lassen. Ich fahre mit ihm zum Buckingham Palace, wenn er sich der Königin vorstellt. Vielen Dank, Doktor, daß Sie mir geholfen haben, meine Schwester zu finden.«

Sie winkte ihm zu und entschwand. Sloane überlief es kalt. An ihrer rechten Hand leuchtete eine rote Narbe. In der gleichen Sekunde registrierte er, daß die Einkaufstasche, die sie auf dem antiken Tisch abgestellt hatte, verschoben worden war. »Sofort raus hier!« brüllte er, riß die Labortür auf – zu spät. Die Bombe explodierte mit einem gewaltigen Knall, verwandelte die Praxis in ein Trümmerfeld, übersät mit Leichenteilen. Flammen loderten hoch, griffen auf das ganze Gebäude über – ein Inferno.

Lynch folgte der dahineilenden Gestalt durch die Straßen. Er hörte die Detonation, als er um die Ecke bog, wollte zurücklaufen, merkte dann, daß Judith Chase nicht wie die anderen Passanten innehielt oder auch nur den Kopf in die Richtung drehte. Sie winkte einem Taxi.

Lynch tat das gleiche und ließ es hinterherfahren. Er zog das schnurlose Telefon aus der Tasche und rief Scotland Yard an.

Judith stieg gerade aus dem Taxi in den vor ihrem Haus wartenden Rolls-Royce um, als Lnych erfuhr, daß der neueste Sprengstoffanschlag sich Welbeck Street 79 ereignet hatte.

Patels Adresse! Er ließ sich mit Commander Sloanes Büro verbinden. Die Sekretärin teilte ihm mit, Commander Sloane und Commissioner Barnes seien gemeinsam unterwegs zu einem Dr. Patel. Ihr Fahrer? Nein, sie hatten keinen. Sie wollten einen der nicht gekennzeichneten Wagen benutzen.

Nein! dachte Lnych. *Sie waren in Patels Praxis, als die Bombe explodierte!*

Vor Sir Stephen Halletts Haus drängten sich die Vertreter von Presse und Fernsehen. Es war immer ein historischer Moment, wenn ein neuer Premierminister zur Königin fuhr. Lynch wartete gegenüber, von einem Übertragungswagen der BBC verdeckt. Ihm war klar, daß hier anscheinend noch niemand von dem Sprengstoffanschlag in Patels Praxis erfahren hatte.

Nach ein paar Minuten fuhr die Limousine langsam ums Haus, parkte am Bordstein. Die dunkel getönten Fenster verwehrten den Blick in das Wageninnere.

Lynch war sicher, daß Judith Chase in dem Rolls-Royce saß.

Alles drängte nach vorn, als sich die Haustür öffnete, und Sir Stephen, von Sicherheitsbeamten umringt, erschien. Der Chauffeur stieg aus und stand mit dem

Rücken zum Wagen, um den neuen Premierminister zu erwarten.

Lynch erkannte seine Chance. Alle sahen auf das Haus und kehrten dem Rolls-Royce den Rücken zu. Er schlug den Mantelkragen hoch, zog den Hut tief in die Stirn, eilte über die Straße und öffnete die Wagentür. »Miss Chase.« Und dann sah er sie — die grellrote Narbe an ihrer rechten Hand, die sie gerade mit Schminke bestrich. »Sie *sind* Margaret Carew«, sagte er und griff in seine Tasche . . .

Lady Margaret blickte auf und sah die auf sie gerichtete Waffe.

Ich bin so weit gekommen, dachte sie. Ich habe Judith überlistet, indem ich Stephens Namen nannte. Ich habe sie getötet, und ich bin zurückgekehrt, und nun ist es aus.

Sie machte sich nicht einmal die Mühe, die Augen zu schließen, als Lynch abdrückte.

Der Schuß ging unter in den Hochrufen der Menge, als Stephen, ständig Hände schüttelnd, zum Wagen ging. Sein Leibwächter stieg vorn ein, und Rory hielt Sir Stephen die Tür auf.

»Alles klar, Darling?« fragte Stephen, dann ein Aufschrei: »Judith, Judith, *Judith!*«

Margaret spürte, wie sich Arme um sie schlossen und Lippen ihre Wangen streiften, hörte einen wilden Hilfeschrei. Es ist vorbei, dachte sie.

Als sich dann Finsternis um sie breitete und sie sich im Schattenreich auf die Suche nach John und Vincent begab, wußte sie, daß sie ihr Ziel am Ende doch erreicht und Rache genommen hatte.

Sie hörte Stephen schluchzen, fühlte, wie sich seine Tränen mit dem Blut mischten, das aus ihrer Stirn strömte. »Simon Hallett« dachte sie triumphierend, »ich habe ihm das Herz gebrochen, so wie Ihr das meine.«

QUELLENVERZEICHNIS